GALE

李凤群◎著

北京出版集团公司
北京十月文艺出版社

目录

《大风》重要人物表

张长工（第一代，太爷爷）

张广深（第二代，爷爷）

张文亮（第三代，父亲）

梅子杰（第四代，张文亮私生子）

张子豪（第四代，张文亮之子）

陈　芬（张文亮前女友，梅子杰之母）

孟　梅（张文亮之妻，张子豪之母）

第一章 谎言

梅子杰

我是从他和我兄弟到达县城复兴巷的下午三点，才算是头一回真正见着他。

我没觉得什么特别，就是自然而然地认出来，就像我昨天还见过他一样，咦，哦，就这么个感觉。简单得很。

我就盯着他们瞧。

车子不能开，前方十多米远的地方，路被里三层外三层的后背堵得严严实实。我父亲把头伸出车窗外，只望到高高低低的肩膀和屁股，我父亲已经过了对打架斗殴好奇的年纪，倒是我兄弟从车上下来，加入到围观的人群，挤来挤去，还没挤到最前沿。原来是这条街的一家银行门口，一个年轻人躺在血泊之中，密密匝匝的人墙挡住他的脑袋，我兄弟虽然个高，无奈经验不够足，也不够粗暴，他挤了两下，看突破不了人墙，就把手机举过头顶咔咔拍了两张照片。放大的照片上有一个人伏卧的背影，上身是一件黑色的T恤，下身是一条牛仔裤，脚上是一双蓝黑运动鞋。趴在地上的体态很壮实，头朝下，露出剃得光光的后脑勺，一动不动，头顶的头发缝里有血往外渗。很快我兄弟被更好奇的挤到外围。

围观的人群七嘴八舌：

死了？

死了吧。

枪打的？

不像。

砖砸的？

头顶心在冒血。

……

我兄弟听了一会儿，回到车上，把道听途说的消息总结发布给我父亲：

有人抢劫银行的自动取款机，被警察当场撂倒。重伤，快不行了，要么就已经死了。

我父亲一听，满面不屑地说，真是笨蛋，抢银行这么大的事也不规划好，这么一条窄街，显然容易堵，要抢，也要抢一家门前宽敞的。真是的，智商有限。我父亲发表高见、摇头叹息时，人群已让开一条道，车子慢慢向前挪。我兄弟的手机响了。他一同学打电话过来问他在哪里。

我兄弟苦着脸对他的同学说：

在乡下。我太爷挂啦。他突然对着电话提高嗓门：这不是重点，重点是我亲眼看到有人抢银行。

电话那边一声惊呼。我兄弟遂滔滔不绝地讲起卧地的伤者、像蛇一样逶迤的血迹以及围观者的猜测。电话那端连呼过瘾，并且要求即刻上图上真相。被同学一鼓动，我兄弟当即把他拍的照片发到微博上，内容是：人为财死。

一个大的陡坡下面是凤凰镇。坡上两边的树木向坡下歪，歪脖子树下长着各种野草。昏黄的夕阳居然从天边闪出一条缝，树梢闪着微红的亮，树下的枝叶全部在阴影里。

凤凰镇小到什么程度，就是个写大了点的"十"字，"十"字上挤满了昏黄灯花的小铺子，没什么人，汽车慢慢驶过超市、药房和邮局，超市门口堆着一堆蔫了的黄瓜、西红柿和玉米，纸箱上写着蔬菜的价格。摊位前却无人看守。邮局已经关门，门前有空车位。凤凰镇和江心洲一江之隔，江水虽然干涸，沟壑却深，车无法行。我父亲把汽车停在邮局门口，下了车，拉着一只黑色的行李箱走向去江心洲的堤坝。堤坝下的斜坡上空空荡荡，没有人，也没有庄稼。有几丛凌乱的芦苇、发黑的灌木和一堆堆发臭的垃圾袋。通过江心洲的夹江水果然已经干涸，踏过一堆软沙，踏上那片斜坡，就算到了江心洲。江心洲如今是只孤岛，坝内几百亩地都承包出去，全部种着棉花。半人多高的棉秆，阔大的叶子间，开着两种颜色的花，一种是嫩黄，一种是淡红。正是靠锄的季节，地里不见一个人。到了坝上，还是不闻人声，也无家禽，只听到我父亲跟我兄弟两个初来乍到的脚步声拍打着江心洲不平稳又坚硬的泥巴地，咚咚咚，咚咚咚，还带回声呢。

我父亲走着走着就不自在了：莫非江心洲如今只有我一户人家了？按理说，我太爷九十八岁高寿，他过世应该算是轰动江心洲的大喜事，不求人来人往，奔走相告，至少也不能如此阒静吧。他有点慌张，左顾右盼了半天，最终还是本能地继续向前走。从后坝到前坝的拐角处，一个人迎面走来，原来是我爷爷张广深，他也是刚刚从外头回来，放下行李，赶来迎接儿孙。张广深看到我父亲和我兄弟之后，加快步子，脸上泛出见到儿孙的喜悦，又带着显而易见的歉意。这表情不像死了父亲，像要开口借钱。

怎么，我父亲问：我爷爷他？

还在，还在！老头子又骗人了。我爷爷自己也是快七十的老人了，可是在提到令其上当的老子时，顿时像个孩子似的愤愤然。

我父亲一时反应不过来，张着嘴，瞪大眼，表情很滑稽。他咧开嘴，想笑一下，得到的喜讯太突然，笑容一时出不来。我爷爷赶紧补充说，我慢慢跟你解释。边说边接过我兄弟的拉杆箱，他不愿让漂亮的箱子在坑坑洼洼的泥巴地上拖，硬是提着它。

他说，这种事最近也频繁，八家坝有个老太也是没事装病，把他儿子从北京喊回来，结果儿子心急火燎的，在路上出了车祸，一家四口死了三个，这种人活着就是作孽。我爷爷说。

我兄弟紧赶慢追，拽住自己的行李，说拉杆箱就是用来拖的。我爷爷不听劝，提着箱子别别扭扭而又怒气冲冲地朝前走，我兄弟很是茫然不解。我爷爷，从后背看，白发稀松，身材厚实，脖粗腰粗，脖颈和裸露的手臂皮肉已经松弛。

我父亲能明白这种喜悦和愤怒交织的情绪：一个人可以同时有两种情绪，一边生他老子的气，一边心疼他孙子的拉杆箱。

江心洲的天晦暗如黄昏，江面上乌云滚滚，连着阴沉了两三天，不下雨，也没出太阳。

一公里长的大坝，只遇见一户人家亮起了昏黄的灯光，一只小猫蹿到坝下的乱草丛中，一条狗窝在一户上了锁的门口打盹。

掩映在江和树之间的堤坝寂寥又陈旧。窗户的玻璃积满了灰尘，瓦楞上不规则的灰白应该是乌鸦或者什么鸟的粪便。门前只有一棵粗壮的柳树，枝枝蔓蔓披挂下来，落寞又厚重。一只公鸡站在柳树裸露出来的根茎上，若有所思。

我父亲迟疑地说：

要是我爷爷这会儿真没了，这也太冷清了吧？

是啊！张广深点点头：

现在江心洲人的喜事全部集中在过年办，过大寿、订婚、结婚都是年头年尾办。不然，热闹不起来。

爷孙三代人先从偏门瞧见照顾我太爷的护工正在厨房忙着做晚饭。她一见到这些齐刷刷的男人，赶紧把手在围裙上抹了又抹，又把刚刚跟张广深解释过的话翻出来复述一遍：

电话是我打的，是老头骗我打的，他昨天起就不吃饭了。我还以为他只是有点儿不舒服，今天早上我进来瞧他，人已经软了，身上一点热气也没有，喊他，不动，碰他，也没反应，我给他灌点儿水也都淌出来了。过去，天要一下雨，他就尿在床上，又招苍蝇又招蚊子，你瞧，这天明显要变，他偏偏两天一点都没尿，床单也是干的，听不到哼哼，看不到眼皮动，我想怕是过去了，我是想打个电话叫何大夫给诊断一下，何大夫到城里去了，我又等了一会儿，眼皮一直不动，也没呼吸，天又热，我检查了好几遍，还是像死了一样，哪晓得你们一到家，他又开始哼哼了……

对于我太爷的为人，我爷爷张广深自认了然于心。他摆摆手，示意不予计较。护工是留守在江心洲仅有的年纪不到六十、身体健康的妇女之一，有孙子拖累，她才没外出打工。她的业务不错，除了照顾我太爷，还要照顾三个不到上学年纪的留守儿童。她絮絮叨叨地说着，目光委屈，一副重任在肩、承担不起，随时想撂挑子的表情。撂挑子，这可是我爷爷的软肋。花这么少的钱雇一个靠得住的人照顾我随时会挂的太爷，一度是大难题。如果我爷爷讲句不该讲的话，或者得罪了她，明天我太爷的早餐就没有人做，尿了的床单没人洗，最关键的是，他确切的死期将不会为人所知。

八卦洲前年就发生过这种事。有个七旬老太，死了半个月，儿孙都不知道，尸首都烂了，也没人回来帮她火化。半个月后，还是她养的一只鸡爬到屋顶，引颈一啼，跳下来自杀了；这样都还没人注意，又过了半个月，她家门口的江面上，漂着许多蛤蟆，咕咕声不绝，而且，她住的房子周围，密密麻麻飘着许多长着翅膀的白飞鱼，手一碰就化，另外就是几百只死蜘蛛散落在她的屋檐下。这么多怪事同时发生，终于引起隔壁一位邻居老头的注意。邻居老头也老迈了，走路不利索，打电话给自己的儿子。他儿子在城里卖烤鸭，一听也觉得稀奇，可他自己走不开，看到电视台的采访车经过，灵机一动，拨打了新闻热线。记者一来访，才发现七旬老太的尸骨在腐烂。死者的儿孙都在城里做生意，料到坏事传千里，回来的时候都灰溜溜的，一直躲在门里，天黑的时候才走动。我爷爷不喜欢自己也有这么灰溜溜的一天。他审时度势，花钱雇了护工——事实上人是他聘的，工钱是他儿子在付。

祖孙三代来到我太爷睡的房间。我太爷那行将就木的身体如同一幅年画松松垮垮地贴住床板，兀自闭着眼睛，看不出还在呼吸。他头上没有毛发，眼睛上没有，嘴唇四周也没有；脸上有老年斑，手臂胳膊上也有。要不是他突然发出一声轻哼，其实就是已经仙逝的模样。

对于仿佛从天而降、一字排开的儿孙，他一点反应也没有。

我兄弟挺失落的样子。他上次来，我的太爷就这么躺着，他上上一次来，我的太爷也是这么躺着。一切都是昔日景象。

似乎是为了弥补自己的过错，护工在晚饭上花了不少心思。丝瓜炒青椒、肉丝藕片、糖醋排骨、凉拌苦瓜，四菜一汤，盛在大小一致的碟子里，桌上摆着四只空杯，已经尽量让桌面上显得体面一些。

半瓶酒，还是过年时我父亲喝剩下的，护工拿出来使劲儿嗅了嗅，拿不定主意是不是送到桌上来。

那条狗，等在桌子底下，这是乡下小狗的习惯，它显然不明白我父亲和我兄弟都不是会把骨头直接往桌底扔的人。见到这条小狗，我兄弟保持着一个少年的童心，他朝它"喂"了两声，示意它靠近。

"Pitt"，你上次回来帮它取的名字，我爷爷好心地提醒孙子。我兄弟完全不记得这条狗，也不记得曾经为江心洲的狗取过一个英文名。同样，那条狗也不认识我兄弟，它静静地等在桌底，保持着一条乡下狗应有的邋遢和警惕。

饭桌上略显沉闷。唯一可谈的话题就是最近一次的江水泛滥。大雨如注、死鱼死虾随处可见，可是江水肮脏，鱼虾都臭不可闻，就算将死未死，也无人敢食。天象有异、世道太坏。他们一致这么认为。

好歹我太爷的寿命，是值得探讨的话题。作为江心洲最老的人，我太爷张长工今年九十八岁，二十年前，他举目一望，江心洲就几乎找不到同龄人了。这么大的失落，张长工竟然挺了一日又一日，毅然决然坚持到现在。江心洲是解放前才建起来的新洲，平均寿命通常只有七十出头。过了七十五的张长工就像一面旗帜，挂在高高的半空中，没日没夜地在风雨里飘扬，给许多到了平均年纪的老弱病残多少希望哦。

那个时候，江心洲的领导桂村长就意识到张长工要创造一个记录了，他一激动就许下了诺言：

张老头只要撑到八十，我们村政府来办这个喜丧，全村老少都请上桌。

八十岁，对于江心洲来说，是个天文数字，死在这个岁数，足够体面，对着这个目标开任何空头支票都没有任何后果。

一等就是二十多年，许多淌口水的孩子都长大了，结婚了，生了娃了，许多当年五十多岁的都翘辫子了，许多大姑娘出嫁了，许多小媳妇成奶奶了，我太爷都过了八十好多年了，可他不死。当年许下诺言的桂村长早就得肺癌去世了，鸡鸭鱼肉也不稀奇了，也可以说没有人期待了，他还没死。

如今，江心洲没几个人了。

说起来，老年人死在年头年尾是最合适，村里出去的人多少会回来一些，出个份子凑个热闹也能办得体面，可是现在，一般朋友和乡邻都不好意思通知，而自家亲戚实在是少，少到想了半天才想出来三五个。

这也正是我父亲忧虑的问题，这么高寿的老人过世，如此冷清，脸上无光。过了片刻，我爷爷确定我太爷一时半会儿还死不了，也不知道是松了一口气还是更加心烦起来，总之，看着放下工作和学习远道而回的儿孙，他的火气上来了，对我父亲和兄弟说：

他是有意的，他就是这样，撒谎成瘾，作弄子孙。

我父亲心情甚好，他高兴地向我爷爷摆摆手，劝慰说：没事，没事，我也应该回来看看爷爷。

我爷爷叹了口气：我从镇上过的时候，已经给殡仪馆缴了定金，人家现在估计已经连夜去做孝衣孝帽了；还有军乐队，也让人家提前定好了，人家早就说清楚了，定金不退；还有冰，马上就会送到，冰也不能退。

他一并向我父亲解释请军乐队的原因：

旧年，徐良霞过世的时候，不年不节的，只有两个哥哥两个嫂子回来了，听说侄子侄女在国外旅游，都没赶回来，冷清得不得了。

徐家姑姑没了？我父亲问，四十几？

四十五，我爷爷说，我正好回来，帮了帮忙。

我爷爷一准是想到我太爷死的时候也会那般凄凉，又或者是想到自己哪天归西了也是这般凄凉。他的神情落寞起来了。

张广深

这个老头子骗人，不是一回两回，是一百回两百回，从我五岁开始，他就睁着眼睛说瞎话，六十多年了他就没说过一句真话，可是实事求是地说，他诈死，还是头一回。不然，我也不会没进门就张罗……

我晓得你出，你出我也心疼。

我爹就是个骗子。你瞧他现在躺在床上迷迷瞪瞪，就剩一口气了，还能装死把你跟子豪从上海骗回江心洲来。你们想想他能说会道的时候是什么样，亏了家里没什么像样的亲戚，不然怎么圆场？他又不管别人怎么想，他就是爱骗。我五岁那年就开始被他骗。

那晚我睡得正香，我爹把我摇醒。眼前一片乌漆抹黑，我爹撑住我胳肢窝，他问我，你愿不愿意去娘舅家。我一听睡意全消，我年年过年都要去娘舅家的，怎么今年提早了。真是意外惊喜。我欢欢喜喜从床上爬起来穿衣裳。我后来一直想，要是那晚我爹不是诓我说赶早走亲戚，我怎么也不会那么稀里糊涂地动身。如果那晚我动一下脑筋，没有上我爹的当，兴许我现在还住在颖上村，不过也难说。总之，没有灯的时候，不要做决定，没有灯的时候，不要跟人说话。半夜里来的事不会是好事。我倒霉倒了六十多年，都跟那晚有关。我欢天喜地地穿衣裳，我爹让我不要大呼小叫。稳当一些，他说。好事和坏事有时当时是分不清的，我要是知道我以后一直要忍饥挨饿，好端端地就变成了人家的笑柄，我肯定抱着桌腿不挪动。话说回来，成不成笑柄，由不得我，也由不得我爹。就像头天晚上他怀里揣得鼓鼓囊囊要出门的时候，我娘使劲地拽、哭、喊，说那是她娘家的，不许拿走。我爹把她的手掰开，把她摁到椅子上，左右三番，末了，她还扑上去。后来我爹火了，把她一推，她就动不了了。裹脚女人就是没有缚鸡之力，瘫在地上一直哭，可是我爹回来后，把手上一张纸扬了一下赶紧藏到怀里时，我娘不闹了。

反正当时我快快活活地一头扎出门。你不晓得过去的天有多么黑，你根本找不到下脚的地方，撞到树上才晓得眼面前是一棵树，话说回来，你要是不这么黑出门，狼就瞧得见你。他们总是说林子里有狼，可我长到跟桌子一样高，连个狼的影子也没有见过。

走了没多久，突然一阵大风，一粒沙子吹进我眼里，我揉揉眼睛再一回头，看到来的方向一阵火光把半边天都烧得雪亮来，我吓了一大跳，大喊：爹啊爹啊，着火了着火了。你瞧。

哦，我爹说，有人在烧山。

不像啊，爹，那不是我家么？

不会，我家在那个方向，我爹和我娘也不回头望一望，就来捂我的眼睛。他们真笨，捂什么捂，就着光，照路，不会跌跟头，我摇摇头，把他们的手甩开。

走啊走，越走越远，到后来，火光越来越暗，再走了半个时辰，走到一个破庙里，我爹把我放到拉粮食的板车上。我就纳闷了，这板车昨晚上还在麦场上，怎么跑到这破庙来的。我爹说，从今天开始，你要闭住你的嘴。如果你不说那么多的话，你就什么危险都没有。我本来什么危险也没有，我快活得很，所以他的话我东耳进西耳就出了。板车摇啊摇、颠啊颠，天光大亮，离我们村至少十里路了，我瞧见我爹的板车上放着被絮、钉耙、小犁、竹席，竹篮里塞着锅、碗、筷子，我娘怀里抱着的包裹也鼓鼓囊囊。我们这不是走亲戚，这明明是在逃荒嘛，可今年不是荒年。我一肚子不解，刚问一句，我们是到娘舅家去么？我娘一听"娘舅"二字竟然哭出声音来。

我以为再走走就能走到大路上，可是到了大路，我爹也会岔回小路。山谷里除了鸟鸣蝇嗡，就是风打树叶飞，又单调又沉闷，我很快就不耐烦了。我问我爹，我们什么时候能到？

我爹叫我不要问。

我问我爹，我们什么时候回来？

我爹叫我别吭气。

我们在一棵树下歇脚的时候，我娘从包裹里拿出烙好的饼，我们一人分一块，吃着的时候，突然跑过来一个男的，他笑嘻嘻地看着我爹说：

喂，梅大哥。

就那么一声，我爹娘"唰"地一下都跳了起来，他们的嘴巴全部不嚼了，嘴里嚼碎的饼都不敢往喉咙里咽，好像咽一下都是闯了大祸似的。后背、脖子和腿也都僵住。那个人对我爹左瞧瞧右瞧瞧，还是笑嘻嘻地说，梅大哥，你怎么在这里？

我挺高兴的，走了半天的路了，居然有人认出我爹来，兴许你还会被请到人家家里坐一坐喝口热水什么的，可我爹倒比人家更吃惊的样子，面色越来越难看，像是有人踢了他的肚子，好半天才咧开嘴巴说，你认错人了。

你不是梅先声梅大哥？怎么可能？那个人疑惑地说，你不是颖上村我老表的本家么？我老表叫梅有志，我老表的娘和你娘是表姐妹，我老表娶亲还是你娘保的媒。我们在一起喝过酒，他结婚摆酒的时候还到你家借过桌子板凳，我老表那个村你家门楼最高，门对子写得最好，我怎么会认错？

这么多的话像棍子噼里啪啦抢向我爹，把我爹抢得惊慌失措，他一把把我娘拽上板车，也顶着我连滚带爬地上了板车。他拽起车把就跑，一下子跑出几里路，才停下来跪在地上张着嘴巴大口地喘。那个人早就没有影子了，我爹还是一个劲儿地哆哆嗦嗦。好不容易不哆嗦了，他又拖着板车找到一个僻静处，把身上的那件半新的褂子脱了，换了件破棉袄。这件棉袄是下田的时候才穿的，几年没有拆洗了，袖口和衣襟的地方都吊着棉花絮，肩膀头和袖拐都补了好几层补丁，末了还在腰上扎根草绳。我爹是有大褂的斯文人哪，这会儿搞得一点都不体面，他的胡子也长长了，前天、昨天和今天都没看到他刮，他的帽子，原来大半新，你猜怎么着，他硬是抹了点稀泥上去，风一吹，大太阳一晒，他手一搓，帽子就旧了。他戴上这帽子，站在黄昏的风里，缩着脖子，转眼之间，从一个清清爽爽的男人变成世上最穷的人了。

他去年还让我吃有吃相，站有站相，今天却当我的面把自己搞这么丑，这么不体面。我当然要发言了，我说我们这样走在路上真是丢人现眼。

我爹最怕丢人现眼。往常村上泼妇吵架，他一听到就会往屋里走，嘴上会说：真是丢人现眼。如今我学他用这几个字，他一点反应都没有。我爹越变越不像我爹，他比一般人高，最近又好像瘦了，所以就显得更高，他一路走一路东张西望，眉头锁着，好像一直在想什么事情又没想通，有时候样子又呆呆的，想问他点什么的时候，他就像个傻子一样听不懂。

我娘再三叮嘱我，要是遇着土匪就闭着眼睛使劲儿跑。

我不使劲儿跑你都追不上我，我使劲儿跑你到哪里找我？

这不重要，你跑得快才紧要。

大人们就是这样，他们喜欢大惊小怪。你站在板凳上他怕你跌倒，你到塘里洗个澡，他怕你淹死。我一心想着我娘舅家，我娘舅家里样样都有，灶台都有我家两个堂屋大，灶台里什么好吃的都有：烧饼、腌肉、杏子和桃子，光是想一想，口水都快掉下来了。

第二天上午，好歹见到了点稀奇，路过一个村子里，见过两个妇女在对骂。我听得懂，她俩都诅咒对方的儿子早点死。

再往前，一个男的在劈柴，那斧头锃亮锃亮的，斧起木断，木断斧落，很快他腿边就像小山一样高，那人真有力气，要是有人喊他打架，他准能一个干掉五个。

一个小孩等在一头牛的屁股后头，想守到一泡牛粪。他时不时把脸凑过去，想知道牛什么时候帮他的忙。我还看到一个农田，一大片一大片，雪白的棉花一簇簇的，稻地也是金黄色的，可是我们没有停下来，两脚不停地往前走。走着走着就走到了雨里。我们浑身湿透，在一户人家的屋檐下挤成一团，哆嗦连着哆嗦。我一时想不通，哇哇大哭。我侥幸地想，要是哭得情真意切，兴许他会改变主意，带我回家。

你怕什么，肯定就会来什么。

我爹就怕路上有人跟他说话。他走路的时候一直瞧他自己的脚尖，然后摁住我后脑勺让我瞧自己的脚尖，我就琢磨他怕人跟他打招呼。

有一回，正在路上走的时候，迎面走过来几个人，我们都擦身过去了，有一个人却掉头过来盘问。

他问我爹叫什么，从哪里来，要到哪里去？我爹回答的时候，另一个人蹲下身子来问我了：

你叫什么呀，小孩？

梅学文。我大声地说，我才不会像我爹那样汗珠子往下掉，这些事难不倒我。

哦，你爹想叫你有学问吧，真是好名字。你从哪儿来啊？

颍上村。

颍上村是哪个乡的呀？

我一听就想笑，连我这个小孩都知道颍上村是哪个乡的，他居然不知道，可我爹接过话头去了：

遭了水灾。

我爹说，庄稼房屋全淹了，找他娘舅度个难关。他的脸煞白，嘴皮子都在哆嗦。

那个人就纳闷了，没听说这方圆几十里地遭水灾啊？

我爹说，我家离这儿一百多里，何况是热天的事，大伙都忘了吧。

那个人更纳闷了，热天发大水，秋上才来逃荒？

那人把下巴抬起来，嘴巴噘得老高，眉毛快挑到头顶去了。

你看，那时扯谎还不是我爹的强项。他躬着腰曲着背，毕恭毕敬地，恨不得把脸面贴住脚面，好半天才讪讪地说，早就出来了，娘舅家远，隔了几个县……

我一听就急了，我怀疑我爹带错路了，我娘舅家往年半天就能走到。可是我刚想开口，我娘就拿手揪我的背。

我爹结结巴巴地解释，双手掺和着比划，还摸摸鼻子、抓抓头，他整个人的样子就像一个漏斗，你把这边捂住，那边又来一个口子。好在那个人也就说说，或者那天他真有事，问问就走了。

几个人走了之后，我爹瞧我的样子简直想一刀把我给劈了。我娘把我往她身后护：

他又不懂，不要怪他。

接下来，轮到我和我娘乔装了。我娘乔装不是难事，她头发早上起来就随便在后头挽了一下，简直不成个髻。她把一对银耳环摘下来，这耳环在她耳垂上挂了二十年了她说。她还得把梳得齐整的头发扯乱了不少。

她最近又瘦得厉害，穿件大褂子染得黑漆漆的。她本来不是好哭佬，这几天却愁眉苦脸，很像我们村上前几天死了儿子的婆婆。我几回上前牵她的手，就像牵了一根芦柴。她捏紧我的手，生怕我跑掉似的，可她自己都站不稳，东摇西晃的。走路对她是最遭罪的事。一个不该出门的人都要出门，那就说明不动身就是死路一条。

我倒要看一看我爹怎么乔装我，他要是想把我蓝棉袄扯出几个洞来我可不依，可是我爹没有怎么着我，他光是对我说：

你一天不说话，到晚上就给你一块糖。

我立刻就同意了，但我怀疑他手里究竟是有还是没有。

我爹抬了抬下巴，我娘真的从包裹里摸出一块糖，那可是芝麻酥糖。方方的，包在一块红纸里。如果要是半道上开了口，糖没有，晚上不许吃饭、喝水。

就一天不说话？

要是你赢了，晚上一颗糖，第二天板车给你拖。

我最喜欢拖板车。往年我爹拖板车的时候，总是一揽子把我挂在板车上，把我吊在车把上回家。

我爹这一招真狠，所以，后面的事我一句都不能问了。比如，那天中午我们经过一个房子，有人招呼我爹歇息一下，又问我们是从哪里来的。我爹说了个地方：马坝。

我一听就急了，我们村明明叫颖上，怎么又变成了马坝，可是我娘轻声地凑过来说：

你今天想赢吧。

我点点头，抿紧嘴。

哎呦，那人一听就说，早听说马坝遭了旱灾，大半年没下雨了。前几天还有一个马坝的逃荒到这里呢。

是的，我父亲像见到恩人一样拼命点着头，很激动。可是，那人看着我们的家当却纳闷了：

你从马坝走到这里，这板车还这么结实啊！

那人正要去拾粪，他手上有一粪搂子，他说一下，用粪搂子敲一下板车，他粪搂子举得高，落得猛，敲的声音特别大，我被敲得心一惊一惊的，还不能叫。

他说你有这副好板车，再说又都捱大半年了，何苦跑这大老远的路？疑惑像蝗虫一样在他的眼前绕，他的眉头结住了，他的嘴巴绷紧了，他的身子摇晃起来了。他走到板车跟前，还想看清楚板车上的东西，哎呀，还有一床新棉絮呢！

他的眼睛眯起来，兴奋得停不住嘴了，他说，兄弟你这些都是好东西哇。

我爹像个贼一样面红耳赤，他原本支着板车的把手，这会儿他把手拿开了，像把手上有针尖似的，支支吾吾了半天，然后拽着板车慌里慌张地走，就跟再不走东西要被抢走似的。

没两天我就亲眼看着他丢掉了棉絮。丢掉棉絮之前，板车先不见的，他给块烧饼让我一边蹲着啃。一块烧饼吃光了，我一回头，板车就不见了。我问了十几回，我爹只说了几个字：

你今天输了。

我没有板车坐只好跟我爹后头跑，我人小腿短，我娘人瘦脚小，我俩轮番跌跟头。这哪里是走路，简直是屁滚尿流。就这样屁滚尿流走过一个村子又一个村子，一个集市又一个集市，一座山又一座山，我们走到狗都不叫了，我们走到天和地糊到一块了，他还让我们走。我们明明追着太阳，到头来，月亮跑到我眼眶里，连它都歇息了，我还要走，简直想要我的小命，连着摔了几个跟头之后，我就咧着嘴开始哭，结果这铁石心肠的爹甩过来四个字：

小儿难养。

我的这个爹，根本不管我腿疼脚疼浑身疼肚子又饿，直顾着往前走。

接着就轮到那床棉絮了，这是我家最好的棉絮，我昨晚上就盖着它，可是我爹说，天还不算冷，忍忍就到了。

他可没说到哪里，要真是到娘舅家的话，当天吃中饭就应该到了，所以我被搞糊涂了。

这往后我的岁数后头加了个零，又拐一个弯儿，像这样把家里最值钱的扔掉，也就瞧见这一回，况且这么好的东西。他把棉絮放在路边的时候，还揪点茅草盖住它，好像怕被人偷了似的，我娘就扑过去抢，我娘不是我爹的对手，我娘一扑，我爹一拉，我娘还没扑，我爹又一扯。我看到他俩不声不响地拉拉扯扯，我爹又赢了。我们扔掉那床大半新的棉絮，继续往前赶路。

为什么啊爹？

就算我长大了，我有时想问一问有些真相，他还是前言不搭后语。他说，你不知道比知道好。打个比如说，你菜园子里埋了一坛金子，他说，如果是这么个事，我早晚会告诉你的。可是，你菜园子埋的这坛金子，后来被人挖走了，我就不告诉你了，我告诉你，你会想着你的金子，还要想着挖走它的人，你又没有搞金子的本事，又没有搞挖金子人的本事，你两样本事都没有，不知道更好。

后来他又打了另外一个比方：

这就等于说，我看到一条狗在追你，我把狗打死了，你看不见那条狗，所以你不知道我打死了那条狗，你也不用知道我怎么打死的那条狗，你光记得追你的狗不见了就可以了。

大概就是这么个意思。

可想而知，板车没了我问个不休，酥糖没捞到，第二天我跌了跟头又叫了几声，还是没有酥糖奖励。我爹说，光是哭几声是可以吃饭的，要不是他改了规则，我晚上连咸菜夹窝头也吃不上嘴。没几天，他丢了挑在肩上的小犁、钉耙，我娘怀里那个包裹也瘪掉不少，那些东西怎么不见的，你们也猜得出：瞒着我了。我家的东西就这样一路走一路丢，不到十天，我们光光的，脏脏的，臭臭的，爹不像爹，娘不像娘，小儿不像小儿。

有一回我见到一座大山，我还是头一回望到这么高的山，我嗷嗷叫着想爬上去逮逮麻雀什么的，我爹见我喜欢山，他就问我：

你要是听话，我们往后天天住在山里。

我想爬爬山，倒也没想好要天天住在山里。可我爹说了：

儿子，山上的好处说不尽。

我也忘记问他到底有多少好处，我爹跟我讲了两桩：

一是人少，二是能吃的东西多，山里有野桃、野枣、瓜啊梨子，吃到饱。

我还来不及吞口水，我爹又说：

甜的要是吃腻了就吃荤的，山里有野兔、有野猪、麻雀，运气好，一天一只，吃不了就腌起来过年的时候吃。

事实证明，这是我爹处心积虑撒的又一弥天大谎。我开始对山起了心，遇到山就痴痴望。我计划着我爹逮野兔的时候也要搭把手。

可是我们经过了一座又一座山，有时在一条山路上要走整整两天，我爹也没兑现他的诺言停下脚，他只顾拖着我们往前走，拐过一个弯又拐过一个弯。那滋味真不好受，你把一座座那么好的山头丢在身后的时候，你能不恨这个当爹的吗？而且你心里清楚，他根本没有往回走的打算。

被狗咬的经过我记不清了，现在腿上有个很深的印子；我也不记得从桥上掉下去之后被水冲了多少米，但我差点呛死我还是记得的；我也不记得我们全家的脚上都长了烂水泡之后是怎么对付的，可能抹点泥巴糊一糊，歇个半天也就对付过去了。

我是迷迷糊糊地听到我爹在说我娘舅吃了枪子的事。我爹娘晓得我的脾气，我醒着讲这事我肯定会嚎、会叫，满地打滚，会问为嘛为嘛为嘛。亏我娘舅最疼我，什么时候吃了枪子我都不晓得，他们连头都没有让我磕一个。我娘动身前一直哭啊哭啊，我哪里晓得她是哭我娘舅呢，动身后我娘也是哭啊哭啊，我又以为她哭她的小脚哭她的板车哭她的棉絮哭她走了这许多天的路！

路比我想象的长多了。有时宽，有时窄得脚一歪就能掉到沟里。这么说吧，你光以为肚子饿了糟透了，可是肚子饿了还得走路，这也够受吧，你还得看两个大人一言不发，你就感觉到天顶上有个什么东西要砸下来，可是你也搞不清。不要说天亮着的时候，有时你觉得伸手不见五指了，他们还是拽着你跑；有时走到眼睛发花，感觉到五丈老爷就在前头了。这还不是最要紧的，最要命的是落雨，天一落雨就不仅是又累又饿又湿的问题了，到处都是水洼，晚上住在人家的草棚边上真是冷到骨头里去。有天天黑的时候我们借住在一个村子的牛棚里，整夜听着牛在那里呼哧呼哧，稻草里全是牛粪和虱子，恨不得天早点亮。早点亮也没用，到处都是水，衣裳湿乎乎的，我们也没有胶鞋，就在等雨停的那几天硬是把我娘包裹里的干粮吃了个光，也是那几天我才终于清楚酥糖根本就没有。他俩玩了个障眼法，那块包酥糖的纸是真的，可里头并不是酥糖。既然这样，我就可以随便说话了：为么骗我，为么骗我？我一不做二不休，满地打滚地放赖，就尖着嗓子叫：

回走，回走，回走。我就这样叫了不下两百次。我爹开口了，他说，我做不了主。

你做不了主谁做得了主，我们家就三个人，诓我！

儿子，要是我能做主，我不许人碰你一根毫毛，不许人动你一根小指头。

我就不信了，我偏要讨一个公道来，可是公道这个东西，利索得很，你一伸手讨，其实就说明它跑路了。我爹见我停不下来，发狠了，他捎住我，多说一句，赏你耳刮子。耳刮子这个东西我可晓得厉害。我家有个伙计，经常赏他婆娘耳刮子，赏得他婆娘眼眶乌青，嘴角冒血。我爹每回瞧见，都气咻咻地训斥他。这回，他倒变得跟他一样腔调了。他那大手举在我眼面前，一下子遮住了半个天。我能怎么着呢，长这双大手的家伙还真不是对手，他夺走我的公道却还要赏我耳刮子，你说我个头不到他大腿根，我能怎么着呢我？

我瞪着眼，把我的怒气一点点往喉咙里吞。

再后来，我们走的路越来越偏，在毛竹林里迷路其实不算什么，一天只吃上一顿也不算什么，有一晚，天不好，我们在一户人家家里借宿。我们一家人挤坐在人家的屋檐下，我听到了那户人家的主人站在门口，警惕地问我爹说：

老表你从哪里来的？

我爹说了一个我从来没有听说的名字：孟河！旱灾，我爹说，半年没有下雨啦，再不出来就要饿死了。

这一下把人给惊住了，那人的目光变得友善起来，我爹接着说：

投奔我家舅老爷，寻个活路。我爹说话的声音水淋淋的。

屋里的人半天没有接话，听得出屋里有五六个人，全都站在门后。他们家的狗一直叫个不停，他们也不喝止它。那天天不好，大风呼呼地刮，雷声轰隆，像是要下雨，过半天门里的男人对我爹说：

老表，对不住了，前几天就隔壁庄子有个地主想逃跑，也到我家来投宿，他一卷袖子就露出他那双白生生的手，我可不想捅娄子。

我爹说，我不是地主，我有证明。我爹就小心地拿出我们出门头天他从外头搞到的那张纸，可是我一瞧见人家脸上的表情就晓得人家不识字。

把那张叠得四四方方的纸在人家眼前晃了一下，我爹又小心地叠好揣到贴身的兜里去了。

我一听觉得事有蹊跷：

凭什么就不是了呢？

我正想张口，我娘捏住我手腕。

为了让人家对他放心，我爹卷起袖子，他的手好长时间没洗了，又脏又黑，手心里全是茧，可是那位老乡不瞧他的手，他问你的腿怎么了？

我爹的腿出来头一天就有些瘸，我也不晓得怎么瘸的，可是我爹记得，他说：

砍毛竹时摔的。

不像。那个人说。

那天晚上我们坐在人家的屋檐下空着肚子等天亮，又饿又累。屋边上的池塘里有一百只青蛙呱呱乱叫，就跟打仗似的。我抬头四处张望，没一点光，天地一片黑。

从那天开始，一种不一样的东西平白无故地就跑来了。我爹明明是东家，怎么今天他手上多一张纸就说他不是了？而且，最吊诡的是，我自己家有房有床，怎么突然之间就空着肚子缩在人家的屋檐下。时间也不对头，我明明记得出门才十几天，可我爹说两个月了。

好不容易挨到天亮，我们连口水都没有讨到，又动身走。

日子开始颠倒。我们有回坐在一户人家门口歇脚，那时我们还不好意思把碗伸过去，人家吃人家的中饭，迟迟都不过来问一下。我们就这么等着，一直等到人家在刷锅了，我们都觉得人家的锅底都空荡荡的，铁定一点儿也不给我们剩下的时候，我爹才站起来过去了，我娘有好几回要站起来去讨，可是我爹没让，他说：

不叫你们讨，我知道你伸不出手。

这我就不懂了，为什么我娘伸不出她的手。我盯着她的手，她手上的镯子也没有了。我娘原来有一只镯子不是吗？我不能问，因为我爹说了：

再多问一句，撕烂你的嘴。他现在的脾气可一天不如一天。

我听到他在给那户人家说：遭了灾，断粮了，出来寻个活路。

他空着碗回来的时候脸色发白。我娘把头转过去，假装没瞧见他脸色那么难看，可是我就不那么好说话了，我说：

我要吃饭！

我不是在说，我是在叫。可想而知，我又差点被赏了耳刮子。

还有一回，我饿得简直一点迈腿的力气都没有了，好不容易看到一个村子，太阳到正头顶了，村子里家家户户袅袅炊烟正在升起。我跟爹说，我们去讨饭吧。事情本来就是这样，我们都讨了好几回了，可话由我说出来，我爹还是不能接受，他说：胡说，我们不讨饭。

真是会装，明明就是在讨饭。

他接着说：

要讨，我自己来，我儿子不能讨饭。他还加了一句：

凡是救急的人家我都记着，有朝一日都会还的。

我都饿得头脑发晕了，他还在那里自说自话。瞧他走路的样子，哪里像去讨点吃的，简直就像是要去炸碉堡。我以为要饭都要往门楼高的人家去，可是我爹有我爹的经验，他说，现在家里有粮的不是门楼最高的人家。他还说，不要从人的衣裳好赖看人的心肠，他又补过一句话：

衣裳穿得越旧，夜里睡得越沉。

我跟在他边上，没有看清他脸上的表情，光听到他的声音真不像我爹，那声音又低又沉，像是有人掐住了他的脖子灌了一嘴的水又踢了一脚的样子。他说：老家遭了灾了，带孩子去投奔他娘舅。麻烦给口吃的吧。

刚刚在门口翻稻草的老年人一听到我爹说话就假装没听见，他头也不回往屋里去，我爹晓得现在的人心肠比往年硬，疑心比往常重，他往前走了几步，他说：

小孩子饿得走不动了。

可是那脚步还是没有停，眼看就到门边了，我爹只好追着他喊了一句：

我们都快饿死了。

果然，那往门槛走的脚停住了，可是还没有回头，我爹接着说：

我要是死了，这孤儿寡母的就走不到他娘舅家去了。

我被我爹的话吓着了，赶紧仰起头来看他。我几乎看不清他的脸，满脸的毛胡子把半个脸给糊住了。我光是看到他的眼睛。那里头空空的，既没有往日的威严，也没有往日的活气。就像是两个树洞遮在脸上。

我爹的声音和模样，还有他那一瞬间垮塌下来的肩膀，把我惊得心乱跳。我急急忙忙朝他喊：爹，你要死了？你真的要死了？

我惊慌失措的样子也算帮了小忙。我们讨到了一大碗稀饭，还有两只地红薯，还舀了一大瓢热水喝，那红薯比我往年吃的猪肉都香，刚刚吃完，我爹拉住我，他对我说：

你想叫我不死，你就不要问东问西。

我娘也跟着帮腔说：

你什么都不问，你爹就不会死。

那什么不能说呢？

提到家里的房子你爹就要死，提到家里的牛、猪、板车、棉絮，你爹都会送命，提到家里的房子更有危险，亲戚也不能提，特别是娘舅。一提，你爹就死定了。我一贯没怎么挨过打，别人的老子往死里打自己的儿子，我爹还真没打过我，我爹识字，比一般人更有学问，他说孩子成器不是靠打出来的，可是关于识字这个事也不要提。

我还有什么可以提的呢？

我爹说，你饿了、累了、困了，这些可以提，其余的你都不记得了。

梅大勇可以提吗？梅大勇是我村上的本家兄弟。

不许提。

红强呢？红强为我家放过牛，热天的时候让我骑过牛背。

不许提。

花花呢？

花花是我隔壁人家养的狗，跟我不是一般的亲。

我爹略略一思索，不许提。

我差不多都快哭啦，你这么大的人了你去娘舅家的路都不识，还把我拖到一个屁也不是的地方，这里的人一个我也不识，不要说没有一张熟面孔，就连他们说的话也越来越难懂了。我恨不得像一个女的那样往地上一躺，四腿乱蹬，我要不是看我娘那可怜巴巴的样子，我肯定会一字一句地贴住他的脸吼出来：你还给不给人活，啊？

我刚把嘴巴一张，我爹就猜到了。他说，你想我死，对吧？

我爹说这话的时候，一只又大又红的太阳挂在树梢，这只红太阳把树梢染得红彤彤的，透过树梢，红太阳又照到我的脸上，我的脸上酥酥痒痒，酥酥痒痒的感觉里面包裹着好多的疑惑，我就这样怀着巨大的疑惑看着红彤彤的天变成灰茫茫一片，天和河都糊成一片。第二天，第三天，这疑惑扎在我脑袋里，没有化掉，反而越积越大，像钩子一样挂在我脑袋里，怎么甩都甩不脱。那以后，只要看到红彤彤的太阳，我就想到我爹是不是要死了，反过来只要想到我爹，我就想到那个红彤彤的太阳，总之，太阳和死就这么奇怪地挂上了钩，越挂越紧，挂了六十多年。

到了下一顿，我爹又开始了。他瞅着一户人家开饭了，他站到门口：

老表，给碗稀饭吧。

屋里的人我们看不清，光是一个男的蹲在门槛上扒饭。那人瞟了我爹一眼，继续扒饭。我爹这时可比上回有经验了，他顿了一会儿，然后再放低嗓子：

我们都快饿死了。

然后这回不像上回那么好的效果，那男的打定主意不抬头似的一点反应也没有。

我爹接着说：

我的大儿子已经饿死了。

这句话一说出口，我娘，跟在我后头比我走得还慢的娘突然咕咚一声就倒地上了。我爹赶紧把她扶起来。我娘张开嘴，像是想吐出点什么来，再一瞧又像是一口吞进去些什么，好半天，才呼出一口气，就是一口气，眼角边还有一滴泪，却没有一丁点儿声音。我爹、还有那个正吃着饭的男人，都一下子全成了哑巴，那个人，含在嘴里的那口饭，也不好意思咽下去了。一直到屋外树头一只不知情的小鸟在那里扑腾了一下翅膀，算是打破了僵局，那个男的才不声不响地站起来，像是发狠似的，把自己碗里还剩下的半碗饭一下子全部扣到了我爹的碗里。

我爹捧着碗看着我三口两口干掉了半碗饭。虽然我们谁也不说话，但是我感觉身上又有力气了。我想这会儿迈开腿再走上十里路我也扛得住了。我想那就叫默默无语、心领神会。

这天晚上我记得很清楚，我们是在个拱形石桥的桥洞里过夜的。蹲在桥洞里，听着小溪从脚边流过，我们尽量缩进身子，让脚离水远一点儿。十月天的风不怎么急，刮到脸上会停一小会儿，顺着耳根再飘走，我娘老是把我往她的怀里挤，我们越挤越紧，到了半夜我都有点嫌热了，我娘的身子还是冰凉冰凉的。她自己冷，以为我也冷，想让我热乎点，我呢，被她箍得太紧，想自在些，我们谁也不让谁，紧紧地扣在一起，扣得我都透不过气来，就在那天晚上，我产生了一个幻觉，我感到小溪在我头顶淌，我看着地面开始倒转，我看到溪水盖住了黑夜，我望到一片白。

这过后，我们遇到的情景就更加复杂。比如有一次，一个男人是愿意施一点儿什么的，可是他那烧锅的紧紧拽着那男的，死活不让他递到门外来，就差一点儿我们就够到他了，可我们又不好直接往人家门里去。就这么僵持的时候，那女的力气大，把那男的拽回去了。也有的时候，他们起先不肯，如果我们站的时候够长，他们也就多少会给点儿，当然，更多的时候是不仅不给你，反而会恶声恶气地让我们快滚。

其实这都不算什么，这样的事都可以忽略不谈，连着几天我脑子里就存不住别的了，单是记住了我爹说过的话，他说他死了一个儿子这个事情。我想知道那个儿子是怎么死的，这么大的事我怎么不晓得？

要是他没死儿子，他怎么会那样难过呢。我爹那天说话的声音也就没法忘记了。那声音真是伤心，听得人心口像是有猫爪子在挠，你别看现在他一副谁都可以欺负的样子，当年他可不是这样。他身高臂长，腰背又直，就那么几天工夫，他的脸皮子就皱得一塌糊涂，那件破破烂烂的旧棉袄也脏得不像样了，脚上的鞋也不见了。一个落难的人再和气都让人害怕，何况他不和气，他变凶了，就算他是我爹，他那副样子也不像是能惹的。

我边想边往前走，可能想得太入神了，踩着了路边一条打瞌睡的花狗，那狗受了惊，张开大嘴，一阵猛叫，想吞了我似的，我转身想跑，一头撞到一根树桩上。那回跌得很惨，额头上破了洞，血把眼睛都糊住了。后来我头上裹着止血的泥巴趴在我爹背上赶路，他走一步，我脑袋上就跟有人跟后面拿榔头敲一下，疼得我打摆子。从那天起，我的头就一直疼，一到雨天就疼，一到晚上也疼。我出力的时候好一点，我头朝下倒着的时候也好一些。

我叫我爹走慢一点，他却回过头来跟我说：

这都是你话多造成的。

明明是一条狗，怎么变成我话多。我疼得都没力气跟他讲理。

我也不能说一路上一点好玩的东西没见到。等到我头上结了疤，有一回，我们路过一个集镇，我们瞧见一个男人上身穿得厚实实的，可是下头露出白花花的屁股。还有一回，我们路过一个寺庙，说是寺庙，除了那门楼子还在，里面一尊菩萨都没有，可是我娘的眼睛瞧着那门楼子怎么也错不开眼珠子。还有一次，我们路过一个铁道，我们看到巨大的铁家伙轰隆隆擦着我鼻子过去了。要不是我娘捏紧我的手，我就被它吹倒了，那大家伙比天兵天将还可怕。

走路的人容易饿。有一天傍晚，我们又要讨了。那个村子是我们走了这些日子遇到的最穷的一个村子，几乎就没一户盖瓦的房子，就是稻草，也都又旧又烂。我爹朝四周看了下说，错过这个村，要走十里路才会有下一个。我们很清楚，天要黑了，我们走不到那里就会迷路，而且也没人保证那村子比这村上人心肠更好。我爹瞧见我差不多躺在地上了，他拖起我又靠到了一个人家的门口，他说，给口吃的吧，我娃儿不中了。他牵着我的手使了使劲，我便放声大哭起来。哭也是个学问，不是你饿到头昏眼花，你就想哭，不是的，人饿急了是没有力气哭的。我真是挤出吃奶的力气才哭出声音来，结果人家一掌把我推到门外，让我们滚滚滚。

再站到一户门口的时候，我爹说话了：

大伯、大婶、大哥、大姐行行好吧，给口热饭吧，我这娃儿快不中了，他的两个哥哥前几天没了。一个饿没的、一个病没的，我眼下只剩下他一根苗了，要是他再有个三长两短，我就是死也没脸见祖宗了。

两行清泪滑到他的毛胡子里头去。天跟地都哑巴了似的，周围一点声音都没有。我总算领教一个人能靠着嘴上吐出来的字，就跟拿把刀举着一样能唬住人。我记得一屋子人没一个说话，你看看我，我看看你，然后，他们去拿吃的了。

我还忘不掉一个年轻的小媳妇，她听完我爹的话，进门给我们端出来一碗山芋饭。我们还没走出两步，就听到里面有人喝斥她说：

瞧你自己吃什么？

然后就听到"啪"的一巴掌，也不晓得打到她哪里。我的饭卡在喉咙里，吐也不舍得吐，咽也咽不下。

有一回，我们讨到一个老奶奶家中，她的眼睛已经瞎了，她一个儿子都没有。全都打仗打死了。她难为情地对我爹说：

你看到什么能进嘴就拿什么吧。

肯讲这话的人家里铁定什么都没有。她家里一口锅，锅里一点儿温水，灶下一小把柴火，一只油灯，里头没有油，一只缸，里面也没水。我爹望了又望，望望屋子又望望那个老年人，到末了，一句话没说，瘸着腿帮她到河边提了两桶水倒进缸里。

我们比这些人强多了，我娘说。她不是在安慰我，她在安慰她自己。

太阳光尖尖的，像针一样往我的脑子里钻。关于这一路上，还有些事说了也只是想不通，比如我们瞧见一个人拿着鞭子使劲抽着他的牛，那头牛已经奄奄一息了，连我都知道你打它是因为它拉犁使不了劲，可你越打它它越没力，谁都看出再打下去它就彻底死翘翘了，可那个人就是使劲地抽，就是不想留下活口的意思。我爹说，这又是何必呢，再怎么也是条命，何必这么狠心呢？

可是那鞭子甩得震天响的，哪有人敢上前说句话。

还有一回，一个男人在打他的爹。他的爹一边躲一边哭，说我五十岁才养你，指着你给我一口饭吃，现在你不给饭吃，还往死里打我。有什么用呢？这个老头鬼哭狼嚎，可我爹却不上去拉一下。拉一下有什么用呢，我爹说，拉得了今天拉不了明天。

最难的不是讨饭，照我看，比讨饭更难的是遭人盘问。

有回我爹停下了脚步，走得好好的，我爹让我们等一等，他站在一个引水渠前，看到有人在那里热火朝天地挖渠，那些人说说笑笑，引水渠里的水清清亮亮的，麦田里的麦苗也冒出小嫩头，水汪汪的。他当场给人跪下了，他说，我是从张渡出来逃荒的，我已经死了三个儿子，这是唯一的一个了，我们一家六口只剩三口了，大伙帮帮忙收留我们吧。

那时候，人的口音变得奇怪起来了，但是我爹的话我听得懂。我当时脑子就像被人扬了一把灰，我心想我怎么不记得这一路上我家又死了人哪，不是死一个，不是死两个，是死了三个？

我急啊，就想问我爹怎么回事，我爹顾不上理我，接着告诉人家说：

白生生的水啊，一夜之间把庄子全淹了，我爹娘都在睡梦中就被卷走了呀！

我爹说这话的时候，伤心地垂下头，我瞧不清他的脸，只瞧见眼泪一串串往他露出棉絮的棉袄上滑。

哎呀，那你怎么逃出来的呀？就有人肯停下来听他说了。

我会水呢，我爹说。

又有人问，那你儿子和烧锅的怎么也逃出来了呢？

我一手拽一个，拽出来的。我爹说。

你怎么就拽了烧锅的和儿子，不去拽爹娘呢？

我爹哭得更大声了，他说是我不孝，我们不住一间屋，我来不及了。

可是这时就有人问了，你家屋很多呀，拽个人都来不及？

我爹说，我屋不算多，他们睡在牛棚里。

那人更来劲了，你什么成分呀，你家还有牛？

我爹说，我家没有牛，我家替人家放牛。

你们那里还有地主啊？地主还有胆子让你给他放牛？

我爹说，我不帮人放牛，我儿子帮人放牛。

人家盯着我，看我样子这么小，十分不相信。我爹又说了，这是我小儿子，最小的，我只拽住了最小的一个，会放牛的都淹死了呀，我死了三个儿子呀！

他说这话的时候，我瞪大眼睛去瞧一瞧四周，我怕我在做梦。到处是坍塌的石头、泥沙和野草。许多矮房子都是稻草铺的顶，发黑的稻草垂在屋檐下，瞧不清屋里的东西。

后来我观察出来，他说我儿子要饿死了，这实话不太管用，他说他已经死了一个儿子，能讨半碗，他说他死了两个的时候，他讨到一碗饭还有几个窝头，所以他想留下不走，他只能说他死了三个儿子。可是还是有人不那么容易受骗，他说你多大年纪啦？

我爹说：我今天三十二了。

难怪人家要问他多大，他头上身上脸上全是泥啊水胡子啊，还真瞧不出来年纪。

我爹瞧上去又急又怕。好比有人拿扁担往我爹的肩膀上压，他顶不住了似的，慢慢慢慢地蹲了下来，脸上露出十分痛苦的样子，不一会儿，他的嘴角就往外冒白泡泡，一串一串地往外冒，他的喉咙像拉风箱一样呼哧呼哧，他的脸上满是泪水，然后他整个人就瘫倒在地了，急火攻心似的。

他一倒地，我娘的声音就起来了，她的声音像二胡拉出来的一样，又尖又细，一直往斜上方飘，她的哭声把那些生人的颈脖子都拉长了。

我想我就从那时对数字也心里没底了，我记得我爹二十六，怎么我们走了几天路他就三十二了。

我三十二岁的爹颤巍巍地跪起来，说：天热时我们就出了门，一路走一路讨，没吃过一顿饱饭，没躺直身子睡过一个晚上，再下去，我这个儿子和烧锅的都要死在路上了。

要是天热时我们就出了门，那都好几个月了，难道路上一日，家里一年？那也不对呀？

我爹拉过在一边发愣的我，让我也跪下来，我依着他跪下来了。他把我头皮捉起来给人瞧，他说，他的脑子热天的时候摔坏了，碗大的一个疤呀！

没有那么大呀，有人说。

几个月了长好了，他说。

瞧着还是新肉。

就没长好过。一直都这个样子。

我嘴上是不敢说，可是在心里滔滔不绝来着：

我听到的是真的吗？我是不是在做梦啊？我怎么一点儿不记得了呢？

这十几天（也可能是一年多）的路走过来，我学会了在心里问话，然后又把问号吞回肚子里，在肠子里打个弯，然后像屁一样放掉，我就是不让它从嘴里出来。我在跟我爹憋气。

我比我爹以为的要能忍得多。我原以为在人烟稀少的村子上讨点东西难，可是你要是看到坝上从头到尾都摆满了吃的喝的，你以为这样能讨到点儿东西你可就错了。碰一下都不许，你往那儿一站人家就晓得你口袋里空空的，价钱都不告诉你。人在饿着的时候最见不得好东西。我娘都受不住了，她站在米店门口就要往地上倒，我爹硬是顶着她，一边顶着她往前拖，一边回过头来瞧我，但是我不吭声。

我爹问我，你中不中？

中，爹。我说。我说这话的时候，一阵大风刮过来，把我的声音刮歪了，本来我是赌气说的，怒气冲冲，到他耳边却是拖泥带水，软弱无力了。

他倒觉得稀奇了，我一贯大呼小叫，饿了叫，冷了叫，不懂也叫，这会儿，连他自己都撑不下去了，我却说我中。就是那回，反倒把他吓住了。

我们跨过了多少河流，翻越了多少高山，穿越了多少峡谷，见到过多少陌生人，我一概没有数目了。关于季节和老家都变成了浆糊，我甚至都不关心我什么时候回家了。我可能问过，我爹就回答我说：

我们总要回去的，老家哪能不回？

天越来越冷了。我们一家三口都摇摇晃晃、走不动也站不住脚的时候，碰巧发现了乌源沟。

不过，话说回来，哪一桩事不是碰巧呢。什么月份我忘记了。既然我搞不清我爹的年纪，我从哪里来，我姓什么，我甚至都不记得我所有死去的哥哥，所以我肯定记不住我来乌源沟的时间，就算记住了也可能是错的。我记得到处都是碉堡。木碉堡、竹碉堡、砖土碉堡和石头碉堡，大大小小、各式各样。有碉堡的地方就没有人住，房子也破破烂烂，有碉堡的地方，森林和竹园都成了荒坡秃山。

在黑莓藤条遍地的山沟里，我爹停下来了。按照我爹的原意，是想沿着两山之间的溪沟去山的另一边，山那边有什么，谁也不清楚。两座山中间，居然有一块面积广阔的土地，土地上有家禽和炊烟。山脚下有个黑瓦白墙的小寨子。寨子四周长着稀稀拉拉的茅柴，茅柴一人多高，在风里摇摆，那些茅柴也很柔软，手触即断，点火就着。我爹停下了脚步，愣愣地在看着茅柴，然后，他说：

就这里。

说实话，我觉得我爹当时真算是个聪明人，这么高的茅草没砍下堆成垛，就晓得这个村子缺人手，猜到我们能留住。直到离开乌源沟的时候我才搞清楚，那地方旧社会就是人们从这山穿到那山时的驿站，乌源沟左右各一座山，左边的叫前山，右边的叫后山，前山和后山遥遥相望。前山峭石缝里长满了毛竹、毛榉和槐树，后山黑土堆里尽是一丛丛杂草和灌木。说老早这里荒无人烟，翻过一座山的人，停下来歇脚，慢慢地歇出一块平地，平地上最开始只有一户人家，看到这里空气清朗、小溪清澈、草木茂盛，就搭个棚子，给又疲又困的路人歇脚乘凉，挣些茶水钱。到后来，有些过路的人，见山头无人、山脚无人，觉得清静，就在这无人管的地方造了个房子避暑消食，有人的地方就能开荒。又过了些年，山脚的平地就慢慢全部开成了田，种上了稻谷，可是仗一开打，这地方又成了要点，码了许多路障和隐蔽所。到我们经过的时候，路障成了土堆，隐蔽所成了残垣断壁，只有黄鼠狼和刺猬出出进进，这村子没几户人家，灰不拉叽的枯草败叶为证。

他说，我们过去瞧瞧。

走到山洼里再翻过来拐个弯瞧见了一间间草顶小房子，房子边上是高巍巍的橡树，再直点的是银杏，弯下腰，枝条垂到根部的是柳树。

我爹眼珠子急急地转，我晓得他在找人。接近草房子的时候，最先遇到两个呆头呆脑、邋里邋遢的男孩子，有个缺牙有个听不懂人话。一个瘦高的农民，扛着一只生了锈的犁，头被压到一旁，看到我们一家三口，只是一个劲地斜着眼睛瞧，问他什么也不答。还有一个妇女，坐在草垛边一边奶孩子一边打瞌睡。一路上，没有比这些人更和气的了，因为太和气了，我瞧见我爹的眼睛眯起来了。我爹眼睛一眯起来我就知道他有主意了。我们踩着烂兮兮的泥地往里走，风刀子一样刮我的脸。我们走到寨子的中心，在一头猪、一条狗之后，一个打着赤脚、个头很矮，眼神很警惕的人出现了，他认认真真地打量着我们全家。从上到下、从下到上。我爹朝我娘使了一个眼色。然后，他们牵着我走向那个人。我爹开始说话了：

我是逃荒的。

我爹说话的腔调不是刚刚跟我和我娘说话时的腔调。那是跟外人说话的腔调，听起来也有点费力。我赶紧歪过头，竖起耳朵，我跟别人一样好奇。我想知道这回我们从哪里来，死了几个哥哥，我更想知道我爹的年纪和我的名字。

我爹告诉他们，他做了一辈子长工，什么活都干过、什么苦都吃过，好不容易娶了一个老长工的哑巴女儿，好不容易盖了三间破草房，好不容易生了四个儿子，好不容易打土豪，分了些田地，好日子才开始，可是突然，他的家乡，那个叫黄良的村庄遭遇了百年不遇的洪水，一切都被冲走了，田地、乡亲、村庄、牛羊，还有他所有的儿子，都被洪水卷走了，除了这个憨子。他搓着手哭诉着，哭诉着搓着手。他一路乞讨，无处安身，现在，天气越来越冷，可是他们全家就奄奄一息，他的婆娘快要死了，他自己快要死了，他仅剩的这个可怜的儿子摔傻了，摔了一回就一直摔，而且还一直摔同一处，这样摔下去，这个越摔越傻的儿子很快也要死了，他们就要断子绝孙了。

我看到我爹的腰一点点往下弯，越弯越低，直至整个背完全驼下去，好像背负着整个苍天。好像天地发生了断裂，好像一阵狂风暴雨，我爹眉毛耷拉下来，嘴唇又厚又干，一下子强占了脸上的小半个地盘；

他面容苍白，像盖了一层冰，脸上的泪水哗哗地淌。他的腰背几乎贴到地了。不止我爹，我娘也是这样，她的眼角和嘴角一直往下垂，泪珠往下成串地滴，成了一个苦瓜似的人。还有我自己，呆头鹅一样，嘴巴再也合不拢似的。就这样，在乌源沟的第一天，我们全家被重新打碎、搓揉，捏成了另外的模样，捏成了我爹嘴里的人。

天和地又聋了似的，那些围观的人面面相觑，像是被拳打脚踢过一样呆滞和麻木。好半天，所有人全部泪眼婆娑，男人们红着眼睛、吸着鼻子，女人们哽咽得发出声来，干脆有人一把鼻涕一把眼泪。我得承认，这是我们出门以来第一次绝对一边倒的形势。没有怀疑和敌意，同情把我们团团包围。我们被带到一间屋里。这屋子太不讲究，简直就是茅房。几块粗糙的木板拼成一个门，门外是稻草铺就的小路，以吸干地上的泥泞，让脚落下来，靠着门里是稻草铺就的床铺，连一条像样的板凳都见不到。那些好心人簇拥着我们，密密麻麻地挤在这间破房里。为了打破这悲伤弥漫的气氛，有一个人亲切地蹲下来，他问我，小家伙，你姓什么啊？他的口音很怪异，尾音又笨又重，像牛的尾巴往下掉，但是好歹，我听得懂。

我看了看我爹，我看到我爹的模样那么悲伤、痛苦，眼睛和鼻子挤成一团，他看到有人不嫌弃我蹲下来跟我说话时，想挤出感激的笑。我想说我姓梅，我猜到我爹的脸色一定就会变，我想说我姓张，可我的确被人说过是梅老六的儿子，所以我改口说姓梅，我张开嘴巴，梅字都到了喉咙口了，可又不笃定了。我"张""梅""张""梅"地温习了几回，自己也差不多糊涂了，等我答案的人听到了却可能是"扎——麻——扎——麻"。

当我终于决定说自己姓张的时候，那个弯腰的人没了耐心，他直起身子，对着我爹。轮到我爹了，他刚刚平复下来的心情又激动起来了，他的嘴角往下，眼睛里再一次蓄满了泪水，泣不成声地说：我只剩下一个儿子，再走下去，我张长工就要绝户啦。

那天，我才听说我爹叫张长工，头天，我一直以为他叫梅先声。

就跟变魔术一样，我睁着眼睛没了爹。我茫然地看着张长工，看着这个张着嘴、眼泪鼻涕成片往下掉的男人，我轻声地问：

张长工，那我还叫梅学文吗？

傻儿子啊，你叫张广深啊！我的儿啊，你傻到不记得自己的姓名了呀！我是你爹，你不能叫我的名字，就算所有人都叫我的名字，你不能叫，你得叫我爹啊！

张长工再次放声大哭。那才真的是像死了三个儿子的爹的哭声。

这样的哭声一下子把我震住了，我一下子相信他了：我的确死了三个哥哥，我的亲娘是一个哑巴，我是一个傻子，我们从一个叫孟河的地方来，而那地方三年没有下雨。我唯一没有想明白的就是，我娘是一个哑巴，可是她昨天还会说话。这个问题我也问出来了。我说，爹呀，我娘不是哑巴么，哑巴能开口说话不？我睁着大大的眼珠子想把事情搞明白，可是我的爹呢，他不急，他让我说慢点，我就说慢点，他让我再问一遍，我就再问一遍。确定大家全听明白了，他对我说：

我的儿，你再傻爹娘都不会嫌弃你的，要活一起活，要死死一块。

答非所问，这就是大人。他们有时说人话，有时说鬼话。一句鬼话后面有一百句鬼话在排队。

既然我已经不叫梅学文，关于梅学文的记忆就开始模糊。但是很长时间我也无法适应我的新名字。今天我既然这么突兀地丢失我的老名字，也就完全有可能丢掉我的新名字，所以，我等着。我认为这么等合情合理。再说我实在不喜欢张广深这三个字。像一项旧的西瓜帽摁在我头上，叫人不由自主犯迷糊。

乌源沟冬天没事干，经常开批斗会，斗那些"地主分子、富农分子、反革命分子"。这些坏分子平常跟大家一样干活，到了开会时就要打扮一下。男的胸前挂块纸牌，上写几个大字，划几个大叉叉；要是女的，脖子上挂双破鞋。不管男的女的，都是低着头站在场地中间。四周的男男女女一开始都在地上蹲着，要不然就坐着，到了末尾，开始大声地数落，骂脏话，最后一定是有人站出来，朝挂纸牌的人吐口水、抹锅灰。小孩子就特别起劲了，"噢噢——呀呀——哄哄——喽喽"。乌源沟穷得没有一个地主，全村都姓曹。有回从别的村借了一个地主来斗。我们村的妇女花了好半天帮那个地主糊了一顶高帽子，没一小会就被人扇耳瓜子扇到地上，被小孩抢走了。开大会很热闹。什么人都可以放开说话、放开跳、放开骂人。有回，才斗了一会儿地主被人要回去了，我没有看过瘾。没看过瘾的还有两个妇女。她们坐在灯下面补衣裳。我听到有一个对另一个说，我们村就是不认真，对地主又太客气。她说听说她娘家什么地方，把地主的鼻子用铁丝穿起来，牵着来斗，还有的村，先割地主的耳朵和鼻子，然后把地主的心剖出来祭亡灵。

　　是啊，穷地方的人倒霉，另外一个接着说，好不容易找到一个地主，没有屋、没有牛、也没有粮食，简直太背了。

　　更背的是借不到地主，只好光搞控诉会。开头这场面就不怎么热闹。有人站到中间说旧年死了一只鸡，大旧年冬天饿得吃了麦麸，被地主扣工钱这样的事，拉拉杂杂地说，一会儿会场就乱哄哄的。自从我爹来了之后，村长就让我爹说。开头，他说我们一路人怎么艰苦怎么饿怎么冷怎么累，家里的灯盏里本来就没油，房子板凳小，墙都不敢靠，一靠怕墙倒。这些都是苦，这些苦都是大家的苦，又不新鲜，许多人边听边打瞌睡。气氛搞不上去，村长就批评他，说他挖得不深。要挖到根子上去，不要光说天怎么不好，又不是天天下雨。

村长不高兴了：

你不苦，你不苦你千里迢迢跑到乌源沟来做什么？你不是死了那些儿子眼看快要断子绝孙了，我们能收留你？你房无一间，板凳没一条，你还能说你不苦？

村长脸一板，我爹就紧张了。不过还好，我爹肚子里还是有货的。他总是有新的苦、新的悲、新的难源源不断地涌出来。我爹说话的时候，右手举起来，说一句，右手就像刀一样切一下。我也是在这种大会上，才晓得我的娘舅、我娘的娘舅、我爹的娘舅、我爹的堂叔、我娘的表叔身上的悲惨故事。我的亲戚，有掉下悬崖死的，有被骡子踢死的（当然是地主家的骡），有被山芋噎死的（自然是饿了九天才会一口吞进去半个山芋）。我爹很快成了乌源沟的主角，其余人都成了配角。有些事让人百听不厌，什么半夜被地主拖起来浇粪咯，什么三天没吃过一顿咯，什么有回在田里打盹被发现了吊起来打得皮开肉绽咯。他说得最多的还是逃荒路上的遭遇。人家爱听我哥哥们死去的那些经过。我爹有时候会搞混掉，比如开头说死了三个，结束的时候，又说是六个，那时的人老实、不识数。可是我记得，我记得这乱了套的事情。我一听到数字不符脑袋里就嗡嗡想，我有段时间专门留心听数字，三个、五个、七个？

我心想，这些大事都是晚上发生的吗？不然我怎么一点都听不到动静呢，死人要戴孝啊，我怎么没戴呢，死人要挖坟啊，我怎么没见着呢，送葬要吹唢呐呀，我怎么没听着呢，都是背着我干的吗，为什么要背着我呀？天地良心，我越想搞清楚，脑子就越疼，到末尾脑壳里就跟一层一层浆糊往上糊，就跟过年刷门对子一样，刷了一层又一层，然后一张红纸"啪"一下贴上去，任大风怎么吹，它就是雷打不动，比石头还硬，到了来年，浇上水，用铲子铲才能铲下去。

一到开会时间，刚开始没人好意思先说，等到我爹说完，人家就更不好意思说了。那几年，开什么大会，都是我爹唱独角戏。

他回回一说就是个把钟头。我想不清楚又实在顶不住瞌睡，缩在板凳上听到乌源沟人的唏嘘和叹息声达到顶点，女人——到了乌源沟我算是重新长了见识——她们哭起来声音尖细锐利，伴着抽鼻子拍巴掌，那些声音搅拌在一起，就像刀子斧子锯子一起动，一股脑儿往身上的肉上划，划得人钻心地疼，好在这声音不久会慢慢降下来，假使你不是一个像我这样的傻子，就不会像我这样不自在。大多数人开完会之后，吸着鼻子拖着鞋子往家走。那热闹的尽头是深不见底的黑夜，最后一个走的才是我爹，他眼睛肿得只剩下一条缝，还能认出我，牵住我的手，真不容易。他脸上挂着眼泪鼻涕还得背着我，要是我清醒，他就牵着我，人家的狗一阵狂吠，近的停下，远的又叫，紧一声急一声，叫得人心里发毛。

我是问他来着，我说这些我都没瞧见啊？

他说，儿子，你没瞧见的事情多着呢，桩桩事情都叫你瞧见，你的眼睛就要胀坏的。现在我瞧见的事比你多，将来等我老了，你瞧见的事我就瞧不见了。

这人狡猾吧，一下子把我的嘴堵住了。

更倒霉的是，往往我爹悲苦万分地演说结束之后，糊里糊涂的我还要被喊出来回答一两个问题。有时是你姓什么，有时是你是老几，而有时你是男的还是女的。我当然知道我是男的，可是既然这么简单的问题还要问，这里面一定有玄机，所以我偶尔会答是女的。人人哄堂大笑，他们一笑，我的头就疼，笑得越大声，我头疼得越厉害。到后来，我怕人家笑得我头疼，就一声不吭，可是，我一声不吭的样子也能把人搞笑，我稀里糊涂地成了合格的笑柄。我爹也一样，被自己的谎言拖着走向山头、走向地沟、走进茅房、走进风里、雨里，春天、夏天、秋天和冬天里。久而久之，他越来越瘦、越来越悲苦的时候，他已经成功地占领了乌源沟，他占领乌源沟的方式不是靠有能，而是靠无力。

有时候，他为了第二天的大会，头天就得在一丈方圆的房子里像困兽一样来回踱步，眉心拧成山头和山川，我有时睡着了，都能听到那忧愁的压抑的叹息从喉咙里往外涌。

真假难分。我又不能戳穿他的满口谎言。首先，大家都爱听；其次，大家都爱说；最后，我人小口拙，我就算敢问出来，没人听也罢，说不定讨一顿死打。这么说吧，我眼看着他们拿假话围大一个圆圈，他们把天、地、庄稼、牲口、日头和月亮全部围在里头。他们口大腰粗，力大无穷，一条缝都没留。

我经常在心里说你这个演戏的家伙，你不害臊啊，你不嫌丢人哪？往年我摔个跟头手心摔破了哭两声你就这么问我，你身上一块皮都没破，成天脸上都是湿的，你怎么不难为情呢？

虽然我牵着他的手喊他爹，可那些事都不是我干的，我跟他不是一路人，是被他硬扯进来的。我眼睁睁看着他一路走到乌源沟，边走边把我家的东西全部丢得净光。先是我家的板车，被子，看着值钱的东西，后来是我们村子的名字、我家的姓、我的年纪，凡是能丢的都被他扯丢了。他还剩下什么呢，我瞧见我爹头上一面旗子在那里迎风飘扬，那面旗子就是他的脸，就是他每天拿出去给人看的东西，好像不带上那面旗子人家就不看他，好像引不起人家的注意他就不是活在这世上似的。我告诉你，你摊上这样一个爹，就那么眨眼的工夫，把你从热乎乎的被窝里叫起来，上了路，然后把你带到一个叫乌源沟的寨子里，然后你突然发现自己原来是个傻瓜，你看到一面旗子，你甚至都不敢肯定那就叫旗子，你看着它飘，你由着它飘，你气都喘不上，它还在飘，儿子，换了你，你也不会多么喜欢这日子的。

有一阵子，他告诉别人，我是他逃荒路上捡来的，我吓得半死。我明明是他从被窝里拽起来的，他却说我是从路边上捡到的。我恐慌地发现，我爹是个能再造世界的人。他说有，就有；他说东，就是东；他说白，就是白。我怕再这样下去，总有一天，我会变成一块砖，一堵墙，一个空气或者一头猪。我十分担忧，问他说：

爹啊，还有多久我能变成你爹？我想着既然当爹的可以随便说，我也想当爹。

我这么问的时候，善良的乌源沟人没有嘲笑我，天地良心，一点笑声都没有。基于我连自己姓什么都搞不清，我问出这样的话来也就不足为奇了，成为真正的笑柄的标志，就是你的任何话他们都不会再发笑。他们同情地看着我爹。他们深深的同情让我爹感动得不行，他四周看了一圈，重复地问了我一句：

你刚才说什么？

我于是又提高嗓音问了一遍：

爹，哪天我才能变成你爹？

一阵大风冷不丁刮过来，刮断了我爹身后的一枝桧树树杈。树杈落地的巨响吸引了更多的人，那些听到我爹问话和没有听到我爹问话的人，都不由自主地转过脸来，他们一定想听一听我爹怎么回答我的问题，是给我一个耳刮子呢，还是踢我一脚，或者气得直接把我扔沟里去呢。

这里我要补充一句，我爹以前跟我说过，他说善有善报，恶有恶报，不是不报，时候未到。我爹还跟我说，一日为师，终生为父，我爹说，业报轮回，一个人过去是爹，等儿子长大了，爹死了，爹投胎回来，就变成儿子。这些道理我懂，所以我觉得我问这话是没有错的。我爹呢，他停顿片刻，抚摸着我的头，驴头不对马嘴地大声地说：

儿子，就算爹做牛做马，也要把你养大成人，爹绝对不会嫌弃你。

我爹的气概再次把人震住了。如果说前头他那可怜相让人同情，现在，他已经让人敬佩啦。乌源沟人对待白痴和憨子向来等同猪狗，他让乌源沟人羞愧。

我一败涂地。有一回，我存心考验他，想把他的狐狸尾巴揪出来，我突然问了他一句话：

爹，你的头疼好些了没？

他说，好些了。

其实他头天在批斗会上说自己肚子疼，他自己都不记得了。撒谎撒多了就露馅。

这样我胆子就大起来了，我说爹，我四大爷给我做的笛子是不是路上丢了。

是路上丢了。他说。

切，这回我心里有底了，我既没有四大爷，也没有笛子。

过了几天我又想逗逗他。我说爹，今天是你四十大寿，我们下碗面吧？

他说，儿子，今天不是我生日。

你前天才说今天是你四十大寿，怎么今天就不是了呢？

我说了吗？

你说了呀！

我真的说了？

你真的说了。

他糊涂了。他的糊涂样子被我看得一清二楚，后来我更起劲了。太阳老高的，我就找蓑衣，蓑衣呢，爹，今天要下雨。

今天不会下雨。

你刚刚才喊的呀？

我喊了吗？

你喊了呀！

我爹张着嘴，眨巴眨巴眼睛，既想看穿我，又想回忆回忆，那样子滑稽死了。

到头来，输的却是我，不是我爹。我说什么也没人信，比如，我曾经对我的一个小伙伴说我记得我家有十间瓦房，我还见过银锭子。我真不是说大话，换了现在，人家会说你有特异功能，比方说，我记得我吃过蜜桃，我记得我脖子上挂过银锁，我倒也不是存心显摆，可这话没一个人信，而且，我爹，会苦着脸上来摸摸我的头：

儿啊，是不是很稠很稠的浆糊又往你脑门上糊了？他料事如神，连这个也知道。

最要命的是，他在外头说话说多了，说累了，他回家一句都不说。我娘也真的变成哑巴一样不肯当我的面说话。可是有时候半夜醒来，能听到他们在那里窃窃私语。我一醒他们就假装打呼噜。拿我当贼防呢。他想让我照他的要求来。他叫我是什么我就是什么他才高兴。他就是这么干的，还假装什么也不干。

乌源沟的人，说话跟我们家很是不同，明明是一句好话，他们都是喊着嚷着说出来，中间还夹带几个脏字，乍一听，以为在审讯，让人惊恐，时间久了才明白这就是乌源沟的腔调，又或者说，这是种庄稼人的腔调。不仅是我，我爹也不是十分习惯，遇到这种时候，他总是弯下他的腰，这一点，我是十分的瞧不惯。往年这人不随便弯腰啊，现在成天就是一副弯着腰的样子，进门时弯腰，出门时弯腰，见到一条狗都恨不得弯腰对它笑一笑。可是遇到人家说话的时候，他一则是听不懂，二则呢，也学不来，他个子又高，站在那里又十分抢眼，他也晓得自己个儿高，怕抢眼，就那么弯着腰，弯着腰还不够，就那样憨不憨痴不痴地望着别人的嘴巴，别人呢，说着说着就回眼瞅他，又是一顿好笑。

到乌源沟的第二年开春，山上的毛榉、槐树和柳树都开始发芽，小风一吹，旱田里的麦子和油菜摇来摆去。我爹好像从悲苦的池塘里被捞出来似的，过去他就像一片叶子，风从哪边来，他就往哪边倒，他说话又恢复了过去那文绉绉的样子，不知不觉，他的手臂就又兴致勃勃挥动起来了，他想大干一场了。只要不上工的时候，他成天在房前屋后比划，拿着铲啊锹啊什么的，他说，他要依山而建一栋新房，房后围一个院子，院子里种几棵树，然后搞一些葡萄籽，到了热天，坐在院子里乘凉的时候，顺手就摘一粒葡萄下来吃。他滔滔不绝地说，他还要在仅有的院子里种上桃子、李子、南瓜和石榴；这还不止，他还要种上玫瑰、绣球花、郁金香、百合花。一年四季，百花齐放，花果飘香。好像这些事情不是干出来的，只要他嘴巴一动，就会遍地开花，绿树成荫，好像植物和动物是说大的，好像体面和辉煌也是说出来的。这些话也就我和我娘听一听，他说的这些乌源沟统统没有，这里找不到他要的花籽和树苗，他搞混啦，这个男人，他说得兴起，两眼放出光来，过去这一段飘零的岁月好像彻底划上了句号，所有受到的盘问，吃过的苦，受到的惊吓，狗的追咬，雨点的拍打，全都过去了。

日子有点像日子了。

我爹最喜欢的是清晨。我醒来的时候会瞧见他站在门前划分给我们的场地上，听隔壁人家养的猪发出拱篱笆的嗡嗡声，看太阳袅袅上升，听人家的公鸡咯咯觅食，还有会唱老戏的老年人在那里哼唱。

这个男人，批斗会上苦大仇深，做起事来却不像。比如挑水浇苗，同样一挑水，别人走走跑跑，他是歪歪倒倒，同样是握锄，他拿在手上像握钢枪，就说拔萝卜吧，他也还是出洋相。他被分派去插秧苗的时候，他并不清楚秧苗的距离和深底，别人两垄栽完了，他还在原地扶他的秧苗。

等他学会插秧，我娘死了。

我先是听到我爹在那里喊：哎呦喂，哎呦喂。

我还以为什么东西砸到了他的脚，等我一骨碌爬起来一瞧，原来是我娘死了。

再听听他的哭声，一点没有过去顺溜，就像上了锈的锯子锯一根空心木头，锯不断似的，古怪得很。

说到我娘，说实话，我有点记不清她的长相了，不过总的来说，我娘给我的印象就是那样的愁眉苦脸，后来她躲在草垛旁哭，躲在灶台底下哭，躲在被窝里哭，我瞧不见她的脸，可是她的声音总是穿过门、墙，透过蚊帐，到达我的耳旁，她哭起来有时像蚊子哼哼，有时像风吹到窗台上，有时就像一个人肚子疼那样的哼哼，总之，她就那么躲着哭。见到人的时候，就露出讨好的笑，就好像是因为刚刚哭过，就算洗了又洗，还是对不起她随后见到的每个人似的，仿佛她哭过后见到人了就是一种罪过，总之，每回她要是哭过之后，见到人都会露出胆小的、讨好的笑，她什么话都不跟我讲，我快急疯了才想起她是个哑巴。

我们家没有房子，没有被子，没有板车，没有水桶，没有水缸，没有切菜板，甚至连鸡都养不活。好几回风把棚顶掀了，还有一回，暴雨把一面泥巴墙也冲倒了。我们好长时间都敞开着睡的，我爹说，天热的时候就不用到门外纳凉了，家里透风。

我娘怎么会死呢，我猜可能她为胸口疼也哼哼过，可是我爹话语滔滔淹没了我娘的声音。我爹举着不幸的大旗，想招摇招摇，我娘的死，就像为了验证我爹没有撒谎似的。这都是他亲手制造的，他一手把我们搞成了这样。

要命的是，他自己成天胡说八道，信口开河，却不让我说话。我要是问个什么问题，想跟他探讨一下什么，他就会念紧箍咒。有时是早上，有时是晚上，有时趁我端碗，有时在我想睡一觉的时候，他就不停地说不停地说，我都记不住他在说些什么，说的全是不相干的、听不懂的话，你想一想，你要是问一个问题，他回你十个道理，能说上一整夜，这事换了谁也受不了。

有一回我睡得迷迷糊糊，我就听到我爹对我说，不要睡，儿子，你听我说。他把我拽起来，我滑下去，他再拽起来，他揪我的眼皮，我睁着眼睛睡，他就把嘴对着我耳朵。他说，儿子，你要记住，不要讲真话给别人听，不要相信人家嘴上的话。如果你想说什么，就反着来，反着说。别人说的话，也要反着听，反着干。比如，人家问你吃过鱼没有，你明明吃过，可是你要说，没有。人家问你家里有没有牛，你家里明明有，你要说没有。人家问你有没有哥哥，你要说有。要是有人摸你的头，说他很喜欢你，你要想着他是讨厌你。你想一想，你去年是不是见到一个人被打到腿断了，你是不是亲眼见过一个人在我们家门口吐的那一摊血？你想人家拿棍子敲你小腿吗，你想人家往你门上泼大粪吗，你想人家朝你吐唾沫吗？

他捧住我的头，要我答应他。我实在困得不行，就照他说的点点头。结果他说：

嗯，这就对了，好儿子。

我要是出个门，他也逮住我的手，又是一大箩筐的话。他对我说：

儿子，要是有人打你，你可不要还手啊。

这算什么道理？！他却讲出了道理。你想想，推磨是要推出去一下，拉回来一下，走路是要迈出去一只脚再迈第二只脚，打人的人打出去一下，会等你还回来一下，他才会打第二下，你不还手，他就没有第二下，他打第二下，理亏的就是他。不管他原来有没有理，你不光打不还手，也要骂不还口。你一旦做到打不还手骂不还口，就能得到旁边人的同情，别人一同情你，理就在你这边了，别人会自动替你说话的。我爹说一句，我娘就"咳咳咳""咳咳咳"几次。我爹的话就好比敲锣，而我娘的声音就像打鼓，锣比鼓声音大，声音往上走，传得远，可是鼓呢，是往心里去的。锣鼓喧天就是我对乌源沟的印象。锣鼓喧天的乌源沟，吵得头皮都要开花。

我能说我被他这一套烦得脑子都要爆炸了吗，我能说我的脑子里被他塞了一脑子的泥巴，越塞越晕乎吗？

何况我爹的话根本不对头。越屎越长命？我娘够屎吧，怎么就死了呢？我把头夹在裤裆里想啊想啊，我还真没讲什么话，最多有一天我在山上跑的时候，我抬头的时候，感到有一滴水滴在我脸上，我赶紧往回跑，我说，娘，下雨了，要收衣裳啊，要收衣裳啊！难道是那一回么。多一句嘴死一个娘？我百思不得其解。

我娘死的时候，好心人按住我，悄声对我说：

你哭啊，你娘死了，你哭啊！

可是我不哭。我爹说了，你不要相信人家嘴里的话，你也不要说心里想说的话。

所以我什么也没说，也没哭。

但是我后来琢磨出一件事来，说话的时候我爹就不那么怕了，不说话的爹怕东怕西，怕早怕晚，说起大话来，我爹瞧着就不怎么怕人了。

我在乌源沟待了十八年，直到二十三岁才逮住一个时机逃出来。我后来有回做买卖，到了江西界我就折回去了，我宁可不赚钱也不愿意回那鬼地方。我知道许多东西都是我爹生编的，可我还是怕往那里一站，眼珠子一眨，天也没了，山也没了，我也变了，变成那个会倒爬树的傻瓜，搞不清自己是男是女，姓张还是姓梅。

还有，户口本上他是九十八，事实上他只有九十一，九十一恐怕都没有，说不定是八十九。我估计连他自己也不记得自己究竟多大岁数。

梅子杰

我爷爷没说完，我父亲和我兄弟都靠在破沙发上睡着了。我兄弟在沙发上被尿憋醒后，茫然地盯着这陌生的地方。我爷爷从傻儿子的角色中回过神来，又恢复成了亲切的爷爷。他说，要出门，屋后有个茅房，要是嫌麻烦，就在路边也行。他声音疲惫，仿佛经过长途跋涉，他腰弯背驼，眼皮耷拉。他把床铺整理好，让我父亲睡，自己在堂屋打了个地铺。

屋后有尖锐的叫声，像小孩，又像猫。门前的江心里灯光闪烁，坝下有蝉鸣，又像是蝙蝠的翅膀划破了夜色。

儿孙离开不久，我太爷睁开眼睛，瞧上去也跟着儿子跑了老远的路，脑袋松塌塌地嵌在肩膀上，哼哧直喘，突出的灰色眼珠一直看起来像两块橡皮泥，随随便便贴在脸上，这会儿突然闪亮了一下，可能想发表点不同看法，他的嘴形也扭曲得厉害，他哼哼起来，跟蚊子差不多，人都走完了，他还在那里哆哆嗦嗦、脸皮跟手指一阵乱颤地哼哼。他说，文亮，你儿子连个出门的盘缠都没有，你也不管，你儿子小的时候你不过问，他从小受苦受到大，你这个当爹的还装糊涂，良心被狗吃掉了。他说得颠三倒四，我要不是听了十几年，我也不大听得懂，何况几年回来一趟的我父亲和总共才来过三四回的我兄弟呢，要我说，他的话，他们没一句听得懂，再说他们早不在屋里了，这里除了我，也没旁人在听哪，唉，真是老糊涂了，我真想笑他。

张长工

子杰，我的心肝，你爷爷讲的话你都听得到，对吧？不要当真，他逃荒的时候脑子摔过，你爹他们要是当真只能随他们，你不能当真。

他们都当我要死了，他们都当我听不到讲不出，那是他们耳聋眼瞎，你心里有数就中。你这么挂着是不是有点怕呀，你不会有事的，你要信我。

我不后悔把我儿子带到乌源沟。我在乌源沟那个地方把他从五岁养到二十三岁。乌源沟地势不好，两山中间，前山峭石缝里只长毛竹，后山黑土堆里只长灌木，山里缺水、路陡，村里没庙、没祠堂，一共才三十二户，都穷，穷得顾不到过去也顾不到东西。承蒙村长好心，紧靠后山根，整出一块豆腐大的地，帮我搭了茅草房子。地方太小，房子也就不敞，为了能放进一张床，墙根贴着山坡。有回我从地里回来，离得远远地瞧这房子，就像贴在后山的一块狗皮膏药。就这也算当时跟他们磕头作揖、千恩万谢才求来的。只指望有个地方把三个人的身体放平了就够了。住在这树杈搭起来的房子里不踏实，春天怕大风，夏天怕泥石，秋天怕淫雨，冬天怕厚雪。白天怕，晚上也怕。前后路都不好，要是到邻居家借一勺盐，也要走半里路。不管怎么样，好歹有了个窝。谢天谢地。

村长让我随便找些荒地开。我在老家种的是水田，这里全是旱地。这种地特别孬，地不肥，土质硬，我力气又不大。老话说，勤能补拙，过了两三年，伐木、理渠、养牲口我也都在行了。

我三天两头对我房里人说，你不要跟人比。不要拿山比山、不要拿房比房、不要拿田比田。你统统不要比。换句话说，越比不过你才越睡得实。实事求是讲，乌源沟个个都是好人，哪怕他们说三道四、疑神疑鬼，甚至也有人到村里告状、造谣、诬陷，哪怕他们巴望我们冷不丁滚蛋，就跟我们冷不丁赖下来一样。这都不要紧，我到底凭着勤勤恳恳、规规矩矩、小心谨慎，带着一个傻儿子和一个整天咳咳咳的病妻，站稳了脚跟。

到病妻死的时候，他们又有想法了。说我既然死了那么多儿子，现在又死了老婆，一定是我自己作了什么孽。有一个人这么说，人人都跟着说了。说我一定是干了什么见不得人的事，一定是我抽大烟好赌好嫖，要不就是干了杀人越货的勾当，不然怎么老远的跑这山洼里来。

他们也就嘴巴上说说，表明他们不笨，他们心里真没那么想，那年头逃荒逃难不稀奇，他们说一些不着调的话是不想人家认为他们脑子简单。

乌源沟地少人不多，你穷我更苦。我是实心实意觉得这样好，你不欺我，我不欺你；你家没牛，我家没猪；户户茅草房，家家没蚊帐。乌源沟村光棍有六个，其中一户有四个，可是傻子，只有我家有。一开始，多少人同情我。心肠好的人，出了好多点子。比如粪缸里舀清粪，灌他个几回，捏住他鼻子，他脑子就会通。更多的人拿他取乐。

我嘴上说算了吧，傻就傻吧，痨病治得好，傻病都治不好。我心里想，到底是他傻还是你们傻呢，家有傻子的好处岂是一般人能够想得透的。

首先，傻子脑子简单，没有坑人的心思，不坑人就没有仇人，没有仇人就不怕遭报复；傻子笨，不会把许多人比下去，不会让人不舒服，不会显摆，就不遭人忌恨。傻子最大的特征就是永远会是穷人。你不会成龙成凤，他也不会树大招风。聪明很简单，糊涂才是一件不容易的事。不知道比知道快乐，不期待比期待简单。这几点太重要了，比命都重要，所以，我喜欢我的儿子傻。我们那个年代不能讲错话，讲错话要下大狱、倒血霉。有个傻儿子会省许多事，比如我的傻儿子傻得闻名之后，我就不担心他出口惹祸了。傻子比一般人自由一百倍。他越傻，我越睡得踏实。我常常倒下去就睡，这在以前是不可能的。我这人原本特别喜欢想事情，又想不清楚，所以经常一夜想到天亮也想不太明白，也睡不着。这下好了，屋里空、儿子傻，我突然就能睡个好觉了。

我儿子跟别的傻子完全不一样。刚到乌源沟头两年，他经常搞不清状况，他闯祸。跟所有的傻瓜一样，他有时会吓到某个比他小的孩子；他会跟一只鸭赛跑，赢输都是小事，他会跌倒，摔断胳膊，他的膀子上经常吊着我的裤腰带或者是一根麻绳，那可是稀松平常的事，更要命的他会说错话。

大太阳好好的天，他会喊：

下雨咯，收衣裳咯。

这种事不算作恶，因为人人长着眼睛，最多大伙就趁机逗他一下。

乌源沟的人心肠好，这一点是真的，可是那时候日子太寡淡。出门一趟要半月。况且傻子只有一个。所以他们经常拿他取乐。

他们喊他：

张广深，你跟你老子哪个岁数大？

老子是什么东西？

乌源沟的人笑翻了，有的笑得捂住牙齿，有的笑弯了腰，有的笑得眼泪都出来了。

人家笑的工夫，我儿子想到了一个答案。他说：

我大！

张广深，你生你老子的时候几岁啊？

五岁。我儿子说。

所以说他不晓得老子是什么更好。连老子是什么东西都不晓得的人你能跟他计较？

在老家的时候我没注意过，可是到了乌源沟，他长了一个本事，就是他会两手着地，倒立行走。这个特长，也让乌源沟的人叹为观止。

他不仅能够在平地上倒立行走、上坡下坡，他还能倒立着上树，再头朝下，倒立着从树上下来。

靠锄或者下雨天没事干，就会有人喊：

张广深，来一个。

他站在那里先是一动不动地运气，顷刻之间，他的眼角的皮肤下垂了，他的嘴角下垂了，随后，他眼珠子往上一翻，舌头从张开的嘴里垂下来，越垂越长，眼看就快要贴着下巴了，然后他耸起肩膀，像猴子一样把肩膀缩进肩胛骨里。两手垂下来，东摇一下，西晃一下。

我有时一摸脸，火辣辣的。可是关于脸面这个东西，有时候你可以要，有时候一点都不能要。有时候，做下现在觉得没脸的事，在当时得到的却是比脸面更要紧的事，我觉得更要紧的是活下去。不然都是空。

人是复杂的动物，你有本事，过得体面，人家反而可能瞧不惯你了，可是呢，有一天，你倒霉倒透了，背井离乡、身无分文、衣不遮体、食不果腹，一句话，落魄到底，他们反倒不嫌你了，善心大发，这样，你又能活下去了。人嘛，一言两语是讲不清楚的。

我儿子最大的弱点是怕黑。傻瓜也是人，怕黑也正常，这一点也情有可原。可他不是一般的怕，只要太阳落到山那边，只要哪晚没有点灯，他就会蹲到灶门口，锅里什么都没有，他会烧火。有几回他在灶下烧火，锅里又没放水，差点烧炸了我们仅有的一口锅。要是不让他烧，他会发作，会嗷嗷叫，缩在灶间一动不肯动。一句话，要有光。

我儿子还喜欢村里开控诉会。控诉会多数是在村里公屋。公屋里有罩子灯，灯比我们自己家的亮。可是一件事重复久了人人都嫌烦。后来就成了走过场。不开会就没灯。天没黑我就把儿子哄到床上去。我巴望着，天黑他睡，天亮他醒。

嗯，我们过了几年顺心顺意的日子。吃不饱是有的，大家都吃不饱，穿不暖也是有的，大家都补丁套补丁。人人如此，个个就心安理得。我到底更倒霉，我的病妻在乌源沟落下脚就一直咳嗽，没日没夜，没完没了，越来越重，到后来上气不接下气。我一有空就四处跑着采药材、煨苦汤。没有用，她就是停不下来。特别是晚上，一口等不了一口。她的嗓子嘶哑暗沉，就像乌鸦在叫，就像猫头鹰低嚎。后来，她骨瘦如柴，全身没有一点儿重量，咳嗽声还是不间断地响着，长年累月，经久不歇，什么法子都想尽了，那声音也没停下来。几年下来，我们父子俩就这么习惯了一个女人嗓子眼里白天黑夜的呼哧声；但是，有一天晚上，那声音突然消失了，安静了，彻底没声音了。魂魄散去，冷清像只老鼠一样冷不丁窜了出来，一下子点了我们父子俩的穴，到那时，我才发现，就算有十床被子也煨不热我的伤心，一句话，我家的天塌下来了。

初级社的时候我们倒是占了大便宜。当初我们来的时候分到的地不好，只有一亩多洼沟里的地，一开始我还以为这块地不会缺水。不缺水的地一下雨先涝，等到大旱的时候，它比别处枯得更狠，不止是我家，其他人家的地也不一样，有肥有瘦，有远有近，水利条件有好有坏，合到一起种没问题，合到一起收，有好地的人就不干。争争吵吵，打打骂骂，有些肚量小的人天天闹情绪，仗着自己是贫农，跟领导要赖。政策大过天，反反复复搞了几个月才终于定下大盘子。

到了高级社的时候，我们还是在占便宜。全村三十三户，好地坏地，肥的瘦的，远的近的，统统搅和在一起，连有的人家里牛和驴都充公。我没什么东西充公，也没什么意见，跟着领导走，不会错。家家户户都一样，你家喝山芋粥，我家也喝，你穿三个补丁的裤子，我穿五个补丁，你瘦，别人也不胖。

大跃进刚刚开始，我就发现儿子不那么让人省心了。

哼哧哼哧——哼哧哼哧——有时像是他的呼吸，有时是生锈的铲子插入黑土的声音，有时根本分不清。他张大嘴巴，吸气出气，哼哧哼哧哼哧，他很卖力，他在挖土。

他喜欢挖。

有几年兴起狠挖深刨。队长得到指示，上面说最肥沃的泥土在深处，我们就往深里挖。有的村挖地一尺，上面就点名夸奖；有的村挖地两尺，上面就拿他们当典型。队长开了个会叫我们向这些村学习。有人为了得到表扬就使劲挖，边挖边喊口号，甚至挖到地下三尺。许多地被挖成了一个又一个坑。挖出来的土都是生的，甚至还有石块和沙子。但是哪里挖得深，旗子就插到哪里，所以越挖越深。

到处都是挖土的人，开河挖渠、引水进山。也有人挖地是为种树、填地基，到末了，许多人挖土是埋死人，这是后来的事。

有一年，我们晚上走路都要特别小心，不小心就掉到自己挖的坑里去。听说别的大队有个流窜犯掉进了他们挖的坑里，他们生产队睡在床上捡了一功。我们队长一听，连着早起来头一件事就是到深坑里找人。好运少见，这情况我们生产队一次也没遇到过。天天挖，挖得深，这都是馊主意。挖渠耗了整整一个冬天的时间不算，还把原本河沟里的水挖没了，不光挖渠是荒唐事，这之前，这之后也有许多荒唐事。我不跟国家唱反调，也不跟他们争。往年不争好地、现在不争轻活。人家的烟囱七点冒烟，我就八点；看戏的要坐在前头，我就站在后头。就是走在路上，来了一个老表，管他年纪大年纪轻，我都给他让路。依我的想法，有儿子在床头尽孝心，有孙子在床头尽孝心，才是实打实的事。这么简单的道理，可是有人不懂，我也懒得说。我不说，其他人也不说。我装着没看见，其他人也装着没看见。所有大队都挖河开渠，挖到末了把河道挖得又干又长，一滴水没有，一句话，就是那些举着大旗在挖的人，每天排着队到处去挖河开渠的人，他们到头来跟我儿子一样干的是无用功。

我儿子有天走进挖渠的人群，看到许多新翻的土一堆堆，看到一个个坑的时候，他的脸上露出感兴趣的表情。片刻工夫，抓起一把锹开始挖将起来，他不按指定路线挖自然不行，许多人喝令他停下。他手脚不麻利、用力不平均，平衡不好，不是踩着庄稼就是自己跌倒。许多人都被他逗得捧腹大笑。人家都乐呵呵的，这孩子不一样的地方就暴露无遗。他空洞而凝滞的眼睛里，闪出不可捉摸的、强烈的要使力气的渴望。他停不住手脚。我自然应该出面，我靠近他的时候，发现他在大力挖掘的时候，眉头皱着，眼睛里的光又暗又深，两手的十指紧紧攥住铁锹。有一种冷飕飕的、莫名的激情管着他。他大汗淋淋，呼哧呼哧喘，谁也夺不走他的锹，他只想挖一个坑，挖出些什么东西来，或者埋进什么东西去。他那深沉而莫名的情绪就把我压住了，我张开双臂护住他，以防那些不满的人拿泥块掷他。而且，他这一挖就一直不肯停下来。

儿子，你挖土有什么用呢？我就这样问他，别人挖土是劳动，你挖土不算贡献。

他根本不理睬我，瞧也不瞧我一眼。

回家后我就继续做他的工作：挖土也要讲时机，冬天挖地修河坝，春天翻土下种子。儿子，你在稻子刚刚抽穗的稻田里挖，你破坏的可是革命的果实，你在规划好的引水渠里挖，你挑拨的是村与村的团结，你在果树根下挖就更不对了，把果树挖死了你罪更大。你要听指挥，叫你挖哪里就挖哪里。

我苦口婆心地说了那么久，他死活不开口，挖一锹瞪我一眼，挖一锹又瞪我一眼。

他瞧我的眼神好像是我讲什么都是假的，只有挖土是真的，只有挖土能挖出真事来。

你到处搞破坏，我不找你大队也不依啊。我当然要继续做他的工作。有一回我正讲着道理，他突然发怒了。他举着铲子就要铲我。他说：话不叫老子说，土不叫老子挖。你这个当老子的，算个什么老子。

你瞧瞧，老子是什么东西，他搞得清楚得很，就凭这个，我就应该顺着他。什么时候顺，什么时候顶。这都是学问。

他不跟猪狗赛跑，也不赶鸭子上架了，他不到屋顶上吹风，也不到河里摸虾了。他光是四处挖土。老话讲"龙生龙，凤生凤，贼养儿子才掘壁洞"。养了这个儿子，我也成半个贼了。我叹了半天气，但是很快也就想通了。我牵着他的手，把他往村后引。村后连着后山，地势开阔，靠山的河道边有好几处废弃的土碉堡。碉堡四周的黑土里长的全是灌木、野草和杂树，听说还有黄鼠狼和野猪。建碉堡那些年毁了半座山木，这几年大炼钢铁，所剩的柴和树也基本上砍光了。再加上村子许多人家里的斧头、锤子、铁锹乃至箱子上的铜锁都进了小高炉里，这里成了不毛之地，不会有人再往这里来了。我对儿子说，儿子，在这里挖吧，挖这里才不算破坏。

我想着碉堡里头本来就是空心的，你再挖它还是一个碉堡。

我儿子笨拙地举着铲子，卷了刃的、生了锈的铲子，铲向霉湿的碉堡，土在松动，又湿又重的气味被翻出来。像个老手似的，我儿子晓得挖任何结实的地方之前，先用铲子松一松面上的土，然后出其不意地猛一发力，铲子会带出满满一铲土，丢到一旁，刻把钟后，他略作停顿，接着，在积蓄了力气之后，又是几次大力的征服，嗒哧嗒哧——嗒哧嗒哧——他并没有按照我的意思来，他任意一个地方开始，持续地，一心一意地沿着堡壁翻挖。有的土质太硬，铲子下去后，把他的重心带歪了，他差点跌倒。很快，他懂得了平衡，左边一下，右边一下。我听听就听到了门道。他铲子下头是有数目的，乍听就像在数数：一、二、三、四、五……

再一听又像：不——许——老——子——讲——话！

还听，又能听到他在铲：老——子——不——姓——张！

越听越觉得难受：老——子——要——回——老——家！

有回我听岔了，感觉到他的铲子在说：打——倒——赵——养——广！

你打倒地主反革命资产阶级都没关系，你不能打倒赵养广。赵养广是贫农，是公社里的红人，他现在革命生产都很积极，将来肯定能当治保主任。

我就做他的工作。我跟他讲道理。刚好那几天有一个人讲了伟大领袖的坏话，在隔壁操场上执行枪决，我带他去看了。可是枪决坏人那天先放大戏，放完戏又审判，而且那天来看热闹的人又多，枪决的时候我自己都没看清楚，更别提他了。唱戏的时候他就歪在旁边睡着了。好在事情摆在那里，血迹留在那里，捆人的绳子也还在地上。等人走光了，我指着这些对他说，乱挖、乱说话、乱喊口号就是这个下场。幸好有这些东西，好歹把他震住了，后来，他的铲子听起来不那么像喊反动口号了，有时候是：日——你——爹；有时候像：日——你——舅！

我就没吱声，爹和舅都不要紧。

但是，有一天我发觉事情还是不妙。他在自己挖开的一个洞里码地盘了。

他先在碉堡里平了一块四方地，一把铲子，一双脚和一双手，他把这块地整得跟床板一样平，然后，他又沿着堡壁往上挖出一个洞，让亮光进来。就着亮光在碉堡里造了一幢宅子。宅子虽小，却很齐整，先是堂屋，用泥巴捏了两把椅子，挨着堂屋，是卧房，两间，里头还没添家具,可能是材料不够;再往后是灶房,灶房外头,还插了些草花,和一个葡萄丝瓜架子。架子外头,是为防鸡,插了些树枝做栅栏。栅栏插得一根挨着一根,却连个门都没留,不要说鸡,蚂蚁也进不去出不来,靠路边又插了栅栏,倒是开了一道门。门是麻绳从外头系起来的,这也是败笔,出去,便是场后小路。三四指远处,一道流水小沟,沿沟一大片针尖样细长的叶子插在地上,这也能活,才怪。

过几天再来瞧,宅子规模更大了。糟心,要是有人突然跑到后山的土碉堡里来瞅瞅,他立刻就能瞧到一个大户人家的宅第。三间正房前头又搭了一个院子,院墙一半是栅栏,一半是土块,比后院要气派,灶房里多了个烂泥糊的石磨。我的老天,石磨那么大,明显是驴拉的,那这户人家肯定还有驴,堂屋朝南也算对,他还不忘建设一间闲屋,里面什么也没有,只有一张桌子,桌子上放了几片树叶,他将这些叠加在一起,我以为是衣裳,他告诉我这是他参我的书。我的老天,我可是个睁眼瞎啊,我要这些书做什么,这也就罢了。他把这宅子内部结构造成比实际更复杂更宽敞,院子里还搭了一个猪圈,当我质疑他猪圈太大时,我儿子说:

猪会长大!

所以说,傻子就是傻子。你在按比例建造宅子的时候,怎么能单单考虑猪会长大。更何况,猪一长大就被杀掉了,没有可能一头又一头长大,全部聚在一起。要是这个笑话单独拿出去,又能让乌源沟的人笑话几个月。可要是这个笑话和这座宅子连在一起,它就有可能惹更大的灾祸。

一把翻土的铲子可以埋葬翻土的人和他的爹。如果这个时候有人过来瞧热闹,并且让我儿子讲解讲解的时候,麻烦可就大了。

我每天下了工,就是在黑夜降临的时候深一脚浅一脚赶到后山来,把我儿子白天建造的东西抹平，不留下一点痕迹。

你抹平了事情又不会结束。我就跟他说，儿子，在哪里都是生活，不要想家。想家是不好的东西；不要想过去的事，想多了也是不好的东西；不要往回看，往回看看不到名堂；不要看得太远，看得太远不切实际。你要望地面、望星空、望山、望水、望锅里的饭、望水里的鱼、望田里的稻、望山上的柴。儿子，你晓得什么是本事吗？不是挑一百五十斤，不是一拳打倒镇关西，不是一个猛子扎到河那边，这都不算本事。不管在哪里活，活下去就是本事。你肯定会说，活下去像猪一样，算什么本事，可是我告诉你，像猪一样活下去，但不要像猪一样吃了睡，睡了吃，睡了就死，那就不一样。

而你不一样。我的儿子。你不是一般人。

旁人也说他不是一般人，他不要上工，不要像别人一样念书，你想想，一般人累死累活才有口吃的，他什么也不干，也活得好好的，人家能平衡？所以干活的人累了不高兴拿起一根棍子抽一下他，倒不是因为恶意。我担心我昼伏夜出的儿子想不开，我劝他说：

就算死，也有光荣和不光荣的死法。怎么死最光荣呢，就是老了以后死在自己家的床上，边上围着一群孙男孙女。千万不要死在河里做河鬼，不要死在树上做吊死鬼，不要跟人打架，不要被火烧死，不要被水烫死，不要被树砸死。我问他做得到做不到，他说他做得到，我说做得到就是我的好儿子，就是豪杰，就是一夫当关，万夫莫开的英雄，就是人中龙凤，就是项羽，关云长。

我们一旦丢掉什么，就很难再找回来，不要说老家、老祖宗和老路了，就是一片叶子、一粒石子、一根木头，没了就是没了，丢了就是丢了，找不到就是找不到了，儿子，你咋不明白呢？

我退一步说，儿子，如果你实在想挖，你就往碉堡深里挖吧，我就讲了几个关于挖洞挖出金银财宝的故事，后来想想不妥，他要是说出来，麻烦大了。我就哄他说，儿子，你不是想回老家吗？老家和这里是通的，你挖着挖着就能挖到老家的后院。我儿子好歹听懂了，停止了造屋。

　　后来的几天他天天在家睡觉。白天黑夜地睡。我以为这孩子犯秋困。可是到了冬天，他仍然从早睡到晚，又不是像别的傻子一样虚胖。他的胳膊越长越粗，他的背越长越厚，旧年的衣裳扣子都扣不住了，他的手也越长越大，越长越厚，一手能提起一桶水。我们家的人，个头高，眉目细，可是，我的儿子，眼睛大、鼻梁宽、嘴唇厚、身板粗、脚还大，这么说吧，他越长越不像我的儿子，也没有向一个傻瓜、一个弱智的方向长。

　　有天晚上我多喝了一碗稀饭，夜里起来撒尿，发现儿子不在脚头，房门虚掩。我早就不担心有贼了，打着灯笼我家也找不到值超过两毛钱的东西。可是事有蹊跷。我儿子怕黑，天一黑他出了门会嗷嗷叫呀。我穿上鞋带根棍子就出了门。我先从东头找起。东头是村里的棉花地。我用我的棍子拍打着棉秆，小声地喊着他的名字，没有人应。我到村南边找。南边有一口水塘。我怕吵着其他人，就用棍子朝水底下捅捅，水塘平静，水波不起，蛙声不急。村子里的西边是麦场，麦场上堆着公家的柴火。我拍打着柴火堆，同样没有人。现在，就剩下北面那座山没有寻找了，白天还好，夜这么深，天这么黑，我跌跌撞撞地在灌木里摸索。天都快亮了，我没有找到他。如果我的儿子没了，我也就不活了，所以我不慌张，拍拍手上的灰，准备回屋找根绳子给自己做个了断。我一推门，天才蒙蒙亮，我一眼就瞅到了我的儿子，他正像我每天早上一样，蜷缩在床上酣睡。这个发现使我确信，有时候把眼闭起来，天亮的时候再睁开，就不会庸人自扰。我推他说儿子，你晚上去哪儿了？

　　他说，爹，不要吵。

第二天夜里发生了同样的情景。我跟头晚一样，东边找找，西边找找，南边找找，然后跑到北边，在灌木里摸摸。我把时间掌握得刚刚好，我进门的时候天正好露出指甲粗的白，我的儿子，跟我预期的一样，躺在床上睡得正酣。

我料定我儿子患了夜游症。从他衣裳上的黑土可以看出，他是上了后山的，我怕他哪天一脚踩空从山上跌下来，那就不光是傻子，还会是个残废。

我去打听这个病的治疗。村上的老人说：

喂清粪。

这个事我干不来。还有人说吞连头连尾刚刚捉上来还沾着泥的活泥鳅，我承认这种事我试过一回。我捏住我儿子的鼻子，令他张开嘴，泥鳅一半的身子进了喉咙，我感觉到我儿子的眼珠子要炸开了，我又把泥鳅拽了出来。

当天夜里，我跟踪了他。只见这个黄昏时还躲在灶间盯着一星微火的憨子在黑暗里照直不打弯地融入了黑夜。他一直往北面去，一直到了后山下，他开始往山上去。他不跌跤，也不碰撞。遇坡爬坡，遇树绕树，如同头顶绑着火把，他越爬越高，身形敏捷，跟白天判若两人，到了山顶，他越过去，往北边下坡，下到山腰，那里还有一个土碉堡。他在碉堡旁停了下来，他开始挖。这是他新开辟的战场。

薄雾从黑乎乎的黑夜里升起，光明照耀着小小的洞口，里面有我的儿子。

我在第二天他睡着的时候重新回来，找到那个碉堡，掩在洞口的灌木还是活的，连根带土能挪动位置，一般人经过也不会察觉这是个活的机关。我学他那样轻轻一翻，灌木就齐整地挪出半个身位，我顺着挤进洞里。那个洞已经有一丈多深。我屈膝弯腰，手脚并用，费了不短工夫，爬到最里头，擦一根火柴，那个洞里有一把铲子，一只麻袋，一根三叉棍子，还有半只瓦片。

全中国人都在酣睡，我儿子却在劳动。他能在黑天里出门、挖洞，还能做到滴水不漏。这么说吧，虽然一场逃荒之后儿子成了个傻瓜，可是他娘死后，他已经暗地里复原，他好了。表面上，他听不懂人话，暗地里，他句句听进去了。有这样的儿子，真是万幸。他有这样超出常人的行动，一定也有超出常人的思想和见识。我有点想入非非，觉得我儿子正在设置一个通天通地的机关，他的铲子能把天地搅个天翻地覆。更重要的是，他连我这个老子都能蒙，这么一想，我对他开始刮目相看。

紧接着生产队造食堂，所有人一到饭点就捧着空碗去食堂，随便吃，吃到打饱嗝，如此幸福美事，基于我窥见了他的洞，我已不拿他当傻瓜和小孩，我问他对此有什么高见。

我儿子只斜了我一眼，说了一个字：

屁。

我们每天吃得这么好，全身都是力气，所以大部分时间我们就学习毛泽东思想，批判赫鲁晓夫，我们随便往哪里一坐就能开会，讨论实现共产主义的时间，研究国家哪年能超英赶美，这样的会议开到最后，都是自由发挥，如果有人说十年，肯定就会有更先进的说八年，那么，到末了，我们会一致同意加把劲，争取三年内完成目标。

不到半年，食堂里的伙食就差了许多，伙食差，思想觉悟仍然很高，我们虽然没有肉吃，但是据说不吃肉是大势所趋，将来科学家们肯定会研究出一种像压缩饼干一样的东西，吃两口就能饱一天，这话很振奋人心，两三顿没吃饭的人也能咧开嘴巴笑出声音。可是渐渐地，从两顿干饭吃到两顿稀的，又从两顿稀的，吃到一顿稀的。头年冬天到第二年开春，半年多的时间里，整个乌源沟都在找吃的。找到东西不是件容易的事，先是地窖里的山芋和土豆，然后是玉米和黄豆种子，再后来，是山边上的野猫野狗，末了是草、树皮和树根。有一个多月，大家只能吃到葛藤、郎鸡根、野苎麻根、金刚刺。许多小孩得了青紫病。

宰生产队那头牛的时候，许多人心里舍不得，明白人都晓得来年翻田犁地可又得用锄和耙了。不过更多的人心里透亮，你不吃它，它也会活活饿死，与其饿掉一身肉，还不如熬点汤撑几日，宰牛那天，全村人都早早去食堂排队，拿着家里最大的碗，等着分牛肉。可是我儿子还在家里睡。我到食堂想帮我儿子代领一份，队长也顾不得情面了，他说：

到了食堂来的才作数。好几户人家把死了的人藏在家里冒领活人的口粮。

我住得远，去一趟食堂太费力，跑回去到床上喊这家伙。他睡得跟什么似的，我一拽才晓得他身重体阔，根本拽不动，我不是抬高他，自己人不搞虚头巴脑这一套，半年不见腥荤，谁人能抗拒牛肉？可是我儿子，两耳不闻，蒙头大睡。

粮荒松了之后，我又到后山去转了转，那个碉堡已经不像碉堡了，它愈来愈深。在处理土质松动这个问题上，他也表现出了天赋。一开始，他试图用树枝去遮盖灰尘洒落，后来他发现不顶事，前面挖，后面坍塌，有时我也担心他会被他的洞活埋，但这种担心很快被发现是多余的，他在夯实洞的技术上比我想象的更有经验。他把毛竹削尖，拖进洞口，毛竹两头插进洞的两头，划出一个漂亮的弧线。毛竹的韧性比我想象的更大，有几次，我留意到坍塌的痕迹，可是他第二天天亮依然雷打不动地酣睡，我知道他解决了坍塌的技术问题。而且我发现这个洞，天大热的时候进来就跟到了冬天，冬天时进来转眼就像到了热天。

可是在碉堡里面挖也就罢了，他的胆子越来越大，造宅屋之后，又沿着碉堡西侧画了块方方正正的地盘。把碉堡西侧的山丘填平，这差不多要一百个工。他做到了。这四方田有十个宅子大，他还在四方田外插树枝做记号，表示这些土地全部属于这个房子的主人。关于这一点，我告诉他这更不可能。天大地大，全是国家的，一草一木，全是公家的。他还兼做瓦匠，他花了许多日子码了一座小桥，有桥就得有水，他开始建渠。开渠是大工程，这条渠会延展而伸，从后山经过村子到前山，从前山往前是乌镇乡，后来叫乌镇公社，沿着乌镇公社再往前，是马源公社。我十三岁的儿子，先是砍伐，构造，然后翻土，做记号，恨不得把后山全拢到自己怀里，企图沿着后山开辟更多的疆土。

我不戳穿他。我在洞外听着。洞里在干活——铁铲扎在黑土上，瓦片刮开乱土，放到麻袋里，临走时拖出来，撒在各处——听起来他力大无穷，浑身是劲。乌源沟的夏天长，天气热，阴沉沉的，那座长满野草和野花的后山上，成了我儿子的世界，他在自己的世界里是个王，是他自己的主人。他想怎么使劲就怎么使劲。他根本不需要考虑其他。

我不得不很敬佩他的耐心，在那么黑的夜里，那么孜孜不倦地干着。他后来更加大胆，回来得越来越晚，衣裳上沾满泥浆和露水。我知道他的地盘也肯定越来越深，越来越大。他干着干着越长越厚实，干着干着让我从直不起腰的光棍成了骄傲的男人，可我只能自己在心里乐。他们说我的儿子是睡鬼、废物。不是我说，总有那么些人，又聋又瞎，看不到他身上的肌肉，只看到他走起路来两脚朝外，不怎么好看，他们担心又期盼着他随时跌倒在地。他笨拙地靠在门框上，有时会分力不均，把这枯木做的门框挤歪或是挤倒，可是我能看出来，我儿子体内有一条猛龙，他白天不怎么晒太阳，脸色是有点虚白，他也没怎么长个子，他的脸看上去像个孩子，从来乌源沟的那天就停止改变。他有一双容易受惊的眼睛，因为常年在黑暗里训练，他就养成了在光源充足的白天也喜欢把眼珠子瞪大、瞪圆，好像什么也不懂似的。他还喜欢把嘴抿紧，看上去在练憋着一口气，睡在床上还在发力。他的头发也不好，枯黄稀疏。他脸上的蠢人鲁钝是为了掩饰住内心的狂想，凡是经过他身边的人，他总是眼睛缓慢地一扫，然后闭上。我的儿子，天生高贵，不屑于计较。他十六岁了。他不参加运动，也不搞生产。他置身事外，只管挖洞。有一天早上，他回来的时候，吵醒了我。他看起来好像遇到了老虎。他得胜了似的，到缸里舀了满满一瓢水，喝完了他说：痛快。

他没倒头睡去。他到外头溜达去了。可想而知，聪明孩子们出于对弱智者的职责，会在发现他的那一刻追着他喊：

傻汉傻汉，穷得光蛋。

有时候，人就是这样：凡是他们看见的就以为是真的，凡是跟他们不同的就要遭笑话，凡是比他们高出一等的，他们又辨识不出来。

我的儿子不同凡响。我一直信守这句话。我老惦记着儿子夜夜忙碌，其他的事更不操心了。我也一直在等一个出头之日，这个想法又简单又直接，我能理解，有时候要吃更多的苦，忍受更多的折磨。

我偶尔也想跟他谈一谈。

有天晚上，外面下大雨，我看他今晚不能出门，就把他从床上拖起来，听到我的声音，他厌烦地抬起头来说，不要说话。

是要紧的话，我对他说。

不要说话！他又成了一个蛮横的小孩，暴躁、怒气冲冲，脸上一时红一时黑，两只手还往他自己的头上捶，到了雨歇下来，他的脸色才恢复正常。他在门口站了很久，目光越过门前的空地，越过树林、越过山顶，到达他的洞。那是他的地盘。

到乌源沟过了十多年，我仍然跟来的时候一样，穷得咣当响。

不过话说回来。那些跟我不一样的人跟我儿子不一样的人，也好不到哪里去，那些成天坐在树下晒太阳的人也好不到哪里去，那些偷鸡摸狗的人也好不到哪里去，那些天天梦里捡到金子的人也好不到哪里去。

我就这么看着他挖啊挖啊，所有的事情都跟他无关。那些挖掘的日子，那些个挥铁锹的动作，就像是他存在的明证，他就是通过这个方式既证明他存在，又证明他不存在。村子里建了渠坝，山上的水缓缓引入，往田里灌溉。安宁日子没过几天，斗争又开始了。跟他差不多大的人整天在斗来斗去，幸运的是，我的儿子没有参与任何一场批斗。我没有只言片语的交代，他只专心挖洞，然后睡觉。他既不是红小兵也不是红卫兵，换了别的孩子会争先恐后，可是我的儿子在荣誉跟前像在牛肉跟前一样迟钝，这样也好，过度要强会让人左脚右脚不平衡。

现在的难题是，我的儿子，你挖到什么时候，挖到什么地方才算到头呢？

我儿子不吭气。

那些洞挖来挖去，也只是一个洞，它在黑暗中向前延伸，更宽阔更深邃，可它仍旧只是个洞啊。洞里逐渐放入了一些东西，一捆稻草，便于他打瞌睡时用。加上那阵子地方上清除外来人口，我是白天心不宁，晚上心不安。

有年夏天，山洪暴发，那个洞被山上的流沙掩埋。我的儿子，挖了四年，就那么片刻，那个洞就被泥石全部冲塌了。我等着这傻子号啕大哭，向我诉说他几年的辛勤被吞噬，我等着。可是我儿子，的确消沉了一阵子，整天嘴上骂骂咧咧的，干他爹、干他舅地嘀咕。可是天暖和的时候他又消失在山里。这回我愣是没找到他在哪里挖。天亮我回来的时候他睡着了，那回我有那么一点激动，我把他推醒，我说儿子，你得起来了。他不动，我又踢了他一下，结果，他被踢疼了之后恼火起来了，他拎起手边的铲子一铲子就过来了。

我捂着我血淋淋的伤口往村子里跑，要不是有一户人家刚好有止血草，我那天就活活葬送在我儿子的铲子下面了。

我好歹清楚他挖洞就是为了让自己躲在里头。我原指望他有更大的出息，可是挖洞到头来就是他的目的，他的目的就是挖洞。挖洞不过是盲目地模仿，是在画饼充饥。

他砍死我是迟早的事，照这样下去。

但我没有想到这么快。我倒是不怕死，我怕我死了他难逃死罪。乌源沟人，谢天谢地，那些人肯定都不在了，他们看见我的模样，为我儿子做了诊断。他们说，你儿子已经成为一个花疯子了。花疯子比一般的痴憨更有危险性，他不仅打得你鲜血淋漓，他下面还会烧掉你的破草房，打断你的肋骨，会掐死你，掐死你之后，他就会清醒过来，承认你是他爹，但那时，他肯定要去坐班房啦。这样的儿子不要说指望他挣工分养家糊口，甚至会使你老命不保。这并非危言耸听，这样的事情后来又发生过一次，都是在我亲切地想喊他出洞的时候，他要么是挖洞时被我打扰了，要么是睡着了被我吵醒了，总之，他对那个洞，比对他的亲老子还要亲。到那时，我承认账越算越穷，晚上想又想，白天难上难。

我总算清楚了，挖洞的时候他就不那么躁，不那么像孬子。

我对他说，儿子，你自己挑一下吧，要么，你就继续挖这个洞，挖成一个老光棍，就算我也是老光棍，可是你不如我，我娶过妻生过子。你呢，比我更惨，到老了连一个听你说话、给你做饭、为你送终的人都没有，晚景凄凉哪。当然还有另外一个选择，那就是离开乌源沟，你已经二十三岁了，你在乌源沟讨不到老婆已经板上钉钉了。我前几天接到你远房表舅的一封信，他村上一个人，认识江心洲一户人家，那家没有儿子，只有一个女儿，想招个上门女婿。我打听清楚了，江心洲是个好地方，九家十姓，不欺生。

儿子，你一出乌源沟，你的过去就会被一笔抹尽，只要你表舅为你保密，就没有人知道你的出身，你的表舅已经十八年没见到你了，他不想保密也难，换句话说，没有人小瞧你。你想说你是什么地方人都行，没有人知道你这些年干了什么，你想说你干了什么就干了什么，你还可以娶到个媳妇，生一个两个三个儿子，全凭你运气，全凭你本事。这事不是没可能。什么都捞不到你就回来，反正你爹我在这里守着这两间草棚，等你回来。就算你做不成人家的女婿，乌源沟我还会替你守着。反正你什么也没有，也就什么也不用担心失去，但是，儿子，只有这条命你可要守好了，你不仅要守好这条命，还要再生一个儿子，起码一个，最好三个，有子孙就有盼头。

他好歹听进去了我的话。这之前和之后我的话他可能一句也没听进，听进也不当真，他说我一生都在骗他。他既怪我把他从热被窝里拖出来，又怪我把他从地洞里叫出来，天地良心，不然呢？

第二章　愤怒

梅子杰

　　江心洲不大，早些年江水凶猛，前崩后塌，支离破碎的；这几年江水渐退，江滩又伸出去老长，越来越不规整。我太爷居住的三间砖墙瓦顶屋是二十五年前我爷爷张广深修造的，那时是张广深说了算，房子盖得矮敦矮敦的，一点不讲究。五年前，我父亲开始当家做主，他提出重新修整房子。当时江心洲的有钱人都商量好了似的推翻老房子盖起了小别墅。模仿城里最时尚的结构，铺设管线，装饰瓷砖，雕花大门以及华丽的水晶吊灯。依我父亲的能力，在江心洲造个两层小别墅也不成问题。可是我爷爷提了反对意见，他的意思等我太爷去世之后再造不迟，否则推倒造个别墅也不是一日两日，且不说那段时日我太爷无处安顿，万一不巧造别墅的时候我太爷刚好死了呢？我父亲觉得有理，雇佣了一些工人先简单外部装修一番，只等我太爷归天之后再重新设计建造，届时，增加个前庭后院，外带停车坪。

　　这一等就是五年，我太爷前几天早上还能喝一小碗稀饭。稀饭里掺蜂蜜，要不就肉松。他还知冷暖的时候，看到别人有什么就会跟他儿子要什么。有一年，范文梅的儿子给范文梅买人参和燕窝，我太爷听说之后，说给儿子听。我爷爷买回来一坨坨状如窝状的脆丝，外面的纸上写着"燕窝"两个字。我太爷炖好燕窝之后把它摆放在门廊上，让每一个经过的人看一眼。那时候江心洲还能见到各种人，老人、孩子、男人、女人、十三四岁的、四十出头的都有。村长跟旁人一样也把头凑过来往碗里瞧了瞧，但他对燕窝的真实性将信将疑。在征得我太爷同意之后，他用小勺子舀了一点尝了尝。针尖长的一根燕窝在他舌头上停留的时间太短就滑进喉咙了。他实在得不出结论，只好又申请再舀一点儿，第二勺吃下去了，在我太爷满期待的目光下，他郑重地点点头告诉我太爷：

好东西就是不一样，看着像碎粉丝，吃着就能像粉丝。不像有的东西，样子像，味道就是不像。

后来，村上号召成功人士集资修路，我爷爷张广深刚好回家，被村长堵在渡口，张广深耸耸肩，表示手头紧，村长不依不饶，张广深苦笑着告诉村长说：

最近遇到一个不讲信誉的人，一大笔货款不肯付。

有这种事？可是你有钱买燕窝给你老子吃。

那是哄他的。

你不是最恨人讲假话吗？现在的村长犀利得很，哪壶不开提哪壶。

我爷爷争辩说，其实燕窝跟粉丝差不多，特别是苏州粉丝，成色好，做工细，跟安徽粉条完全不一样，口感很好。

村长没集到款，他气不过，有天经过我太爷门口，特意停下脚步，对着我太爷的耳膜大声地揭发说：你那孝子拿粉丝诓你，你吃的燕窝其实就是粉丝。

我太爷那时已经快聋了，所以算不得装聋作哑，他凑近村长问：

粉丝是什么好东西？村长正要解释，我太爷又加了一句，赶紧帮我去买，我要吃粉丝。

村长翻翻白眼就走了。

在我兄弟到达江心洲的第十八个小时，我太爷睁开了眼，他眼珠子左右动了动，眼皮使劲抻了抻，似乎认出了床前这一溜儿孙，他咧了咧嘴，对于儿子昨晚的整夜控诉，他似乎毫不知情、也绝无怪罪。他开始说话，口水顺着吐出来的字沾在嘴角：

嗷——哒——啊——呢——哪——哦哦！

儿孙们围成一圈，各自在脑子里翻译这几个音节，到末了，他们一致认定我太爷的话是：

我的心肝，你们都瘦了。

我父亲俯下身子，对我太爷说，爷爷，我是文亮，您的孙子。

我兄弟也学着我父亲的样，弯下腰，对我太爷说，太爷好，我是子豪。

我太爷挤出来刚才同样的音节：

嗷——哒——啊——呢——哪——哦哦！

他哼哼的时候，左手试着从床沿上抬起来，无果，右手试着从床沿上抬起来，无果，他想抬起他的腿，无果，然后，为了表达自己的欣喜，他抬起了自己的下颚，张开嘴，想笑得大声欢快一些，可是，他笑的样子瘪瘪的，跟哭差不多，他笑的声音眦眦的，跟呻吟差不多。我父亲弯下腰，握住我太爷的手，他说，爷爷，你想吃点儿什么？

这一句我太爷听得十分清楚，没待我父亲重复，他的回答是：红糖粽子、炒蚕豆、麻花……

情况就是这样，有时他的话儿子懂，孙子不懂，有时孙子都明白，儿子又稀里糊涂，不过，我能听懂他所有的话，我兄弟几乎一句也听不懂。

我父亲说，好，我争取下午去趟县城。

他就喜欢折腾人，他讲的不是买不到的就是吃不动的，都是他耳聋前听收音机听来的，你不用操心，到了中午，我随便搞个什么东西端来，告诉他是粽子、蚕豆和麻花都中。

我父亲用责怪的眼神看着我爷爷，他说：

怎么能这样呢，他都这把年纪了。

我爷爷慈祥地看着儿子说：

他都这么大年纪了，看也看不见，听也听不清，每一句话都让人毛估带猜，怎么不能这样呢？

话不投机，我父亲懒得跟他争辩，他招呼我兄弟到江滩上走一走。

夏天的大江比冬天整整肥了一大圈，去年冬天，它还枯瘦得不成样子，安安静静、老老实实，偶尔几只大船经过会掀起层层白色浪花，因为冷，江滩上也鲜有脚印，半年不到，它变得浑浊、肮脏，扑打到岸边的褪色水沫上沾着白色塑料袋、腐烂的木头、鞋帮、沾满油污的麻布袋，发黑的发黄的发暗的各种瓶子——有个别的叫漂流瓶，里面塞着写给陌生人的情书，挨着漂流瓶的是一头腐烂的死猪。

父子俩站在江滩上不到两分钟又悻悻地往回走，经过凌乱的芦柴荡，两人的身影被芦柴隐没，我兄弟突然有了问题：

我爷爷说我太爷存心装死，我太爷为什么要装死？

我父亲说，你爷爷的话也不能全信。你太爷这十几年脑子有点问题。有时是一阵糊涂一阵不糊涂，有时是一年糊涂一年不糊涂，有时是三年糊涂三年不糊涂，完全没有规律。还有，你爷爷说你太爷是个喜欢哭穷的人，这一点我不同意。你的太爷不仅不是一个爱哭穷的人，相反，你太爷是一个喜欢炫富的人。

一个人怎么可能既喜欢炫富又喜欢哭穷呢，你跟爷爷的说法完全相反，怎么会这样呢？

张文亮

儿子，世上最悲哀的是人不知道自己从哪里来，世上更悲哀的是，有可能亲人从对面走过彼此都认不出来。你多听听我们家族的历史没坏处。

我大来江心洲的时候，他才二十出头，带他来的媒人是我大的表舅，后来我也跟着我大喊他表舅，这究竟是为什么我也不明白。自己家的往事，往往都是旁人说出来的最准。我家这个远房表舅并不是江心洲人，他的远房表姐赵长霞嫁在江心洲，现在已经老去了。当时他们受我爷爷的委托，给我大保媒。

四十年前，我大的这个表舅就很懂得营销。他先是让我大挑了一担稻草。说是一担，其实是两座小山。江心洲只有旱地没有水田，光种玉米和棉花，金黄色的稻草是稀罕物，垫床铺或是引火都是好材料。我大挑了两捆两人高的稻草捆，让自己深深隐藏在稻草堆里。远远的，江心洲人眼睁睁地看着并排的两只草垛一颠一颠地走来，这两只草垛上了堤岸，然后往右拐来，经过一户、两户、三户人家，所有的人伸长脖子睁大眼睛张开嘴巴看着这会动的草堆。

草垛后面跟着一个笑容满面的中年男人，他一路充当解说员：

我堂房外甥。

可是这个所谓的堂房外甥上不见头、下不见脚。草垛匀速飘移，不紧不慢。遇到表舅向人介绍他，或跟人寒暄几句天气的时候，草垛耐心地停住，等表舅发话了再走。江心洲人的好奇心鼓胀起来，纷纷放下手头的活，紧紧跟随，远房表舅见人成群了，感觉时机成熟，扬长声音招呼了一下草垛：

广深外甥，出来歇一歇，我来试一下。

我大从草垛深处出来。他个头不高，可是肩阔腰松，很是敦实，一从草垛里出来，他显示出一个大力士应有的风范，晃了几下脑袋，抖掉几根稻草屑，把扁担递给远房表舅，自己让到一旁。

远房表舅钻进了两个草垛之间。他的发力的哼哼声传了出来、传了出来，传出来好久，然后，他耷拉着脑袋出来了，不好意思地笑了笑。他挪不动分毫。

现在，江心洲人来劲了，人群中走出来一个年轻人，他进去了。发大力的声音往外飘，第二个进去了，发大力的声音往外撞，第三个进去了，发出了杀猪般的声音。他们挪不动草垛。

挪不动草垛的队伍排成一排，所有想挑战的都试过了，草垛还在原地。自始至终，我大没发一言，他像个真正的侠客一样，保持着骄傲和风度，既不嘲笑别人，也不上前安慰。等到扁担孤零零地被冷落下来，他的目光仍在人群中扫了扫，最后看一看还有没有新长出勇气的人钻进去试一试力道。确信没人了，他才走过去，他进去了，两座草垛轻盈地动起来，向前，稳稳当当，一直移动到我外婆家门口。我外婆早就瞠目结舌，说不出一句话。远房表舅看着我在堤坝下砍树的外公许有志，朝我大努了一下嘴，我大三步并作两步走到堤下，他拿起砍刀，不过是三下五除二，那棵像小脚盆大的树轰然倒塌，大树一倒，才惊出了正在房里绣花的我妈许春花。

我妈，就是你奶奶，她十八岁，还没离开过江心洲，吵闹声惊动了她，她跑出家门，瞧见一个男人臂膀粗大，正在挥舞着砍刀，三下五除二，砍刀一扔，两只大手往树上一推，那棵树悠悠地歪过去，"轰"的一声倒地。她被惊住了。

接下来还是表演。这次我远房表舅让我大表演倒立。这是我大的拿手好技，他不光能两手当脚，前进、后退、立定，他还能两手爬坡，这不是最重要的，他的双腿笔直地伸向天空，虚荣心大增的远房表舅搬一棵刚刚砍倒的树放在我大两只脚心，这棵树在我大的脚心里晃了几下就安然了、服帖了，随着我大稳稳当当地上了三米多高的堤坝。

江心洲沸腾了。这简直太神奇。那一整年，才有一个电影放映队到过江心洲，为江心洲放过一场《红色娘子军》。现在，对这部电影的美好记忆，那无数咀嚼和回味的夜晚被唤醒，我大带着一个外乡人神秘的气味和本领，一下子就征服了整个江心洲。在那之前，我外公外婆因为只生了一个女儿，一直自觉低人一等，凡事靠边站，今天，他的两间平房成了江心洲的中心，面对倾巢而出的黑压压挤在门前的江心洲人，我外公外婆早就乱了分寸，连话也说不出来了。还是我远房表舅提醒他们倒点水喝喝，他们才赶紧烧了一锅开水，舀到碗里，请远方的客人饮用。

天就这么在热闹声中慢慢黑了。表舅维持着秩序也负责熄灭一颗颗好奇心：有正事，有正事，都回，都回。

赖到最后的总是孩子，在被提着耳朵嗷嗷拽回家之前，有几个躲进草垛里，有几个想爬上去，吵闹声传进屋里，缩短着陌生人之间的距离感。

在白昼褪尽之前，我外公是不舍得点灯的，况且客人来得太仓促，昨晚灯盏里的油刚好干了，他们没来得及去借几勺油回来。有事的时候天就黑得快，想起没有火光时已经有点晚了。

我外公外婆陪着我家的远房表舅和我大坐在堂屋里闲聊。我外公给我远房表舅递了一支"水浒"牌香烟。他递给我大的时候，我大摇了摇头。我外婆心里惦记着灯油没了，又不好意思起身出门借。我妈春花已经知道这是一场空前绝后的相亲行为，羞涩的少女坐在厨房假借做晚饭的名义迟迟不肯露面。灶台下的火光能够把微明引入到堂屋，灶火毕竟微弱，而且，那一锅稀饭已经烧好了，米粥的香味使堂屋里的某些人的肚子开始叫唤。虽然有两个数百斤的草垛立在堤坝上，屋外还有孩子们围着草垛躲猫猫，可是堂屋里无可挽回地人面模糊了。这时我妈春花羞答答挪到堂屋小声地说了一句：

锅烧好了。

现在，开饭了，可是一盘咸菜边上一定要有一只灯盏才像样啊！

我大站起身来，大踏步地走进厨房，他不拿自己当外人，主动热情到厨房端碗。黑暗没有使他有半点不适，他脚步落地有力，黑暗中眼睛炯炯有神，旁人还在摸索筷子的大小头，他已经一碗稀饭下肚，自己走到厨房盛第二碗。在初来乍到的黑乎乎的江心洲，他如在自己家里行走自如，毫无不适。

他居然没有留意到这个家里没有灯光。他落座，拿筷，喝粥的声音呼哧呼哧。我外公肯定有些尴尬，他一度怀疑这小青年这么适应是装出来的。装出来的岂不是更好？至少说明他已经相中了我妈春花。

我大凭着他在乌源沟难以抬头的品质在江心洲成就了他的传奇。一直到第二天清晨，来欣赏他一担挑来的草垛的人仍络绎不绝，而且，他们发现了更为惊奇的事：我外公正准备用一个正月来砍完的树，一夜之间全都整齐划一地码在一起。不仅是我外公，全村、全公社的人都惊呆了。他们认为奇迹在降临。

半个月之后，我大成了江心洲第一个入赘的上门女婿。他一进生产队就拿到一个半工分，整个江心洲拿一个半工分的只有已经死掉的吴家财，吴家财死后再没人拿此高工分，一直到我妈春花作为江心洲第一个独生女，招来了外乡人张广深，这个记录才破。我妈之所以是独生女，是因为我外婆得了一种怪病，生完这个女儿之后就不能生了。如今这个十几年抬不起头来的家庭，一夜之间成为江心洲的焦点。他们感受到上天垂怜，仿佛瞧见天上开始源源不断撒金子，金子将会落在金黄色的稻草垛上。

外公外婆的兴奋和期待，很快就把我年轻不懂事的妈妈给说服了。虽然她觉得，这个男的话太少。

我外公回她一句，二流子来说媒你肯要？

江心洲的二流子是方达林的别名。方达林是西埂生产队的社员，家里只有一个老娘，江心洲人都笃定他是打光棍的料。方达林嘴能说，肩不能扛；话好听，手不能提；皮肤白，身子骨软。他好几回经过我外婆家，拿眼和嘴往门里挤，幸亏我外公外婆拧得清好歹，及时堵住了他的非分之想。

我妈说，这个人眼里没有我。

我外婆插话了，眼里没有你帮你家挑、帮你家砍、帮你家挖？

正如我外婆所言，我大正在挑、正在砍、正在挖。他不亦乐乎地干活，如同身在乌源沟。他嗜好砍伐、嗜好挖掘，他在乌源沟挖的时候，要黑夜潜行，偷偷摸摸，可是现在，他光明磊落，斧头举起来，老树倒下来。铁锹铲起土地，蚯蚓顿时两截，坚硬的泥土纷纷松软。在他劳作的四周，孩子们发出"嗷嗷嗷"的惊叹声，我大大放异彩、众人瞩目。他的力气又大了一倍。

我妈说，我看着他有点凶。

看着凶的不见得真凶，看着善的心里反而狠。

他从哪里来我都不晓得。

我外婆说，他不可能从天上来，也不可能从外国来，你瞧他那吃饭的样子，一脸饿死鬼的相。

我大吃饭的样子的确不雅，别人的碗刚捧到手，他的半碗已经下了肚，别人一碗刚下肚，他已三碗见底，话说回来，饿死鬼投胎的饭量，他还能有什么来头？

没有来头是这家人最紧要的事，有来头的人这家人怕留不住。老顾的弟弟有一年也来过一趟江心洲，不知道什么缘故，在老顾家住了半个月没走，鹤立鸡群的城里小青年忧伤沉默，经常坐在江边思考，站在人堆里也整日不发一言，把江心洲的姑娘们的心全给搞得七上八下的，可是我外公警告我妈说：

谁都可以乱想，你不可以。你瞧瞧，这样的人肯为你娘老子养老送终？

我妈是清楚自己使命的，找个人为娘老子养老送终是头等大事，抛开这个，其余的想都没法想。

更何况，我外婆趁热打铁，他表舅说他父母双亡，无牵无挂，这种人才留得住。

我妈的最后一句抗议是：

他讲话我一句听不懂。

慢慢就懂了，我外公说，顾医生的话现在哪句我们听不懂？

这真是有力的佐证，我妈词穷了。片刻的恍惚之后，她默认了。

我大就是靠他与江心洲完全不同的气质顺利拿到了在江心洲合法的居留证。

结婚的日子是千挑万选，择吉而来的。办喜酒是在腊月初八中午，生产组长和我妈的几个舅舅到场喝酒。我爷爷自然没有露面，只有我大的表舅的远房表姐表姐夫到场祝贺。所以我大的远房表舅，身兼数职，既代表男方亲戚又代表媒人。

那天的事我也是道听途说，那天我外公外婆要求我大偕我妈，上桌来敬大家一杯酒。我大端起我外公的碗，像他见过的真正的男人一样，在众人的祝福声中一饮而尽。他们说，事情的转折就发生在这里，不过，依我看，事情根本没有过转折。我大一口酒下肚，眼角立刻溢出了泪水，脸色迅速发红，接着，他像有人往他头上敲了一棍似的，神情木木的，再让他喝第二杯时他喝是喝了，不肯吞下去，长辈几番催促，总算没有吐出来。一会儿工夫，他哇哇地叫着，跑到门外，对着堤坝嗷嗷呕吐。喝喜酒的全乐了：新女婿不会喝酒。江心洲人对着那庞大的蹲在地上嗷嗷叫的外乡人半是好奇、半是欣赏地揶揄了一番。有人夸他好男人，有人笑他不男人。还好，我大惊天动地地一番猛吐，既没有破坏婚礼的喜悦，也没有使他自己失去神秘气质。等他回到桌边，可以说，桌上的盘子里连一滴汤也不剩了。而他，坐在那里，露出一丝微微的浅笑，整个人看上去轻松自在。他拿起筷子，桌上既没有菜也没有饭，他把筷子竖起来，晃了一下，又晃了一下，就像晃到了什么好东西。他的样子让那些挤在新房里看新娘子的婆娘们纷纷又涌到堂屋来，屋顶屋檐全是爱新奇的江心洲人的笑声在碰撞。席散之后，人终于走光了，我外公发现我大也不见了。

原来我大一个人，不知道什么时候，他竟然摸着了剩在厨房案板下放着的小半瓶酒，这是我外婆出于女人的私心偷偷藏匿起来的。不久就是过年，她想过年的时候就省得买酒了。

可是这酒竟然被我大找着了，摸走了，喝掉了，醉倒了，趴地不起了。

还好他倒在离家不远的堤坝下面的树林里。我外公在江心洲的地位跟我们如今不一样，他先是小声地客气地喊我大的名字。喊是喊不醒的。那个人满嘴酒气，鼾声如雷，震得我外公的脚背都微微晃动。我外婆臊得四处张望，生怕邻居起来上茅房听见。老两口儿没脸嚷嚷，他们一家三口，昨天还像过年一样期待这个男人改变他们的命运，转眼之间，还是他们三个人合伙拖他回洞房。这个人实在是沉，脸盘子不大，身上全是板肉，胳膊像钢板，腰腿也都是，穿着不合身的衣裳时你感觉不出来，不熟悉的时候你也感觉不出来。现在，亲手要抬动他的时候，我外公才醒悟过来，这个江西侉子手臂上的功力不是一点两点，这个人是练过的。我外公突然之间明白了某种好似命运的东西，从今开始，命运这个东西像夏天的新一轮洪水要真正浇灌到他头上了。半里路，三个人拽拽拉拉，歇歇再拖拖，花了足足半个时辰，才把这尊大神拖到床上，就这么大动静，这个醉神居然一直鼾声如雷，眼皮都没有睁开过一次。

第二天我外公请人捎话给刚刚离开江心洲的我大表舅。表舅来是来了，脸上也笑着，可是说出来的话一点儿都不善解人意。他露出一个见过世面的高深的口气反击我外公说：

哪有男人不喝酒呢？

我外公说，能这么喝吗？

我远房表舅说，怎么喝你们商量嘛，一家人了。

我远房表舅还说，你家女婿肯定跟你们亲，我现在再讲什么就是狗拿耗子了。

我远房表舅说完就溜之大吉。事实证明，他是没有办法解决这个问题的，他对我大的了解并不比旁人更多，鬼知道他是怎么想起来策划了那场声势浩大的相亲。我外公后来一提到他，就会咬牙切齿：

狗日的赵长发。

这是个憨子。我外公，结婚头一天瞧出这个女婿的破绽，不知是幸还是不幸。每天天一亮，他老老实实上工，你安排他做什么都可以。他一声不吭，像条牛，只不过他不吃草，他喝烧酒。好酒劣酒他不在乎，拿酒精直接兑的也行。他不懂分辨，但他要，没有就不行。白天，这个人跟别人一样上工，晚上，不喝三两他是不睡的。他不睡，他也不吵，他就是不进房、不上床，他就那么杵在堂屋里，堂屋里一如既往的黑，他在黑暗里，闷声不响，一动不动。再没有比黑暗里有个活物更让人惊骇了。他不发言，他不出手，恐惧却像钉耙一样钉到我外公心里去了。明知偷听不见什么，偷看不到什么，我外公和外婆还是会猫在自己的房门口，抻着脑袋不时向外探望，就那种偷偷摸摸的时刻，我外公已经模模糊糊瞧见了某种跟他的生活、跟他想要的生活都完全不相干的东西。但是他讲不出来，没人商量，也无有对策。开始他假装瞧不懂这个人的肢体语言，他们像平常一样自己进房睡觉，不去想着堂屋还有一尊大神。可是床上像是爬满了螨虫，一夜的瘙痒，比老两口儿过去二十年加起来的都多。

他们只好又到镇上去赊酒。

张广深喝酒，开头是咕咚咕咚，三五回之后，他放缓了节奏，他把一只脚架在板凳上，歪着头，桌上一盘雪里蕻，他就一盘雪里蕻；桌上一碟花生米，他就一碟花生米。要是没有菜，他也不吱声，把碗端起来，吞一大口，在嘴巴里滚一滚，滚的时候眉头皱起来，一俟吞下了喉咙，眉头就舒展开，反复不厌，直到碗底朝上，他摇摇晃晃站起来到房里睡。

许有志有回坐在他对面，想跟他讲讲道理。一晚上坐在堂屋里，他讲了鸡、猪、劳动、生产、后代子孙、邻居的闲言碎语。讲了半个多时辰，张广深的酒喝完了，他也就起身离开了。

这家人感到一切——体面的女婿，希望，这家人的门楣……全完了。黑夜里，我外公外婆坐在门槛上——四十多年前的江心洲，家家都有门槛。夫妻俩你对着我、我对着你小声地诅咒，诅咒自己和对方眼瞎，他们痛心自己的损失、名声和女儿，他们内心懊悔，每天食不知味。可是被诅咒的人听不见，他在喝酒，或者喝过了正在昏睡当中。这个迷上了酒的人，舒展着身体躺在任何地方，都不影响他睡得熟呼呼，睡着后他样子平和，惬意地咂巴着嘴，嘴边冒白泡，轻风徐徐，青草芬芳，白云飘荡。

我大当年也才二十多岁，看上去却怪诞得多。从他的肤色看，加上如今喝了酒，白里透着红，像十七八九岁的少年，满目无辜；从他的身板看，又像经久跋涉。大白天人们见到他在闷头闷脑地干活，可是冷不丁地，他要是喝了酒，天刚好黑了，那眼睛里的凶光，箭一样嗖嗖往外射，大家都绕他而行。江心洲人不比我外公家人更聪明，但更知道轻重：这个力大如牛的人不好惹。对于江心洲人，他这个江西佬，带给我外公家除了片刻的光荣之外，更多的是怪异、新鲜和刺激。

我妈对我大早就失去耐心了。她本来就理解不了他，他片刻的神气和力大如牛，根本就没有吸引过她，现在她感到了毁灭般的失望。她现在还不知道没有圆房到底是她的幸还是不幸。头两回，他喝醉的时候，她摇、她推、她拽、她踢，没有反应，她累坏了，对这个酒鬼产生了由衷的厌憎，坐在边上呜呜哭。她还年轻，还没学会骂街。她的妈妈，在隔壁也呜呜地和起来。家庭气氛压抑难堪、莫名其妙，现在，他不靠近她，她由愤愤不平转向庆幸至极。

我外公家二分菜园子，那是生产队分的自留地，原来是方方正正的，经年累月地被邻居霸占，如今，它成了长方形。那天早上，在指派女婿给菜浇水的时候，我外公嘴里嘟囔了一句，比划了一下他原来的大小。我大立刻明白问题所在，他挥起锄头就干了起来，眨眼工夫刨掉了邻居半垄小菜秧。我外公预感到大难临头了：这个邻居有五个儿子啊。我大浑然不觉危险接近，他找来芦柴，在他认为最接近正方形的地方，插成一排地界。然后，坐在地头专心等着邻居到来。

先发现状况的是邻居家最小的儿子。他被父母指派来摘菜，目睹了自家的菜园有一条地垄划归到我外公名下的经过，半分钟的恍然之后，他明白过来，撒腿就跑。很快，他的父亲以及四个哥哥拿着扁担、铲刀和斧头蜂拥而至。

据说，我大一言没发，但也没有站起来，他坐着。手里握着刚刚插地界剩下的几根芦柴，在铁打的武器面前，这几根芦柴太轻薄了。围观的人都觉得自己的心脏在热血沸腾，可是我大却静静地坐在那里，就像要听到来自于远方的进攻的号角。正在此时，一只不知轻重的鸡穿过新插的芦柴栏栅间隙，到我外公的菜园里找食。我大上身一个前倾，一把逮住，没等鸡的翅膀扇动一下，就一把拧断了它的脖子。左手是鸡身子，右手是鸡头，他左右手瞧了瞧，然后把鸡身子扔到一旁，那只没头的鸡扑腾扑腾还翻滚了很远，然后倒地不起，它的头自始至终在我大的右手上拿着呢。

后来的版本有了差别。有人说我大自始至终没有说一个字，有人说他说了三个字：

日你爹！

再后来，据人家讲，我大，又慢慢地捡起拧鸡脖子时放在一边的芦柴，专心审视着菜园子的栅栏，看看什么地方还要插几根。

闻讯赶赴而来的我妈春花和我外婆，目睹了我大的英雄气概。虽说英雄气概是很难表演的。

我大穿了件旧蓝布褂子，因为天天醉酒，脸色发白。他戴了顶草帽。那天没有太阳，可是戴草帽是江心洲人的习惯，有没有太阳，早上出门时要戴，确定太阳不出来的时候，草帽会挂在地头树枝上。那天我大的草帽歪戴在头上，帽带没有系，他想抬起眼睛来看看前面的五个对手，还得努力用眼皮把帽檐往上顶一顶。

他就是这么淡定，这不是我编造的，这些都是后来人家告诉我的，告诉我的人就是在场的这家老四。他说，你大真屌。屌得让人不敢喘气。

不敢喘气的还有我妈春花。如果说初次见面她就觉得他不正常，觉得这个外乡人怪怪的，不了解也谈不上喜欢，那么，自打他迷上了酒这东西之后，她对他就一天比一天厌恶，最后连闻到他的气味都想吐，而人家还以为她有了呢，其实她还是个大姑娘。

就在这一天，我大这个样子征服了江心洲、征服了我妈。我妈那晚没让我大沾酒杯子，她倒是没有去抢、去吼、去骂，或者去哭，她光是把自己脱得光光的，她跟一切女人一样，一旦喜欢某个男人，就无师自通，而且面对这种人，她也讲究不起来，她这个新手，成了英雄的师傅。

这就是我大在江心洲头一年的日子。前三个月在堂屋喝酒，后三个月在洞房胡闹。之所以说是胡闹，因为他一上手就停不下来。本来夫妻俩的事我外公外婆是不想管的，只要他不喝酒，不把这个家喝穷，怪点就怪点，侉点就侉点，这家人生活的信心和希望仍然会保持下去，可是我大跟旁人不一样，他每迷上一桩事就会孜孜不倦，没完没了。就跟他喝酒一样，他一喜欢跟我妈在床上胡闹之后，他就每天吃过晚饭，早早上床，等在那里。

没有电的江心洲的漫漫黑夜，大多数人都是在床上度过的。床铺用来对付严寒、厉鬼和疲劳。可是我妈春花的恐惧、疲倦和崩溃都是从床上开始的。

头半个月，春花是吃得消的，不仅吃得消，她还算积极，能够做到一呼即应。一晚一晚又一晚，张广深还是那个张广深，呆头呆脑，又粗又重，可是春花不觉得他讨厌了。他不洗脚就上床，春花会把洗脚水端到房里，倒出来的臭味在门口好一阵子才散去。早上他倒是起得早，起得早可是他不刷牙，江心洲不刷牙的人也多，可是我妈不依不饶，逼着他漱盐水，这都不是问题。

再好的牙口一直啃锅巴也吃不消，很快春花就不那么积极了。可是这世上就有一种人，挖洞就使劲挖洞，喝酒就拼命喝酒，没有道理在这桩事上变成一个节制的人。我大白天上工，盼着天黑，盼着春花的天跟他一同黑，可是春花太磨蹭，她在堂屋纳鞋底，她在堂屋绣花，甚至在堂屋补袜子，一只袜子能补到十点。她大妈都怪她灯芯太亮，让她捻小点。她就是不肯早点上床，她总是有事情要在堂屋做。那也没有用，就算耗到下半夜，只要她进房，她大妈就能被吵醒。像是屋外堆的树堆倒地的声音，又像是老鼠在扒米缸，更多的时候噼里啪啦，像孩子在拍巴掌玩。出于难为情，老两口儿都不吭声，假装睡得太死。

我外公心疼女儿，他逮个时机去找生产组长，他说他女婿不止一个半工分，实际上他能一个顶俩。

他总归只有两只手、两条腿和两个肩膀吧？组长说。

我外公豁出去了，他说，要不，叫他早上六点来，晚上七点回？天热的时候就八点？

不怎么行得通，这样一来，生产组长自己也要六点起来派活。到时他还要加工分，烦。

要不然就不管他几点走，分他两个人的活。

都是一起长大的人，生产组长看出许有志不光是挣工分心切，他是想显摆女婿能耐，便同意按他的意思来。挑粪的时候，其他人一天十担，张广深二十担，张广深身上有一个大优点，就是他不计较数字。他分不清十和二十，他只管闷着头挑。往日有丈人帮着记趟数，现在还是丈人帮他记。他从早上挑到天黑，他丈人告诉他，还差两趟。

张广深心里疑惑，皮厚肉糙的人似乎没有心，可是心还是在那里急急地跳。他摸着黑又挑了两趟，这么晚还到组员屋后舀粪，臭得人家在屋里晚饭吃不安生。那天晚上张广深真累着了，他倒头睡去，晚饭没有吃。世界一片安宁。

人这个东西就是怪。张广深一个顶俩，干了几天之后，他就习惯了。另外，干集体的不便之处就是，重活其实并不多，更要命的是，老天还要下雨。只要下一天雨，张广深就变得又烦又躁，出气重，脸发黑，这家人都不敢跟他顶，到了夜里，隔壁房里又会出现老鼠被猫啃咬的惨叫。

人就是这么奇怪的东西。学会哪样，哪样东西就像手上的第六根手指头，长出来就消不掉。下雨天不上工的时候，他又开始想酒。他喝酒的时候，春花就可以自在一些。这家人，由着他喝，拦着他喝，恨着他喝，盼着他喝。心思七上八下，左右为难。

冬天到了。

冬天的江心洲一片荒凉。咸菜腌在坛里，枯木锯下来，到处光秃秃。北风起，天一日比一日冷。年底的时候生产队结了账，我外公一家结了两块七毛四，分了两袋山芋，八十斤玉米，比去年少了四毛五分钱。我外公看了生产队记的账本，光女婿过门这几个月，他就预支了十一块八来还镇上的酒钱。

怎么得了！招女婿、添劳力，搭进去春花和五公斤装的酒七八壶。到头来，工分还少了四毛五分。从大里讲，板凳没置一条，从小里讲，过年也穿不出一件新衣裳，碗筷还是四双。这种日子，哪里是人想过的？冬天的风从北面进来，老两口儿的睡房朝北，冷气聚在墙根，女儿结婚的时候，把女儿房里用石灰刷了一遍，多出来的一点，他把自己房间靠床的位置也刷一下。劣质的石灰才一年多就开始往下脱了，黑暗和风把房子紧紧包围住，我外公心力交瘁，恨不得也喝一碗酒，防止寒冰进到骨头缝里，老腰疼发作；恨不得再喝一碗酒，听不到女儿扣在被子里呜呜的哭声。

他忍惯了。天慢慢亮了他的神经沉静下来。朦胧的天光消灭了他的悲观。他起来，趁河床干涸，开始挖土修地基，将来有机会再盖一间房。女儿肚子里有了。

女人肚子里有了孩子，就像一锅热饭揭了盖。勇气跟香气一样冒出来。她先是低声抽泣，或是靠在床头捂住肚子，表示不可冒犯。对手不买账硬要靠近时，她会头脚并用，张开十指，张大嘴巴，对手的脸上、身上会有丝丝伤痕，缕缕血迹，斗争滋生怒气，怒气提高嗓门，如此十来个回合，她就问候张家祖宗十八代。张广深不吭声，他会稍歇片刻，对手略有松懈，他便继续突破，他终究会赢，说到底，他有力气，他讲不通，他耗得起，他不容置疑，就跟酒瘾发作一样，他就是要。她呢，力气、决心和嗓门都直线下降，到了下半夜，身心俱疲，无力抵抗，只好垂头丧气地由着他。如此，一次又一次，伴着她的诅咒和抵抗，拖拖拉拉到天亮。

她要跟她妈睡，这怎么像话，这怎么成？这家人规规矩矩，喜欢按章办事。结了婚的女儿怎么能跟妈睡，把做丈夫的一个人丢在堂屋里发呆呢，不成。不成我就不睡。不睡也不成。女儿拽住做妈妈的衣襟，捏得死死的，恨不得捏出水来做糨糊粘在一起。

怕什么来什么。来年三月，春花小产，是个男胎。坐小月子的时候，春花开始整夜盗汗、做噩梦，额头的汗和她眼睛里的水混着往下淌。那个罪人还不反省，他被挡在门外，一点悔意都没有，进不了房他就坐在堂屋里发呆。世上什么人发呆都只是发呆，只有张广深发呆不是发呆，那是在发力。这是许有志的看法。这不是许有志的看法，这是事实。

天一亮去上工，你翻土就翻土，你浇水就浇水，你或者抽到好签，你就当一天监工。我大张广深不是，他在要翻土的地里浇水，在浇水的油菜苗根边上翻土，他顺手砍掉一棵不挡事的树，组长报告队长，队长过来察看，他还没走近张广深，张广深胳膊肘儿一搡，队长一个跟跄，差点儿跌倒。队长还没吱声，张广深顺手拽住一根小碗粗的树杈，他还没使劲，树杈就下来了，他起脚一端，那棵树从中间就断了。

许有志吓得脸白，上前连连赔礼。队长哼哼几声也就走了。张广深也没事人一样走开，剩下许有志，心怦怦跳，脑袋一阵一阵嗡嗡作响。面对这不通人性的东西，许有志陷入到长久的苦想之中。"苦想"这个东西在女婿进门之前几乎未曾进过他的家门。许有志向来只有受气的份，可以说半生没跟人红过脸，走路习惯靠边，认命是他的作风。对于生产和革命，他惯常跟风服从，只有在招女婿这件事上，算是他的念头也算是他的幻想。现在，这些许幻想给了他这么大的报应。这汉子陷入到惶恐不安之中，黯然神伤。

这个侉子少两根筋！长时间的苦想，得出了这么个结论。我外公还发现了一个规律，那就是我大只能一个时期干一件事。他挖洞的时候他就挖洞，他眼里除了洞什么都没有；他喝酒的时候他眼里只有酒；他折腾我妈的时候，他眼里只有我妈。你现在不依着他，他就像只狂躁的困兽，不肯听人讲道理。一到天黑，春花就早早躲到她妈妈的床上去。张广深两眼见不着人，他会先坐在堂屋里发呆，发呆久了就要闯祸，白天惹队员，晚上只有砸自己家的门，春花的父母也帮着在外头喊她出来：

门要被砸碎了呀，就出来吧。

门到底还是砸碎了，他们还是在外头喊她，说是怕邻居听了笑话，可是墙壁管不住闲言，门缝躲不开碎语，邻居们个个心知肚明的时候，他们还是陪着女婿喊女儿出来。

死都不出来。

只好去打酒。

招了个上门女婿之后，许有志一年跑镇上的趟数是他过去四十多年的总和。脚头边的青草很亮，月亮和树梢勾连在一起。一九七一年的江心洲，大多数人一年只买一块布料，买了秋裤就不能买棉袄。许多人家半年称一回肉，逢年过节家里的男人才能一本正经地坐到桌边，象征性地举个杯。可是张广深，一瓶酒要八分，一天他要喝半瓶，许有志一脚一脚走的时候，感觉自己一步一步朝一个大坑里迈腿，有时候他迈不动步子，就坐在路边歇着。跟女儿一样，他一天比一天瘦。

半瓶酒干下去的张广深，两条腿就不一样长了，他深一脚浅一脚找床，先是会撞倒一只小板凳，它明明放在墙脚，然后他会撞到门框，不会在谁的心头留下一点心疼，不晓得什么时候，他一倒地，一家人的心才回肚子里。

张广深还有一个怪癖，就是不喜欢刮风落雨天。落雨天出不了门，大家挤在堂屋里发呆的时候，他时不时就往自己脑袋里"咚咚"敲两下，雨落得大，他敲的声音就响，这个时候要是喝了点酒，他就能消停。

许春花到底是独生女，挨饿干活、穿得不好都是实情，可也没受过更多更深的苦。她眼窝下的阴影一天比一天重，她的眼珠子，出劲地往外瞪，让人很担心，再这么瞪下去，总有一天从眼眶里掉出来，一下掉到地上，沾满了灰，什么也瞧不见。这样下去不死也要疯。许有志看出这点的时候真是太迟了点儿，四月中旬，她又有了。这回，她小心多了，从早到晚手上拿着一根棒槌，她口口声声地说：如果有人胆敢来惊扰她，她就抡起棒槌跟他拼了。

拼掉张广深的念头先是从许春花的心里起的。

春花也不过才二十岁，她已经成了江心洲最倒霉的女人了。伴随着她的男人那举世无双的气力，她却一日比一日憔悴。只要张广深走过来，怀着孩子的女人就扯开嗓门喊：

疯子、疯子、疯子！

再就是发狠要跟他拼命！

她认为全世界都没人知道这从天而降的男人让她吃了多少苦，忍受了什么样的折磨，担了什么样的恐惧，心里又装着什么样的委屈。

空气里到处漂着"拼命"和"疯子"的声音，白天和晚上处处是"拼命"和"疯子"的气味，有时候做梦，梦见他们已经拼掉了这个疯子。到后来，三个人分不清是谁做了这个梦。

靠水吃水，热天农闲，江心洲人一股脑涌到江边去摸鱼捉虾，改善伙食，许有志旧年也让张广深去过几回，张广深把脚伸出去又缩回来几回，许有志心里就有数了。这侉子没见过水，他不会游泳。

六月天气热起来。棉花到了结桃期，难得有一天不上早工，许有志来了老大的兴致，他借了摇盆、虾笼、鱼网和鱼叉，还带了满满一脸盆的蚯蚓做鱼饵，他要带张广深到洲头芦柴荡里去捕鱼虾。

怀胎的人吃了鱼虾小孩子一定脑子聪明。

见到人他就打招呼：

广深非要去捕鱼来给春花吃。

就有妇女客气两句：

有力气又晓得疼人，真有福。

许有志就笑。声音笑得大大的，把嘴咧得开开的，怕人瞧不到他的豁牙。

张广深跟在后头，眼神撞到一块也不搭腔。一贯如此。

要到江边了，许有志把头回过来问张广深：

你中不中？你有没有这本事？万一你不中，就要淹死的。

我怎么不中？张广深瓮声瓮气的。他被抬举惯了。生产队的脱粒磨盘重不重？重。谁能搬得动？张广深。为了表明他中，他从一个场地往下一个场地搬，要是有人来搭把手，他就眼珠一顶上眼皮。一天搬了七八趟，一直到膀子脱臼为止。

抗旱的时候在硬邦邦的路中间掘条排水渠，土质这么硬，除了张广深，没有人掘得动！

张广深啊，他也不一定掘得动。怕张广深听不懂，这些话都是学着老顾的腔调说出来的。

张广深老远就听到这些人有意放慢语速的话，扛着镢头就过来了。他也不等人吩咐，朝着那硬邦邦的地就是一镢头，再一镢头，边上人就扶着锹把喝彩。

张广深这个人，值钱就值钱在他力气大；张广深这个人，麻烦就麻烦在他力气太大；张广深这个人，毛捋顺了他就是好牲口，捋不顺他就是索命的阎王爷。人人都羡慕许有志捡了个大便宜，人人都晓得许有志惹了个大麻烦。

早晨的江心洲，是一天中最好的时段，鸟叫声那么悦耳，露水沾到脚背上，凉凉的，太阳还没全出来，天上是一块块上等的白，地里是一亩亩肥厚的绿，水面是一波波银银的亮。

听说洲头的芦柴荡鱼多，草鱼、乌鱼和鲫鱼都有，运气好的话，还能遇到鲤鱼，水流平缓的时候，能看到各种各样的鱼在浅浅的水草间穿梭，运气再好一些，一网可以网到螃蟹、江虾和青蛙。许有志认真地做钓鱼钩。钓鱼竿是竹竿做的，线是九股尼龙线，钩就是缝衣针掰弯的，钩子上串进去一整条蚯蚓。

钓鱼要耐心，举着鱼竿不能动，那你呢，他问张广深，你是钓鱼还是张网，张网要力气大。

一听要力气，张广深选择张网。张广深一个大力把网扔到水里，网口没撒开，脚子就沉到水底了，他马上又使劲拽操竿，一拽上来，除了几个螺蛳，什么也没有。连着三四网都是这样。

要不你用叉子戳，叉子比张网容易，眼神好又力气大的人才能戳到鱼，瞅准了，一发大力，一叉子下去，百发百中。

张广深站在岸边。绕来绕去，瞅不见一条鱼。往水里走几步，他丈人拿着竹竿还在做鱼钩：实在不行，就学小孩子一样钓鱼。

一听说像小孩子一样钓鱼，张广深就回了两个字：不干。

张广深举着叉子，眼睛死死地瞅着水底，水底全是各种水草，有的水草有刺，刺得脚心麻麻的，有的水草缠脚，水底的泥也烂，一会儿，张广深的脚上绕了几圈草。不碍事，丈人在旁边还是举着他的钓竿：水浅鱼小，荡里的水就这么一摊，再深深不过大腿根。在丈人的鼓励下，张广深一点一点往深里去，再去点，再去点。鲫鱼汤真鲜，一条能烧一锅汤，比肉汤香一百倍。

许有志平常没这么多话。说一句，张广深迈一脚，张广深迈一脚，丈人又说一句。走到齐腰的时候，一条能叉的鱼都没有，倒是几根不上手的泥鳅，在他脚边蹿。张广深一个脚不稳，往水里一歪，水花炸得半丈高，他丈人见到张广深湿得像落汤鸡，又说：不然的话炒二两虾，下酒。

见女婿站住不敢动，水到腰杆了，许有志又鼓励他：再往前头去半步，肯定有鱼。

左脚一踏，突然人一仰，一下子就没过了头，叉子一下子脱了手，水花一阵急溅，十几秒钟，水面就平了，只剩叉把子漂在水面上。许有志把鱼竿往水里一扔，鞋也不脱跳进荡里，扑腾了几下就往上爬，一身湿淋淋地往岸上跑，一边跑一边喊：

我家广深掉水里去了，我家广深掉水里去了。

人掉水里是大事，全村老少恨不得全部出动，纷纷往洲头跑。春花和她妈也着急上火的样子，跑的时候还跌了一跤，摔得半天爬不起来，好不容易爬起来又接着往江边跑，跟在她们后头的是腿脚不利索的老年人。这些老年人赶到江边，先来的年轻人已经把有利位置站了，老年人不甘心，把头从人缝里挤进去，瞧见张广深跪在岸边，腿上手上缠着一圈水草，手心里死死地捏着叉子，头发贴在额上，把眼睛都盖住了。舌头吐出来，正在那里拼命地喘，喘得后背一收一缩。许有志站在边上不厌其烦向人介绍：

我家广深命大。

洲头的大荡淹死人不是一个两个，偏偏不会水的张广深能爬上来。亏了手边那把叉子，可惜他怎么上来的江心洲人都错过了，光瞧到一个死命喘的张广深。这幅画面实在不过瘾，围观的人有二三十，发表了一些见解之后悻悻地掉头回去。

许有志刚刚做好的钓竿，已经被调皮的孩子摸到手，像模像样地甩进了平平整整的水里。

隔了三天，许有志又到镇上打酒。大难不死的张广深现在一顿要喝六两。凤凰镇上都是熟人，那天酒卖完了。许有志又多跑了六里路到一个酿酒厂打来的。酒刚喝到一半，张广深就开始往后门的茅房跑。他从茅房出来，他丈人盯着盛酒的碗说：

还有二两多呢，浪费怪可惜的。

他丈母娘破天荒炒了一只鸡蛋端过来。

张广深二话不说，把剩下的二两也干了。

那天晚上，张广深一直蹲在茅房里。他一起来就又想拉，裤子还没提上腰就吐，吐完了又拉。天亮的时候，许有志全家都去上工，留他一个人在家歇着。锅里留了一碗稀饭，张广深干了一碗，觉得力气又回来了，抬头望望青天白日，就准备去上工。那天生产队在江沿里除杂草、开荒地，走到一半地的时候，肚子又开始不对劲，他找了片灌木丛就脱掉裤子，拉一会儿提起来再走，走几步又蹲下来拉。沿着芦柴荡的沟渠，到处是张广深脱过裤子的地方。一开始还能拉点儿什么出来，后来就什么也拉不出来了，最后连裤子也提不上来了。他只好又踉跄着往回走。

到了晚上，丈母娘叫他喝点儿稀饭，他摆摆手，瞧都没瞧一眼。一天一夜，张广深居然脱了相，我外公想，这下真要死了，真要死了他就心肠软了，他借了个板车，把我大扶上车往卫生院拖。卫生院医生瞅了瞅，把了把脉，说没关系，可能就是吃什么不干净东西了，再饿个天把就没事了。

许有志只好拖着庞大的女婿往回走。快到家的时候，张广深说了句话，他说：

日你爹，日你舅！

这不算话，这是气。他接下来说了句话：

我没有力气了。

这是当然的，拉了三天当然没有力气。

我外公以为他说完了，可是他把头支起来接着说：

谁把我力气抢走，我日死他全家。

这是张广深倒插门以来说的最长的一句话。

先是一阵大风，然后下了场急雨，接着又出大太阳。路上一个一个水坑，大太阳照得小水坑亮闪闪的。路边的树梢垂到手能逮着的地方。许有志见张广深几番伸出手，想逮到一根枝条。许有志很想停下来歇一歇，静静坐一会儿，或者干脆把拖车掀到坝底去，可是眼前有一道阴影，沿着他的脚踝，直到后背，直到头顶，继而将他整个淹没，他胳膊和脖子后头的汗毛都竖了起来，头皮发麻，秘密就隐藏在滚动的轮子下。一切都无可挽回了，滚动的轮子想把秘密压到土里去，又哐啷哐啷地翻起来，把秘密掀到面上来。许有志开始头昏，因为天气热，又因为拖着了一二百斤，简直弄不懂这一切是怎么开始，悲剧是从哪儿起源。

远方能望到那两间草房了，房子里有两个惊恐万状的女人，那怀着的未必能平安生出来，生出来也未必不会像这个猪头——猪头，是他们私下对他的称呼，现在这个猪头又生了恨。

许有志在前额上抹了一把，想把脑子抹清爽一点，把生活里这些疑团搞个究竟来，再想点法子来什么的。可是天气太热，人的脑子就容易混沌，脑子一混沌，做什么事就都是机械的。比如到了门口就放下板车，放下板车就去扶病人，扶病人进屋就会直接往女儿房里送，把人扶到床上还问他要不要喝水……不熟悉的人要是看见了肯定会夸他们一家人和睦、体贴。

春花呢，护着自己的肚子，和妈妈形影不离，对那个上吐下泻的人瞧也不瞧一眼。

睡到下半夜许有志开始害怕，第二天早上他注意观察张广深的脸上是否恢复了血色，留意他的脸色是否透露出仇恨，一等他力气彻底恢复之后会有什么动作。他感觉到一种危险在接近，可是春花好像一点儿也没有觉察，她总是在妈妈跟前吹风。她告诉妈妈，如果他们继续由着他，他们三个人到头来都会为他的酒而辛苦一辈子，越喝他的酒量会越大，喝多了他顺手一巴掌，至少能拍死两个。这一点儿都不算夸张，他的身上毕竟出过人命，那孩子出来的时候都有手有脚了，而且是个男孩，这家人想男孩子想了几十年……

她的悲惨前景经由她的嘴，一点点确凿起来，到最后她沉浸在自己悲惨前景的忧伤里。有时候，她说到哪个村上有一个喝酒的人喝到半夜往床上一躺，居然压死了自己的儿子。说着说着，她眼珠子瞪得老大，好像亲眼目睹了这一切，她牢牢地盯住这听来的不幸，生怕父母不够重视。她的紧张已经完全不是为了自己，而是为了将来的孩子。她的手脚和面部在说话的时候绷得紧紧的、紧紧的。她就这样一错开张广深的耳朵和眼睛就不停地、不停地说。怀着孩子的女人声音越来越愤怒，越来越悲观，悲观把她紧紧地裹住了，但是她似乎并不打算放弃，她似乎有足够的力量来斗争，而这种力量，仿佛天地赐予，根本不会改变，除非对手彻底战败。

秋天的凉爽让人稍稍振奋了一些，张广深的酒量如期达到了八两。如果你让他少喝一两，他微醺着也能勉强去睡，可是不久，他的房间里会传来噼里啪啦的鸡蛋碰石头的声响。

腊月，春花顺产生出儿子许文亮。

生孩子的那晚，张广深仍然喝多了，他凌晨醒来的时候，发现旁边睡着的女人庞大的肚子不见了，怀里的棒槌也不见了。生出孩子的春花昏昏沉沉睡着了。张广深拿手碰她的时候，大功告成的产妇在睡梦中疲倦地笑了一下，张广深去捏她的手臂，发现她的手臂无力地放在身侧，张广深又去碰她的腰，她的腰也因为过于疲倦、没有回避。这意外的温顺使张广深惊喜不已，高兴的时间过得快，不一会儿天就亮了，他抖擞精神起来上工。他经过丈人房间的时候，听到有奶孩的小小的哭声，他轻轻地笑了一下。那天，他喜滋滋地干活、接受人们的恭维。为这些恭维话，他干得满头大汗。

等他回到家的时候，春花已经死了，产后大出血。临死前春花还让妈妈抱来孩子，她尝试给他喂一次奶，可是嘬了半天，一点儿奶水也不下来。抱走吧，抱出去讨点儿奶吧。她说完这话，亲眼看着她妈妈抱孩子出房门口，才放心地合了眼睛。

和春花一起玩大的姑娘都嫁出江心洲，死讯让她们从各个地方赶回来。她们聚集在春花的周围，回忆昔日的友情，感叹命运无常，光是同情远远不够，可是谴责什么人又不该由她们开始，她们围在一起，哭哭啼啼，长吁短叹。许有志，竟然不哭，托人找块好料，打口好棺材，他站在赶工的木匠旁边，随时等候木匠师傅差遣。出乎意料地，哭得最凶的也不是春花的妈妈，她忙着照顾那个出黄疸的孩子，倒是大力士张广深哭得比谁都伤心。那个伤心人的头埋在胸口，只露出虎背熊腰。这虎背像是泥巴捏的似的。要是照着他的后背敲一棒子会怎么样？他一定死不掉，敲到第二下的时候，就能露出里头的铁和铜，那到底不是泥巴，到时敲他的棒子就会断成两截。张广深窝在那里，瞧到这副样子的人就会这么想，想想也就过去了。

我，许文亮开始出牙的时候，放映队到江心洲来放电影，电影上机关枪"嗒嗒"扫得墙都晃，许有志和老伴儿，抱着外孙子去学校的操场上看电影，留下喝得烂醉的张广深。那年少雨，天干物燥，不知道怎么回事，电影上的枪战正激烈，齐刷刷的目光都突然发现挂在墙上的屏幕亮如白昼，上面的人影竟然模糊不清。年轻人正待起哄之时，江心洲一半的房子、树木和堤坝都亮了起来，人们这才纷纷回头去望，只见许有志家火光熊熊，大火烧得房子边上的树枝都噼啪作响，而此时，许有志和老伴儿也站在观望的人群中。他们比一般人更迟钝些，直到有人明确地说出：老许，这烧的是你家啊！

他这才醒过神来，嗷嗷地叫着往家奔，他的身后跟着一群好心人，放电影的操场上只剩下些没心肝的小孩子，舍不得把眼睛挪开。

火实在太大，冬天的储柴全在屋檐下。堤坝上人跑进跑出，水往墙上泼，粪桶都使上了。火光在变大。那些邻居，老的小的，端脸盆的端脸盆，扛木桶的扛木桶，从坝上到坝下，自动接了一条龙，一桶桶水往火里泼。到末了，几乎整个江心洲人的人都赶来了，却也只能眼睁睁地看着房子化为灰烬。所有的一切都化为灰烬。晾衣竿、钉耙、古木箱子、一家人的衣裳、过冬的棉被、锅碗瓢盆、尼龙绳、针头线脑。还有怀镜，铜的，祖上传的。一切的一切。他们已经一无所有。许有志站在自家门口，耳边听着花火四溅，乌烟向空中升腾，缠绕在树的顶端，然后还是往上升。

人在里面吗？人在里面吗？不晓得谁在问。

没有回答。

许有志的老伴儿，怀里搂着她的外孙子，嘴里发出凄惨的呼喊：啊——啊——啊！

大火熄灭的时候已是下半夜了，有人想从房子里扒拉出张广深的尸首来。大家都断定是他喝醉酒碰到油灯，无论如何，被活活烧死，也太可惜。就在大伙七嘴八舌的时候，张广深从堤坝下的茅房里走出来，满脸通红，满目茫然。他一定觉得自己在做梦，只有在梦里，冬天才会如此温暖灼热，梦里的黑天才会聚集如此多的人，用那种怪异的眼光注视他并且发出"嗷嗷""啊啊"的惊叹声。

关于丢了一只鸡，大伙会说上半天；关于一场雪，江心洲也会评出好坏；可是关于一场突如其来的大火，江心洲人反而什么也不说。关于这场大火的话语仿佛也烧成灰烬。我也是十五岁才头一回听到，那时，我大正走着霉运，家都不敢回。

过了几日，许有志和老伴抱着外孙上了阿三的船，说是找山里的亲戚借点儿钱回来置办点家当。可是他们刚过江，张广深也上了渡船。回来的张广深怀里多了一个鼓鼓囊囊的东西，下了船，大伙才看清是他半岁的儿子，许文亮我。

那一天晚些时候，张广深捉着一把镰刀。镰刀是从火里找出来的，柄已经烧脱，张广深一只手捏着他的镰刀刃，一只手搂着他的儿子，他每经过一户人家，就会削掉靠他最近的什么东西：一棵树上的树杈，一截挂在屋檐下晒着霉干菜的尼龙绳，一张飘扬着的门帘纸。张广深用他那素来怪异而粗犷的嗓音向人宣布：

谁敢动我儿子一根毫毛，干死你全家。

他最后停在阿三的渡船边，阿三的船正无所事事地在所剩无多的浅水里打转，张广深的镰刀稳稳地扎进船帮上：

我儿子要是被人从你这条船上抱走，干死你全家。

阿三咧着嘴，像是不懂什么全家不全家。

那天天不好，灰暗的雨瓣里啪啦扫下来，大伙都晓得天不好不要得罪张广深，他经过的地方没有人说话，没有狗叫，等他夹着儿子到了家，就连风也悄然无声地停了。

被火烧掉的地基上，一片乌黑，他把儿子放在地上，还是用那把镰刀，在灰烬上面扒拉出一块地，整成平面，在坝下捡两枝树枝，就着人家给的几捆稻草，搭了一间小棚子。他搭小棚子速度之快，手脚之麻利，再次令人惊诧。小棚子搭好后，天也快要黑了，从头到脚都一片乌黑的张广深跳进江里洗了把澡，等他从江里把头探出来的时候，支棱在他头皮上的乱发也服帖了，他用手抹了一把脸，等他上了坝，他脸上的水珠也干了，他的脸上也发生了奇怪的变化。原来一直挂在他脸上的那种憨憨的呆滞不见了，取而代之的是一种高度警惕的怒气，他怒气冲冲地朝着堤坝两头瞧了瞧，就钻进了小棚子。

从那天起，他把儿子带到他干活的任何地方。江心洲不缺有奶的妇女，也不缺同情心。孩子放在哪里，都会有有奶的妇女主动过来，不需要张广深说一句客气话。孩子喂饱后，张广深会从鼻子里哼哼两声，算是领了情。等这孩子再大一些，他会煮稀饭，熬到稀烂，吹一吹，一勺一勺地喂。

江心洲的人一直提心吊胆地等。人人都在担心饿急穷疯的人来干点儿什么事出来，等他来要或者等他来抢。可是他不出村讨，也不上门借夺。更稀奇的是，他也没对谁说一句㞞话。他也没再碰过一回酒，就算哪家遇到了白事，好心人会安排他去抬棺。抬棺的人会留下来吃顿饭，张广深坐在桌边，对桌上的酒熟视无睹，端起饭碗就吃，两碗干下去，站起来抹抹嘴走人。

听人家说，我，许文亮瘦不拉叽地趴在我大背上直喘气。我大弯腰的时候，我会抻直双腿，保持住平衡，我大直起身子时，我会把头从挡风的破布里探出来，瞧一瞧外头发生了什么。虽然个头小得吓人，话也说不清几句，头大腿细，可到底无病无灾。有一回，他见到邻居小孩手里有糖，摇摇晃晃地走上前，把手伸出来，讨了小半块放在嘴里嚼。不一会儿，邻居见到这孩子从堤坝上骨碌碌滚到坝下，被一根小树挡住，头朝下。

敢哭，扔江里去。张广深在儿子的哭声起来之前做了警告。

再没人敢走近我，人家的善意或者大意都会使我挨拳头挨砖头。

现在，他才真的叫人胆寒而畏惧，再没有人敢用过去那种口气跟他说话，遇到太重的活，人们都会客气地问他：

广深来？

他会点点头，走向那粗壮的大树。

中间有那么几回，挑货郎来卖些针头线脑。张广深一听到吆喝声，就把儿子夹在胳肢窝里。还有那么几回，有几个外地口音的男人走过来打听哪家有没有三年以上的熏黄肉，回去给家里一个亲人做药引子。这三个男人年长的快七十了，年轻的也就二十几岁。他们正在一户人家讨碗水喝的时候，张广深带着铁锹冲过来，要不是好心的邻居喊了句：快跑！然后勇敢地站起来拦了一下，这三个男人至少二死一伤。

梅子杰

到达江心洲的第二十一个小时，我兄弟开始百无聊赖。昨天发出的抢劫现场的微博反响寥寥，并没有人如他期待的那样对抢劫事件发生兴趣，没人围观、没人议论，粉丝数量也没增加，唯一的跟帖是他同班同学，问他死哪儿去了。我兄弟很纳闷：这么大的事都不能引人注目。他像所有的中学生一样，巴巴地盼望遇到个惊天动地的大事件，或者自己演绎一段传奇，坐拥万千粉丝也未尝不可。他可不满足像现在这样，粉丝四百，其中有二百是校内同学。他时不时看看手机，看着看着生起气来。我父亲从遥远的回忆里拔出来的时候，他看着我父亲的眼睛，认真地说，爸，有两个问题我不懂。

你说。

要是那人是抢银行被干掉的，为什么现场没有警察？

我父亲想了一会儿说，警察可能还没到吧？

警察都还没到，怎么就断定是抢银行呢？

我父亲耸耸肩，笑了：

你应该问自己，这消息是你告诉我的。

找不到答案，他转到堂屋，听见护工正在我爷爷跟前小声地抱怨。自昨日起，她的工作量加大了若干倍。我爷爷到厨房来找热水瓶，她趁机站起来揉着自己的腰，嘴里嘟嘟囔囔。张广深扫了她一眼，慢吞吞地在裤子口袋里摸索了一会儿，摸出五十块钱，让她"自己做主买几样菜"。避开我爷爷，她又在我父亲跟前故伎重演，我父亲早有准备，他爽快地抽出几张票子，数也没数就递过去。我兄弟见到了护工的孙子。这孩子胳膊上被毒蚊子咬得一块一块，加上遇到生人，头也不敢抬，两只手使劲捏手上的一只橘子。我兄弟想逗逗他，上前跟他握手、问好，套了半天近乎，只问到这个孩子叫赵宁坤。

我兄弟注意到赵宁坤的腿上有一些蚊子叮咬的包块，头上也有。护工走过来告诉我兄弟：

现在的蚊子有毒，咬一口就一个包，搞不好就长脓留疤，再贵的药水也涂不好。

他爸挣不到钱，护工说，他爸一个月才挣两千块钱，他马上就要上学了，打工一年刚好够缴学费。

她发现孙子脚上的凉鞋搭扣坏了，又哎呦哎呦地叫唤了几声，二十块钱才穿几天，现在的人好黑心。

我兄弟不由自主地变得局促，他本能地把自己的脚往回缩了缩，他的鞋八百多块，质量很好，穿着也很舒服。

好像一切都跟钱有关，我兄弟到家的第二十五个小时，天气还是不好，没下雨，太阳也还没影，他开始魂不守舍，感觉有一种无形的力在牵引着他，使他烦躁，坐不住。

护工在给我太爷喂水，我太爷神志不清，吸管已经不管用，护工用海绵蘸湿了往那没牙的嘴里滴。一滴、二滴，到第三滴的时候，水从嘴角流出来。

他不吞，护工看我兄弟好奇，就解释说，他就是这样，你刚走到门外，他又会嗷嗷叫喊渴。

她说话的口气很无奈，也毫不掩饰自己的不耐烦。

我兄弟尴尬地转过脸，假装没听出她声音里的不敬。躺在床上的老人脸皮干巴，身子松软，看不出他会调皮捣蛋来装死；看不出他曾经撒谎成瘾、喜欢造谣生事；也看不出他会使用锯子和犁头；看不出他会讲故事；看不出他年轻过，甚至也看不出他此刻是疼还是饿。他像江心洲这块被遗弃的土地一样，眼皮松软，无声无息。很快，我兄弟兴趣索然，他起身往门外走去。就在他迈出门槛的瞬间，他好像听到一声呼唤：

我的心肝！

那孩子本能地一回头，床上的老人嘴巴还像刚刚一样抿着，头颈也是刚才一样的姿势。我兄弟狐疑地环顾了一下墙壁，站立了几秒，才走出我太爷的房间。

现在，他的脸上产生了一种奇怪的表情，好像心事重重，并且好像对自己如此心事重重感到非常奇怪似的。

一切都跟钱有关，他默念这句话，又想起了县城的那个乱糟糟的场景，也可以说，不知不觉地，这个场景突然又从他脑子里蹦了出来。这个情景顽固地钉在脑子里，一动不动。

现在，他脸上的迷惘一目了然。

我兄弟开始在堤坝上转悠。堤坝往西走，经过一户户紧闭的房门，屋前廊下空无一人，门上挂着大小不一的锁，有一户两层楼房前，竟然挂着四把生了锈的链条锁。走了一里多路，有一个弯埂，拐过这个弯埂，可以到的堤坝内围种着一大片棉花地，棉花正在开放期，一朵朵或粉红或洁白的棉花镶嵌在一片片巴掌大的棉叶里。一拢拢整齐划一的棉田里，偶尔有一两个戴着草帽的身影从棉田里直起腰，他们在给棉花掐尖打杈。不知名的鸟儿叽叽喳喳地一阵乱叫，然后又归于平静。堤坝外围也没什么好看的，芦苇荡里的芦苇稀稀拉拉的，江滩边堆集着各种从江里漂浮上来的杂物：塑料袋、饮料瓶、旧衣物和废纸片，一阵阵臭味隐隐传来，天边的乌云压得很低，低到模糊了江面，兴味索然的城市少年又慢悠悠地转回家。

他绕过一圈回到我太爷的房子前，往门廊上一站定，脑子里还是那幅画面：

那个没有警察的现场，那个倒在地上的抢劫者，那个乱糟糟的场面，越来越清晰地重新占据他的脑海。

张文亮

子豪，我说的你要认真听，你不要玩手机，我知道的都跟你说，我没你那么走运。许多事我像你这么大的时候不了解，到现在也不了解。

我到现在都不确定我们祖上在什么地方，我上小学、初中的时候填表格什么的时候总习惯填籍贯江西，因为我晓得我大和我爷爷就是从江西过来的，可直到十八岁我才想明白自己其实算正宗的安徽人，说到底我就生在这里。

我小时候最不解的事就是我家没有亲戚。我也想要个外公外婆舅舅、或者伯伯叔叔，哪怕给个姑奶奶舅爷爷也行啊。我一问他们去哪里了，我大就不耐烦地说：

不记得。

你问他，我妈呢？

他说：

不记得。

你问他，我们家的房子呢，家家都有土墙砖墙瓦顶的房子，我们家只是树杈搭个尖顶窝棚，他呢不高兴他就哼也不哼，高兴了也只会说：

不记得。

就好像记性是臭东西，记性是馊掉的饭菜，记性是烂稻草似的，总之，他的脑子里就没有记忆。一点都没有。

除了记性，他还没有声音。

江心洲家家都有声音，可我家没有。我大沉默无声，我家的烟囱沉默无声，我家的晒衣绳沉默无声，我家的搓衣板沉默无声。沉默像一个大罩子，罩得我也不敢搞出响声来。我家还没有光，我家的草棚子是树杈支起来的，总共就一间。灶台堂屋和睡房都连在一起，中间几块麻布袋子隔开。据说我出生前也是土墙瓦顶的屋，可是一场大火把这些给烧了。帮我家支棚子的人没留窗，所以我家没有光。白天外面太阳再大，可我一进棚子，光就溜了，它不肯进我家门。

我家没有床、没有板凳、没有箱子、没有灯线盒、没有灯盏、没有腌菜坛，裂口的都没有，从来没有过。我家还没有剪刀、没有镜子、没有盆。

这么跟你说吧，什么一贫如洗、身无分文、穷困潦倒，这些词都只是形容一个人的穷，可是一个穷人后头跟着两个穷人、三个穷人，你看着我我看着他挤在一起的时候，前面那些词根本就不够用。

一句话，江心洲第一穷就是我家。有人喜欢说穷得叮当响，真正的穷是没有声响的。真正的穷就像我家一样，是诸物无声、诸时无光。

按理说不该如此。我大干活很舍得下力，只要提到他的力气，几乎人人刮目相看。生产队里砍树挖沟、修鱼塘挑棉花，到隔壁生产队打架，从来没人忘记叫上张广深；越难对付的事，大家都喜欢找张广深。一听人夸他，我大热血往头上一涌，膀子一甩上前去了，可是除此之外，谁也不跟他拉家常聊天什么的。没人愿意跟我们家多接近，就好像穷会传染，又好像我大手上随时会多出一把斧头，稍不如意都会把人家脑袋砍下来。一句话，我大在江心洲的地位相当特别，谁见到他都会给一张笑脸，可是转过脸去，他们恨不得插翅飞掉。人家的老子怕我大，儿子就都怕我。就算我天天觍着脸跟着他们，他们还是假装没有瞧见我。

我们江心洲最好玩的就是打仗。热天的时候他们在水里打水仗。

打水仗的时候有瓢的用瓢，没有瓢的找块板。最强的是长一双大手，我有回瞧见大林两只手把水花拍出一丈多高，所有人甘拜下风，向他抱拳求饶。

我喜欢看他们打沙仗。沙仗一般在冬天打。江滩上的沙子一粒粒扬到天上，扬到大家的头发缝里，衣领里、鞋里（要是穿的话），然后他们中的许多人，会被他们的大妈捉回来拍沙，站在埂上拍出来的沙像一层白面铺在地上，亮晶晶。月亮好的时候，他们像猫一样地黑地里四处逡巡。有时在芦柴地里，把寂静的黑夜搞得活蹦乱跳；有时他们埋伏在坡下的打碎碗花丛中，等着捉弄眼神不好的老年人。他们把老年人吓得失声叫娘的时候，才发现那人是他们自己的奶奶。他们快活死了。快活地跑，快活地躲。

我也喜欢看没有预谋的打架，一言不合，突然两个人就抱在一起。或者一个在前面跑，一个在后头追，追着追着扑通一声倒下去一个，占了上风的溜掉，输了的骂骂咧咧。非常好玩。

有一回我看到两个大人打仗。一个在屋顶上码稻草，另一个拿叉子往屋顶上递稻草，不知怎么两个人突然干起仗来。拿叉子的使劲往屋顶上戳，在屋顶上的拿稻草往下砸，两人都发出杀猪一样的嚎叫。可是到了晚上，这俩人坐在竹床边，一人捧一碗稀饭喝，边喝边说笑，看得我都惊呆了。我多么想跟什么人打一仗，那样我就有机会证明自己不是好惹的，就算是那个被摁在地上，饱尝老拳的倒霉蛋，也十分过瘾，就跟吃了挂面一样过瘾。

没人打我。没人跟我打架。

我大也不跟我面对面端着稀饭边说边吃。我们家过的日子跟人家的不一样。

现在说到你太爷。

有一年五月端午，房前屋后开满野花，江水淹没芦柴根部，太阳快下山了，地平线有一道夕阳的红光照亮淡黄色的水面。我在门口玩，听到有人对着我喊，许文亮，你家来亲戚了。我家怎么会有亲戚，我家最大的特点就是什么都没有。没有钱、没有妈、没有箱，也没有亲戚。这真是奇怪，我大往渡口走的时候，我想问他，可他那副样子摆明了问也问不出名堂，我只好小跑地跟上他。那时候夹江有一里多宽。船小人多，小船晃晃悠悠的。船到岸边时，大人小孩一个个往岸上跳，我眼巴巴地盯着每张脸，想瞧瞧哪一个是我家亲戚。人走光了，我才看到船尾一个花白头发露了出来，然后是一个老头晃晃悠悠站了起来。这老头五十多岁，衣衫破旧，两颊瘦削，被江水吓住了似的，两条腿站不直，也不下船。摆渡阿三扬起下巴嘀嘀咕咕地催他。老头伸出干瘦长臂，逮住一侧船沿，另一只手上捏着一只灰布袋子，歪着肩膀往船头挪。他的脸灰蒙蒙的，眼睛也迷蒙蒙的向岸上张望。我大站在老远的地方，瞪着眼，一点都不高兴。老头好不容易挪到甲板。等他弓着的身子站直之后，我心里一下笃定了：这是我家亲戚。天地良心，并不是人家告诉我这船上有我亲戚，我才横竖认了末尾一个下船的，真不是。这老头我从来没有见过，可他身上有一种特别的气味，那种味道就像是在江滩上晒了七七四十九天，又像在引水渠里沤了三七二十一天，还像是大风刮了他九九八十一天，说真的，就是那种风里来雨里去，像从没在屋里待过一天的人，一句话，就像现在大街上那些又脏又老的人，谁见到要绕着走，可是我一闻到他身上的气味，就感觉这个人跟我有关。儿子，我得跟你说，那真是一种奇怪的感觉，我明知他这一副叫花子打扮真不怎么的，他身上肯定没揣一块水果糖，可是就觉得特别亲切。我得说，这世上总有些肉眼瞧不到的东西在看不见时光隧道时嗖嗖地穿梭。你的血液里流着跟他一样的血，就算你从来没有见过他，你也能把他认出来。

他跟我当时的感觉是一致的，并没有人来介绍一下说这是你孙子，可是他一眼就认出我是他孙子。双脚一踏到岸上，他就伸出鸡爪子一样的手来拉我。虽然我认定他是亲戚，还是被他的模样吓着了，我一直往边上让，差不多要踩到水的时候才停下来。他摸不到我，撇了撇嘴，一副马上要哭出来的样子，我大眼力好，大老远的瞅出来了，立刻不客气地朝他吼了一句：

不许嚎！

他的这个态度哪里像是家里来了亲戚！这也不是对老子的态度，简直就像对儿子的态度，又像大干部对社员的态度。反正他不像个儿子，他不仅当时不像个儿子，他后来也不怎么像儿子，他现在更不像个儿子。当然他也不像个老子，我爷爷来了之后，我大就学人家出门做起了二道贩子。也有可能他想要做二道贩子，又没地方放我，才把我爷爷喊来的。他贩什么我不清楚。我就知道他走破了许多鞋。我从小到大没见到他有一双像鞋的鞋，不是帮子烂了，就是鞋跟穿了，有天他回来的时候下了一天雨，他穿着鞋站在门前，从小腿到脚就像长在路上。他使劲的时候，像把他自己连根拔起似的。所以，他既不像个儿子，也不像个老子。越长大我就越觉得他不像。

说回你太爷，那时我还小，虽然不清楚他的来头，但我肯定他接下来是要和我们一道回来。我家原来是有亲戚的。这就够了。我一路向家的方向跑，一路回头指着他向认识的人欢呼：

我家来亲戚了。我家来亲戚了。

许文亮也有亲戚，这就相当于天上也会掉麻饼一样新鲜。

这等新鲜事着实吸引了许多人停下手上的活一眼不眨地看着我们三个男人往家走。

家里有亲戚真不是一般的体面啊。我的小腰挺得直直的。

我着实高兴了一路。

可是第二天就有人看出了名堂，他们还是讥笑我：

那是你爷爷，算不得亲戚。

那神情就跟我偷了人家的帽子戴到自己头上，我的脸火辣辣的，真是又生气又失望。

在渡口，我就瞧出来了：我大对我爷爷很不当回事。你说家里来了亲戚你总得买一块豆腐吧。你顺便跟阿三的渡船到对面的镇上去，买半斤肉回来招待一下，要不然你借两个鸡蛋回来炖炖也成啊，谁家来亲戚都要摆两个菜在桌上，可他没有。

倒是我爷爷一进门就到处找米煮稀饭。等稀饭好了，我大先捞了一碗，我爷爷好心帮我盛一碗，我接过来，吃了一半，我爷爷才找到一只空碗，等他走到锅边盛的时候，我大第二碗已经干完了。他挤到我爷爷跟前，把锅里的半碗全刮到自己碗里，边吃边从灶间往外走，刚刚走到堂屋，碗就见了底，他又返身回到灶台，瞧见我爷爷正发愣，我爷爷没有吱声，我大却突然发作，就像睡着的狮子被人吵醒了一样，他的面色腾地红起来，额头上的青筋也瞬间暴出来了。他说，还给不给人活了，累死累活饭都不给人吃饱！

好像一口没吃的是他。

我爷爷也不争辩，瘦脸上挂着窘迫的笑。

我几十年都没有吃饱过一顿饭，我大头一回连着说了两句话，已经使我吃惊不小了，他却还继续说了下去：

你就是个害人精，阴魂不散。

他突然声嘶力竭起来，就是因为你这样的爹，我一辈子都翻不了身，活着吃不饱，死也连个葬身之地都没有。

我这是头一回领教我大的口才，不光是我，我爷爷好像也是头一回领教，他一句不敢顶嘴，一个劲儿地点头。他的目光和我相遇的时候，眼神里有一种万万想不到的吃惊；这种吃惊并不是害怕，相反，是好比瞧见变魔术的把碗里的鸡蛋变没了或者多变出一只来的那种吃惊。而我，发现他的眼神里没有恐惧之后，肩膀也跟着松开了。

我从天而降的爷爷说话的腔调跟江心洲人完全不一样，他音调柔绵，尾音缠绕，这声音也与他自己的长相、身体和五官完全不符，甚至冲撞得厉害。他温柔而慈祥，与我的目光相遇之后，他轻轻地对我说：

乖孙，你不姓许，你姓张，弓长张，文武双全的文，光亮的亮，你叫张——文——亮。

我爷爷的到来，解放了我大。在江心洲沉静了五年的我大像变了一个人，不是变了一个人，而是变了一张嘴。往年他是可以点头不出声音，可以眨眼睛就不点头，可以说一个字决不说两个字的人。自从他爹出现之后，他变成了一个滔滔不绝的人。他一米七几的个头站在他远道而来的爹跟前仍然矮出一大截，可一点儿无损他的威风。

他骂我爷爷的时候，江心洲人听不大懂。对听不懂的东西江心洲人喜欢发笑，所以江心洲人常常会发笑，我大自己却一脸严肃、唾沫四溅。只有我爷爷张长工，垂着头的间隙会瞟一眼他的怒气冲冲的儿子，这个力大如牛，骂起人来唾沫直往他脸上喷落的家伙，好像会训斥老子的儿子，才算是长大成人。

小东西不许下水。

我爷爷点点头。

不许他玩火柴。

我爷爷点点头。

老头子频频点头的动作使我大的勇气成倍增加：

老子最怕人说瞎话，从今天开始，不许编瞎话！

我爷爷还是爽快地点着头。

在我们家，也不许说一句空话。

什么叫空话？我爷爷斗胆问了一句。

我大想了一想，然后说：

就比如明年一定实现四个现代化。

明年肯定实现不了四个现代化。

我是打个比方，我大也意识到"明年"这个词太近。他补充说：

就是不许说后年一定能实现四个现代化。

对，我爷爷说，后年也不中。

我爷爷依然连连点头，小小的我被这种肃穆的气氛所感染，也本能地点了点头。

没多久我爷爷变聪明了。有回，我大从米缸里往锅里舀米的时候，我爷爷在灶下引火，等我大转过屁股，他悄悄往锅里加了一小把米，一小瓢水。我大一眼瞅见了，他气得一下子把灶台踹掉一个角，他嗷嗷叫地在灶间打转，后来发现灶台太小了，他跑到堂屋里来想一展拳脚。他撸起裤管，嘴里呼哧呼哧直喘气，好不容易控制了自己，说了一大串话：

你这个要饭的从哪里来的，你怎么这些年都没有死？

他站得笔直，绷着脸，你这个蛮子，你这个害人精，就跟蝗虫一样害人，十斗米都填不满你的五脏庙。

越说越离谱，越说气喘得越大，又好像越说越受伤。

我胆怯地牵住爷爷的手，跟在他屁股后头绕圈圈。我爷爷自始至终没有为自己辩解一句，他先是站在堂屋里，可是到底比儿子手长个大，显得很扎眼，他就走到灶台边去，又怕有偷吃的嫌疑，实在没有别的地方了，只好走到草席边去，挨着草席蹲了下来。他身高臂长，就算弓起来，看起来还是碍头碍脚，等天黑得透透的，我大也累了，我爷爷才就着刚才蹲的地方躺下了。

这躺着三个男人的草席是我家里仅有的一张草席，上头铺着一床露出黑色棉胎的被子。一家三口到了晚上都缠在这张席子上，到了早上起来看，三个人各有一半身子沾在地上；地面不平，我爷爷早上起来难免腰酸背疼，可他叫也不敢叫一声。说实话，我三天就看透了这个老头的地位。那挨了训垂着头的样子，饿着肚子也心平气和的样子，说话时眼皮翻上来偷偷地瞧着他儿子脸色的样子，尤其是那永远不反驳的性格，真让我感到纳闷。同样，短短三天，我初来乍到的爷爷，也一眼就看出我在江心洲的地位。我以为我跟江心洲的男孩子们差不多都是一样的，邋里邋遢、愚笨胆怯、嘴馋容易饿，喜欢掏鸟窝，其实我是异类。我往那里一站，那里最怪异的孩子就出现了，我们要是在芦滩上打个仗，并没有人往我身上扬沙子。他们不敢。我们一起去偷生产队的山芋，我笨拙的脑袋全暴露出来，看场子的也把脸别过去。情况就是这样，像我这样的小孩，要的不是跟别人不同，要的是跟他们一样。一滴水就应该在一条河里，一滴水不应该落在沙漠里。

我爷爷问题更大。他听不懂江心洲的方言，江心洲人听不懂他。我爷爷只要一跟他们表面亲近，他一张嘴，就有人捧腹大笑，并无恶意，可是叫人难堪。有什么办法呢，一九七六年，他们还没有见过跟他们这么不相像的人。我们村的老顾，是大城市上海来的知青，他的脸比所有江心洲女人都白，个子比所有江心洲男人都高，可也难逃被人耻笑的命运，他拿锹的时候人家笑他，他扛柴的时候人家笑他，他喊孩子们回家吃晚饭的时候人家笑他，总之，他一走路人家笑他，他一开口人家笑他，只有逢年过节，他帮人家写门对的时候，人家才恭恭敬敬地站在他屁股后头，不敢老三老四。

我爷爷来的时候江心洲还没有分地到户，他也在生产队拿工分，他跟我大两人站在一起，我们生产队几乎人人纳闷，说这么瘦巴的老头怎么养出了这么大力的儿子，他真的是张广深的老子吗？

关于我爷爷从哪里来，是不是我大的老子，江心洲有许多猜测。有一天，我经过下放户老顾的门口，听见他跟什么人说话：

张广深说的是江浙一带的方言。

可是他从江西来的。有人接了话头。

江西口音不像他那样，江西人说话舌头打前头打结，打过结说出来的话还是硬，可是张广深和张长工说出来的话是尾音往上爬，那种腔调就算骂人听起来都是客客气气的，不像江心洲话就算请人吃饭也凶巴巴的，好像抢劫一样。

有回我大挑着水桶回家，他先是听到我爷爷在跟我笑嘻嘻地说着话，他一进门，我们立刻把嘴合上，眼皮收住，老老实实地坐直了，腿也都并住了。我大从老小两个家伙的态度中体会到了自己的地位，他的气魄一天长比一天了，胆气不知不觉地见长，养成了一回家就要吃的，碗摆到桌上，若是不见筷子，他一个眼神，我就屁颠颠地赶紧到灶屋去拿，我小屁股一扭一扭，腿脚还不怎么稳当，却能在得到命令之后迅速反应过来。

我大在江心洲的地位随着我爷爷张长工的到来被抬高了一大截。

一开始，我爷爷异类的处境使我心慌，就连我们村上最懦弱的吴胜水都敢嘲笑他的口音，当他们嘲笑他的时候，我把脸转过去，假装被草垛里传出来的什么声音吸引过去。我不看他，不看他们。

事情并没有朝我以为的方向发展。

江心洲小孩都在打仗，战场辽阔无边，向我发出召唤。狂野而自在。我迫切地想加入到战争中，不顾头破血流。我向往被那帮尿人逼到墙角，那样我就有机会向他们证明我的拳头也不是吃素的，但是他们不给我这样的机会。我想混入人群，任何一方把我当成敌方都不要紧。就像昨天，还有前天，这种冲动一次次引领我走向他们。糟糕的是，他们在沙滩上你追我赶，滚成一团，可是没有人向我进攻。就算我往他身上一扑，他立刻会缩起身子，举手投降，哪怕我手还没有沾上他的衣角。他们的每个毛孔都写着一句话：离我远点！我知趣地走到一旁，远远观望一群玩泥巴仗的小孩。情形就是这样。每天都是这样。儿子，真正的孤独就是你好像站在这里，你却被当作不存在。儿子，我承认我在江心洲是被孤立的，原因暂且不论。我多么希望被揍一回，就算被打得头破血流，也比像现在这样被排除在外好得多。

我眼睛里那闷闷不乐的光被我爷爷捕捉到了。

他让我骑上他的肩头，这样我从一个没有亲戚的小破孩一下子变成了目光辽阔的人。我爷爷从我的裤裆里发出询问：

乖孙，你望到什么了？

我望到吴胜水、刘铁军、张根宝他们在沙滩上堆碉堡，他们要打仗了，可是没有人喊我。

你也去玩。我爷爷鼓励我。

我不去。

我爷爷把头仰起来，用我当时勉强能听懂的非江心洲语言告诉我：

乖孙，你打起仗会比他们任何人都强。

他怎么知道的？就好像有人朝我心头捣了一拳，使我的心口发酸，非要哭出来不可，可是我没有哭。

你想想，我都没见过妈，活到七岁那么大，从早到晚光着屁股光着脚，饱一餐饥两顿，人人拿我当空气，突然走过来一个老头，把我顶在天上。我激动得不知如何是好。我爷爷赶紧放我下来，以为我哪里疼。

我也以为我身上疼，我长大才明白是心里疼。搞清楚我没受伤，他还不歇嘴，继续说：

乖孙，我保证他们马上就来找你玩。

保证？大人的话我没有不信的道理。

对，保证。他的话让我产生了一个错觉：他大老远跋山涉水从江西乌源沟赶过来，就是为了满足我想要亲戚的愿望、改变我在江心洲的处境。

这个情景我记了三十多年，你太爷的确是个夸大其辞的人，但是，我得说，他夸大其辞的危害微不足道。如果人一生受过的苦是被一百只动物从头到脚各咬十口的话，我爷爷撒谎对人的危害其实就相当于一只鸡啄了一下你的手背。我一次又一次上当受骗，却还是一次又一次站到他跟前，想听到他接下来会说些什么。

对我的头一个承诺我爷爷没有做到。

他扛着我把我送到江滩上，放下我，推了一下我的背，让我走到那帮闹得不可开交的小孩中间。我不敢动。他站在那里，挺了挺腰，开始说话了。他对那些正玩得起劲的孩子们喊道：

过来，带他一起玩，瞧他一个人多么可怜啊！

没人听懂，除了我。我面色绯红，心跳加速。我爷爷等了片刻，又推了我一下。他说，你们不带他玩，他快要哭啦！

他在等我把它们翻成江心洲话。

我得说，从那天开始，我就充当他的翻译，可是力有不逮，我嚅嚅了半天，向着江滩喊了一声：

我要哭啦！

他们是听到了，他们压根儿就没明白你哭的话为什么要提前通知一下，他们还没有到思考的年纪，没有人回应。我爷爷这回把腰弯了下来，他说，你哭啊，你哭！

我没有动。

他这才晓得哭对我不是一件容易事。他又说：

那你放赖啊！

我不懂什么叫放赖。我爷爷坐到地上，两脚蹬起来，他说，就是这个样子，再滚几下。

我慢慢地蹲下来，然后仰面躺下来，后来想起来什么，才把手脚张开，在地上蹬了几下。

结果是，对垒的双方，他们停下来了。他们慢慢走过来，看着我躺在地上张着嘴的样子，愣了一小会儿，然后集体笑了。吴胜水笑得前仰后翻，他的眼睛水汪汪的；牙齿跟皮肤一样黄不拉叽的刘铁军把脸转过去；张根宝抿住嘴，嘴两边鼓出两个大包，声音不知道从什么时候透出来。他们的笑声伴随一阵轻风一起刮过来，眯了我们爷孙俩的眼睛。我们久久地擦着沙子，听着根本说不出所以然的哄笑。

我多想向他们亮出我的绝招：我小时候跟别人有不一样的地方，在黑暗中我能看到任何物体，没人教我我却会倒立行走；我能双掌贴地，把身体和脚慢慢举向空中，然后抻直双臂，走起路来。问题是，我大不允许我表演。我大一见到我翻跟头就呵斥我。有一回，我单手贴地，将自己的半个身子要托举起来，我爷爷张开他的豁口，惊讶得眼珠子快要掉下来了。他还没有来得及表扬我，我大说：

放下。

我放下了。他对准我的裤裆狠狠地踢了一脚，他说，记住，不许给人家看笑话。

不许伸手问人要吃要喝，不许哭穷。

情况就是这样，我当时不明白，现在懒得去搞清楚，反正他不许我展示我过人之处。他不说原因也不说后果，光是踹你一脚，然后走开了。

江滩上乞讨友谊的壮举没有赢得同情，也没有赢得友谊，反而赢来了更大的暴风骤雨。

两个屁包。我大说。

两个孬种。我大说。

从今往后，要是再敢——

搞得像个惜字如金的人。他脸上没有一丝表情，头侧着，说完之后并不走开，好像他一动，说出来的话会跟着他走开了。又好像他一动，那些话就少了斤两。没有什么话说，余怒却未息。

我爷爷和我各站草棚一角。我爷爷垂着头，像个罪人，间隙抬眼瞅一瞅我。这就是我家的格局。明明是一家人，位置完全不同。我大，可以随意走动，他走到中间的时候，我们必然在角落里。如果他靠着墙站着，我们会走到屋子中间来。空气中有某种平衡。由于我年纪还小，这种平衡是我后来想起来的时候领悟的，在思想产生之前，许多没有名字的行为就已经有了。比如诧异，我诧异我爷爷那高高的顶到草棚顶的头颅为什么老是低垂着，可是既然他来第一天就这样，我的诧异也只有沉到心底。

我大总是要走开，这是肯定的。就在我以为我们要对峙到永远的时候，他走开了，我晓得他全身肉都是紧绷的，可他到底走开了。

等我大走开之后，我爷爷就过来了。他小心地用袖口帮我擦干净脸上的鼻涕，他压低声音，对我说：

古时有个叫韩信的人，家里一穷二白，有天到街上去，碰到一个杀猪的，这杀猪的特别爱惹事，故意对韩信说：老子一动不动，你敢刺我一剑么？不敢？那从我裤裆里钻过去。韩信就真的趴在地上，从杀猪的胯下钻了过去。哎呀，全中国人都在笑他，以为他胆子真的很小。

结果你猜怎么着？这人被萧何推荐给汉王刘邦，被刘邦封为大将，他打仗十分厉害，又被封为齐大王。

所以呢，我爷爷说：

做人一世，要受得了一时的委屈。受得了委屈的人才能翻身。

现在想来，他在我还不知道自己有自尊心的时候挽救了我的自尊心。

这个故事我们现在烂熟于心，可当时听着实在新鲜。问题是，让我钻裤裆的人根本没有。只有我大踢我的裤裆。

我爷爷很快就发现了我更多的问题，比如我胆子特别小，除了不敢向别人伸手要交情，不敢跟我大顶嘴，饿了不吭声，肚子疼不吭声之外，我还有一个大麻烦，就是不会哭。

就算我大朝我的裤裆踢了一脚，我疼得眉毛都贴到嘴巴了，可是我没有哭。我爷爷开始以为我大只是吓唬我一下，我大一走，我爷爷过来牵我手的时候，发现我的身心都在哆嗦。他扒开我裤裆，发现我的一侧大腿根乌青乌青，他碰了一下，我立刻疼得卧倒在地，腰弯成虾米。

我爷爷才晓得我疼到什么程度了。

发现问题之后，我爷爷立刻哭了，咧开嘴，噈噈的声音就从黑洞一样的喉咙里往外送。

我爷爷也就五十多岁，按理说，还是个正当年的男人，可他哭得跟女人似的，他说话本来软塌塌的，他哭出来，软塌塌的声音里像注满了水的米，稀稀拉拉，却又到处都是。

他的哭声覆盖住了我的疼痛，我忘记了自己，忘记了我大的那一脚，我想起我大的警告，我紧张地盯着他。

像是回答我的疑问，我善解人意的爷爷轻轻地擦干脸上的泪珠，瓮声瓮气地告诉我：

我只会为我的儿孙哭。

然后，他又补了一句：

雷公都不打正在哭的人。

那一句，立刻使他理直气壮了，这个红鼻子红眼睛的驼背老头，经过泪水的冲洗，反而瞧上去清爽多了。

那之后，我们两人结成了盟军。我俩惺惺相惜，同仇敌忾。我爷爷虽然力量小，身子瘦弱，可他喜欢打仗。一错开我大的视线我们就会斗得不可开交，如果想让他扛着在坝上走两圈，他的条件是：

来，我们决个胜负。

回回都是我赢。

他瞧上去兴致高、放话狠，架势拉得开，又是摩拳又是擦掌，到头来，赢的却总是我。

最过火的一次，我骑在他背上，令他矮小了许多，我一只手揪住他的头发，一只手把他的衣角紧紧拽住，我瞧见他的脸色涨得通红，他连声告饶：

打不过了，打不过了！

我大获全胜。

更多的时候是他挑衅我，他无故拍我一巴掌，我还在发愣，他会狡黠地眨着眼，一副偷袭成功的神气，嘴里还喊：打我啊，来呀！

我顿时有了斗志，我扑上前回击他一拳。他大声地尖叫：

疼死我了，你这不孝的东西。

再怎么控诉，我听到的都是求饶，当我停止攻击时，他却又发动第二轮进攻，当他摇晃走来的时候，我，正如我自己所料，那样的孔武有力，我一掌过去，他嗷嗷直叫，甚至扑倒在地，有时候我也会输，他会把我扛起来，在肩膀上翻一个个儿，让我头朝下。可是，问题是，每每我觉得自己要输定的时候，他却手一滑，我就溜了，反败为胜。

我爷爷好战却又老而无力的状况，大大满足了我孤寂的生活。我记得风吹着草棚上的草，微风吹拂飘扬的蒲公英，蚯蚓在门前的斜坡上拱啊拱。我爷爷拼命喘着粗气，他战败的次数越来越多。

这是男人之间的较量，锅盖、锅铲，一只掉了帮的鞋底，一只没有檐的草帽，不管我在我大跟前多么胆小无力，干起仗来，我回回得胜，像个将军。

这就是我的战场。那缺油的锅，没有鞋的脚，我大是拼命干活的，他除了上工就去砍柴，除了砍柴还帮人赶牛，砍树，挖渠，哪里要人手，他去哪里。他有力气。人人都说他有力气。可是我们没有肉吃。

我爷爷，他养鸡、钓鱼、种地、腌咸菜，他一天两顿，他缝缝补补，他像个女人，他样样会干。

我妈呢？我问我爷爷。

我爷爷凑近我，小心地把手放在我脑壳上，他说：

不是人人都有妈妈。

这个我不理解。他继续说，不是人人都有老婆。

我懂，我们村上有好几个人打光棍，我大也是。我爷爷见我听进去了，就继续说，不是人人都有女儿，这个你懂吗？

这个我也懂，张天龙有一个哥哥和一个弟弟，没有姐姐也没有妹妹。

所以，我爷爷说，不是人人都有妈妈。

这个问题我就算搞清楚了。

他们不带我玩的问题我爷爷始终没有帮我解决。捉知了、逮麻雀、打仗、躲猫猫、斗角，从来没有我的位置。就像我爷爷要求的，我一再走上去，走上去之后他们会散开，我挤进去之后，他们会躲掉。回回都这样。

后来，我爷爷重新布置了战术。他帮我做了一个木头陀螺，和一根麻绳鞭子，他教我用鞭子抽打陀螺，陀螺能够持续转个不停，即使在坑坑洼洼的泥地上，它也能飞快旋转，转成一轮轮光圈，我敢说这是江心洲第一个陀螺，因为大人都张大眼睛，瞧着新鲜，当那些小孩子个个听到鞭子甩陀螺的声响，向这边张望时，我爷爷告诉他们：

过来，过来就给你。

那些狡猾的家伙，笑嘻嘻地走过来，我爷爷手忙脚乱地指教他们，纠正他们，直到他们也能把陀螺抽得转动起来。问题是，玩了一会儿陀螺，就在我满心欢喜之时，他们的大人，他们的姐姐哥哥，或者随便什么人就会老远地喊一句：

还不死回来！

那个玩陀螺的孩子拿着我的陀螺起身想溜，这时，我爷爷会一声断喝：

抢！

那声音带着强烈的指导性，一如我们俩之间开始角逐时他挑衅的声音。这声音带着奇异的、鼓动性的力量。我立刻兴奋起来，像脱缰的野马一样飞奔过去。开头过于猛烈，情绪过于饱满，还没到对手跟前，我自己倒先跌了一跤。我既没有怪罪他人，也没准备叫疼，可是情况就是这样，我还没来得及爬起来，我设计好了，我会像硬汉一样直起身，拍拍灰，可他们已经丢下陀螺，只顾逃命，头也不回。

我拿着我的陀螺和鞭子，站在原地，我有一种被出卖的感觉，我张着空洞洞的嘴，似乎忘记呼吸，他们丢下我，好比卸下我的灵魂，留给我无尽的寂寥和无助。

我爷爷还向我保证家里一定会有许多亲戚。这件事，他做到了。我爷爷来江心洲不久，我家就陆续有了些亲戚，最早走动的是一个瘸子表叔，他从江沿走来的时候，肩膀一高一低，他往左边倒的时候，让人担心他马上会跌进陡峭的江堤，他往右边倒的时候，又让人以为他在够天上的浮云。没钱的人更怕空手走路。瘸子表叔的衣裳补丁套补丁，可手心总有礼物，一块麦芽糖、一袋山芋干、一把炒蚕豆。最让人惊喜的一回，他来时手上捧个鸟窝，窝窝里的三只雏鸟随着他一上一下，发出惊心的呜咽。意识到送出来的小鸟会死于非命，他把它们作为礼物送给我，转瞬间又连哄带骗把它们要回去，费了九牛二虎之力，支棱着那条瘸腿，爬上门前的一棵歪桧树，把它们安放在树杈上。瘸亲戚告诉我：不到一个月，你的鸟就会飞了。他前腿刚走，孩子们后脚就找个竹竿把小鸟捅下来了。经过几番把玩，这些小鸟稀里糊涂地闭了眼，默默咽气。

我家还有个秃头表叔，他每次来走亲戚，都会连喝三天，他逢喝必醉，醉后必演。吹拉弹唱他样样都在行。二胡、笛子、京戏、大鼓书，要是不凑巧，借不到口琴，他就表演口技。只要我爷爷去供销社打散酒，邻居们就知道我秃头表叔来了，供销社路远，我爷爷还在路上，他表演的兴致就起来了。他一表演，下地的不下地，挑水的不挑水，上学的也不上学，全部挤在我家屋檐下。

逢亲戚上门，我一扫郁郁寡欢之气，热情地站在门口维持秩序，把我想巴结讨好的人一一先请进门。我那个表叔学鸟像鸟，嘴里跑火车，马蹄声嗒嗒，秋风扫落叶，让江心洲人如痴如醉，久久轰不出门。

还有一位大力士堂舅也三天两头来江心洲。这位大力士堂舅，从山里来，年纪不小，辈分不大；块头很大，胆子却小，尤其怕大江，如果你想戏弄他，给他两只水桶，不给扁担不给瓢，让他到江里挑水，他不会推辞也不会疑问，他会在江边犹豫半个钟头，然后心一横，咬着牙赤脚下水，哆嗦着往深处去，灌满两只桶，左手一只，右手一只，几个大步提上堤岸。他脸面上的水珠，许多人当是汗，只有我爷爷知道那是吓出来的泪珠。开始他是真的怕大江，后来，人们看出门道，他喜欢让亲戚们高兴，愿意配合他们的捉弄。

这些古怪的亲戚都像从天而降，操着我们江心洲谁也听不懂的口音，又穷又老，穿得都破，喜欢吹牛，喝酒。有什么关系呢，都是亲戚！这些来路不明的亲戚让我攒足了面子，只要看到他们，我欢呼、蹦跳，发布消息，召集欢迎队伍，可是来了亲戚我大的脸会拉得老长，他不愿意称豆腐打酒招待。他总归就是黑着脸。可是，儿子，我跟他完全不一样。我恨不得全中国四处都有我的亲戚。恨不得凭空冒出来一个人，说我是他的兄弟或者舅舅什么的，电视里经常有这样的事，可现实里毕竟少。

每回亲戚一走，我大就训斥我爷爷，我们家亲戚不是早死光了吗？他这个人，历来就不怎么顾及情分，他逼问我爷爷，说，这些人从哪里冒出来的？

他的样子很凶，好像搞不到答案就不放过我爷爷一样，我爷爷没办法，就小声地嘟嘟囔囔地来一句：

皇上都有几门穷亲戚。

有时我大样子太凶，我爷爷就会背过脸，悄悄地朝我使鬼脸、眨眼睛，我俩串通一气，心有灵犀。那意思是，叫他骂几句狠话，反正我们赢过了。

那些远道而来，操着各种各样口音的亲戚，他们带来笛声、麻雀、麦芽糖、欢笑和外乡人的气息。我秃头表叔学女人唱戏，他学一个冤死的女人回到人间，他的嗓音立刻低下来，瓮声瓮气，你根本忘记他男人的身体，以为一个女人在他的喉咙深处。这些好心的亲戚，让我家门庭若市，让小孩子们全部围在我家门口，不躲避我，不拒绝我的讨好。

我真想哭，要是有人捅一下我的胳膊肘，或者朝我脸上哈一口气，哪怕瞧我一眼，我都会哭出来。而且我感觉我一旦容许眼眶里的水满出来，就再也收不住了，我急急地跑到一旁，站到所有人的背后。我心里非常高兴。我没有哭。

可是亲戚们带来的新鲜总是那么短暂。他们一走掉，我家的草棚就失去了魔力，江心洲这帮家伙又恢复了过去那种无动于衷、刀枪不入的样子。他们不顾我眼巴巴的乞求，兀自走掉，像没来过一样。他们来无影、去无踪，永远也抓不住。我眼馋地看着屋前门后的小伙伴开心地游戏，我爷爷走过来告诉我：

你不要学他们，这群人一辈子只会玩沙子、玩泥巴，你将来是拿笔杆子的。

这是我爷爷跟我大最大的区别。我大凡事从不向我解释，可是我爷爷，假使我不小心掉进了泥浆里，满身满脸糊满了浆水，把旁人笑得都快掉牙了，可是，我爷爷会给我另一种解释：

我们那里人要是身上长了疮疤，就到泥巴里打个滚，再晒个太阳，一分钱不花，疮疤马上就好了。

每发生一件事，我爷爷都会给出这件事合理的解释。他让我站在江边被江心洲的小伙伴孤立的情景抹上了神秘的色彩，让我孤独和沮丧的心情一扫而光，让我觉得自己不同凡响，足以睥睨众生。而在他来之前，我那么渴望与他们保持一致、站在一起，有同样的白天和同样的夜晚。我爷爷，用他的言语抚摸着我与他人的不同之处，像清风的抚慰。

那是我的城堡，我的黄金时代。

除了没有朋友，还有一样东西比较折磨人，那就是饥饿。坦白说，我跟我爷爷像两条同时出发，一前一后到达江心洲的船，从那一条看不见的通道，长长的，漆黑一团的通道。我们来自同一条通道，而且船头船身船尾都那么相像。证据就是无论是他一开始的往上翘的口音，还是后来杂糅了江心洲式重尾音的腔调，我天生就听得懂。我们之间没有任何障碍。有什么办法呢？这就是血浓于水。

后来我家分到三亩地，外加江滩上二分花生地，还有后埂下三分菜园子。我大每天早出晚归，没头没脑地干活，哼都不哼一声，可是我们仍然很穷。我们三个男人住在一间草棚子里，菜刀生锈，盖被破烂，满是蜂窝的泥巴墙，墙边堆些柴草铁锹。我大到底做了一条板凳，没有合适的木头，四条腿放不平。有天我大扯条蛇皮袋，往背上一背，就出门了。我爷爷告诉我，他怕黑，去有灯的地方了。

我和我爷爷会在天黑前烧好晚饭吃过上床。我们躺下来的时候，天会刚刚好合上光亮的盖子，如果我们半夜起来小便，就只能摸索着开门。我的眼睛早就练得特别好，再黑的夜，我都能避开板凳、门框，准确摸到自己的床；如果出门，我也能在黑夜中辨别出房屋、树、水坑和平坦的路。当然，我大眼睛也特别好，他能望到一里开外的那个走来的人脸上有没有长痣，他能望到二里开外的江轮上站着的那个人的帽子是黑还是蓝的。其他人呢，至少江轮开到眼面前才瞧得清楚。我大还能够望穿江底沙石缝里有没有鱼，江心洲没人不服。不服不行，他们曾经还以为我大有特异功能呢，当然，我爷爷来了之后，他们才明白，视力好是张家遗传，我爷爷的视力也好。我最崇拜他的就是他对时间的掌控。他醒来的时间也刚刚好，晨曦初露，刚刚好能看清楚裤子和鞋子的位置。要是哪一天，遇到刮风下雨，天气比我预期的黑得早，我们便会在黑暗中摸索着喝稀饭，摸索着脱衣服睡觉。春雷滚滚，要是我睡不着，我爷爷会骄傲地跟我回顾往昔：

我祖上曾经有五间大瓦房，我们每天晚上天一黑就点灯，不到天亮不吹灯的。

为什么灯不吹就睡觉呢？我对那么奢侈感到纳闷。

有钱，我爷爷告诉我，大户人家要亮堂。

我们大多数时候都馋。看到人家吃肉，有时我会受不住诱惑，经常站到人家的窗户外头使劲吸鼻子。有次邻居在做红烧肉，这个时候我爷爷是拉不回我的，他只好弯下腰，凑到我耳边，用那种江心洲人很难听得懂的腔调告诉我：

这点猪肉算什么，我小的时候，一顿都吃一碗大肉，一点不掺黄豆，也不掺咸菜。

黄豆那么好的东西都不掺，可惜！我心里啧啧称奇。可是现在，我祖孙二人连豆腐都吃不起，顿顿吃咸菜。下雨天我们一天只吃两顿，早上一顿，下午一顿，这是非常科学的，我爷爷说，这样睡着的时候就不怎么饿。

我爷爷是个画饼充饥的好手。我饥肠辘辘的时候，纵然他拿不出五分钱给我买一个烧饼，但是他会像头一回一样凑到我耳边告诉我：

你将来一定有大鱼大肉吃。

他说这话的时候，我抬起头，他缕缕白发，腰勾背驼，可是声音坚定，语气有力。特别是他说到我将来吃饭的桌子会发光，桌子有两根扁担那么长，上面摆至少七八个盘子，每个盘子都满满的，红烧猪蹄，精肉圆子，糯米粑粑，红糖蘸粽子，一样一样全摆在桌子里。

随便吃？我问我爷爷。

当然，我爷爷说，吃到饱，吃到裤腰带勒得肚子疼。

松开。我聪明地出主意。

对，我爷爷说，赶紧松开。

每每这个时候，我吞着口水，意犹未尽。我真想从爷爷的声音里钻进去，钻到他话语的美味世界里，就像孙悟空一个跟头翻到五色祥云之上，在那油滴滴的山珍海味中间埋葬，死了也甘心。人能够在肉眼瞧不见的东西上犯迷糊，我也不例外。

可是这招数维持不久，我们就像遭遇强盗一样把像丝线一样细的满足感丢得一点儿不剩。我上小学的时候，我们村上就冒出了许多生意人。有人去贩卖木头，有人贩卖黄沙，还有些人贩卖蚕豆，总之，大摇大摆在堤坝上走动的人越来越多。有些人明显发了财，他们热热闹闹地把土坯房换成了瓦房。说到钱，人们也不像以前那样羞答答和遮遮掩掩了。就连那个胆小如鼠的吴胜水说话都敢拿腔拿调了：

知道长江为什么这么宽吗？他大声地告诉一起去上学的同学：

因为我爸的船太大，江要是窄了怎么行得自在呢？

这么有水平的话肯定是模仿他爸的，可是我们没有人笑。我回去跟我爷爷说。我爷爷对我说，你知道你自己的来头吗？

你祖上富，我爷爷告诉我，吴胜水家的船，吴胜水家的房子，以及吴胜水房子里所有的财产都加起来，都不及你祖上富。

我激动得一激灵。我爷爷看出来了。他看出我瞳孔放大，对这么离奇而富有的祖上充满了骄傲，这骄傲缓解了我的不平和饥饿，我爷爷看出这骄傲的用处了，他继续说：

你祖上最多的时候养了七头猪。有一个房子，比吴胜水家的船差不多大的房子里，但不能叫它房子，因为里头放了七头猪。

想一想多么过瘾，就算像吴胜水这么富裕的人家，他爸穿着像干部一样的四个兜的衣服从外头回来，他妈妈去买肉，最多也就一斤，可是这么肥的猪，我爷爷小的时候家里足足有七头！到了过年的时候，我爷爷告诉我，他记错了，有一年过年的时候他家一次就杀了二十四头。我一听就急了，怎么不腌起来留给我？

我爷爷摇摇头说，天气热，留不住这么多年，在我们张家，吃回猪肉并不是稀奇的事，除了肉，我们还吃鸡鸭牛羊，红烧是肯定的，还有炖汤，用土罐子煨着吃，煨得稀烂稀烂的，一入口就化了。

关于这一点我觉得有点可惜，那么好的肉全部烂在汤里。可是我爷爷当时牙齿差不多全掉光了，他这样说有他的道理。

对我来说，构成这世界就是两大阵营：其他人和我们爷孙，吃饱的人和挨饿的人，有煤油灯的人和没有煤油灯的人，睡床板上的人和打地铺的人，有个富有的祖上的人和现在富有的人。我的世界清晰明了，一目了然。

突然有一天，弯腰进我家门的全是陌生的大人，穿着大脚裤和大花头衬衫，我简直分不清是男是女，等到他们撸起袖管倒又确实全是五大三粗的男人。他们或蹲或站地抽纸烟，白色的纸烟在空中甩来甩去，你抽完我甩给你一根，我抽完你赶紧回一根，我既担心他们把房子点着，也担心他们很快站起来走掉。到最后总归是走掉了，并且带走我大。这个场景，笑嘻嘻的陌生人，划着的火柴，揉得皱巴巴扔在地上的烟盒——等这些人走了，全被我捡起来，我想用来巴结愿意跟我同座的同学。这些人当中力气大的，能单手把我举起来，我感受到一种脚底踏空的恐惧，很快又安然无恙地站在地上。我听到他们捏捏我的手脚，告诉我要好好练：你大可是一拳敌四手，双脚踹两门。那些话我似懂非懂，下雨刚晴的时候来的话，他们的胶鞋底深深印在门面的地上——现在想起来，热闹得凄凉。这些来路不明的人，使江心洲的猪狗都不敢露面，也使我大的形象愈来愈庞大。每回这些人一来，家里再忙，我大放下挑子，放下镰刀，放下扁担，放下锄头，说走就走，没几天就能回来，回来的时候左右手上都拎满了东西。从肉到鱼到酒到新斧子，一应俱全，对了，还有床。有天我一觉醒来，桌子也会突然摆在房子里，我来不及高兴，我爷爷的哭声就起来。我惊恐万状，我可没有忘记我大的警告：再嚎把你送走！我心想他这回要被赶走了。没有。我大光瞅着他哭，见他哭停了才把手上的东西往那一扔，那做派真有男子汉气概。这气概能跟吴保国有得一比。吴保国是吴胜水他堂哥，也是一拳叫你脑袋开花、两拳叫你屁滚尿流的狠角。

我们的地差不多荒芜了，但是我们的肚子却越来越饱。鸡蛋徽子、麻花、猪大肠、豆腐干。好像一夜之间，人世间的好东西全到我家来了。有时我有一种幻觉，好像我爷爷背着我回到了他的老家，过上了他小时候过着的好日子。对了，家里还有了新灯盏。煤油很足，灯芯很亮。我亮堂堂地进了梦乡，又被我爷爷哭醒。我瞧见我爷爷把我大往门外推，我爷爷满脸泪水，喉咙哽咽，两眼也迷糊起来，从他的嘴里发出哀求之声：

快走，我的儿，快走，风声不紧了再回来。

就那一瞬间，我觉得我被孤立了，我原以为我俩是一伙的，我爷爷瞧我大的样子，我一下子明白了我大在我爷爷心目中的位置：绝对的老大！我大这回倒不像个老子，特别像个孙子，他被推出家门，他后脑勺被头发遮住了，他三十多了，他的头发突然长得像个女人一样遮住颈脖子，他不是张大侠了，人人喊他张痞子。

张痞子走了没几天，我爷爷说的公安果然来了，他们直接走到吴保国家，把我们江心洲的大英雄吴保国上了手铐带走了。我大不见了踪影，留给我爷爷三亩长满草的地和一个瘦不拉叽的我。我大在家的时候，我爷爷还不太敢哭，除非觉得特别有理，如今他可以肆无忌惮地哭了，可是他没工夫，三亩地，两块菜园，他早起晚睡，累得腰都弯了，伸出舌头喘气，像条老狗，不仅一回都没有哭过，也一回没讲过我大的坏话，他提到我大的神情，还是小心翼翼的，就像我大在不远处一样。

要是他像刚来时一样，或者像这世上任何一个倒霉倒透了的老年人一样哭哭啼啼、唉声叹气，他获得的同情将会又多又久。毕竟江心洲人的心个个是水做的，慈悲又柔软。但是，我爷爷不是，他就像儿子出了一趟远门一样过着不悲不哀的日子，他使我大的逃跑充满了喜剧性而不是悲剧性，他的做法使我大留在江心洲的余威在空气中徘徊游荡。江心洲人想想就觉得挺别扭，他们不干了。对发生在别人身上的倒霉事，人们总是更加绘声绘色，这是人类的天性。尤其是那些令人感到不解的事，尤其是他们看不惯的人，尤其是他们的眼睛瞧不清的事，他们就会揪住不放，大说特说。

不时就有人免费把我大的下落发布给我们。

有人说在下江一个江弯里发现一具男尸跟张广深一模一样，他们说，张广深已经在逃跑的路上命归黄泉。

当命归黄泉引不来我爷爷的哭泣时，又有人听说在桐城的马路边，一个断腿的乞丐说话的声音很像张广深。

还有一次，一个陌生人走到我家里，他无限同情地告诉我爷爷，他亲眼看到一个公安击毙了张广深。为了使张长工流出一个老父亲应该流下的眼泪，来人说，张广深托他带回家一句话：

把文亮带大。

如果说这个传言最接近真实的话，就是因为来人有一张陌生面孔，他的脸上没有江心洲人一贯的对张广深的仇视和恐惧；但是来人那句"把文亮带大"暴露了这是虚构的谎言。因为，我大什么话都会说，就是不会说煽情和托孤的话。

放学的小女孩们梳着长长的辫子，衣裳整洁，穿着干干净净的布鞋。有一些人，领口还别着粉红色的手帕。她们经过我家的地头，她们去上学。

她们不理我。没有人理我。几乎一个也没有。

我大去了哪里？他靠什么为生？他是像家外那样一句话不说，还是像在家内对待我爷爷一样张口就骂，一串一串，全是诅咒和控诉？他能不能吃得饱饭？他下一步有什么计划？他记不记得江心洲，如果记得，他想不想我们？

我有限的想象力为这些问题找不到答案而苦恼，我比我爷爷嘴里的自己要矮小和胆小。

我爷爷带着我下地干活。我爷爷六十多了，我才十二岁，我俩合伙担一桶水的时候我才明白自己的力气是我爷爷吹大的，它事实上既没有我自己以为的那么大，也没有同龄人一半大。我跟在他后边，把麦把子从地里往坝上拖。快到坝上时我没有站稳脚，麦把子翻过来把我压在底下，好半天一动也动不了。

乖孙，你是不是没有力气了？

我爷爷挑着两捆在前头，他停下来，把头支在扁担上，问我。

我本不想承认，但最终还是说了实话，我爷爷放下麦把子过来救我。他眼皮抬起来也遮掉半个眼珠子，他压低声音，悄悄地，像是怕泄露天机似的告诉我：

麦把子欺软怕硬，再过一两天，它就不敢压你了。

这是什么道理？

他倒洋洋得意地卖起了关子，不肯把话挑明了。换了江心洲别的人，他们要是见到十二岁的男孩子挑两捆麦把子上坡被压住的话，马上会破口大骂：

狗日的，你害痨病啦？

遇到斯文一点的也是：

你这没用的东西，长大了只能去要饭。

还有的直接拿枝条就往光腿上抽，抽到小腿上长了力气之后，他们就会还之以颜色，到时候，弯腰驼背的老年人就要听从儿子的呵斥：

老不死的，磨叽什么！

我喜欢我爷爷这种神秘的气息，他的态度像扇子一样把羞愧和难堪像屁一样扇得无影无踪，日常生活的窘迫和龌龊就这么轻而易举地被克服。

就像颜料倒在了画布上，江心洲的颜色渐渐亮堂起来了，一天一个样。许多土坯房子被推倒，十几个劳力共同围着一个石盘，喊着一二三，让它起来，让它落下去，把地基夯实；一船船红砖运往江心洲，一座座气派堂皇的房子造起来。

我饥饿的目光从我们低矮的草棚出发，东张西望，到达那些父母双全的窗口。还有江心洲的路面上一个个坑，留着栽即将运过来的电线杆。电线杆会免费越过我家门口。我看见电线杆把别人的过去和现在串向未来，电线杆上的电跟江心洲的小伙伴一样将我们拒之门外，那时我已经知道他们不敢跟我玩是怕得罪我大，现在我大消失之后，他们不再害怕什么，可以理直气壮地得罪我了。我在江心洲的地位明显变化了。如果我现在斗胆加入任何一场战斗，最先被扑倒在地的肯定是我。那种人见人躲的局面不见了。所有人的面纱都揭开了。只要张文亮接近任何一个他想接近的人，过去只会默默绕开的孩子会给出强而有力的训斥：

滚！

或者就是：

走开！

再狠些的会说：

恶心！

我三天上学，两天锄草，从江里背水上坡的时候，我爷爷跟在我后头表扬我：

乖孙，快放下，让爷爷挑，乖孙，不要累着了。

他自己空着手上来，还要拄个拐，喘不过气来。

我们拿不出集资款，交不起农业税，收费的干部远远走来的时候，我和爷爷会彼此看一眼，然后一前一后绕到草棚后头，下到后坡，隐没在灌木丛中，直到暮气出来帮忙，把这些人的耐心全部收走。蹲在灌木丛中，时间过久，我会猫着腰站起来片刻，在那样的时刻，我爷爷，这位说话的口音如此与众不同的老年人会伸长脖子朝四周望一望，声音开始压低，当他想说我期待听的话时，总是这副神秘的怀着巨大的秘密的表情：

明朝开国皇帝朱元璋穷得出家当了和尚。

我知道他没有鼓励我去当和尚，他只是告诉我皇帝也有吃不饱的时候。那样的安抚，对我来说是有效的。我不能不承认，我大走掉后那几年多数日子是非常难过的。儿子，不是我夸大，好多晚我们都是饿着肚子躺到床上的。我爷爷知道我没有睡着，他对我说：

乖孙，要不要再听听你祖上的故事？

要。

有些门一旦打开就很怕关上，有些地方，它一旦被说出来，就会永远地存在那里，令人无限遐想。无尽黑夜里的祖上的故事是用来对抗白晃晃白昼里的孤单。我喜欢听。这是令人忘记生冷的时刻，这是无人侵犯的时刻。

乖孙，老实跟你讲，你祖上是方圆百里最富庶的大户人家。我家有上百亩良田。一到春天，麦穗金黄、蜜蜂飞舞、泥土芬芳，我没见过比它更好的地方，再也没见过比它更富饶的土地。到地里干活，一路走，心里一路急，这块田有草，那块田要犁，还有一块田里的黄豆要收，下一块田里的秧苗赶紧要栽。我们老家适合种橘子、葡萄、香蕉和苹果，我们老家四季都是春天，夏天不长痱子，冬天从不结冰……

这些东西在江心洲我一样也没见过，江心洲树上能吃的只有椿树头和桑葚，地里能吃的就是玉米、麦子和大豆，个别人家有棵桃树，结的桃子只有眼珠子大……

这么有钱，怎么落到今天这个样子呢？

兵荒马乱，身不由己。我爷爷看穿了我的疑惑，他没有忘记解释一句：

老天早有安排，看你能不能理解。

乖孙，你祖上，一共有七七四十九间房屋。猪有猪屋，马有马屋，驴有驴屋，柴有柴房，还有一间房专门放锄、犁、锹、镐头等干活的工具，一间房光存酒，一间房储粮食，堂屋里摆着八仙桌，睡房里有木箱衣橱……

你祖上，规矩众多，我家的门槛又高又宽，像你这个年纪才能勉强跨得过去，更小一点的，还有小脚女人，从来都不许迈出这个大门，若是有什么急事，一定要提前请家里老人恩准……

你祖上，亲戚也多，有时走在路上，突然有人塞给我一粒糖，糖吃完了，我也没想起这是哪头的亲戚。一到逢年过节，走亲戚磕头能把膝盖磕肿，磕一回头拿一回压岁钱，兜里的光洋把衣襟坠到小腿，不得已磕到一半把光洋送回家里再出来继续磕……

事情开了头就刹不住车了。多少夜晚我都是被我爷爷的声音带到老家，我坐在一堆香甜瓜果里猛吃，我梦见这些瓜果的时候还没吃过。我梦见的苹果比南瓜小一些，我梦见的葡萄像檎树果子。这是我爷爷比划给我听的，我吃着吃着撑醒了。我的世界就这样分成两个，眼前干燥干瘪的江心洲；可是只要眼睛一闭，就会被带到酒池肉林和海市蜃楼，我祖上的田地，我祖上的门楼，我祖上的青花瓷器。

我总归要回到这真实的世界：翻土打坝，收棉花洒农药，上化肥拔草。太阳晒到人脑子发晕的时候，我爷爷会及时想起他家的牛，他有时记得是三头牛，有时说是五头，总之，翻土犁田不用像现在这样费力，我的祖上人人擅长种水稻，种棉花和玉米都是外行，我也不例外。

那是我的圣地，我的目标之地。

有时也稍感不平衡，那么有钱人家的子孙，却经常饿得头晕目眩。偶尔，我也会责怪他们太浪费，只有几十亩田，怎么可能需要那么多的牛、驴和一屋子的生产工具呢？我大走掉四年了，我比我的年纪看上去要小得多，我爷爷则相反，他比江心洲任何老头看上去都老。营养不良、等待、暴风雨，以及诸如此类的东西模糊了我们的实际年龄。

我爷爷安慰我，他说：

太有钱了就会太没有钱，太没有钱了就会太有钱。到你再长大一些，情况就会完全不同。

怕我不信，我爷爷说得更详细一些：

你的祖上，再往上四代，也不过是一个穷秀才，连个举人都不是，突然有一天，好运降临，就翻了身。

好运是怎么降临的呢？

等。

怕我不理解，我爷爷又加了一句：

边活边等。

说这话的那天晚上，下起了暴雨。我这一生再没有经历比那晚更大的暴雨了，起先是整个棚子里里外外湿漉漉的，脚头，门口和灶台上全部放着碗和盆来接雨，床上到处水唧唧的，根本躺不下身子。我不免有点恐慌，我的爷爷及时讲起了祖上的故事，他说：

有一年下大暴雨，比今晚的雨要大一万倍，到处都是水，水把整个村子都淹了，许多人往山上跑，只有谁家人不需要跑呢？当然是我家，我娘牵着我的手，慢慢地爬到自家的屋顶，高门大户就是这样，等到水退了我们从屋顶上下来，把屋里的水一瓢一瓢舀到门外，把门板卸下来担在太阳底下晒晒干就可以继续生活了，而其他人家的房子早就被大水冲走了，屋顶在水里都漂了一百里地了。

大户人家，我爷爷骄傲地说，样样东西都结实。

所以，乖孙，我爷爷说：

既然你的祖上那么富裕过，你将来也就有可能富裕，关键看你结实不结实，有没有决心等。

快过年的时候，有个邻居家杀猪。我早上出门的时候猪已经宰好净身了，我中午回来的时候，猪已经剁成块，猪下水什么的也都炖在锅里了，等到天黑我再从地里回来的时候，那肉香就像影子一样跟着我，我走到灶台，它跟我到灶台，我走到床边它跟到床边，我走到茅坑它也跟着来了。我爷爷在菜园子里还没回家，我被这影子跟得烦透了，拿起扁担到江里挑水，那香味跟我到了江边，等我挑着两只桶从坡下爬上来的时候，一抬头，突然看到那家的新媳妇站在我家门口，她笑嘻嘻地喊我：

文亮，我婆婆让我给你们送碗肉尝尝。

那其实不是一碗肉。我瞧见碗里还有黄豆。

就那么一眼望过去，我的喉咙"咯噔"一声响，我的手脚突然麻了一下，但是很快，我立刻想到了我爷爷的话：

这点猪肉算什么，我小的时候，一顿都吃一碗大肉，一点不掺黄豆，也不掺咸菜。

我祖上那一碗碗不掺咸菜和黄豆的红烧肉油光可鉴，相比这下，这碗掺着黄豆凑数的肉显得这么小里小气、微不足道，我在心里说，不要以为我稀罕，我们都有过的。我客气地回她：

多谢，我刚吃过饭。

不给她再拉扯的机会，我快步走到水缸前，拎起水桶，哗啦啦把水倒进缸里，那香味莫名其妙就溜走了。

我十六岁的时候，我大回来了。我大回来望到我头一眼就情不自禁地脱口而出：

咦！

他站在我跟前，我陡然间发现自己居然跟我大一般高了，他走的时候，我的眼睛还够不到他的肩膀。吃晚饭的时候，我大吃得比往年任何一天都慢，他的眼睛在我身上停留了好大一会儿，在我爷爷脸上停留了更长的时间。

所以说，儿子，我可以作证，你爷爷对你太爷是有偏见的。你太爷是个知道什么时候说真话，什么时候不说真话的人。我大，也就是你爷爷，动不动就拿这个说事，说你太爷是个以谎言为生的人，是个用谎言砌成砖墙把自己埋在里头的人，说你太爷是个撒谎撒掉一切好运的人，说你太爷用谎言把自己打扮成穷人，然后把自己包裹在里头一点风都不透。可是，说句公道话：心里没有想法的人是不撒谎的，心里有想法，心里又担心的人才撒谎。撒谎不是品德问题，至少在我爷爷这里，撒谎是因为他乐观，他是一个愿意往好里去，往好处想的人。

第三章　背叛

梅子杰

见到边上没人，我爷爷张广深走近护工，小声地问，这几天老头子哭了没有？

不清楚，那位妇女握着菜刀，正要切一根黄瓜。她抬起眼珠回忆了一下，然后说：

昨天好像哭了。

昨天？张广深惊呼。

我给你们打过电话没多久，好像听到他哭，听听又不像是他。我当时以为他死了，就没进来查看。

这坝上除了这老头就没有其他人了，不是他是谁？前坝上的范文梅也爱咋咋呼呼，可那个老太太离这里还有一里多路，又是个女的。

可是这么大的事，她居然不进来察看？！就像本来看到地上是一张票子，想捡起来的时候却有人说是假的。我爷爷甩一下头，鼻子里哼了一声，对江心洲妇女的愚蠢，已经见怪不怪。他从灶台后面找出一把镰刀，走到坡边。坡边有几株打碎碗花，发出带有腥气的臭味，这种白色的小花最招蚊子和苍蝇，我兄弟的腿上已有几个红色的小包。转眼之间，坡下一大块地被清理出来。

关于我太爷的哭声，近二十年来，成了张家最期待的大事。

据阿三说，我太爷张长工四十年前来投奔儿子。两个外乡人，在江心洲的渡口相见。跟在他儿子屁股后头的是四岁的孙子许文亮。张长工见到自己的儿孙，两嘴一撇，作势要哭。

不许嚎！

这是我爷爷送给我太爷的第一句话。他是用一种江心洲谁也没听懂的语言说出来的，唯恐我太爷没记牢，又一字一句地补充说：

再嚎一声，马上回乌源沟！

阿三亲眼目睹张长工梗着脖子硬生生把呜咽声吞了回去。亦步亦趋，跟着他进了家门。

上了堤坝，我爷爷张广深向我太爷张长工发出了第二个警告：

不许哭穷，不许扣屎盆子。

张长工居然也顺从地点了点头，眼睛里闪出畏惧之色，显然，这个儿子已经不是当初那个在乌源沟昼伏夜出、被人当成憨子和白痴的矬子了。他壮实不减当年，个头也高了一截。变化最大的是他的脸，黑了，结实了，唇边胡子拉碴，这根本不是憨子和白痴能长出来的胡子，这是硬汉才能长出的胡子。还有他的头发，也不是当年那乱糟糟像鸡窝的头发了，剃成板寸，根根粗黑，竖在头上，他的眉毛也粗了起来。经过菜园子时，许文亮指着自家的菜园子告诉张长工，这是我家的。

张长工很快发现儿子家的菜园子明显比别人家的大。可是那个善于挖土砍树的张广深显然毫无打理菜园子的技术，举目一望，菜园子的杂草里零零碎碎地挂着几只茄子，别无他物。

不容他疑惑，邻居赶紧过来打招呼：

广深下地啦，来这边割点韭菜。

张长工揉了揉自己的眼睛。灰尘蒙面，手背也不干净，好不容易眼睛亮堂些，邻居又递过来两根窝笋。张广深客气话也没说，拿在手上，挂着若无其事的表情，带头往家走。

本以为儿子作为一个笑话在江心洲落下户来，哪晓得见到的却是一个英才。一路上他见到的每个江心洲人都对他客客气气，冲着他儿子打招呼。称他年仅二十五岁的乌源沟憨儿子为：老张！

这变化使我太爷张长工长时间不敢吱声，不敢发问，当然更不敢顶嘴，不敢拿出他招牌式的哭腔，不敢痛陈那悲惨的家史。

善于嚎哭的我太爷此后好多年再没公开哭过。

我爷爷严打之前也算是风光过了。严打的时候他老子让他出去避风头，他走的时候有人预言，说张广深不会回来了，因为他迷上什么就会一迷到底。整整跟大家预言的相反，四年后他回来了，令大家没料到的是，回来的时候他变成了第二个张长工。当初他们横竖不像一对父子。张长工又高又瘦，见人先笑，说话尾音向上翘，每一个字都带着探询的意思。而张广深肩宽臂粗，个头又矮一大截，可是四年工夫，他走路的时候，身子往前弓着，走路像张长工一样步子迈得大，肩膀有点往里缩，内行人晓得挑重挑子到头来都这样，完全跟他老子一样很善于忍饥挨饿的神气。那些年，是江心洲人最自豪的年头，村前有泊船湾，摆放一排排水泥船、木船和大铁船，洲西头的滩头上是木材市场，江西的木头从船上卸下来，一排排码好，又被挑挑拣拣再装上船运到江苏去。许多男人的肚子鼓起来，房梁也高起来，可是张广深游魂一样回来了，照旧无声无息，见人仍然不打招呼，却一点儿神秘感都没有了，他的衣裳就暴露出他的处境，穿得那么糟，连打手都比他穿得好。

张广深进门就把草棚子给扒了。说是扒，不准确，就是踹了几脚，连同棚里的破瓢破盆，一并扫到坝下，三下五除二，干干脆脆，仿佛他离开这四年就是卯足劲盘算怎么最省力地拆掉这草棚子。也就个把月工夫，他整出了两间瓦房。浇灌地基、搭建框架、量尺寸、砌砖、上瓦，他还真样样拿手。我太爷和我父亲都给他打下手。就算他如此能耐，却也没引起什么轰动，因为江心洲已有七八户盖了楼房。红砖水泥地，煞是气派。天地已经焕然一新了。大家都认为张广深回来后会跟江心洲其他男人们一样当个木头贩子，或者是雇到哪条船上当护船工，最不济就在木材市场卖力气，带着只黑围裙，听到一声召唤，立刻把围裙往肩膀上一披，蹲下身，让人往肩上放一只脚盆粗的木头。从岸上搬到船上，或者从岸上搬到岸上。张广深被认为擅长这个。他不在的时候，遇到特别沉的木头，江心洲男人都会不由自主地想起他，可是离了江心洲再回来的张广深没到市场上去当搬工，他盖好了两间房便又拎着那只人造革包上了渡船。没人知道他去哪里。过了几个月，你习惯他不在的时候，他又回来了。回来的时候，还是会修修门前的路，把枯死的树锯锯好，把水缸挑满，又大摇大摆地往渡口去。出门前也会摸几个钱出来塞给他爹。究竟几个钱没人清楚，反正老头子没饿死，儿子继续往大里长。一开始我父亲张文亮跟他爷爷并肩的时候，齐他爷爷的大腿根，后来长到腰高，又从腰上长到肩膀高，到后来，爷孙俩不相上下。

有一回，张广深出去三四个月又回来了。他东张西望没见儿子。十九岁的张文亮，把家里的地让给邻居做，自己也上了一条停靠在门前江边的过路船，过路船到芜湖，芜湖有火车。火车开往全国各地。

我爷爷张广深什么也没说，照常收拾了几下房前屋后和菜园子，然后又不声不响地去了渡口。

有十几年这家就剩我太爷张长工还孤零零地杵在那里，张文亮临走前帮他搞了条草狗。张长工跟着他的狗，坐在门口晒太阳，冬天晒，夏天也晒。人和狗都不怕晒，他还真没怎么哭过。儿子回来他不敢哭，儿子不在家更不哭，有什么哭头呢，哭给谁听呢。晒着晒着就老了，牙齿掉光了，只好吃稀的，耳朵好像也听不见了，哪个想跟他说句话，要扯开嗓子喊，喊得整个洲上都听得见。他的腿脚也不灵了，站起来走几步还好，再走几步就要停下来哆嗦一阵子，久而久之，他越活范围越小了。

我太爷在江心洲沉寂了二十多年，规规矩矩，平平静静，有一年的九月初七晚上，却引爆了一个炸雷。隔壁范立辉门前人来人往，九月初八范立辉的小儿子范永来娶亲，亲戚们为明天的喜事做准备。那天晚上天不好，没有月亮没有星星，云重雾深，仿佛要下雨，江心洲的路不好，下起雨来比较麻烦。所有的事头天晚上得提前备好。范家门口支着一口大锅。锅里炖着猪肉和牛肉。火苗往上升，蹿上夜空，照亮江心洲的房屋，堤坝，照向了远方，照得左右邻居的房屋，渐渐在黑夜里亮堂起来。帮忙的亲戚们进进出出，借桌子、摆板凳、宰鸡杀鱼、给鸭拔毛。在喜庆声中，突然传来一阵呜咽声，紧接着，呜咽加长加宽，变成号啕。谈笑和忙碌的人们停下手头的活，你望望我，我望望你，最后，他们的目标锁定了西邻张长工。确认了噪声的来源之后，他们等在那里，可是号啕声没有停歇的意思，反而加重加量，"呜呜呜""噢噢噢"，不规整的声音更刺耳。这些人把头凑到一起嘀咕起来，短促的商议后，一位主事的妇女端着一碗热乎乎的肉圆，向张长工的房子走来。她代表这个娶亲的家族送达温暖的同时也负责规劝张长工收敛，别人家办喜事，你哭成这样算个什么事？

来人走向张长工的房子。房子低矮，门前杂草掩映；阴郁的老狗伏在门口，听到脚步声，也不肯吭一声。那个老头儿趴在门槛上，根本不看来人，鼻涕眼泪糊满他的老脸。肉圆不管用，好言好语安慰半天，高帽子一顶又一顶给他戴，比如您老最贤德、最明理、最懂事，房前屋后全被好话和喜庆的炮仗填得满满的，他就是充耳不闻，光一个劲地像老猫在哀号。

作死了，送肉圆的妇人好说歹说不管用，一生气，端着肉圆回转了，临走时放出一句话来：

等你儿子回来，找他评评理，有这样坏人家彩头的吗，真是越活越不懂事。

我的心肝，我的心肝！

张长工闻听人家提到儿子，他呜呜声渐歇，改成呼喊了：

我的儿孙啊，我的骨肉啊！

悲音绕梁，盘踞在老头身侧，也包裹了那条狗。它在老头儿四周嗅着，想嗅到点儿悲伤的由头。光阴和悲伤两样都壮人胆，他仿佛忘记了儿子的警告，渐渐地开始捶胸顿足。他的悲伤把许多小孩子从办喜事的那户人家吸引过来。

没有人见过老成干柴的人还能哭成这样。就算他的眼皮已经耷拉住眼球了，可它们的悲伤如此深邃，那里面滔滔不绝往下淌泪水。张长工的嘴巴张开，露出没有牙的嘴，老年人原来跟小婴儿一样，口水哗啦啦往下颌处淌。一开始使人好奇，再盯几秒钟就索然无味了。夜渐渐深了，小孩子们一窝蜂来，又各自散去，隔壁忙碌的脚步声也渐渐慢下来，可是张长工的呜咽还是那么支离破碎，像一只塑料袋挂在墙上被风一阵阵地掀，到了下半夜，星星和月亮都歇息了，他的唏嘘声才停止。

第二天天气大好，一开始大家伙没有把天气跟张长工联系到一块，只是觉得这老天怎么这么懂人心，要天晴就出太阳。瞧见张长工的儿子张广深一大早从渡口往回走。多嘴的人立刻上前告状，指责老爷子昨晚不懂事，在人家做喜事的当口哭得跟个小孩子似的。

哭到天亮！

哭到天亮？张广深重复了一句，老子昨天晚上刚刚把十里堡的窑厂盘下来。

　　大伙这才仔细打量张广深，几乎懵然不觉之下，张广深已经从一个农民变成了一个承包商。他穿着藏青色条纹西装，脚上一双黑色的尖头皮鞋。他几个月前离家时穿着的是件灰色夹克，屁股和膝盖处都破的裤子也不见了，活脱脱一副推销员的打扮，关键的问题是，他实际上已经是一个承包商了：他手上拎只包，包里一支牙刷、一块毛巾，既洗脸又擦身子，另外还有塑料袋包着的一纸合同。合同上盖着红章。

　　张广深混得不怎么样，他好像走得比别人早，跑的路更远，可是越穿越不像样子。虽说那些跟他差不多岁数的人，到头来也是回归农田，木材市场和运输业莫名其妙就萧条了，可有一部分到底辉煌过，或是造了屋，或是换了妻，或是把儿子供上了大学。可是张广深这几年，除了没让张长工饿死之外，鲜有业绩，随着两鬓灰白，江心洲的老小都不认识他了，更没人怕他。可是这头他老子嗷嗷哭得像孙子似的，张广深倒又穿上西装了，袖口上商标没有摘。西装这东西如今也不稀奇，江心洲的男人这几年全人五人六地穿着西装，有的甚至打着领带。阿三身上都有一套灰条纹的，旧是旧了点，那是救济来的，阿三穿了西装还是阿三，可张广深穿上西装却穿出了不一样的派头。

　　过了个把月，国庆节放假，张广深又回了趟江心洲。那时候江心洲还没有电话，他回来，说到底是瞧瞧老爷子还在不在。他一上渡船，阿三就告诉他：

　　你老子昨天哭得跟什么似的。

　　阿三肯定不是在存心挑拨，他的潜台词是，你老子可能想你了，你一走就是几个月。

　　张广深心里咯噔一下，他昨天才刚刚把窑厂倒出去，一进一去，两个月，他口袋里装着四千块现钱。四千块在江心洲屁也不是，可在他张广深，这是目前最大的一笔赚头。

国庆节已经不那么热了，天还没黑，天顶上的云，来的来，去的去，晃晃悠悠在天上荡。走在通往家门口的弯曲小径，我爷爷张广深脑子里像是有一窍悄然洞开：这老头子是不是见不得我发财，我一发财他就哭，可是话说回来，他又没长千里眼，怎么晓得我发了财？

想到这里，张广深拐回凤凰镇，买了一斤鸡蛋傲子拎回家。

张广深站在我太爷跟前时，我太爷居然没有认出他来，像对着陌生人一样向他的儿子抱怨说：

我儿子走了一年多也不回来瞧瞧我。

明明才半个多月，张广深积攒在心的愧疚瞬间就一股脑儿地散了。到底是个撒谎有瘾的糟老头。这样一想，他的心肠硬起来一些，走的时候更理直气壮一些。

张长工时年七十有余或八十出头，他犯的错越来越多。他不认识到菜园的路，然后拔错邻居家的菜苗，跟三十年前相比，这更不算什么大事，他也不是有意，可还有人认为他在学他的儿子。再不久，他不认识自己的房子，走到邻居家门前就想进，被提醒之后，来到自己那两间矮房前裹足不前，好歹是进去了，半天也找不到灯的开关，你以为他跌一跤倒地死了，他的窗灯倒又亮了。

腊月初五，有人听到张长工哭得跟死了儿子似的。腊月十七，张广深回来，他掐指算了一下，腊月初，他承包了一个山头。第二年三月二十九，张长工哭声震天，张广深回忆起，他卖铜丝赚了六千块。

他给自己买了块手表，时不时抬起手腕瞧一瞧。时间已经不在表上了。时间把他身上某种与他不符的东西夺走了，他回来的时候拎着苹果香蕉和保健品，见到人朝他望，他也朝人点点头。

他点头的动作也颇有张长工的风范，张长工见人就笑，大伙都觉得他是天生客气，可是张广深见人点一下头，人家立刻觉得这人狡猾起来了。

张广深的头发白了，张广深的力气小了，别人都是风吹日晒之中皮肉老去，张广深却好像不是老，而在一层一层蜕皮，神不知鬼不觉，二十多年前的张广深就那么一点一点不见了。

他还学会了思考。三次赢利，他老子哭了三回。换句话说，张长工每回放声一哭，随后就定有好事上门。

我父亲领教过此番神奇。他走的时候可是赤条条一竹竿，在外头混了十年，返乡时是一家三口，也算满载而归。我太爷本来坐在树荫下打瞌睡，见到孙子，他第一个反应就是老泪纵横，讲不出完整的话。我父亲是个孝顺孙子，他连声劝慰时，腰上的诺基亚手机猛然响了起来。我爷爷张广深当时正好也回来了，他端来梯子，让我父亲爬上屋顶，接听了来自城里的电话，原来，我父亲申请商铺的工商营业执照批下来了。我父亲比我爷爷谨慎，并未轻易把他的好运跟我太爷的眼泪挂钩。两年之后，他再一次回到江心洲是一个深夜。我太爷本来睡着了，我父亲一进家门，这个老头在睡梦中就开始大哭起来，他把自己吵醒之后，才发现孙子和重孙子都站在床头。这个哇哇大哭的老头，眼泪鼻涕糊在一起，手背、袖口也都大片大片湿透了。第二天，我父亲接到他小舅子的电话，说偶然发现一个废弃的皮革厂在贱卖，价格很低，可以盘来加工经营。目睹整个过程的我爷爷，坚定地告诉他儿子：

张家的喜事都是这老头哭来的！

老头哭得越凶，张家发展就越兴旺。这个说法虽然是我爷爷亲口认证的，可是他还是略略有点不服：

老头子历来好哭，我好端端的一个大户人家，硬是被他哭成了穷光蛋，如今世道好转，他年纪也大了，晓得自己有错，真心忏悔，老天有眼，老天开恩了。

总而言之，像我太爷这样手无缚鸡之力、走不动路、讲不出话、简直一点用处也没有的老头，只好用哭来补偿对下一代的亏欠。

　　这个结论一下，一片白云有了方向。这以后，他们统计过，我爷爷准备承包鱼塘时，我太爷哭过一场，那一年鱼塘收成很可观，我爷爷此后承包过山头，他在签订合同当晚，在我太爷身边走了几个来回，期待听到我太爷发出代表吉祥的哭声，他没有等到。相反，我太爷那阵子不知道出了什么岔子，他逢人就笑，笑眯眯的，结果，我爷爷那年承包的山头亏了本，白辛苦了好几年。

　　还有一回，我爷爷带着我太爷到镇上去走动一下，也可以说，我太爷非逼着我爷爷带他到凤凰镇上走一趟。那天逢集，在密集的人群中，他一低头，瞅见了地下有一张百元的票子，大喜过望的他刚刚弯腰捡了起来，我太爷不晓得看到了什么好笑的事，出其不意地嘎嘎笑了一声，结果，我爷爷捡在手心里的票子一把被人拽了去，他的腰还闪了，雇了辆拖拉机才回了江心洲，一睡十几天。

　　别让他笑。我爷爷这么求回来看他的儿子。最好不要跟他讲外面稀奇的事，好吃好喝的也要少给，你不信，有你的亏吃。虽说我太爷的哭声断断续续，没有停歇，好运却不再光临我爷爷。这之后，有几年我爷爷过得相当落魄，有一年，他贩卖猪仔失手，欠了一屁股债，他郁郁寡欢地回到江心洲。见到儿子，我太爷笑嘻嘻的，他抖抖擞擞，尚能自己照顾自己，可是他饭做得不像饭，粥做得不像粥，锅台不干不净、抹布乌漆抹黑，我爷爷心中焦虑，计上心头，他把米缸里的米舀起来藏在床底下。饿他两顿，看他哭不哭？这个念头他没有讲出口，他只是假装忘记早中晚还有三餐，他忙着为我太爷修缮漏雨的屋顶，把我太爷房前屋后的杂草除一除，还给我太爷制作了一根龙头拐杖。出于孝顺，我爷爷自己也两顿没吃，亦步亦趋地跟在太爷身后，想听到老爷子忍饥挨饿发出不满的哭声；可是我太爷饿急了之后，静悄悄地躺在床上，闭上眼睛小声哼哼，却始终未曾大声嚎啕。

我父亲把业务扩大到上海是三年前的夏天，我爷爷当时正在江心洲。他清晰地听到我太爷房里传出呻吟和哽咽之声。我父亲买了汽车、我兄弟进入到上海一所有名的国际中学等诸多好事发生之时，都能听到我太爷响亮的哭声。张家越发达，似乎我太爷的哭声就越发响亮。他的眼泪不跟着年龄枯竭，相反，从几滴浑水到日渐清澈。我太爷多年暗疾丛生，其中一个怪毛病，就是偶尔口齿算正常清楚，大多数时候吐出来的字像白芝麻掺白米、根本分不清，大家都以为他脑子坏掉了或者神经出了故障，舌头捋不直了。直到前年，我兄弟到江心洲来过年，因为在上海的国际学校读书，他认识许多国外的同学，猛然发现我太爷讲的话有点像俄语、德语或者西班牙语。我兄弟把我太爷的话录进手机里，让他的各国同学分辨，有一位同学听出其中有一句是西班牙语"Busque la muerte"，翻成中文就是"作死"，还有一位讲德语的同学听出了一句"zu spät"，翻成中文是"来不及了"，也可以说是"为时已晚"。我父亲今非昔比，对我兄弟的发现并不兴奋，我爷爷就更嗤之以鼻。他说，我张家祖上八代全是贫农，家里的亲戚不是麻子便是秃子、不是瘸子就是文盲，你太爷讲的话最多就是哪个县的方言，不可能是外国话。我兄弟的研究热情被浇灭了一半。年纪越大，我太爷的毛病越来越多，身体各系统工作越发不稳定。他时而听得无比清楚，隔了三户人家有个小孩子打碎一只碗他都知道了，他嫌他们吵他睡觉，有时你面对面问他冷不冷他都听不见，听不见也罢，还看不见，动不动问问：人呢，怎么一个人都没有了？他时而能望到天上的北斗星辰，手指朝天挨个数，时而却望不到自己的手背，哦哦，我的手哪里去了，问问就开始哭。

似乎人人都喜欢听到他哭。张广深和张文亮都比较重视他的健康，我太爷眼睛看不清之后，张文亮出钱，张广深出力，帮他请了一个兼职护工，做饭，洗衣，最重要的任务是留意他哭的日子并及时汇报。

没有不想讨好主人的护工，一个星期之内我爷爷接到了三个电话，护工说得有鼻子有眼的，说那老头在家里嚎呢。可那个星期，我爷爷运气霉得发绿，那阵子他迷上买彩票，可是一次五块钱的奖都没有中。可我爷爷还是喜欢这样的汇报。他有自己的软肋，他喜欢听到老爷子哭的消息。他在期待遥远地方那从天而降的好运。他一听到老头子哭了就心情大好，就想咧开嘴笑，就又感觉到力气生长，就又想大干一场。实在有大事需要决策的时候，他更谨慎，会提前几天回到江心洲，他会从我太爷的脸上判断何事该为何事该缓。

我太爷最后一次哭出声来的确是半个月前的事。当时我爷爷正在接听我父亲的电话，我父亲打电话给我爷爷，告诉他，我兄弟的签证办下来了，即将启程去往美国。

我爷爷，当时正在一家小医院治疗他的颈椎病。这个病已经害他经常头晕眼花了，听到这个消息，他挣脱盲人推拿师的手，茫然地问道：

美国？

连我爷爷都不清楚美国的地理方位，可是天地良心，远在江心洲的三四天没有睁开眼的太爷那天却突然有了反应，他先是用枯老的手拍打着床沿，仿佛胸口疼。然后嗷嗷哭将起来，泪水顺着眼边往耳边滑落，隐隐听到动静的护工忙完手上的活进来察看。可是我太爷已经哭累了，只有耳边泪痕犹在，可是护工没看见，她的注意力在我太爷的下半身，天气热，味道散发得很快，她捏着鼻子进来清理了一趟，出门的时候，难免埋怨、责备加嘲讽，她以为只有空气听得见。

我爷爷想知道孙子去这么远的地方是好事还是坏事，他打电话问护工老头子今天哭了没？

护工没好气地说：

哭是没哭，尿了一床。

哭能哭到好运气，我长这么大，也只听到这一桩。这家人的破事漏洞百出。我呢，都是从阿三那里听来的。阿三不光对我讲，他对一切坐到他船上的人讲，他不光讲这老老头的事，他讲一切天下大小事，他连江心洲谁家姑娘胳膊上有个胎记都一清二楚。

小子，我知道你是谁家的。那是十多年前，水没干，他也没失业。有天他渡我过江，朝我眨睡眼，神秘地说，你妈叫陈芬，你爸叫张文亮，我没说错吧。

切，我吐了一口痰到江里，那天风大，痰没到水面就被吹散了，阿三还想说三道四，我仰起头就着风，捋了捋头发，不屑他。

张子豪

我很想把这两张照片删了，可是又下不了手，我很想解开这个谜。躺在地上的瞧不出死活的家伙身材不高，四肢却很粗壮，仅凭这个背影，就能判断他顶多二十出头。这家伙的头发很短，后脑勺裸露在外，清晰地看到后脑勺上的一条深红色的疤痕。他穿着一条破旧的牛仔裤，不是通常人家买来之前就裁剪成破洞的那种，而是那种显然是穿了许多年的破和旧，他上身是一件洗得发白的黑色T恤。T恤松松垮垮，不是一般的肥大。他是谁？既然能在一个县的一条巷子上抢银行，八成是本县人，也不排除流窜作案。他为什么要抢银行呢，抢银行真是好主意？

梅子杰

在取消葬礼的通知中，有一个人被遗漏了，她就是我兄弟的妈。

我父亲在我兄弟快到江心洲的时候就给她打了电话。跟过去若干回一样，无人接听。我父亲只好短信留言。半小时后他收到一个回复：哦。算是知道了，她没有明确自己一定会来或者不来。这是她近来一贯的态度，对人对事都比较暧昧，答应的事，也找各种借口推辞，她让儿子失望不是一年两年了，何况是他。抱着这个念头，我父亲到达江心洲后并未把我太爷还活着的消息及时通知她。

如我父亲所料，我兄弟远在开坪的妈，一开始的确有过犹豫，可是她很快意识到：作为这个家里唯一的女性，这样的时刻不露面不合情理不合体统，对这个家庭所有男人的伤害都是不可挽回的。她预订了第二天早上从广州飞往合肥的机票。为避免误机，当天下午她就收拾行李，从开坪坐车赶到广州机场附近，找了一家旅馆住下来。按她的预计，她怎么也能够在第三天的葬礼上露面。之前一切顺利，登机也算准点，可是上飞机半小时之后，全体乘客又被要求从飞机上下来，在候机楼坐等三个小时，才被允许登机，这回，他们又在飞机上开始无休止地坐等，所有人的火气都快爆棚。先是头等舱乘客和空姐要打起来，后来是头等舱乘客和普通舱乘客要打起来，末了，内讧停止，所有乘客决意联合起来对付机组。可在这时，飞机摇摇晃晃地飞起来了。正常的气流也被乘客理解成机长对他们的报复。有位空姐不小心把果汁洒进了某位乘客的脖子，这位乘客打开手机拍照取证。火药味浓得所有人都睁不开眼。等到飞机降落，已经是当夜十点多钟。在行李处，我兄弟的妈和其他十多位乘客一样迟迟没等到行李箱。战事因此逐渐升级。她被另一位乘客要求留下电话，以便需要联合签名以及索赔成功时联系到她。我兄弟的妈疲惫不堪，想着自己可能错过第二天那场不能缺席的葬礼，错过自己的本分，可能将要遭受到素不相识的邻里乡亲的密集指责，她明显紧张和不舒服。她放弃了跟机场理论，只是草草交代了一下，招一辆出租车连夜往江心洲去。本以为三四个钟头就能到江心洲，可是出租车司机不仅狮子大开口，还提出要预收车费。车到无县县城，已经是夜里一点钟左右，司机要求我兄弟的妈下车，理由是深夜下乡不安全，何况他已经把她送到了无县境内，于情于理无错。她当然不肯，喋喋不休地理论。对方一气之下，狠命地把她拽出汽车，调转车头。她冲着车窗扬言要投诉。他放下车窗，从车窗里吐出一口痰，算是回应。这种不文明的事多少年没见了，我兄弟的妈傻了眼，站在空荡荡的街面上，气急败坏、惊慌失措。可是瞬间她就开始更新了自己的思维。她意识到，一路遇到这么多匪夷所思的麻烦，有可能就是亡灵在惩罚她的不孝。她在老人生前没有尽到一个孙媳妇的孝道，老人死后也曾有过不参加葬礼的念头，这是亡灵对她的警告。

　　我兄弟的妈开始想入非非、忧心忡忡：报应来了，还不止这么多。她安静下来，不再发牢骚，进了她最先遇到的一家小旅馆，连房间的设施都没看清楚就睡过去了。醒来的时候，已经是上午十点。这回，她又叫了一辆出租车，出租车把她送到了凤凰镇旁的一座小桥头，硬说已经到了她说的目的地。她不是没来过，可决心不争辩，乖乖下车。此时已经是我太爷"去世"后的第三天中午。

　　脚一沾地，她瞧见桥东头坐着一位妇女，正哼哼唧唧，哭得那个伤心。一愣神，她觉得那妇女在哭她孩子的太爷爷，亲切地多瞅了两眼，再听听就发现不对劲，那女人哭声悲凉，口口声声在喊儿。她打了一个冷战，感到大祸临头。她硬着头皮打电话给我父亲。手机一直在占线。她愈发心虚，想着这会儿全家都应该在殡仪馆，她坐在桥的另一侧静静地等了几分钟，如果这时有一辆车经过，她会招停它，不管多少钱，只要愿意送她到殡仪馆。可是天不好，凤凰镇那个小街氤氲在低沉的雾气里，她留意到坡里的树丛里有一些各色不同的小花，它们乱糟糟地开放，好像是对远远飘荡过来的浑浊的空气表达着不满，又好像完全不在乎。一个钟头过去了，居然没有等到一辆车。在我兄弟回到江心洲的第四十六个小时，她打通了我父亲的电话，我父亲一听到她已到达，立刻表示来接她，让她站在原地稍等片刻。

桥那边的哭声扰得她心慌，况且那悲悲切切的哭诉又吐字不清。既听不懂她数落的对象，又听不懂她伤心的缘由。这披头散发的女人瞧不出年纪，穿得很不像样，说不定是个疯子。她料定葬礼已经结束，心情愈发沮丧，她不愿久留此地，凭着几年前的记忆向前走，凤凰镇跟她几年前来的时候变化不大。她准确地找着了通往江心洲的渡口。江水干涸，无须摆渡。

我兄弟的妈一过江就瞧见赶来接她的丈夫。她张口准备道歉的时候，她丈夫比她更快一步地道了歉，他爷爷还没死。

我兄弟的妈一听，竟然哇地哭出声来。她不知不觉模仿了桥头上的妇女，一把鼻涕甩到地上，然后一脚踢掉自己的高跟鞋，往老渡口一蹲，她不走了。

乡下的小狗，在陌生人到来时，先表现得相当警惕，尽责地吠叫，使劲地嗅，低吼，不过，一块肉，一声呼唤，一个眼神，都会让它在短短的两天内变敌为友。现在，Pitt端坐在我兄弟门口，我兄弟出来的时候，它凑上去，瘦小的身子直打转，嘴里直哼哼，把湿乎乎的脸往我兄弟的名牌裤子上蹭。可是，对于我兄弟的妈，它像前两天一样龇牙、怒吼，对刚刚到达、又饥又饿的她发起进攻。我兄弟的妈走向老年人的卧房，像她的丈夫和儿子一样弯腰问候。得不到回应后，又退到门廊上。那条小狗不依不饶地追出来，在她体侧低低咆哮。我兄弟看着老远走来的他母亲面色憔悴，眼神无力。仿佛一场取消的葬礼打击到她了，面对小狗的进攻，她手足无措，神情麻木。我兄弟端一杯水递给她，她像个初来乍到的客人那样生分、机械地接过来，似乎还不适应儿子突然变得懂事起来。我兄弟面对久别的母亲，也有点不好意思。他蹲下来，想让小狗安静下来，他轻抚小狗的头，跟它说话：

Pitt，Pitt，她是你妈，不要叫。

我不是它妈。我兄弟的妈转向我兄弟，提高音调，我是你妈。那声音不严厉，也不算讽刺，甚至可以说是亲切，可是我兄弟愣在那里，显得不知所措。

那天还是没出太阳，也不下雨。我兄弟的妈意识到儿子有点窘，她绽开一个笑容，她说，儿子，你又长高了。

我要出去一趟。我父亲突然站起身来，摇晃着手上的手机对她说，我去县城见一个同学，他知道我回来，想见个面聊聊，明天我们一早就得走，所以只能今天下午了。说不定我们还会有些项目可以合作。

知道了。他老婆从到达到现在就一直坐在门廊上，她没有什么表情，看不出她听到这句话是赞同还是不高兴。

爸，你那个同学有微博吗？我兄弟追着我父亲突然问了一句。

有啊，我父亲说。

你微博关注他了吗？

关注了，怎么？

没事，我兄弟咧咧嘴。

我兄弟的妈看着渐渐远去的丈夫的背影，突然想到去县城的桥头上哭泣的那个疯女人，她告诉我兄弟：

给你爸发个微信，告诉他走到桥边小心点，别给人碰瓷。

切，我兄弟的妈担心坐在桥头啼哭的女人是个碰瓷的，简直是胡说八道，想歪到七里墩去了。

那个女人是我老妈。

我敢打赌，凤凰镇上有一小半人忘记了我老妈的真实年龄，另一半人忘记了我老妈的真实姓名，还有少数人以为她就姓花。所有人背地都喊她：花疯子。只有在领救济的时候，签名册上会签上她的大名：陈芬。

可是她经常不签，起初是不肯，后来是不会，现在是不用。不管她签不签字，每年五十斤米、十斤香油、二打卫生纸和一挂肉都会送到我家，有时是腊月中旬，有时快到大年三十。

说到我老妈，她可以指使我到江心洲报仇雪恨，可以对我叽叽歪歪，可以偷单位的肉、别人的电动车、公家的电、镇政府门口的砖，但是，她绝对干不了碰瓷这个行当。

碰瓷其实是一个很专业而且有风险的职业。我前几年就听说我朋友那个村有十几户都在大城市靠碰瓷为生。据我了解，一开始，无非是撞碎一个罐子、一篮鸡蛋、假名牌眼镜、假名牌手表，或者是坏掉的手机什么的；后来是轧脚、碰胳膊、撞脑袋，才算正式变成高危职业。这工作技术含量高，讲究的是眼观六路耳听八方察言观色死皮赖脸。他们惯用伎俩：一打二坐三扶四追五讹。听说有的大城市有专门的培训机构，培训出来合格的"职业碰瓷队"。

很多年前，她喜欢张口报仇闭口雪恨，三天两头把我往江心洲推，推来推去也没推出什么名堂。这几年，她推不动我，劝不动我，不知道我干过什么，也不知道我要干些什么，一句话，她拿我没办法。

了解她的人都清楚她出现反常，有两个原因：一个是儿子，一个是天气。儿子不听话，她哭哭啼啼，天气坏透了，她就干脆不活了，她死过上百回了，这个太要命了，要专门介绍。她如今看上去像一个中老年妇女，但她其实并没有看上去那么老。最近的天气越来越坏，再加上她儿子，三五天不回家是常事，她为常事哭更是常事，所以她哭了大概有三个钟头，也没有人来劝她回家。没人劝她的另一个原因是她从来不听劝。把她劝回家，这比叫死人活过来更难。况且，对于凤凰镇来说，她的哭声，就跟卖肉的卖肉声、扫大街的扫大街声、理发店里的理发声一样，刺激不了大家的耳膜、眼皮和嘴皮子。更主要的原因就是，不逢年过节的，凤凰镇的人很稀少，热心人都外出打工去了。桥两头来的汽车放慢速度从她身边绕过，唯恐碾到她。没有任何车停下来，车窗也不打开。

说是新桥，不过就是一座水泥桥。而且造得潦草，既不美观也不结实，这年头车来车往，大货车大客车不停地碾压，这桥的水泥墩很快就会撞歪，地面凹下去左一块右一块，一年下来，总要修个七次八次。修了就坏，坏了又修。后来，这里干脆成立了一个修桥委员会，是镇上的领导兼职的，桥坏了就有个人在桥两头横根竿子，看到车大货多的司机就收两个钱，差不多了就买点水泥修修桥。后来一个放高利贷的家伙看到了商机，他到镇上去说想承包这个桥，跑了好多趟才搞清楚在桥边竖竿子是不需要手续的。这家伙一听怒了，这么简单的事儿，他还跑了好多趟，真叫人火大。他很快接管了这桥，让他亲弟弟站在桥边上收费，听说一天下来收了一小挎包钱。他财源滚滚的消息引来一些更想发财的人，他们站在另一头。这下好了，开车的要两头付，再有钱的也不干呀，只好掉头绕道。两帮都捞不到钱，好戏就开始了。两边一共召集了大几十号人来了场拳头决胜负。我站在哪一方不便透露。末了，还是县里来了公安才把事态平息下来，铐了三十人关了十来天才放出来。没人收钱的桥坏起来更快，现在这桥又坑坑洼洼了，八个桥墩已经坏了三个，桥两头两处露出钢筋，车技好的绕开凹下去的地方小心开能过去；车技不好的，陷进去也不要紧，丢几根香烟，喊几个看热闹的帮帮忙，也能把车弄出去。肯定不胜其烦嘛，毕竟这桥是大柳镇、凤凰镇和姚下沟去往县城的必经之路，高兴不高兴你都得经过这儿。我把话撂这儿，等不到十月，镇上就会差人来竖竿子收费。要是叫你掏个二十三十，能保证一阵子的安全，你能不给？二百三百呢？二千三千呢？那就悬了，要闹事了。所以嘛，经常收，少少地收，这方法最好。

这当然也不是碰瓷，这是管理。

总而言之，现在，天气不好，儿子又三天没回家，她就只有坐在桥头哭。依我对她的了解，哭累了她就会自己停下来，要是有个人跟她搭个话，她就会讲一个故事。

陈芬

儿子，你不要狡辩，我告诉你啊，这个桥头，我都坐三天了，你不要说你回来了。就这一条路，你不管从哪里回来，都要经过这桥，我坐这里三天了，儿子，你再不回来我就要哭啦。

我还是先跟你讲个故事吧。

儿子，沿着这凤凰镇朝北走几步，是一片菜地，过了菜地是一条坝，坝不长，又不宽，过了坝就是夹江，夹江那边就是江心洲的地界。那片江滩，现在种满了杂树，当年是一片荒滩，荒滩上是一片片茂密的灌木丛，不要撇嘴，你以为以前的江滩跟现在一样，你就错了。你小的那几年，江滩上长满了叫不出名字的野花野草，白的小花，红的小花，黄的小花，紫的小花，你如果在半夜的时候，蹲在它们边上，你都能闻到，它们香得叫你头昏脑胀的。

有一个姑娘，有天晚上不知道吃了什么不干净的东西，还是不晓得到江边洗衣裳的时候被什么东西附了身，第二天一早起来，突然就瞎了。她这个瞎有点古怪，就是看不到别人看到的，却能看到别人看不到的。一开始她不知道自己瞎了，还到处乱走。这下就惹祸了。

比方说，有个男的，每天早上骑着他的自行车，在松软的江滩上练车技，遇到灌木和树桩，他拎起自行车的前轮，跳开那丛灌木，然后再让轮子自己往前滚。他每天都要练习一个多钟头。他的技术越来越过硬，他甚至可以双手脱把，还能让自行车原地待着好几秒。即使是泥泞不堪的烂泥地，自行车会被烂泥糊住，其他人的自行车雨天扛在肩膀上往家走，他也会将自行车高高托举。可是那高高的自行车即使在他的头顶，也那么不偏不倚，要是你把一只空碗放在坐垫上，等他到家的时候，那只碗必定也有满满的雨水。这不是吹牛，这是试验。有一回，他破烂裤腿夹进了车齿轮，远在对岸洗衣服的她吓得叫出了声，可是那个骑自行车的勇士，轻轻地放开拿着手把的一只手，把裤腿从链盒子里拽出来，他还有时间朝她微微地笑。

那个姑娘在对面的江边洗衣服的时候，他就在那里练他的车技。那时候有自行车已经不是稀奇的事了，可能把自行车骑到这个水平，就算是会开大船的也会把头探过来朝他瞧。

旁人一眼就瞧出这孩子不学好，谁大早上的不到地上锄草，跑到江滩上骑自行车。自行车嘛，会上会下就行了，为什么要在自行车上作怪呢，这样作怪这一百多买的车能骑几年呢？要不说这姑娘瞎了呢，这明明白白的事，她却瞧不见。只被那自行车的花样迷得差点被水拖走了衣裳。

他累了，歇一歇的时候，假装望着江面。早晨刚出来柔和的太阳光，照在她脸上，即使是镇上的姑娘，也不是人人都有粉搽，可她的皮肤像搽了粉似的，明显比一般人白。汗珠和水花一触碰到她额头，她就轻轻地拭去。她的眼睛还没撞到不干净的东西，清清爽爽的，时不时还羞答答地往他这边瞅，遇到他也往这边瞧，一来二去，就在江面上撞来撞去。

她不是镇上的姑娘，她是县边上桃园渡的，她的家离这里三十里路。她是来凤凰镇上看她寡居的外婆。外婆老了，老眼昏花，窗台上都糊满了雀屎，锅台上落满了柴灰。她的舅舅们在各处做小生意，表兄妹们个个要上学，顾不上这个外婆。这两年外婆越来越弱，几乎不能下床了，妈妈就把她指派来服侍外婆。去年她也来过一阵子，可是今年她来了就一直没有走。她天天到江边来洗衣服，她把外婆家所有能洗的都洗遍了，衣服洗完洗被子，被子洗完洗蚊帐，那几十年没有用过的筛子，破了口的坛子罐子，就连多年不用的塑料壶，她也从床底下拖出来洗。她每天来江边洗东西，他每天来沙滩上骑自行车。她几点来洗，他就几点来骑。她洗完了，拎着木桶朝凤凰镇的堤岸上走的时候，他练车的兴味也就没了，扛着他的车也往江心洲的堤岸上去。他们的背影一南一北差不多同时翻过堤坝，同时从摆渡阿三的眼里消失。突然哪天下雨了，她没法来洗，他也骑不了他的车，江滩上顿时冷清清、死沉沉的。

她老早就听过他家的事。江心洲和凤凰镇是隔了一条夹江。这条夹江既隔着江心洲和凤凰镇，又连起江心洲和凤凰镇，一刀切不断一滴水，凤凰镇这边的茅草黄了，凤凰镇人来割，对面江滩上的树粗了，江心洲人来砍。就算隔了一条江，谁家锅里烧什么，谁家床上垫什么，谁的兜里揣几个钱，那都是明摆着的。她在江边洗衣裳的时候，听说了那个在江滩上玩自行车的人生出来就没有娘。他算江心洲人，可是他的大，说江西话；他爷呢，一口沿海口音。所以，他家的背景光怪陆离的。她还知道他大迷上了做买卖。越做越穷的人，就是他大。非常有名。

他跟他大，首先长相上就完全不一样。他大又矮又壮，他倒是瘦条子，高个头，细眉细眼。家里穷成那样，也不好好种地，家里冬天连床被子都没有，却把钱用来买了辆自行车。

所以说谁都瞧得出这个人是怪胎，她却瞧不见，脚像被磁石吸过来似的，整天赖在江边哪儿也去不了。

差不多有一个月的时间，在江心洲和凤凰镇的渡口，其他人都是来了就走，匆匆忙忙，可这两个人，一个从南面来了另一个就从北面来了，一个拎着洗衣篮走了另一个就骑着自行车走了。后来，暑天快结束了，她实在没什么要洗的了。她空手蹲在江边，伸出两只手，不停地洗着她的手心和手背，洗了又洗，然后，她站起身来，脱下她脚上的两只塑料凉鞋，擦了又擦，冲了又冲，末了，她做出要走的样子，可是她走了几步又回来洗洗她的手，她洗了洗手之后又朝江面上甩了几下手。她指甲上的水珠子溅到江里，他还在对岸的滩上练他的车。她两只手使劲地在衣角上擦了又擦，往坝上走了。

等她翻过堤坝再一回头的时候，他也不见了，她的眼珠子机关枪一样一顿乱扫，终于把他扫到了。原来他丢下他的自行车，跳上了阿三的渡船。淘气的阿三不肯动手，他只好自己划，他划船可没有骑自行车顺手，江水被他划得七零八落，那只小船在江心里直打转。

要不说她怎么就瞎了呢，这么不稳当的人她也稀罕得不得了，还不赶紧跑，反而停下脚步，等在那里。

他告诉她，他爷爷让他今天要锄三块地的草。

那你去锄草。

可我想晓得你的名字。

她就拿根树枝在沙子上写下了她的名字：陈芬。

真好听，他说，他也在沙子上写下三个字：张文亮。

我二十一。她说。

我十九。他说。

啊，我还以为你比我大！

这么明明白白的事，她还搞错。搞错也就搞错了，她还不走，光站在那里不停地拨弄自己的辫子，左一下右一下。哎呀，那个时候估计脑子就烧糊涂了。

天气真不是一般的好，太阳热辣辣地挂在天上，把一些闲杂人都从地面上驱赶到屋里去。天是蓝盈盈的，白云闲悠悠地飘来不出声地飘去，一点不讨人嫌。太阳底下有点热，可是有树荫啊，树荫下又挡太阳又挡人。两个人在一起，感觉不到天多么热，只怪时间跑得快。你瞧瞧，鬼迷了心窍。

她告诉他，她那天其实已经跟外婆告过别了，她待的时间已经太久了，她说。

现在她跟着他坐在江边的树林里。他们在树林里坐了整整一天一夜。

那一天和一夜，他们之间的话语滔滔如江水不绝。

他告诉她，他们家是浙江一个大户人家逃难出来的，他们一家人经受过九九八十一难，差不多九死一生才逃到这穷地方，好歹保住性命。哎呦哎呦，她觉得解开了天大的谜：难怪你说话跟任何江心洲人的口音都不一样，难怪你的眼睛那么亮，你的个头那么高。

她说这话的时候，眼睛里放着光，她有点自卑了，赶紧问他还有没有别人知道这事。

怎么？他不懂她为什么这么问。

要是她们知道了，都来追求你怎么办？

她的担忧不像是假的，她的担忧一下子抬高了他的身价。他笑了，告诉她，他朋友不多，眼下和他爷爷两个人过。他曾经姓过许，五岁之后姓张。她还是一副不放心的样子，他只好转移话题，告诉她，他在这世上有一个最大的死对头。他先让她猜。她猜了半天，猜了他们生产队队长，不对，猜了他邻居，不对，猜了他小学同学，都不对，她甚至猜了摆渡的阿三，更不对。她快急了，他才揭开谜底，原来是他大。他跟他大是真正的死对头。他十岁那年就能跟他对打，当然，他不是那个家伙的对手。为什么？这个话题又足足说了两个时辰。没有说透，没有往深里说，细节都是后来补的。

他对他大，意见很大。他两手空空，神情激动，除了不停地说话，不知道还能做什么。他大力气大，可是没文化，不识字，不识字的人再有野心也不行，他一出江心洲就出丑、失败。他因为饭量太大，脾气太坏，只要不高兴，逮到什么都是打人的家伙，人人都怕他。

小学五年，没有过书包，初中上了两年，两年没有缴学费，每天过着提心吊胆的日子，只要老师看他一眼，他就当在催他缴学费。

他大一年只回来三四回，每年回来的时候，他们基本也不说话。他们不需要言语，就知道对方肚子里在想什么，他们心照不宣，知道对方都想揍自己一顿，他们在心里早就把对方揍了不下十顿，而且很清楚对方也感应到了，仇视里也夹杂着惭愧和不安，所以两个人都尽量不打照面。

哎呦哎呦你大真是的。要不说她瞎了呢，什么凭据没见着，就帮他说话。你大不好，都是他的错。

他是他爷爷的乖孙，从来不在外头过夜，他爷爷浑身是毛病、腿脚也不灵，需要人照顾，所以他一直没有出过远门，比如，姚下沟，只去过两回；比如，刘下渡，也只去过两回，一回是卖棉花，一回是卖蚕豆。

那个瞎在床上的外婆眼睛都比她亮。外婆见她这么多日子不着家，才回去几天又来了，来了又不走了，就对她说，芬啊，你的魂不能丢到江边上啊，水是靠不住的啊。

这跟水有什么关系呢？她就在心里笑她外婆说糊涂话。所以说这个姑娘呢，当时肯定是瞎了，而且又聋了。她长到二十一，还没有见过真正的坏人，脑子里还相信一切，大多数时候大白天都在做梦，比如，她老想穿着最漂亮的衣裳，昂首挺胸、大摇大摆地走在全是人的街心，把其他人全比下去；还比如一夜之间再长到半尺，不是嫌自己矮，而是想吓人一跳。她想学会做衣服，学会做菜，学会划船，学会绣花。她还想学会打麻将，学会喝酒，她学这些不是因为喜欢这些，而是想知道那些没日没夜地赌的人乐趣何在。她觉得只要她想，她总有一天能把什么都摸透，甚至摸到菩萨的肩膀，知道人是怎么回事，水是怎么回事，天又是怎么回事。

她外婆叮嘱她的时候，她一句也听不进。光是搂着老人家亲，咯咯咯地笑。而且吧，她整天笑，到哪里都是笑。

天气渐渐热了，他们就躲在树林里。路边全是高高的树杈，夏天的树杈上全是薄薄的树叶。风过后树叶落下来，覆盖住他们久卧不动的身体，把他们裹在怀里。如果没有风，他们就自己来，一层松软的落叶挪过来，下垫上靠。她呢，认定人生不可能有比这一刻更好的时刻。这么一认定，人就不会害怕任何事。从来没有做过的敢做，从来没有说过的敢说，从来没有想过的敢想，并且还浑身是劲。换了平常，睡到大人三番五次地叫唤才起床，现在呢，争取一切时间，不断睁眼瞧。能一口气跑一百里，能从江这边飞到江那边，能举着把伞上天，敢朝任何人笑，豆腐渣都能吃出肉圆子的味道。而且，她变成了话痨。

她听到自己对着窗花自言自语。她对自己说，外婆老了有什么关系呢，外婆要是不遭人嫌就轮不到我服侍，我不服侍就不认得他。不对，不对，是凤凰镇太穷，自来水都没有，给了我机会，我要不天天到江边去洗衣裳，他在对岸江滩上练一百天我也不认识他。哎呀，你瞧，这儿多漂亮呀，风这么轻，太阳这么温暖，路边全是高高的灌木，哎呀，实在是灌木给了我好机会，有一回，我的衣摆挂在灌木的倒刺上，我几下都没有扯掉，所以他才在对岸瞧见我了，所以，还是他的好眼力给了我机会。

他们一见面就说话。从白天说到晚上，从晚上说到天快要亮了，他们就窝在一棵树下迷糊了一会儿。清晨的湿气往上升。她打了一个冷战，他却朝她一笑。他到堤坝上拔了把草，说要回家烧早饭。湿漉漉的露水从草尖往下滴，而他笑得那么亮。她既觉得这人真穷真不讲究，又觉得这人真招人疼。所以说，这就是被鬼附了身，但凡是个过日子的人，不会要烧早饭了才临时拔把草。这么明显的事她都瞧不见。

有一回，他们约好两点在她外婆后门口见。她出来的时候被她妈挡住了。她妈承认她有孝心，可是舅舅发话了，说她整天去外婆家，把外婆家的米缸都吃空了。她一气一急一上火，反而比平常跑得快，也没在外婆门口停留，就直接上渡船去了江心洲。

下了第一道堤坝，她就瞧见他从对面小路上来。他挑着粪桶，低着头走路。太阳那么辣，他也不戴草帽，他晒不黑，可是他爱干净，粪桶面上飘着几片叶子，可是臭味遮不住，苍蝇一直跟他在两侧，她瞧瞧四周没人，就朝他喊了一声。

他一抬头，瞧见她，立即撂下粪桶，就往回走，走到一片小树林一下子就闪进去。她只好小跑起来，边跑边喊他的名字，还是把他跟丢了，站在那里不晓得怎么办了。她正在纳闷着，他骑着自行车不晓得从哪里冒出来，他的脸，又恢复了亮闪闪的样子，到她跟前，他放缓车速，示意她跳到后座上。

她兴奋得脑子里一片空，也不顾自己是个大姑娘，撅起屁股腾地就坐了上去。

他带着她在坝上蹿。那个坝真是窄，迎面要是来一个人，让都没有地方让，这自行车速度真是快啊，快得人眼晕。不要怕。他说，姐姐，我来保护你。

他带她去他家见他爷爷。那个老人那天不舒服，烧点开水，他从床上欠起身体嘱咐孙子。天哪，屋里什么都没有。房子倒是新盖的三间砖房，可是墙上连白石灰都没刷，家具更是一样没有。他就到灶上去烧水，可是他找不到点火的火柴，他朝她歉意地一笑，昨晚点完最后一根了。所以那不是一般人讲的一贫如洗，那是真正的一贫如洗。

支在门口的自行车是他这个家唯一的财富。

可是他的眼睛里有光。

喝完水他就走到门外，指着门前告诉她说，他想在这块地上重新造几间屋。上一次造屋他完全没做到主。他比划着告诉她，水渠从左边门廊挖，房子至少要有六扇窗户，堂屋外头要做一个长长的走廊，下雨天出门时可以不湿鞋，二层上面做个平台，可以看风景。我爷爷呢，年纪大了，不能爬上爬下，他就住下面。如果想登高望远，我们就一个月扶他上楼一回，爬上去，就能望到江里开大轮船的船长脸上有没有胡子。这话太夸张，把他自己逗乐了。她被他的自信振奋了。他讲着讲着，好像这只是时间问题，不是金钱问题。话语是有魔力的，她情不自禁了，她说，我们一起干。他说，好啊。她站在没有板凳的屋子中间，认真地盘算怎么打地基，怎么搭框架，还要接电线，还要买石灰，还要请瓦匠、木匠和小工。

所以说，她不仅是瞎了、聋了，而且脑子也使不上劲了。换了旁人一定就会看到这都是胡思乱想、信口开河。

你瞧，那个老头儿从屋里往外撂话说，做人就要有计划有远见。

屋外的人相视一笑。

老头儿从屋里又递出来一句话，江心洲就我孙子最有计划。

一阵微风从他身后吹过来。他微笑的脸膛闪闪发亮。屋外有只公鸡打出长长的鸣。它在响应他。

她瞧见他屋后背光的坝下光秃秃的，没有几棵树。一个破木桩上拴着一头老牛。他在身后告诉她，这牛太老，犁地不中，要是宰杀的话，肉也啃不动。

是你家的？

当然不是。他清脆地说，感到非一般的庆幸似的。

她说你跟我想的不一样。

你想的我是哪样？

反正是不一样。

你跟我想的也不一样。

怎么不一样？

反正是不一样。

他的确跟其他人完全不一样。像他这样的人吧，你以为你听到他叹气，可是从头到尾，他一口气都没有叹过。他也觉得她不一样。像她这样的人吧，肯定又娇又傲，可是她呢，就那样看着他。他说走，她就跟着他往芦苇荡里去；他说跳，她就跟着他跑，然后一屁股坐到他自行车的后座上。他的车要爬上通向凤凰镇的那道堤坝，她要跳下来，他阻止她。他在发力。过去望着新奇的江心洲的田埂散发着湿土地和死狗的味道。果不其然，他载着一个大姑娘，还是能上得陡峭的坡。他的额头上油亮亮的，那是少年光。手背红彤彤，那是发力之后的表症。一条狗拦在路上，对陌生人怒气冲冲。

他的气息又酸又暖，新鲜又亲切，很快把她裹得严严实实。她多么喜欢这奇妙的橙红色的火焰，像花朵一样在她眼前开放。

他也有烦心事。他原来有过一个朋友。是他的小学同学，是下放来江心洲的，本来成分不好，没什么朋友，可是突然之间，他们全家就都进城了，本来说好了要给他写信，他等了一年多，也没有等到他的信。

那他就不是你最好的朋友，说话不算数的人怎么是好朋友？她都替他不值当。

就是，不要以为我稀罕，我们祖上亲戚朋友多的是。

他把头靠在她胸口。她有一瞬间不敢靠近他，她觉得明晃晃的月亮照着，雷公也能瞧见。雷劈就雷劈吧。鬼附了身就是这样，脑子里就起雾，该想的不愿往下想。

恋爱中的人，喜欢没人的地方，他们逮到机会，就避开耳目，并排坐在江崖的凹陷处，瞧着眼前的江水，透过黄昏的氤氲，江心洲一片朦胧，白云贴在江边，芦柴头轻轻地摆动，小鸟在暗处啾啾啾，这情景既像一幅画，又像一首歌。他们谁也不说话，想说的话挂在树梢上，明明白白地在那里呢，她是永远也忘不掉这样安宁的黄昏。在这样的地方坐久了，她感觉到一种永远，只要感觉到永远，屁股底下垫着的干茅草她都喜欢。她喜欢这种持久不变的情景，等到天黑了，等到脚麻了，等到两个人的肚子都叫唤得连江里的鱼都听得见的时候，他们才起身告别。回去的路上，她反复地想，世上不可能有比现在更好的地方，更好的人和更好的生活。单是这样想着，就管住了她的脚，她走着走着就想掉头，幸好来不及了，有条江隔着。阿三那时候有原则，天黑就不摆渡，除非哪里死了人，要报丧，后来就不了，晚上有急事的人越来越多，给的钱和香烟也越来越多，他拒绝不了。

有一回，他们坐着的时候，悬边挨着他们身边的一块石头冷不丁崩塌了，哗一下跌到江里，幸亏他们挤得紧，溅起的江水湿了他们一脸，他惊得跳起来，朝着开阔的地方三步并着两步蹦过去，蹦过去又蹦回来拉她。那件事——她当时发个火就好了，那时他们还没怎么着，如果她硬起心肠发个火，兴许就能把自己喊醒，她什么也没说，就让它过去了。她在他怀里趴了很久，她头一回听到男人的胸腔发出的"轰轰"声，她被迷住了，她不动脑子，真的，这样的时候谁愿意想别的事情呢。后来她觉得那不是好兆头——简直就是雷公的惩罚，她还是跟他在江滩上把糊涂事做了。月亮照着她的眼睛，她是愿意死在这里的，他们睡着的时候，一条过路的船上有闪光灯，扫来扫去，把他们扫醒了。船隔得远，可是他们都听到了船上有笑声——笑得挺下流，是笑他们吧？不管了，那些不晓得从哪里来到哪里去的人，谁管他们姓甚名谁？

可是他管。他抬起身子，直直地望着船尾——船尾也就是几簇星火，可那星火明亮，它往哪里去？他喃喃地问。

所以说她这时候是又瞎又聋又痴，换了谁一下就能猜出他的心不在这里。她呢，反而觉得他样子可怜，把他搂得紧一些。她搂得紧一些，他就靠得更近一些、更深一些。她意识到他那么需要她的怀抱和胸口，她敞开她的胸口，隐蔽他的面容，他的眼睛、鼻子、嘴巴。等他睡着了，醒过来，她就急急忙忙地告别，匆匆地踏着露水回家。来回四十里路，她头天晚上动身的时候找了借口，去梅兰家学绣花，晚上就歇在梅兰家，等到早上，她会说自己说话多了，睡过头了。后来，她说到梅兰家借针线，想急了就说到梅兰家劝架。她头两回来的时候，是空着肚子来，也空着肚子回去的。再来江心洲的时候，她就带着馍和山芋干。走回去的时候就不会累得走不动路。

要带着干粮约会的人，是世上最蠢的人。

他惦记着老家。他生在这里，长在这里，但这里不是他的命，他不会像他爷爷一样，一天到晚拿几根稻草搓成腰带，他也坚决不会跟他大一样，居然是个文盲，成天扛着扁担东跑西晃，那能算是买卖吗？那就是二道贩子。他怕他大，所以不想跟他有一丝一毫的相像。本来她还想叫他在附近的码头上做点买卖什么的。这些做买卖的人出去的时候灰头土脸的，回来的时候穿着牛仔裤，神气活现的，可瞧他的态度，她就明白提不得。他说他大也算个买卖人，人家都以为他能混出个名堂，可是他家一年到头还是穷得叮当响。她一听，立刻也觉得二道贩子个个都鬼头鬼脑的，不鬼头鬼脑就发不了财。她反感起这些人来了。

快到年关的时候，地里没什么活干了，他们见面比秋天更勤了些。

他们把下次见面约在凤凰镇头的小橘林里，约好十点见面，到了下午一点他还没露头，她硬着头皮去渡口打听。阿三信息灵通，说许多人发大财了，大柳镇屠宰厂从外地运了许多头猪要宰杀，人手不够，到处招临时工杀猪、灌香肠，临时工每天下班时结账，给现钱。她一听就明白他去那儿了。正好有辆去县里的中巴车经过大柳镇，她坐上中巴车就往大柳镇去，一路上，她的脸从窗口探出来，瞧见远处一辆自行车就使劲挥手。没到养猪厂，就听到此起彼伏的猪叫，一头猪叫叫也就罢了，几十头猪嚎起来，声音长短不一，有尖利有嘶哑，难听得要命，让人头皮发麻。她壮着胆子循着地上的血迹先找到一个搅拌机，这台搅拌机体型高大，血肉模糊，声音巨大，站在搅拌机前，能感觉到路面直打颤，不到几分钟，就搅得人头昏脑胀。一块块十几斤的整肉进去，出来的时候就稀巴碎，这中间全靠那几个布带轮子带着，她要凑到人脸上张大嘴巴喊，才听得见人家回她的话，屠宰车间在后头。其实她不要问，沿着地上的血水走就是了。

　　几个人正在按一头猪。那头猪真肥，肯定有四百斤，有个人拽着猪尾巴，另一个想拉住猪后腿，一个人干脆扑在猪背上，猪在原地打圈，恐怖的尖叫随着力气的耗尽逐渐变成尖锐的哀鸣。眼看那个人要被甩出来了，看得出这些人对猪不怎么在行，幸亏来了一个胖子，一把揪住了猪耳朵，另一个，系着黑塌塌的围裙，一把上前，刀光一闪，进了猪喉咙，另有一个人，赶紧把准备好的木桶递出来，接住呼呼往地下淌的血，就在人家以为可以了的时候，只听到屠夫喝那几个人：摁住！摁住！

　　果然，血糊糊的猪弹了几回，把它身后的一个人"咣当"撞到了屎尿里，它挣扎了好几个回合，嘴里"呼呼"了好几声，直到明显短下去了，几个人才敢真正放手。

另一处有人在给猪吹气，还有人在烧滚的水里给猪刮毛。刮了毛的猪肥白浑圆，有一只猪头对着她，她瞅见那头猪眯着眼，不高兴似的噘着嘴。另一个墙角还有人用砍刀在剁猪蹄子，她来不及找到他，感觉到胃里的东西全到胸口了，就赶紧往外跑。

她跑出来的时候鞋子上沾满了血和粪。她找到一个池塘，想洗洗鞋，却瞅见他正弯腰在水里洗脸，她等在那里，过一会儿他上来了，脸色煞白，裤腿上的血水和粪也都还在，望到她，他的脸一下子臊得通红。

他载着她往凤凰镇骑，一路上，他一句话没说，骑到一半，他把一张票子从自己的肩膀递过来，是十元的。

这是他头一回给她钱，那钱皱巴巴的不算，还有血腥味，自行车上驮了一个人，骑了七八里路，到了外婆家门口，他的脸还是煞白煞白的。

杀猪会要了他的命。她知道他干不了这个，就算两个钟头十块，这钱他也挣不了。

她自己的堂家哥哥一到冬天就到各个芦柴场去砍芦柴。腊月初出门，过年前肯定回来了，一个冬天下来，也能挣好几百块。她有阵子跟堂哥走得挺近，想了解更多砍柴的内容。砍柴不难学，只要吃得苦，不算什么事；可是有回堂哥一句话让她放弃了跟他讲，堂哥说他小腿上的疤不是摔跤摔的，是老板拿脚踢的。

什么，又不是旧社会，还踢人？

那没办法，砍柴按天数算，一天二十，还包伙食，老板瞅见哪个直腰，就用脚踢哪个。

听起来就瘆得慌，她一想到他挨老板的踢、工友的欺负，就心头发紧。她什么都没跟他讲。

镇上贴满了征兵标语。她脑子里一激烈，想到他长得这么好，穿起军装一定很神气，她当然舍不得他离开，可是她不能光想着自己。思虑了好多天，见着他的时候问他想不想去参军。

当然想，从小就想。

那你去。说出这话她觉得自己怪伟大的，想到剩下自己一个人，鼻子又酸起来。

他笑一笑，尽力露出没被难住的样子，我们村上所有当兵的都是有后门的，村长、会计和联防队员全是当过兵的，这些好事轮不到我。

试一试嘛，兴许？说到这里她闭了嘴，没吃过猪肉，还没见过猪跑？她堂哥也早就想当兵，他妈妈拎了烟酒出门好几回，到现在八字也都还没有一撇。

那年冬天真是冷，他骑车送她回家。

经过姚下沟的时候，她告诉他一个听来的事。住在这个坝下的一个男的从外地带来一个姑娘，一家人欢天喜地地庆祝，结果女的娘家带许多人找上门，要么五千元彩礼，要么把姑娘带走。他们从早上等到晚上，没等到钱，就把姑娘直接拖走了，还捉走了几只鸡。

太不体面了。她说。

后来呢？那姑娘回来没？他问。

她说，怎么可能，家里连五千块都拿不出，她娘老子还让她回来？

她瞧见他手背上的龟裂，她下回怎么着也得帮他买瓶蛤蜊油涂一涂。

三十里路，刚下过雨，天还是阴的，车轮里全是泥，骑几步就要停下来刮。她不许他送。他偏要送。到末了，干脆推着自行车走。树秃了，水退了，世界就高远了。路两边许多人家的草垛堆得高高的，枯枝败叶都收集好，有钱的人家门前码着砖，堆着做梁柱的木料，她一下想起他给她规划过的房子，心里一动，嘴里就说出来了：

你什么时候盖房呢?

可是他没吭声,她明白自己性子太急了,又加了一句:现在赚钱比往年容易多了。

他不仅不答腔,连喘气声都听不到了,她这才明白知道自己说错了话,赶紧弥补:

不是个个都能赚到钱,还要看运气。

气氛一下子坏了。他装着没听到,头却仰得老高。他的个子高,迈的步子大,又走在前头,她瞧不清他的脸,她有些不安地跟着。

瞧,瞧。顺着他的手指她瞧见一只拖着彩色长尾巴的雀儿在一根树枝上漫步,树枝上没有一片叶子,那雀儿的彩色尾巴就特别地招眼。她发出夸张的欢呼,不想被他发现是假的,她又多瞧了几眼才继续走。

天要黑的时候,北风往裤腿里灌,地面也渐渐硬起来,冷气和冰冻从远往近逼。

在一个三岔路口,她强令他调头。他把自行车往肩膀上一扛,掉头就走。

她完全没有了主见。一整夜也没合眼,第二天一大早就出现在他门后边。出乎意料的,他的心情好了许多,还背了一首诗给她听:

小时候

乡愁是一枚小小的邮票

我在这头

母亲在那头

长大后

乡愁是一张窄窄的船票

我在这头

新娘在那头

后来啊

乡愁是一方矮矮的坟墓

我在外头

母亲啊在里头

而现在

乡愁是一湾浅浅的海峡

我在这头

大陆在那头

这首诗是她前次来的时候从集市上买油条时，问老板要来包油条的纸上的。油条吃在肚子里，早就没了，可是包油条纸上的字他却吃到脑子里，如今来回报给她。

听他解释了半天，她才明白这是一个人写给故乡的。

"故乡"一般不是从嘴里说出来的词，它只是存在在课本里，无论是江心洲还是凤凰镇，可是由他说出来，她觉得理所当然、服帖体面。

他说，他的故乡有良田千亩。他的祖上有牛马万头，他家有长工和佃户，他爷爷读过私塾，要不是要继承家业，可能早就出国留洋了。他眉飞色舞地说这些的时候最好看，她就巴巴地望着他，轻抚他，虽说她才二十一岁，可是她恨不得一生都这样搂着他虚度，她能望到他内心的柔弱，像个孩子一样需要人疼。

如果我像他一样没出息，我就背叛了祖宗。

他说他爷爷就是他的灯塔，一直地照耀着他，指引着他。还没有迹象表明他多么有出息，可是你还小，她轻声地安慰他，不知不觉模仿着他爷爷的腔调：

你会比任何人都好，你在我眼里是世上最好最好的男人。

那些有钱人，那些出门做买卖的人，那些发财盖新房的人，那些当兵的人，那些铺子里挂着的好东西，一样都没有影响到他们。他们乐呵呵的，有机会就不停地说情话。一直不停地说，把月亮从黑天里说出来，把它从弯的说成圆的，天地说得光闪闪的。

他抚摸着她的头发，并将自己的头发许诺给她一个人，他的肩膀、他的眼珠子、他的手和他的心，所有他碰到过的她的部位，他都把自己的许诺给她。

大晴天，下雨天，风，别人家收音机里的流行歌曲，凡是美好的东西，凡是他需要的、喜欢的、向往的，他都许诺给她。

就连江水也都被许诺掉了：等我有一张网，我就天天捉鱼虾给你吃。二十二年前的江水里肉眼都能望到刀鱼和泥鳅。那些被他许诺给她的东西，从此越来越少，直到全部消失。

他在早上许诺过，早上成了他的；他在晚上许诺过，黑夜成了他的；他在夏天许诺过，夏天里的荫凉，就成了他的。所以，所到之处，所见之处，全成了他的。

虽然星星一直在天上，可把它许诺给你的人也就他一个。如果有人能那么在意祖宗，他也会在意子孙后代。如果一个人能把车骑得那么好，他也就能把日子过得那么好。

有回她卖菜得了九十块钱，一心想帮他买一身西装。跟他约好去县城。别人去县城，都搭小中巴，可是他们有自行车，从早上七点骑到中午，到了县城的时候，她兴奋得东张西望。名不虚传，县城比凤凰镇大十倍。马路上都是人，天气很热，可是许多人穿着西装，西装袖口的商标上全是大写字母。闹哄哄的空气里不断重复宣传政策的广播。街边的台球桌边围了一大圈人，隔个几分钟，人群一阵翻腾，他们不由自主挤过去。有个人在打台球，他弯下腰，拿着一支竹竿，一捅，一个球到桌边的洞里，一捅，又一个球进洞。知道了人群闹腾的原因，他们又挤出来，远远听到有大风呼呼伴着刀剑的碰撞声，走近了才发现是一个录像厅。录像厅门口竖着一只牌子，红纸上毛笔写了几个大字《新龙门客栈》。门口站个戴墨镜的男人在吆喝：最新武侠片，最新香港片，一块一个，从早看到黑。她瞧见他的眼神，知道他想看。票是不贵，两块，可是她心里着急，想着那钱只能够买一套西装，更何况看一场录像要一两个钟头，到时就饿得没有力气骑四十多里路了。她就拽他。他晓得她带着钱来的，难免有点抵抗。怕他不高兴，她就指着一个女的对他说：你瞧，那个卷发多好看啊，我也想卷，可是不中啊，钱不够。

事是这么个事，她说出来就不对。他默不作声地跟着她。县城在他们眼中宛如仙境，坐在医院门口卖菜的小贩，穿着高跟鞋拍打地面，卖的蘑菇根上沾着许多泥。她见一个嘴里就"哇"一声。还有个要饭的，抖动着茶缸子，她也凑上去瞧了一眼，瞧瞧里头到底有几毛，人家还以为她要给，赶紧把缸子举起来，见那个要饭的要误会，她赶紧想走，他一把拉住她。还是他自己，在人家的缸子里放了五毛钱。她想把他拽走，没来得及。

十字街口有家发廊，上面标着剪吹洗两块，边上是邮电局，邮电局边上是春风旅社，靠着春风旅社的就是电影院，可是门口摆的全是衣裳、鞋和帽子，一大群挑着箩筐的人在那里挑挑拣拣。看到许多人鞋上有泥，她胆子大了些，也想去看看，他又拽了她一下，她只好跟着他走掉。

经过摩托车修理店、经过"蒙拉利莎"照相馆、经过"李记"包子店，又经过一家食品店，一袋袋蜜饯和饼干码得整整齐齐，让人馋到心里。

知道他是头一回来这么大的地方，她想带他把整个县城都走遍。

百货大楼好找。往最高的一幢楼的方向走，人最多的地方就是了。来之前，他就告诉他，本村有个姑娘在百货大楼里卖烟酒。她说好啊，让她也帮着挑一挑。到了门口，他却死活不肯进去，也不说话，还是她猜出来他怕遇到熟人，只好先进去探了一回，确定他村里那个姑娘不在，他才肯跟她进去。

进去的时候，他牵住她，怕她丢掉似的，其实她来过两回了。她叫他放心，又没叫他放手，他却松开手，让她先走。

百货大楼里什么都有。一盒盒彩色塑料纸包装起来的饼干、桂圆、大枣、塑料雨披、假发、香水、护肤霜。这些东西看得俩人手心都汗津津的。

试穿西装的时候，他又恢复了那个原来的他，高大，精神，与众不同，眼睛里闪着光，对着镜子微微露出牙齿，身后站着个笑得跟花儿一样的傻大姐。

价格跟她想的一样：八十八。她要了。然后恋恋不舍地看他脱下来，看营业员叠好放到塑料袋里。营业员先把塑料袋递给她，她低着头摩挲着西装，没看到营业员把缴费的小票交给他。他愣了一秒钟，脸色慢慢变白，眼珠子开始找她。营业员就用奇怪的眼神瞪着他，他不由得往后退了一步，她赶紧上来接单子往收银台去。从商场出来的时候，她注意到他的肩膀往下塌，好像一点精神都没有。她想提醒他这样更容易被人认出来是乡下来的。她留意到从头到脚他们都暴露了，可是既然都来了，她提出从汽车站绕一圈，想看看汽车站到底有多大。他都准备拐弯了，听她这么要求，听话地把车头掉过来。

骑了五分钟，到了汽车站。车站没有百货大楼气派，门口全是摆摊的小贩，卖瓜子、花生，地面上全是橘子皮、花生壳和旧报纸。站台口有个戴红袖章的老头，对着大喇叭在喊：

　　到芜湖的车，三点四十，最后一班；到桐城的车，三点五十，最后一班；到合肥的车，四点，最后一班。

　　那些车的确气派，江心洲人是见过世面的，大轮船每天早早晚晚驶个不停，可是进汽车站和出汽车站的车才更快，来一辆就掀起一阵风。

　　他们兴致勃勃地看了半天。卖橘子的三轮车经过他们，轰隆隆的摩托车经过他们，还有一个人手里拎着台录音机，录音机里放着"妹妹你大胆地往前走"，这首歌他跟她一起的时候哼过，可是现在，他木木地听着，就像跟他一点不相干。通过栅栏，看到许多人提着蛇皮袋往站里去，这些人跟自己没什么差别，没瞧出他们多聪明、或者多漂亮、或者多胆大的样子。相反，有几个笨手笨脚的，上车的时候屁股撅得老高，样子很不文雅，他俩同时扭头交换了一下眼神。

　　一辆车从站台里出来，见到挡在门口的他们，猛的一摁喇叭，她的身体一抖，往边上一让，赶紧找他，他却还在原地发呆，她赶紧把他拽到一边。

　　往回走的时候，不知道怎么就走反了方向。她凭着来过的印象，提醒他拐，他却呆呆地照直骑，一直骑到完全不认识的地方，而且被一条河挡住了道，他这才拐弯掉头。掉头的一瞬间，她看到了他的脸，灰塌塌的，好像一路的灰把他眼睛里的光亮蒙住了，又好像有什么东西戳到他什么地方，他吃不住，腰才有点佝，一下老了好几岁。他的手触到了自行车的铃铛。这只铃铛平时都不响，这会儿突然发出一声清脆的叫唤。她吓了一跳，还有一只在草丛里的麻雀被惊到了，"腾"地朝上飞，他抬起头，望着麻雀消失的地方，眼珠子一动不动。

再往回骑的时候，自行车慢得要命。这样到天黑也到不了家。她只当他累了，坐在自行车后座上，她一再想跟他说话，让他高兴：

下回帮你买双皮鞋，我看好多人都穿。

他没吭声，还把头往前抻，假装在一门心思使劲。

那就帮你买块手表，戴在手上特别上档次。

刚刚摆正的头又往前抻出去一点。

那帮你买件衬衫，白衬衫配西装，才像明星。

不来了。到末了，他闷声闷气地说一句。好像她省吃俭用帮他买套西装还犯了大错似的。

上坡的时候自行车爬不动，好像他一身的力气在县城里用光了。灰头土脸的样子与过去在江心洲时判若两人。她当时也没觉得什么不妥，只当他是又累又饿。

到了姚下沟他们分成两路。她拐一个坡回自己的家，他继续往江心洲骑。往常他们难分难舍，今天分开的时候，她递给他西装，他假装没瞧见，猛踩脚踏，头也没回。她瞧着他的背影，渐渐远去、渐渐变小、渐渐模糊、渐渐像个陌生人似的。

那天晚上她一直恍恍惚惚地思考那一整天的经历。看到他坚决地往前骑车的身形，一直没有回头望一望。

她送给他一个塑料封皮的小本本。送本本那回见面，他脸色很差，她问了三四遍，他才讲出原因，他做了一个噩梦。

梦到鬼了？

不是。

梦到跟人打仗了？

也不是。

原来是梦到发大水。

江心洲的人还怕发大水？她都要笑死了。

你没听懂，水把船都冲跑了，一条船也不剩。而且，水还在涨，他只好爬到屋顶上，可是水很快就要漫上来了。我哪儿也去不了，我就困死了，活活困死了呀！

这是她头一回见到他不那么斯文的样子，他说到这里的时候，唾沫星子喷到她眼睛上，她吓得抿住嘴，动也不敢动。

过了好半天，她把本本递给他，紧紧地抱住他，她知道他怕她过不了江，怕他俩一江两隔，他怕失去她。

她坚定地一字一句地告诉他：要是真发大水，你放心，就算淹死，我也会来找你。

很快，本本上就满满地全是字。可惜她识字不多，她不敢说自己认不全他写的字。你念吧。她请求他。

他就对着月光念给她听：

> 我就要离开你
>
> 就要转移到一个更安全的地方去爱你
>
> 在那里我会健康如初　淡泊　透明
>
> 我会参加劳动　对生活怀着一种感恩的心情
>
> 如果阳光很好　我会展露微笑
>
> 会对自己说　除了你　我什么都没有
>
> 除了美丽　我什么都不知道
>
> 我还会说　一遍又一遍　我说
>
> 你是春天的心肝　天空的祈祷
>
> 海洋潮涨潮落毕生的追求
>
> 现在我就要丧失说话的任何技巧了

不惜一切代价

仅仅赞美你的一根头发

我就要用去一千种沉默的声音

一万支宁静的歌

现在我是一万零一次看到

……

我还要再说　再说一遍

除了你的名字　没有什么汉字不是糟粕

除了我为你写下的诗

没有什么诗句能够让我再唱一遍

……

我是天才　正冒险来到人间

现在我就要离开你　很远很远

我对你的爱将更深更辽阔

我就要转移到一个更安全的地方去爱你

在那里道路通向我的血脉

在那里我和天空平等相处

　　他念诗的声音是那样激昂，每个字与每个字之间就像隔得很远，需要翻山越岭，她甚至能从他的声音里感觉到凹凸不平的山岳和奔腾不息的大江。他念诗的时候完全不像江心洲人。江心洲的方言是"L"和"N"分不清，"打"和"大"也不明显。除了你，我不会念诗给任何人听的。普通话再不标准，加上这一句话就十全十美了。

　　要是认为这个世界上有十全十美的人，那一定是鬼附了身。

　　然而这一回，她警惕起来了。什么意思？

诗没有意思。

没有意思你还写？

那不是我写的。

那以后也不要念了。她头一回这么强硬。

他低下头，汗珠从额头往下掉，她一下子羞愧起来，为自己让他窘迫而感到不安。兴许因为自己不识字，所以不能理解他真正的意思，她赶紧把话题支得远远的：

你瞧，太阳好圆。

那其实是一轮正要落山的太阳，它红彤彤的，饱满、温暖，笼罩着远山、河流、树木和恋人的脸庞。

她对他说，张发财杂货铺旁边的那条巷子知道吗？

知道。他说。

巷子里有个女的，天天坐在街上骂人，世界上最脏的话就存在她脑子里。有人说她是穷疯了，有人说她得脑膜炎得的，其实她就是闲的，我才不要像她那样没素质。

你不会。

她说，张发财杂货铺对面的那个理发店你晓得吧？

嗯，晓得。

那女的给人理发。家里有煤球炉，热水是现成的，自己天天披头散发，穿着花睡裤就走来走去，我才不会像她那样不讲究。

你不会。他说。

还有，我舅妈，现在搬到十八里坝去了。她家里有个好大的院子，院子里那么多空地方。要是我，我就种些玫瑰花、美人蕉、栀子花，再不济也种些葱啊茄子什么的，吃不完就送送人，做好事不留名。

我帮你种。他说。

她说，我外婆隔壁王宝才你晓得吧？要是亲戚吃中饭前来，他就板着个脸，不管什么亲戚，就算是一个亲兄弟，他还是怕人家蹭他一碗饭，我不要做像他这样的人，全国第一小气，那样活着，不晓得有什么意思。

他也有三种人瞧不起：不孝顺的人，乱发脾气、喜欢动手的人，还有就是讲话不算话的人。

喜欢骗人的，卖东西缺斤少两的，说话不干不净的，卫生习惯不讲究的人，还有讲话太直少根筋的，她都捋了一遍，也捋出了三两个可以交往的人。不喜欢的人不来往，不喜欢的事不做，反正我会护着你。她声音脆脆的，感觉力量无穷大。

人家还没跟她求婚，她就自说自话来了。她说，我才不会讲究那些旧风俗，什么三大件三小件，什么缝纫机、耳环和手表，我才不在乎呢，办不办酒有什么要紧，那都是老一套。我要是觉得哪儿也不如江心洲好，我爹我妈都拿我没办法。

他的脸灰塌塌的，像没有听清她的话。她继续说：

我对婆家要求不高，不要三金三银，不要砖房和缝纫机，不要高低床五斗橱。我才不要跟她们一样，我只要你对我好就可以了。

她推了推他，他才明白过来，赶紧接上她的话头——

等你嫁给我，我会对你好，别的女人有什么我就给你什么，我会让你穿开思米毛线、天鹅绒裤子、牛皮鞋，我会给你买一百块以上的手表，顿顿一荤两素，我要给你买雪花膏，不，给你买粉饼，让你漂亮得跟《乌龙山剿匪记》里的女特务似的。

他说，我会给你烧我祖上传下来的菜谱。这个菜谱在我爷爷那里，江心洲人不会吃，有钱也不会花，烧出来的肉没有肉味，样子也不好看。

他说，他遗传了好的基因。他不同凡响的祖上给了他好长相，也给了他好脾气和好脑子。

她表白一句，他就赶紧表白两句。他会给她买皮鞋、雪花膏，他要骑着一辆摩托车去她的娘家提亲。他要送给丈人一瓶五十块钱的好酒和一条中华香烟。至于丈母娘，更要当回事：一件毛呢大衣。他说话的时候，眼睛微微眯起来。浓密的睫毛包裹着他的瞳孔。

在他们相处的这三个多月里，他十九次给过她对未来的许诺。在美好的前程这一件事上钉了十九个桩。

梅子杰

我老妈的故事是我拼接起来的，她哪里能讲得这么连贯。要是一个人十几年反复只讲一个故事，不管这个故事怎么偷天换日，怎么改梁换柱，就连白痴也能把假的滤掉，只剩下比铁还硬的事实：她在江滩上喜欢一个人，又在江滩上生下一个人，到头来，她还是一个人。不是不是，她成了半个人，她左边身子不听使唤。半个脸是麻的，一个肩不能扛，一只手抻不直，一条腿迈不开。

她讲着讲着拿出一只手机。说起这个手机，是我前几天给她的。我对她说，我不在家，你要想我就打个电话给我。这手机上只有两个号码，一个写着儿子，一个写着110。想儿子打第一个，遇到麻烦打第二个。我老妈掏出手机，胡乱拨了一个。她对着电话说，儿子，回来，老妈讲个故事给你听。

可她拨错了，接电话的严肃制止她，说她只负责接警，不负责听故事，说完把电话挂了，可我老妈对手机不太精通，她一直把故事讲完才把手机从耳边放下来。

我七岁之后才听过后面的部分。

那个会骑自行车的家伙不见的那天是正月初八，有个草台班子来藕塘演黄梅戏，听说只演三天。他们本来约好在戏台边见面。看戏的人山人海，她一大早就来了，在前排占了好位置。人渐渐多起来，怕他在人群里不好找她，她挤到最外侧。但凡公路上老远一辆自行车冲过来，她就迎上去。

那天演的是《小辞店》，一开头，戏好看，一个钟头的戏她竟然全懂：

> 花开花放花花世界，艳阳天春光好百鸟飞来。
> 柳凤英在十字街做买做卖，有一位大方客送我一块招牌：
> 上写着四个字"绅商学界"，下写着四个字"仕宦行台"。
> 到春来宿的是芜湖、南京、上海，到夏来宿的是宿松、望江、石牌。
> 到秋来宿的是桐城、岳西一带，到冬来宿的是徽州、屯溪、石台。
> 奴丈夫贪赌博整日里在外，一日两两日三他不回家来。
> 他不问奴店房是好是歹，他不问奴店房开是不开，
> 他不问奴店房油盐小菜，他不问奴店中缺米少柴。
> 奴店中来往的客人山人海，全靠我一个人把生意安排。
> 我好比鲜花开人人喜爱，哪一个不想我，他除非是个痴呆！
> 就是那正人君子奴心不爱，就是那富豪客小奴家也不贪财。
> 也只有蔡客人令人可爱，瞒公婆和丈夫我们私配了鸳偕。
> 掸掸灰尘前店踩，又只见蔡客人收账回来。
> 往日里回店来笑容面带，今日里为什么愁眉不开？
> 解不开其中意打坐哥哥一块，蔡郎冤家心腹上的哥，
> 哥哥奴的客，有什么心腹上的话对妹妹说来。

快十一点了，他还没来。她往江心洲方向走，到了江心洲和凤凰镇的夹江口，又等了一个多钟头，那天太阳好，烤得心都焦了，他还没影子。一千多种可能性都想过了，最大的可能是他爷爷生病或者他大生病。想着这个时候他需要她，她厚着脸皮一个人过了江。那天风大，又是迎面风，阿三铆足劲划，可是船就是迟迟不到岸。好不容易踏上江心洲的地界，渡口原本凶得要死的狗那天竟然不叫，傻愣愣地瞅着她，她还没走两步，老远不知哪些小孩子在玩地雷炮，突然就响了，过年的地雷炮就今天特别响，震得她一惊一乍的。到了他家门口，那个老老头儿坐在门口晒太阳。她问他的孙子哪里去了，他说不知道。上回见到他，精神还不错，现在，他好像连她的问话都听不清楚的样子。你要往他跟前上一步，想近一点说话，他就要倒的样子，看上去，他比她更伤心、更经不住事。她一发狠，自己走到屋里。自行车不在。那双球鞋不在。那只人造革的包，是她种了许多大白菜挑到镇上卖菜，积攒钱给他买的，它不见了。她瞧他的床头，放着的几本杂志，也一起不见了。

他的东西呢？她料到不好，他的东西呀，他的鞋，他的包，他的自行车。

不晓得咧。

他人呢？

他这些日子出门也没跟我交代过呀！他快要哭了。

那么你总是晓得他什么时候回吧？

好半天，他才反应过来：我心里没数。

谁帮你挑水啊，以后？她开始挑衅了。

不晓得。

一头一脸一身都只有两个字：撒谎。

那个老老头就是个骗子。瞧瞧这个没有孙子也没有自行车的邋遢的房子，她一甩手就往回走。

那天她就没有回家。顾不得家里疑心她了，她一直就守在渡口上。她厚着脸皮问阿三。阿三确凿无疑地告诉她：

他没出江心洲。江心洲一只苍蝇飞出去都逃不过我的眼睛。

她坐在桥头等着。等着他从哪个地方冒出来。

事实证明，阿三也有消息不灵的一天。要是有人跟你这样吹牛，你就要把他所有的话统统过滤掉，自信过头的人是最蠢的人，相信自信过头的人更蠢。一条新航线开通了，船家在江心洲头开了新码头，船不从镇上过。后来，越来越多的船这么干：绕开县城，绕开凤凰镇，让江心洲人直接从水路离开，又把江心洲人直接从水路带回来。

一开始，她远远地坐在堤坝斜坡上，手里还假装拿个什么针线活做做，只要船过来，她就抬头睃一眼又赶紧低下来。第二天她走近了一些，一开始每个过江的朝她瞧，不是她要找的人，她会垂下头，让刘海把眼睛遮住，怕被人认出她是谁的外孙女。

事情是从有一天打雷开始失控的，那天她等在江边，装着早就跟谁约好了似的，突然远处响起一声巨响，后来有人说是炸药在炸山，也有人说就是一声春雷。总之那一声巨响之后，一阵风从江面上过来，呼啦啦又从江面上过去。她看上去热得不行，血液都沸腾了似的，在岸边走了好几个来回，然后就往江里跑。她不是寻死，寻死的话，根本来不及救，她把自己的头往江里埋，埋了几次之后又探出来透气，透过气后还是站在水里发愣，给人的感觉正在找方向。瞧热闹的正准备脱衣裳下水救。她自己往岸上走，边走边往头上撩水，就像头上沾了什么脏东西，她上来的时候，好心人的毯子已经准备好了。她紧紧地揪住毯子，紧紧地哆嗦，更内行的人用汤勺塞进她嘴里，怕她咬掉自己舌头。她从噼里啪啦的噪音中醒来，陷入白天的黑暗和尖利之中。很快她明白，就算你用砖头把你自己砌起来，再怎么掩耳盗铃，也没有办法阻止明白人明白真相，可能是冷水给了她胆量，她索性迎着人家的眼珠子，希望他们给她一些消息。

人们传递过来的真相只有一个：张文亮出门打工去了。

人人都想出去打工，认得字的先出去，有力气的先出去，有亲戚的先出去，无牵无挂的先出去。没人说他不可以，她又没说过不许。事实上她也愿意跟他一起呢，这算什么理由？所有的消息都这么陈旧，她有点恼怒了：不可能，他说过一分钟都不跟我分开，他说过一辈子和我在一起。

"他说过"就像一缕轻烟，飘进人们的东耳朵，又飘出人们的西耳朵。她说得越肯定，越没人愿意听，说一百遍都没人听。她后来赌着气不听。

她的外婆，年事已高，本来躺着起不了床，闲言碎语把她逼着坐起来了，她拄着拐，踮着小脚，给她送来咸菜和稀饭，稀饭里黑乎乎的，想必里头还有老鼠屎。她坐在外孙女跟前求她吃一口：我要死了呀，我要被你气死了呀。

她饿了三四天，坐不住就歪着身子坐在江边，她侧着身子，小肚子鼓突突的，谁都瞧出了名堂，就连瞎了眼瞎了耳瞎了鼻子的外婆都瞧出来了。她劝她走，随便到哪里，别把脸丢在这儿。

送稻草来的人是谁她不记得了，兴许就是她咬着牙说不要像她那样骂人的婶子送来的。有稻草就有被子，被子上可不能望到天，只能望到帐篷，帐篷挡住雨。有一天，雨实在太大了，把她连同她的窝棚全部冲到了水里。她爬都没爬。阿三过来，把她捞上来，本来他想把她放到岸边。想到这雨一时半会儿不会停，就把她往坝上拖一会儿，停渡口的坝上人来人往，阿三怕她被人踩着，就又往西头挪了几步。这哪是个大姑娘，这就是个死猪。他心里肯定这样想，又可能不确定，又往西头扛了一段路。

你既然做了一回，就要做第二回。他把自己船上的干净被子送过来一床。说是干净被子，江心洲任何一户人家里的抹布都比这干净，可是你既然把干净被子都给了人家，也不在乎再砍几根树杈把窝棚再支一支，支了窝棚你也不能就不管了，你还得再帮她拖一捆稻草，把地铺铺平，一个大姑娘，睡在地面上会得病的。

她一贯瞧不上阿三。这个老光棍，划了一辈子船，技术那么好，可是那么穷，谁都可以欺负他。过江的时候给他钱的都是好人，凡是不给钱的人，都差不多是坏人，因为像阿三这样没家没口、没田没地，只有一条船的人，你都要欺负，你就不能算人。

可是张文亮带她过江从来不给钱。

如今，阿三来帮助她，又不好帮得太多。傻子都懂得分寸，可是她不晓得分寸。

二月天比腊月里还冷。冷了正好。她就喜欢冷天，脚也麻了，手也麻了，她就把他的手和脚往胸口捂。他就笑着享受。他的笑就是整个宇宙。她听到好心的人过来，贴着她的耳朵告诉她真相：

都是那个老老头的主意，他说孙子天天骑个自行车，无所事事，就让他出门打工去了。

我不相信。她在心里说。她说她不相信生出一个念头就像生一个鸡蛋那么快。

我有你就够了。

我不相信一个坏人一天能变成好人，我也就不相信昨天还海誓山盟的人今天就完全不顾我死活。

有那么一分钟，她就像身上血管要爆炸。她想拿热水往自己头上浇；她想一脚跨到树梢上去，然后飞下来，砸死个什么人；她不停地挠自己的脸，说要撕烂自己的脸，谁也认不出，谁也叫不出她的名字和她妈妈的名字。

过不多久，打雷、山边炸石头放炮、船鸣笛、人在她四周七嘴八舌又是审问又是关怀，她就全听不见了。她也看不见，沙上的灌木的阴影，远道而来的父母亲脸上的阴影。他们抢起棍棒，到她头顶又停下了。他们拖她上板车，拖到一半她跳下，她回到江边，像一尊坐地泥菩萨。围观的人都笑起来。不再有人试图来认她。她的舅舅们，本来一个个都是大忙人，可是为了她，聚在沙滩上，商量着要到对岸去。要是她只有一个舅舅，也可能直接就过江去了，现在是三个，所以，最终，他们终究谁也不肯去丢那个脸。只有一回，他们试图把她带到医院，只要她的肚子跟她的胸口一样瘪，局面就可以挽回。

她要的不是挽回。她要把那个问号扳直。她被舅舅们扶起来，她把他们的脸一个个挠花，挠不着就用脚揣。她的舅妈，她记不得是几舅妈，过来尽长辈的义务，声讨她不要脸，说到兴起，过来扇过她的耳光。她也没示弱，吐口水掷到舅妈脸上。一夜之前，她是夜夜做梦的姑娘，可是现在，她是家族和社会败类，人人躲她不及，个个希望她死，在那个杂种生出来之前。

他们终究没敢拿她怎么样。

给她送饭的是那个小气鬼。那个连自己老娘的饭都舍不得多给的人。他往她的嘴里灌米汤，他灌的时候在她的耳朵吹气，又捧住她的头不让动，她除了吞下去，没有第二个选择。

邮递员来的时候，她的精气神就恢复了。她站起来，走到等候渡船的邮递员边上，期待他从自行车篓子里拿出一沓信，排查一遍，抽出其中一封。只要一封信，她就会从渡口走开。有人悄悄地跟邮递员商量，给她一封假的，叫她死心。

　　过了两天，一个人走过来，递过来一封信，说是他写来的。她瞟一眼就晓得那是假的：不错，她是不怎么识字，可是她认得他的字。

　　这期间，我老妈的外婆，本来三年前就应该死掉，因为外孙女的照料而明显好转的外婆突然静悄悄地死了。她的舅舅们拆了外婆的旧房子、瓜分了外婆家里的零碎东西，然后慌不迭地离开了凤凰镇。

　　等到那天她肚子疼，疼疼好好，好好又疼疼。最后一次疼痛的间隙，她突然清醒了过来，像个明白人似的，不停地问自己在哪里。这是她头一回问这么现实的问题，所有人都挤过来给她答案，告诉她她在渡口待了九个月了，她被杂七杂八的声音弄糊涂了似的，还是不明白自己在哪里。身边有一簇稻草，稻草边有一只空的碗，到处是人的眼睛，每个人的嘴巴都在张合。突然，她就一下子失去了声音。有一阵子，她是真的什么都听不见，一种奇怪的寂静突然降临，好像耳朵被两只手紧紧扣住，她听不见狗叫，听不到鸡叫，那些走到她跟前谩骂她的人，那些劝导她的人，那些嘲笑她的人，她一点儿听不见。听不见的人只好陷在自己的时间里，那样也算好办了，她就一心一意地想点儿过去的事情。她知道形势已经发生变化，但她知道自己不能轻举妄动，闭上眼睛也是轻举妄动的一种，挪动屁股也是，她就死死地盯住，其他一切都不干，直到小杂种掏空了她的心。

　　她肚子里的小杂种生出来之后，她一扫过去那害羞的模样。过去她不爱开口，什么都藏在心里；现在她才清醒过来，明白自己得了一场大病。

　　哎呀，我干了糊涂事啊，我鬼上身了呀！她满脸愧疚地朝人笑。

　　她变成了一个乐观开朗的人，她逢人就道歉，大大方方地把自己犯糊涂的事说给任何人听，我已经好了，我晓得自己害了一场大病。哎呀，我鬼上身了。

幸亏我现在好了，哎呀，多谢你们啊！

全世界只有一个人相信她彻底好了，她也就肯听这个人的，这个人就是她自己。她凡事都听自己的，说一不二。

她给那个男孩子取了个不跟任何人沾边的名字。

天晴还好一些，什么都要拿出来晒。晒她的皮肤，晒她的肚子，她坐在小窝棚门口奶孩子。每个经过她门口的人，她都会热情地一笑，如果有人愿意跟她说话，她的话语就会滔滔如江水一样不绝于耳，直到听的人落荒而逃。

天气一降温，或是要下雨，她就头疼，头疼她又歇不住，她到处走，变得更加活跃。往年她是一个腼腆内向不多嘴的人，这之后，她成了一个谦恭好学的人，过去她是别人的事就不过问，不亲近的人不掏心窝子，现在她什么都会问出口，她的问题五花八门：

这几天天上怎么下起了刀子呀？

柳树上长了几只地瓜呀？

这孩子是谁家的呀，怎么赖在我怀里呀？

她从不发怒、也不恨。她不咆哮，相反，她不像在生别人的气，更多的时间，她表达她的不解，向任何经过她身边的人要答案，这也使许多人不再靠近她。问号写满了她的身体，后来是房子。她的不足月的儿子捧在手心里，可能因为饿，小头往前抻，屁股往下撅，像个加粗的问号。一年之后，她房前屋后的小花啊小草啊，全都长成了问号的模样，散发出雾气。

大坝上始终只有我家一户，离群索居，远离街镇，背对着江心洲，说是房子，其实也就是两间马马虎虎垒起的砖屋。这平淡无奇的两间瓦房孤单地矗立在人群之外。房子十分简陋，铺在房顶的瓦片七零八落，但凡一阵大风，瓦片就碎掉几片，飘扬在晾衣绳上的衣服颜色灰暗。后门坡下一只茅坑，只有围栏没有顶。房子西侧铺铺叠叠着成片的野蔷薇，粉色蔷薇全部盛开，蔷薇附近是一条土路蜿蜒到镇上。另一条蜿蜒到江边，这条基本上只有我和我老妈两个人行走的土路狭窄而疏松，途经此地的人一般都是到江边钓鱼、打野兔、防汛，再就是孤男寡女。我好多回看到两个影子猫在堤坝下藤蔓交叉的杂草丛里，唧唧唧，噢噢噢，不晓得在搞什么名堂。

张子豪

昨天我刚刚在网上看到福建有个银行抢劫嫌犯的供述。他说他的女朋友患了尿毒症每周都需要五百元左右，眼看着没有钱去医院了，他不得不铤而走险去抢银行，因为没有经验，也没有准备，不仅没抢到一分钱，逃的时候慌里慌张，把眼镜摔掉了，他还在地上摸眼镜的时候被热心群众抢起手机砸倒，捆成一团。高度近视者没了眼镜，像两只死鱼一样的眼睛突出眼眶。他蹲在地上，脚上的拖鞋只剩下一只，露出五只紧紧扣成一团的脚趾头，面对人群争着给他拍照，他茫然地仰着头，快速地眨着眼，好像拼命眨眼能够抵抗所有冲击而来的正义的浪潮。这张滑稽的照片加上"抢劫"二字，使这条帖子成了当天转发的热门。许多人嘲讽那个倒霉蛋，说被他蠢哭了，更多人表示同情，甚至还有人跑到医院去核实真伪——病床上确实有一位等死的小姑娘。他的供述显然是真的，跑到医院核实的人跟帖说她还捐了几百块，她的话引来更多的同情，还有人问那位病女友的账号。可是更多的大V迅速站出来表示，他们不能原谅这些人的愚蠢。大V们警告说，任何原因都不是抢银行的理由，如果今天疾病可以成为抢银行的理由，明天就可以成为放火的理由、杀人的理由，甚至毁灭地球的理由。比起个别抢劫犯，那些是非不分、盲目同情的人，你们的判断力是幼儿园水平加上法盲的水准，只会使想犯罪的人越来越多，只会使社会状况更糟糕。

同情心这个东西能引发这么严重的恶果，许多人不敢吭声了。

也许这人抢银行也是给什么人治病呢，不好说，再进一步看，没准他抢银行是来买毒品呢，更或者他欠下巨额债务，过期不还，要斩断手指？

我最先搜索"无县公安在线"，现在许多公安都有自己的微博和公众号。网站上兴许会透露这个人的真实姓名和抢劫动机。

"无县公安在线"的网站没有抢劫、杀人、醉驾等案件信息，这几天都在转发的是全世界瞩目的那桩三百四十二人意外死亡的惨案。另外就是一条条辟谣，关于免费旅游是欺诈信息；接到"猜猜我是谁"的电话时果断挂掉；接到有亲人出车祸需要打钱急救的电话八成是假的；看到马路上有黄金和钻石千万不要捡，这都是骗子的新伎俩等等，甚至还有一条河套里发现一头死猪的图片都登了，唯独没有跟任何银行抢劫有关的案件。

我又仔细地查看第二张照片，血迹从头顶部流出，洇在水泥地上，有笔记本电脑那么大一块。这么多血，说明躺了不短时间，可是照片上，周围连一个警察都没有。换句话说，这人未必是抢劫犯。抢劫犯有可能就是看热闹的人随口一说而已。想到自己无意撒了一个谎，我不安起来。再放大照片，现在，很明显，在右上角可以看到一只四分五裂的花盆，花盆里一株太阳花，太阳花的根茎都裸露在外，四朵已凋谢的紫红色花朵上沾满了沙土。

梅子杰

儿子，我给你讲一个故事。我老妈一瞧见我就在她跟前，她才结束就又开始了。

靠，那个倒霉的故事我听过一百多遍了呀。

我在心里说，不管你要讲的是什么故事，肯定都是早就讲过的故事。不管你讲的是什么故事，总归是关于一个人的故事，不管是什么样的人，也不值得你死九回。

我老妈一共自杀过九回。这个数字仅仅是我个人的统计。镇上葛大夫跟我说法不一：你妈死了一百多回了。葛大夫对我说，你妈来凤凰镇就是准备死的，任何时候，任何地点，任何原因都可以诱发她死的念头，对你妈，是防不胜防的。防不胜防，无须再防。这是他对我的劝慰，也能算建议。

我还听到了其他未经证实的版本。有人说，事起一阵大风。大风吹掉了晾在门口的衣裳。我老妈那时还非常年轻，她被舅舅邀请来照顾病重的外婆，她尽心尽职地伺候那个虚弱的老太太，使她原本三个月的寿命延长了三年。她的孝顺和勤劳使凤凰镇上许多老年人欣赏赞叹。可是有一天，突然一阵大风，我老妈捡起沾满灰尘的衣裳到江边清洗，一只麻雀跟在她头顶到了江边。我老妈准备蹲下来洗衣服，按理说，这只麻雀应该飞到别处去了。可是它不走，我老妈挥起衣裳，它还不走，我老妈扬起水花，它仍然不走。它在我老妈头顶一阵接一阵聒噪，我老妈不胜其烦，她生起麻雀的气来，扔过去一件衣裳想罩住它，结果，衣裳漂到江心，而麻雀还在吱吱喳喳，我老妈一赌气，她不活了，放下衣裳照直不打弯地走向江里。可惜那时是初春，夹江的水并不深，而且是白天，行人很多，我老妈的头发刚打湿，就被人拉上了岸。

但是，事情开始了，没过两天，她直接蹲在江边发呆，只要一阵大风刮来或者一只麻雀飞过来，她就起身往江里扑。他们还告诉我，当一个人想死的时候，会有非常奇怪的变化，比如，八卦洲的一个姑娘非常想死，到了废寝忘食的程度之后，她开始吃土为生，竟然不缺营养。还有个中年男人，他也频频自杀。好在只要他动这个念头，头上就会鼓出两只像角一样的大包。他头上的大包一起，他们村上人就会自发监视他，直到他打消寻死的念头。他寻死的念头消失，他头上的两只角才会消失。他说是头疼得不想活，可是没人信。那个男人的表亲住在凤凰镇，甚至有人亲眼看到那个顶着大角的人来过凤凰镇。所以，当我老妈一边想死、肚子一边大起来的时候，没有人觉得特别奇怪。他们认为这就是想死的后果，而不是想死的原因。

我妈没有死成，肚子却越来越大，她外婆刚去世不久，肚子里的孩子就不声不响地生出来了。

他们说我是从天而降。这不是恭维也不是讽刺，他们就在讲一个关于我怎么来的事实。这个事实只说明，我跟我老妈的死没直接关系，我老妈想死在前，我出世在后。

凤凰镇人最终得到一个结论：想死是一种病。还是葛大夫出面，给我老妈的病起了一个名字，叫"自杀狂想症"。葛大夫说，得了"自杀狂想症"的人，脑子里会有一个念头生了根，这是一种意志上的病，一种心理上的病。这种病无药可医，只能靠运气。

对于结果，说法分成两派。一种说她运气天下第一好，因为她屡次大难不死；一种说她运气太不好，父母不认，没有男人，没有财产，没有人照顾她，还有一个非法所得的拖油瓶。有段时间新闻里播报一个烟厂的老板贪污被抓，抄家的时候抄出来几大箱黄金和美钞，这些钱都是非法所得。贪污的要坐牢，钱会被没收，同理，我也是我老妈的非法所得，我妈一死，我可能就要被有关部门没收，跟钱、黄金和古董一样躺在保险柜里。这是郭勇告诉我的，他曾经在凤凰镇上修钟表，闲着无事就帮我分析我的归属。

除了寻死这一条，葛大夫说，就算用"一〇二"医院的标准来看，你妈也算正常。她从来不说错话、不吃错东西、不干错活、不走错家门、不穿错衣裳、不搞混季节、不混淆黑白，除了想死。

　　可是，绳子、江水、毒药、铁丝、煤气，凡是用来让生活便利的东西都被她用来寻死。可以让别人轻松死的方法对她都不灵验。她没有理由地随时随地想死，她也没有理由地随时随地地被万千偶然救起。她有的就是运气。对于一个想死的人来说，被救活的回数越多，却愈说明她运气不够好。

　　关于我老妈运气究竟太好还是非常不好这个问题，成了凤凰镇最有争议的话题，恨不得要搞个辩论会来专门讨论。

　　我老妈单眼皮，个头不高，皮肤不白，说穿了，不是绝色美女，也没有绝世武功，可是凭着她想死而不得死却成了凤凰镇为数不多的传奇之一。

　　我出生之前，她就在渡口边的窝棚里待了好久，我出生之后，那个窝棚被风刮跑了，她抱着我挪到那条归属含糊的大坝上，从那条大坝上可以望见渡口。有一棵锄把粗细的杂树可以供她倚靠后背，后来，凤凰镇人帮她在杂树旁搭了个棚子，再后来，他们帮她建造了两间瓦房——跟某些政策有关，跟凤凰镇人的同情心有关，也跟人对生死的看法有关。从此，她既算从凤凰镇上消失，又没有完全脱离凤凰镇的视线，如果有同情心的老年人愿意发发慈悲，他们也不需要走太远。这条堤坝跟江心洲只隔一条夹江。谢天谢地，是一条夹江，夹江这边发生的事江心洲人只有好奇，没有妨碍。他们每个人都对对岸堤坝上多出的两间平房表达过好奇，但他们谁也没有对此进一步探究。毕竟，他们与镇上隔的是半个阶层。半个阶层既是他们的自卑，也是他们的自尊。他们除了必需的商品，其余的能不问就不问。

第一回，她喝"敌敌畏"。据说我一岁半了才会爬，后脑勺上有一轮大弯月。我看着她喝，在摇床里手舞足蹈，我记得她满口冒泡泡。她扑在摇床边。摇床边放着一只纸箱，纸箱边是一把扫帚。她扑倒了扫帚，扫帚倒在我身上；我伸手可以触摸到她的头发，她没料到我会爬，可是突然之间我会爬了。我爬到她脸上舔她脸上的泡泡……她伸手来推我，我茫然地盯着她。她反盯着我，她的眼神既坚决又柔和，就那样直勾勾地看着我……后面的事我也不清楚了。我记得我们俩被人抬上三轮车，送到卫生院洗胃、输液。她无力反抗，嗓子里发出狼一样的低吼，有人在问她：小孩喝了没？小孩喝了没？

她说不出话，我哭得挺大声，他们捏住我鼻子往我嘴里灌水。灌得我"嗷嗷"直叫，大力挣扎。后来他们说，算了，他没事。

她有事。她不停抽搐，抽完就想睡过去。有人喊她的名字，不起作用，我被举到她眼前晃，怕她瞧不清，左一下右一下，边晃边喊：瞧，这个。就跟晃一支旗杆一样，提醒她还有未尽的义务。那是个春天。百花争艳，百鸟争鸣。这些是我听来的。

第二回，她割破自己的手腕，我仍然不知所以，蹒跚地走到她怀里，鲜血染到我的双颊，我感到好玩，轻轻地笑，鲜血模糊了我的眼，我用手背去揉，可能还尝了尝……我满身满脸都是鲜血之后，已经爬到门外，这时，这条狭窄的路上居然有人从远处走来……那年我两岁零一个月，才会走路，还不懂什么叫恐惧、死亡、绝望和时光，我只会吃、喝、睡，对塑料飞机和汽车有兴趣。只会喊"妈""吃""冷"等几个单字，好心的人教我进步，教我喊"妈——妈"，到我嘴里，就成了"妈"。有人教我说"大风"，我说出来的是"大"，有人教我讨糖，把手心朝上，说"要糖"。我只会说"要"或者"糖"。我浑身是血地往坝下走，一个没站稳，咕噜噜往坝下滚，那条坝上那年的草不茂盛，我一直滚到江边，把一个江边钓鱼的人吓了一大跳。

第三回，我生了疮，全身上下，从头到脚，没有一块好肉。最先是脸上痒，然后是脖子、耳朵、背、胳膊和大腿，有的地方流脓，有的地方淌血，又拉又吐，后来又开始发烧，烧到40度，这种情况持续了一个多月不见好转，我老妈终于不耐烦了，她帮我上上下下洗了几遍，涂上药膏，然后把我哄上床，她温柔地朝我头上吹了吹，摸摸我的小脚心，只有这里还没有溃烂，我有点痒痒，缩住脖子，发出"咯咯"的干笑。

她把"滴滴香"拌在锅里。她用了不到半个钟头吃掉了几乎大半锅米饭。饭煮得比平时多，掺进去多少"滴滴香"我没搞清，我光是知道在凤凰镇上，谁都可以买到刀、斧头、农药和"滴滴香"，唯独我老妈买不到。有可能致死的一切东西她是买不到的。她只能去更远一些的姚下镇去买。据说一包"滴滴香"可以毒死一百只老鼠。我老妈把"滴滴香"拌进米饭里。她给我盛了一碗，放在我面前，然后赶时间似的，端起钢精锅，三口并作两口吃起来。我瞧她这样狼吞虎咽，有点被吓着了，等我自己也动手吃的时候，我老妈倚靠在厨房的门旁，嘴角全是泡泡和米饭混合在一起，另一只手里端着一只钢精锅，里面的饭已经见底了。她的身子歪在门框上，只有一只手垂在门外，我也留意到自己的碗里有微黄的圆粒掺杂在饭里，我惊喜地伏下身去，用两根手指先捏住了那粒微小的圆粒。我老妈的眼睛已经微微闭合，似乎她很享受此刻的安宁和喜悦。更大的痛苦还没有到来，她的手已经没有能力抬起来了，可是，她反悔了。她用游丝般的声音命令我：

停下，停下。

我没有听懂。我老妈吐出来的字比任何时候都含糊，我一边诧异地看着她，一边继续用我的五指往嘴里塞已经生冷的米饭。

然后，我不知道她用哪里来的力气，她挪到我跟前，推翻我面前的碗，但是，瞧着我已经下咽的米饭，我老妈开始往门口爬行。

还是初春的黄昏，土壤还很生，许多地方光秃秃的，江面上湿浸浸的。

最后时刻，她摸到了一只打火机。事实上，我老妈在凤凰镇也没法买到打火机，打火机作为可能自杀的工具，被所有店铺理直气壮地拒绝出售。买只打火机，我老妈说。

十块。老板头都不抬。

不是五毛吗？

十块。老板那架势像个强盗，我老妈恨恨地盯了他一眼，转身离开。

情况就是这样。这只打火机也是她从姚下镇买来的。我老妈拿出全身的力气点燃了厨房后面的一堆柴草。冉冉上升的火焰和浓烟像飘扬的旗帜把凤凰镇上的人前后脚招来，第一时间扑灭即将烧到主屋的火焰。离镇卫生院只有三分钟，还是有人开来一辆货车，我对此记忆犹新，因为跟上回不同，上回是两个男人一头一脚抬着我老妈走过了堤坝到镇上的那段泥泞小路。这回借了一辆货车来，可是那辆崭新的汽车顺利开来，却陷在离我家五十米的泥地里，动也动不了，人都抬到货车上去了，又抬下来，背着到卫生院去。另外一些人，留下来帮着推那辆陷在泥地里的车。这个过程没人大喊大叫，没人发表感慨，没人伤心，也无人规劝。即使只是两个卖肉的发生口角，凤凰镇上也会围个水泄不通，可是我老妈做再出格的事，凤凰镇的人都没有人站出来表示意外。他们把我老妈的自杀当成天要打雷一样的自然现象来对待，把我老妈的临死前的反悔也当成必然的结果来对待。他们见多识广，认为掌握一切真相。

我老妈被拖进一个房间去鼓捣，他们先采用最古老的方法，让她呕吐，而我，被放在卫生院的屋檐下等候。在等候的过程中，我听到地底下最深处发出的呕吐声，我能想象在谁也看不见的最深处有着多少不应该留存的东西要被掏出来。那些慈悲心肠的老年人送来面包、水果和鸡蛋，她们捏着鼻子喂我，喂得我小肚子浑圆。我的注意力很快被分散了，不再光顾着挠自己。这世上永远是好人多，我从三岁起就对此深信不疑。凤凰镇人人都是我家的救命恩人。这一顿好吃好喝，我隔天身上就开始结痂，很快好了起来。你懂的，如果不是迫不得已，我也不愿意轻易站到街中心。

而且，一旦发生，凤凰镇人的首要任务是找出真凶——那个卖药给她的人，他们很庆幸那家所有的东西都是假的，那个人到底被揪了出来。一方面，人人代表梅子杰对他表示感谢，人人又都来揭穿他：

你家的敌敌畏是假的吧？

你家的蚊香是假的吧，难怪昨天被蚊子咬到天亮。

那个老板，不停地接受别人的表扬，同意"救人一命，胜造七级浮屠"的说法，一方面对关于假货的指控绝地反击，"瞎说，她是九条命的猫"。

他们商量对策，同时猜测下一回她用什么方式，在哪个时间段。没人认为这是最后一回，他们最担心的是在下半夜，大多数人都在死睡，也有人认为下雪天最没有办法。那时人手就没现在这么多。

也有不同的声音，有人认为我妈是图热闹：

把"滴滴香"拌在饭里吃，毒死别人才这么干，毒死自己，直接就水吞下去不就行了？

应该说，这一疑点对她和我都不怎么有利。他们开始预料她的下一回，并将此作为茶余饭后的玩笑。

她好了之后就出去找活干。她把我关在家里，我在门后拍门，她隔着门板对我说：不能放你出去，你要是跑远了，小心遇到老头，把你装到蛇皮袋里换钱。有限的自由时间，她也会反复叮嘱。她说，不要跟小年青说话，小心他们用线捆你的小鸡鸡。她交代我不要跟江那边的人说话，他们瞧不惯镇上人；也不要跟镇上人说话，他们会捉弄乡下人。我差不多有桌子高的时候，她威胁我见到猪要绕着走，它会咬掉小孩子的鼻子，江边就更不要去，要是裤腿上有泥，回来敲断我的腿，理由是江里有水鬼。她担心起来的时候像一个正常的老妈，可要是想死了，这些都不是问题了。石头、雨点、黑夜、大风，她就不想想一旦把我一个人丢下来，这些就成了我的老朋友了。

我五岁了，就算锁门她也关不住我。她一出门我就从鸡笼边爬出去，后来大一点我翻窗户，再大一些，我直接把门板从门框上卸下来，回来的时候再装上。有时，我出门往东，往东是造纸厂。那里的水有烟的味道，颜色是黑的，有一个大管子，把黑水往夹江里排，等我长大的时候，造纸厂倒掉了，厂房全部拆掉，原地造起了一幢幢商品房，只是栽的花不停地死，浇再多的水都没有用。再往前，就是另外一个镇子，镇子不大，可是狗很凶，一般情况下我不往有狗的地方走，再说，也就能摸到几根黄瓜、几个西红柿。有时我往西，西边的坝子走完了是新桥。连着新桥的是行汽车的公路，这条公路我最向往，上面跑着各种大汽车。往北是凤凰镇中心，江里捞到的鱼、猪身上割下来的肉都挂在这里卖，有时腥有时臭。往南是夹江，江那边显得很神秘，我能瞧见树木、草丛、芦柴、牛和篱笆，我从来没有去过，因为有一条船，船上有个很脏的阿三。许多小孩子都怕他。我能闻到脏衣服、臭汗、油菜花和化肥的气味，很冲人，像新鲜的尿味。

胆子大一些，我就过公路往公路的里头去。那里是水田，种稻米。人各有命，种棉花的人一年忙到头，收过棉花种麦子，种稻子的很闲，只有"双抢"的时候需要拼命，其余的时候人都不知道去哪里了。

遇到过两回真正的危险，有回被一个陌生人敲晕带到公路上，他招停了一辆客车，先把我塞上去，然后自己站上来。车子还没有开，可是司机想先收钱，他掏钱的时候我醒了过来，踢他，鬼叫，最后从车上滚回到公路上。

还有一回是掉进水里。看到有个大人一网下去，网上来至少二十几条鱼。我也跳进水里，水底很滑，一下子失去平衡，我喝了十几口水，差不多不能呼吸的时候，一个人走过来把我拖到岸上，把我头朝下扛在肩上来回走了几趟，他没问我大人，看热闹的人怂恿他问我家大人要赏金。他说算了算了，就走掉了。不知道他是谁、是哪里人。

我有时候忘记时间，回来比我老妈晚，她就问长问短，问东问西，就在那边，手指着五米开外的地方，我老妈想用眼光逼出真相。没有，没跑远，什么人都没有遇到。抵挡住五秒就能赢。不为什么，我天生就会说谎。五秒钟之后，生活又回到了原地。

接下来的一回是毒蘑菇。毒蘑菇长在凤凰镇和江心洲之间的那条夹江的杂木林滩上。杂木林里的蘑菇有毒，凤凰镇人人都知道。尽管如此，偶尔还是能听到有人吃了毒蘑菇上吐下泻的事。

我老妈采了满满一塑料袋的毒蘑菇。她以为我不懂得什么是毒蘑菇以及她又要玩什么花样。她当着我的面把那些毒蘑菇洗得干干净净，无论什么颜色的毒蘑菇，共同的特点就是颜色很正，白伞菇的身体像豆芽一样细长、洁白；绿伞菇的颜色更接近青色；土黄色的毒菇，它的土就是真正的泥土的颜色，混在地上，不是真正想死的人，根本采不到这满满一袋的量。

现在，处心积虑的我老妈像一个很智慧的大人物那样从口袋里掏出十块钱。她说，你到镇上去玩，帮我买一袋盐，多出来的钱统统买雪糕。

说这话的我老妈，她的头发约有七八天没有梳理了，乱蓬蓬地遮住了一只眼睛，我向她投去感激的目光，她躲闪了一下。她挥一下手，做一个驱赶的动作，她的瘦长的五指间挥出来一种死亡的气息，我已经嗅到了，她的手腕上戴着一只银色的手镯。真好笑。发暗的老银根本不适合她，就连镇上的老年人都不戴了。还有她脸上的笑意和闪亮的目光，因为太闪亮，你反而感到不祥。这一切我从来没有告诉过她，永远也不会告诉她，你，老妈，就是这样泄露了你的心思。

把她从死神那里捞回来的不是我，是她自己的运气。因为我没有勇气向任何人开口。我真心想要一个亲戚，关键的时候可以向他发出你心底的呼喊，或者你需要一个仇人，分分钟都惦记着你，使你不至于被过早地遗忘。

屏住呼吸，寂静无声。所有的人在闭目行走，小贩在闭目吆喝，那个卖甘蔗的男人，那个卖烤鸭的男人，他们都在闭目等待客人。他们看不见我。

关于死亡的恐惧自上而下地裹挟我。

徘徊到天黑，比我老妈给我的时间更多。还是一个警惕性强的女人向另一个男人发出疑问：

他妈又作怪了？

他们终于安排一个人跟我一起过来瞧一瞧。

门推开的时候，我瞧见她安然地睡在床上，为了拖延被发现的时间，或者怕蘑菇毒性不够，她用被子把自己严严实实地包裹起来，包括整个脸也都裹在被子里头。救兵扒开她的衣裳，她的皮肤已经灰青。灰青，是世界上最恐惧的颜色。

那回她醒了后，一把搂住坐在她床边的我，用她全部的体温抱紧我。我猛地把头埋进她冰凉的胸口，她的胸口仍然有死亡的余味，消毒水和酒精也遮盖不了这种味道。

你不能像我一样。我老妈说，你要做一个有用的人。

她说话的时候总是看着我，即使窗外有人经过，或者雨点即将打湿晾在屋外的衣裳，她一旦开口跟我说话，就会那样一眨不眨地盯着我，这就是我老妈。这是我老妈的众多跟他们不一样的地方中的一个。

那年我六岁。她开始教育我了。她说：

你要做一个有用的人。

我瞧着她。认真地盯住她的眼睛。

她破天荒跟我聊起了天。她说她有许多梦想。比如，她梦想着搬到镇中心来，靠西头垃圾收购站也没有关系。说这话的时候镇上的房价已经上千了，何况没有人愿意跟她做邻居。她梦想带我去坐一次飞机，哪怕就半个钟头的飞机，她听说搞特价的时候，一百元钱可以从合肥坐到上海，当然，从凤凰镇到合肥的车费也不便宜。她甚至想买个包、名牌的包，她想去学一学化妆、染头发、做指甲，她想跟别的女人一样。总而言之，她想变成另外一个人，有另外的人生，青春焕发，面貌一新；她想要一辆电动车，我们一个凤凰镇几乎家家都有电动车了。

所有的梦想都需要先有一份好工作。好工作，这不容易。她先是信誓旦旦地说要找好一点的工作，后来她发现条件限制了她，她不能离开这个镇子超过十里路，十里路她早上起得太早。我不怕起早，儿子，我做好的早饭你起来吃就冷了。我说我可以，吃冷饭我不在乎，不吃也可以。但是你多么矮哦，你要多吃点儿，儿子，你得长高点儿。她后面的话没有说，但我听得出来，你爸就是高个儿。你没理由四岁了才这么点儿高，儿子，我对不住你，害你一无所有，别人家的儿子有玩具车，有牛奶喝，有外公外婆。儿子，妈妈找一份好工作。挣了钱供你念书，让你将来过体面的生活。

她是这么说的，她为我骄傲，为我睁着圆溜溜的眼珠子而骄傲。我为她骄傲，我为她说着如此通情达理的话而骄傲。彼此眼里有对方。我感觉我们在通往最明净的路途，这让我很舒服，其余不值一提。但是，我老妈能够做的工作实在有限，她做过饭店服务员。起得早、回得晚，工资很少，几乎只够缴缴电费、买点煤球、米面什么的。她说的许多事情都没能实现，比如，她说买一张白色的写字台，就是镇上刚开的家具店卖的那种。可是她没有做到。我每天趴在那张旧的，掉了一块板子的饭桌上写字、画画，不错，是画画，凡是别的小朋友的爱好我多少也有一些。

我连一支水彩笔都没有，我没有抱怨，我假装这世上没有水彩笔这东西。

可是，她又笑了。她只是用天黑时的那种眼睛看着你。那是多么忧伤的眼神啊，她看你的时候，你会觉得她全身上下只有一双眼睛。世上只有一双眼睛，那是漆黑的眼神，无人能够读懂的眼神，那是只有黑暗才能融化的眼神，那是世上最无助的眼神。她说，你想不想要一辆脚踏车？

她就是这样，她越做不到，她越喜欢说。她明知自己买不起，你想不想要一辆脚踏车？乍一听，你以为她是来刺激你的，但你如果跟她时间处久了，就能明白，那是用来刺激她自己的。

第五回和第四回之间只有三个月的时间做准备。那我的日子也不怎么好过，理由是她想做的事情太多，而忘性又大，比如她浑身颤抖，拼命喘气，像烧热的水壶；有时她倒是一言不发，不愿意别人打搅，希望安安静静坐在那里不动。她是笑着说的，给人的印象却是随时会喊叫起来。这是战斗的过程，这就是走钢丝的人生。后来，我见过电视上一个人在两座山之间走钢丝，我一见到那个人马上就想到我自己。我觉得自己就是一个走钢丝的人。

后来有过一段正常日子，她说起话来也像那么回事，做事也算有条理。除了纺织工、垃圾工，她在饭店端过盘子，理发店也干过。运气最好的一回，是做仓库保管员，油水不错。她差点就被人家当成正常人了。有几回她的房子里还来过男人，有男人站在梯子上帮她弄屋顶；甚至有一回，她打工的厂里的老板开车送她到镇上，车子开不到她住的地方。镇上甚有人预言她要转运了，可是她爱寻死，又有一个儿子，路就走不远。

儿子，我给你讲个故事吧。遇到不顺心的事她就讲故事，不管你听不听。你假装听到外头有什么动静，出门瞧瞧，回来的时候，她从停住的地方接着讲。

有一阵子她去学打字。她也想坐坐办公室，用她的双手谋些体面的工作。她也很希望，她的儿子，在写"我的妈妈"这种作文时，会写：我的妈妈，是个办公室打字员。我的妈妈，体面、贤惠，我的家庭从早到晚满屋子笑声。她期待我这么写。而不是我上学前班头一天就举手发言说：

我的妈妈，最喜欢自杀……

这不好，儿子，这些事不值得炫耀，你不能这么说，你要说好处。

她自己明白她需要做点儿什么使我有别的东西好说。

她果然会打字，在十里镇的网吧里学会的。有一阵子那网吧老板甚至想请她在网吧干活，她学会打字又学会了更多的，她又不笨，她甚至有嫁给网吧隔壁那个鞋店老板的冲动。但是，这事也不了了之。她曾经说过，一个五十岁的老头，只要他想，他可以挑到一个三十多岁的小少妇做老婆，哪怕他都没有像样的工作，只要他只是光棍，他就可能；可是一个三十岁的女人，想嫁个体面的男人，哪怕有一身力气，心肠好点儿的，都困难，像我这样，就更困难了。

生活总是比故事复杂得多，这个那个原因，最后她没能在网吧上班，她去酿酒厂干了，所以那阵子我房前屋后都有酒香。干什么拿什么，我认识一女的在肥皂厂上班，他们家就肥皂多。我人小可是眼睛明亮，她有时兴高采烈的，像买彩票中了五块钱这种事偶然也是能遇到的。长话短说，我们娘俩过过一阵子平静的好生活，我开始在凤凰镇小学上学，就这样下去，也没有什么不好，我们过我们自己的生活，时间在我们自己手上，我们围着它转动，上学也好，工作也好，睡觉也好，那都是我们自己的。哪怕我隔三差五要走向一个孱弱的老头，向他举起我的屠刀。即使如此，我还是能强烈地感觉到属于自己的东西，属于我自己的时间和呼吸。

可是那个事情又来了。说实话，天一黑，我就能嗅到它的气味，我感觉到一切，又感觉不到一切。我当时正在画画。她说我先睡，你画好一幅画再进来。一点儿疑点都没有，她没有把我支到任何地方去。我就趴在饭桌上写字，就像我说过的，有一阵子我特别勤奋，我想象哪天能给她带来点儿惊喜什么的。嗨，我的儿子，今天被老师表扬了？不相信的口气，不相信的神情，眉毛挑到老高。然后就由着我得意了。然而这没有实现。

我听到房间传来异常的声响。只是那么轻微一下，我就觉察到不对头。如果那声响再来那么一下，我也就算了，可是那声响那么突兀地响又那么突兀地结束，我灵魂中升起了忧伤的叹息，我心里想，又来了，她又来了。

我走到房门口，我听到她房间里拉链哧啦一下拉上的声音，我听到脚步声响了两下，然后停在床边。

老妈，我喊她。

我听到远处有狗在叫，我听到一辆汽车从不远处的大堤上呼呼地开过来，又开过去，我还听到别人的房门砰一下合上，插销插上的声音，但那是与我无关的声音，与我有关的倒没有声音。我于是喊了声：

妈。

她不搭理我。也许你能理解那种感觉，我站在我自家的房门口，那个门并没有锁，我只要使劲就能推得开，不过要是正如她所说，她先睡会儿，你画完画再进来睡，我这就推她的门，你说她会不会不高兴呢？我回到堂屋的饭桌上。我从我铅笔刨的小镜子上瞧了瞧自己的脸。我看见镜子里一个七岁的小孩，眼睛很大，头发贴住额头，那张脸有太多的不安，太多的惊恐，太多的说不清，太多的绝望，照镜子给了我证据，如果一个人在镜子里那么惊恐，不会是无缘无故的。不过，话说回来，我经常在梦里也是这样神经过敏，有好几回都是大喊着"救命"醒来的。我觉得我有时是分不清哪些是真正的危险，哪些仅仅是一种过度紧张。接着我重新回到房门后，我又叫了一声，老妈！

她依然没有吭声，这就不怪我了，我不能等了。天知道等下去会等来什么，我吸了一口气，然后用肩膀向门冲过去。那门居然没有动，我又试了一次，那门还是纹丝不动，我在心里对自己说，靠，得惊动邻居了。动作要快了。

我转身走向大门口，我对着黑夜里的天空用我全部的力气狂叫起来：

救命啊，救命啊！

唯有如此尖厉，否则不能；即使如此尖厉，仍然不能。我老妈，我没有来得及说，她就算打字不擅长，做服务员嫌委屈，嫁个四十多岁老头都没戏，但她是自杀高手，如果她愿意，她能设计世界上最天衣无缝的自杀。除了我，她的儿子，没有人能够挽救她。

没有人听到我的声音，离住着邻居的镇子跑起来至少要三分钟。我老妈的智慧还表现在，她对我们的环境了如指掌。今天是元宵节，此刻，烟花在升空，天空璀璨，所有人的目光看往遥远的苍穹；我们中国有那么多需要燃放烟花的节日，大地在狂欢，烟火在远处升腾。结婚、生孩子、做大寿、满月酒、端午、中秋和国庆。我老妈说，我不过节，我家不过节。你不要指望。

我明白。我明白我必须坚持。我拿来脸盆，敲响，我狂奔，我奔向镇子，沿着那条发臭的水沟。我不管他们发出的是诅咒还是警惕，我只管狂呼：

救命，救命！

我不是那个天天喊狼来的孩子，我珍惜我的喉咙，不轻易喊叫，能不撒谎就不撒谎，我学做每一句话都有人信，在危险真正来临的时刻用。

我的好运来了，正前方站着一个人，被我的脸盆敲出来的巨响吸引、停住脚步的是张大春，他在县城做保安。谢天谢地，今天是周末，他每个周末都回凤凰镇来休息，他还没有进家门，正在屋外撒尿，谢天谢地，他们家没有抽水马桶，他到屋外撒尿。我站在他跟前：

我老妈快死了，快。我说。

我其实不是在说，我是在喊。我用眼珠子喊，我用我的每一个毛孔在喊。

我是个严肃的孩子，这是生活教会我的。你必须时刻保持严肃，才有机会让别人信赖你。这一点帮了我的忙。张大春的职业是保安，这又帮了我的忙。他没有磨蹭，拉链没拉就跟着我跑进我家，他撞开了我指点的那扇门，抱下了我悬在空气里的老妈。她还有救。她的脸上满是笑意。她在考验我的能力。她翻着眼珠子，仿佛在说，儿子，我知道你指望得上。

她没有嘲笑我的慌张，也没有嘲笑我端在手上已经瘪进去的脸盆，那可是唯一的盆，她没有嘲笑我满脸往下滴的汗珠，她没有。她喜欢嘲笑她自己的内衣，她洗的时候拿在手上，说，你瞧瞧，像不像老太婆的裹脚布；她喜欢嘲笑她的头发，她说，瞧，哪有三十岁的女人头上这么多白头发；她喜欢嘲笑她自己的腿，她的腿上有疤，她说，这种腿当然不能穿裙子。总的来说，她是个好嘲笑的女人，自嘲以及嘲笑别人。她嘲笑一切节日、往事、美食；她嘲笑谈心、假惺惺的同情，她嘲笑回忆。还有幸福也是她嘲笑的东西，屁，她说，不是个事儿，她会这么说她看到的那所谓的幸福时刻，但是她没有嘲笑我。她张着嘴，瞪着眼，她的脸色渐渐由青转红，她咳嗽起来，她想笑，但不是嘲笑。她好像只是在说，靠，你又赢啦，小子！她穿得干干净净的，平常她就够随便，可是这个时候，她会收拾得干净些，我想这是我抓住的第一个疑点，如果哪天她突然坐下来收拾收拾，我就明白自己得等着了。事实上，往往这么一折腾之后，她的头发也乱啦，刚刚上身的衣裳也皱巴巴，要想寻死，最好穿得更随便一些，但我不说。今天她也不例外，穿了件腈纶格子毛衣，脚上穿的是大年三十那天我们才买的三块五的红袜子。正是这些装扮让我提高了警惕，那一点微小的蹭倒板凳的小声响是我的发令枪罢了。

我看着她，看着那虚弱地喘着气的妈妈。我快哭啦。我其实已经哭啦，但我没有发出声音。我的胸腔在呜咽。我要说，每一回我老妈死里逃生，我都会有这样的感觉。这是一般人达不到的旅程，你亲手救回你的妈妈，让她安然无恙。我要说，这是充满险情的旅程，要听得微小的，几乎听不见的声音，要跟时间赛跑，要穿越这么多惊险的时刻，我眼前是惊恐的烟火，喧嚣的天空，待一切都恢复平静，你才能正常地呼出一口气，然后，你发现，这一切还在原处，你就值得。

张大春说：你得搞一部手机，不充话费就能打，遇到这种时候，打110比扯着脸盆在街上喊有效果。你要信我的话。不然你会把你自己搞死。

我在心里说，我怎么搞到这样一部手机呢，我到哪里去搞呢？张大春判断说，这会儿一定是安全的，她从来没有一天之内自杀两回，她还没有过。她要缓一缓。这我懂。我就盯着这被安抚的时刻，要过很久我们才能相互认出对方。妈妈，你不要再死啦！儿子，妈妈对不起你，妈妈再也不会了。如果力气够用，她还会说，儿子，你要好好念书。要是我没理解错的话，她的意思是，儿子，报仇的事可以放到一边，念书是大事。

这种对话证明我们惺惺相惜，不离不弃。

太累了，我就坐在床头睡着了。我梦见鸟儿、树林、芦柴荡、江心洲的老仇家，我听见锣鼓喧天，烟火璀璨。

但是我不能相信她，那些眼泪，那些保证，那些真心实意的誓言，所有的一切都不能相信。我睡着的时候还记得张大春的话。现在，我的恩人又多了一个。整条街，隔三差五就有一位我的恩人，这些人都是我长大要报答的对象。像我做梦时设想的那样，我揣着万千钱财，回到凤凰镇上，我想向每一个救母的恩人递上一沓百元大钞，我想让他们感受我的报答。报答在我束手无策时，他们像及时雨一样出现。当然这是我的理想、我的心愿。眼下迫在眉睫的是我得搞一部手机，不花钱就能打电话的那种。我默默记住他的话。不过，我心里更明白，能救我老妈的只有她自己，她自己才是救世主，其余的全都是搭把手就走的外人，全都是。我也是。

第二天早上，不到七点我就醒了。我醒来是因为妈妈在弄水洗脸，我能看见她把胳膊抬起来，把头发束在脑后，她还会在头发上扎个蝴蝶结，这是他们上班的地方的规定，他们也要穿工作服。她穿上工作服，戴上蝴蝶结，就焕然一新了。我能想象，她一走出门就好像能够忘记昨晚的事，可能是因为太阳，也可能是因为人群。换句话说，她想自杀极有可能是因为我。我矮小的身体在她眼前晃悠促使她想死，也有可能我忧伤的眼睛让她不想活。极有可能。

这就是我不能离开她视线的原因，因为，自从我第一回把她救下来之后，救下她来就成了我毕生的使命。关于我的使命，就像一条绳索，从我睁开眼睛的时候就一直悬在那里，所以没有什么好抱怨的，又不是从天而降。

那回我经过镇上的时候，在理发店的橱窗里照了照。镜中人留着乱蓬蓬的到颈根的长发，贴在头皮上，又矮又瘦，眼珠子突出来，又大又圆。靠，这个小老头。

第六回，她指派我到姚下沟去买米，那里的米便宜，五分钱一斤。下午三点钟，她说你不要急，能赶回来吃晚饭就行。时间充裕，我应该是稳步前进。从家里走到姚下沟，不过半个钟头。我在心里顶撞她：可是我这边买米，你那边又寻死。

我的小心思瞒不过我老妈。我老妈语重心长地对我说：儿子，你妈妈以前是生过病，可是现在好了呀，你要放心。

这就没办法了。我不反驳，反驳无效，你除了严防死守，就是悉心完成她交代的任务。没有选择。

我走出门，走了半里跑，原地站了一会儿，又掉头跑回家。

不，我并没有看出什么，我只是在某一时刻，突然听到一声震雷。不错，这就是警钟，这就是玄机，我不能刚刚看到太阳马上听到震雷，这不科学。从某种意义上讲，这太科学了，太科学也不行。雷声之后，广袤的沉静笼罩了一切，天在大白天突然黑了。我的脚下，踩着松软的沙子，一只孤独的野猫站在江滩上。

那股浓重的液化气的味道，我在门外就嗅到了。空气冰冷刺骨，我进去，径直走进厨房，我拖起嗞嗞响的液化气，我把液化气瓶子搬到后门外，那股浓重的气味渐渐飘浮到房子四周，沿着斜坡往夹江的方向飘荡。我回到屋里，站到我老妈的床边，她睁着仿佛微醺的眼睛，无力地看着屋顶，开门声没有惊动到她，她已经听不见我，我的到来她没有半点反应。直到我打开窗户，让风进来。她才慢慢转过头来。我轻轻地碰碰她的肩膀，她只是眨了一下眼睛，什么也没有说。我感到她试图解释，但只有嘴唇颤抖。

第二天，太阳照常升起。

第七回，简直就像开玩笑。她绝食。我得说，这才是世界上最完美的自杀，最不可能被察觉到的，最具有打击性的摧毁。我的意思是说，这是最隐秘的方式，真正令你无能为力的是绝对的无知。

本来她在镇上的裁缝铺子里打下手，就是拆线、扫线头，把绉了的布料熨熨平，把急着要的衣裳送到人家里去。有许多年大家都买衣服穿，可是突然他们又开始喜欢买布料"定制"了，可要是随便什么人，换句话说，就是连钟点工都来选块布料给自己"定制"一件衣裳的时候，这行业就没什么利润了。果然，不到一年，"定制"的死期就到了，我老妈失业了。

早上我起床的时候，稀饭已经烧好，一只鸡蛋，壳已经剥掉，一根油条。随你挑，你吃剩的我再吃。

我吃了一只鸡蛋，一根油条，一碗稀饭，腆着肚子去上学。

中午回来的时候，桌子上一盘豆腐，一根火腿肠，一盘青菜，这不是生活，这是幸福；这不是平常，这是过节，这样的好日子你什么都不会想，什么都不用想。这是我的理论，在这样的时刻，你的担忧和防备可以丢到一旁，你只需要盲目地享受，享受一番真正的母爱。我看到她脸色苍白。我下午去上学的时候，看到一只死翘翘的青蛙躺在水泥路中间，白肚子翻上来，青蛙真是可怜，只要蹦到路上，就有死亡的危险。下午放学的时候太阳红不拉叽的，完整无缺的太阳，它一点点往树林里掉，托都托不起来。

到了第四天，桌上就什么也没有了。我把葛大夫喊到家里来。她佯装午睡醒不过来，无论她多么奋力抵抗、出声和微笑，也没有办法阻挡她求生心的泄露。葛大夫问她：要不要喝口水？她睁大眼睛、闭紧嘴巴，嘴角撇出一个礼节性的微笑，一面摇着头。要不我给你吊瓶葡萄糖？她说她害怕扎针，害怕得要死。那没事，你不怕死。葛大夫就去撸她的袖管。他已经习惯了不请自动手，按他的说法，我老妈这样的人最危险，因为她把活着当成儿戏，把寻死当成把戏，玩着玩着就成真了。他还评价我老妈，说她有忧郁的气质。但他也不忘给我打气：

梅子杰，不要灰心，留得青山在，不怕没柴烧。

再下一回是我问她要钱缴校服费，妈妈，给我九十块。我上小学了怎么能不花钱呢，后来有人说怪我。我老妈不要想就知道她口袋里没有，她歪过脸来瞧着我说，你们的老师不讲理。

他怎么能三天两头要钱呢？

没有三天两头，才要了两回，第一回是开学那天缴报名费和书费。

那也够多的了，为什么没有人来问我许不许你买，我是家里说了算的，他们要钱为什么不要找说了算的，却找你？

就是这么蛮不讲理，好像人人在跟她作对。

她也不讲究了，天黑之后直接躺在马路中间。天地良心，江心洲的人都知道她不是碰瓷，她是真想一了百了。可是喝过酒的人开车不怎么直，开着开着绕过去了。

第九回她更潦草，直接拿头往她打工的水槽上撞，撞晕了又醒过来。她还以为是黄梅戏呢，往柱子里一撞，就可以死。这个举动害得老板不敢再扣她的工钱，后来还有人拿不到工钱就模仿她撞水槽。

就在我以为没完没了的时候，先是发了一场大洪水，在我以为这水把天都要包围的时候，夹江的水却干了。夹江的水干了之后，我不得不攒钱买了根长管子，拖到供水站。阿三的船搁浅了，人也不知去向。我抱怨说，自来水里全是铁锈的味道，我老妈静静地看着我，她说，夹江干了是小事，小船烂就烂了，也不值钱，大江要是干了，那些大船可怎么办啊？

她说这话的时候忧心忡忡，说完之后眼睛里有一种东西突然不见了。我知道她就不想死了，没人告诉我，是我自己发现的。一个人不想死的时候和想死的时候走路的样子眼睛里的东西不一样。我他妈的突然才松了一口气，这口气憋得也实在太久了，憋得我都不知道怎么往外吐了。

她总算做到了跟一般人不一样。方圆百里，简直没人跟她的青春有任何雷同，谈恋爱，闹分手，结婚或者离婚，这些故事遍地开花，人人面目全非，只有她，真心地忏悔，不停地寻死，数年如一日地活在原来的地方。

像她自己所说的，她再没有踏上江心洲的渡船，再没有见过那个老老头，也没见过那个人。不过听人说，好像有一回，那是个下雨天，有个人走到她跟前，喊她的名字，那可真把她吓了一跳。那个人长得怪熟悉的，就像昨天才见过，又像是远道而来。他站在跟前，旁的不说，光是不停地说对不起，她觉得纳闷，搞不清状况，只好任他说。到末了，他从口袋里掏皮夹子，厚厚的一沓，他想递到她手里来，她被吓傻了。儿子呢？他问她。电视里天天说有骗子，果然就遇到了。

他见她没反应，把钱放到桌子上，他还是问那句话：

儿子呢？

买我的小孩？！她觉得自己明白过来了，脑子好使了，她狡猾地回他：

死了。

死了？

淹死的，就前几天。她说这话的时候，身体开始发抖，急促地喘着气，一会儿看看手心，一会儿看看手背，一会儿把头抬起来望着屋顶，一会儿又垂下来看着地面。随着她越来越不安，她的桌子，本来也只有三条腿，突然倒了下去，桌子上的勺子、茶缸全部掉到地上，茶缸里的水在地上洇开，她眼睛睁得很大，使劲盯着那团水渍，瞧着它像一条蛇一样逶迤向前。

那个陌生男人突然呼哧呼哧地直喘气，他的头发好像刚刚剃过，剃得很短，可他还是习惯性地想去捋一下头发，然后他像一切有礼貌的人一样，准备离开时的话语，他说，我走了。

他还没走几步，听到后头有声音在慌张地喊：骗子，骗子，骗子来了。

他加快步子，朝渡口相反的地方跑起来。一直到他不见了，渡口那边的人才往她那里去。不止一个两个，差不多有十几个人，不是因为她喊，而是因为她把钱撒得到处都是，票子扬起来，飘扬在空中。赶来的人全部弯下腰，没有人有时间看一看骗子的背影，他们着急捡落在各处的钱，红红的票子上沾满了烂泥巴和草屑。看着像假的，各自拿走的人都说不相信是真的，百元票子怎么可能是红的，江心洲人又不是没见过钱。可是没人当真扔掉，就这样拿在手上说着话走掉了。

而她，三天后又四处打听哪里卖耗子药，声称只要见到那个骗子，就毒死他。那回，真有人给了她一包。她小心地包起来，拿回家。第二天，她满脸疑惑地问那个给她耗子药的人，怎么毒不死老鼠？

那个给她耗子药的反而一挑眉毛：你不是说买去毒那个来抢你儿子的吗，怎么毒老鼠去了？

哎哎，我忘记了。她不好意思地走开了。

等她一走开，那个人得意地做着鬼脸，朝自己竖了竖大拇指，觉得自己机灵又善良。

还好，那个想来抢她儿子的骗子可能闻风丧胆，再没有玩这样的把戏。时不时有人问她：

姓张的再没来过？那些捡了红票子的人如今非常期待这事再发生一回。现在满街都是红票子了。

她天天紧张地防着那个骗子。防了一年多也没再来。她不像更放心，却像是更恼怒。儿子，她说，你长大了，是报仇雪恨的时候了。

张子豪

坐不住，这地方。江滩、树林和堤坝，一切纹丝不动。不值得再勘察和探究，这里没有公园、没有运动场、没有饭店、也没有杂货店，甚至没有像样的厕所，手机信号也不稳定。更主要的是，没有人。江浪拍打江岸，一只母鸡"咯咯"觅食，一阵风徐徐轻抚树梢，一切尽收眼底，像一幅挂了好多年的风光画。我回到我太爷爷的房间，静静地看着这个陌生的老人。这位行将就木的祖宗木然地躺在那里，我怀疑他其实并不认识我，从来就没有看清过我，更有可能，他甚至都可能不知道"张子豪"的存在。我的目光在这个房间逡巡，最后，停在那只没有合拢的老式的写字桌前。桌子破旧不堪，有三个抽屉。我顺手拉开第一只抽屉。抽屉里东西很多，一截红头绳捆着一块绒布，绒布是暗红色的，解开之后，里面是七八只毛主席像章，有桃心形、五角形和圆形，既有年轻的毛主席，也有年老时的毛主席，有的材料是铜铁的，有的是塑料的，还有的像有机玻璃，还有一枚是陶瓷材质。和像章裹在一起的还有一支毛笔，笔杆是断的，隐约可以看到一个"湖"字，而笔尖上的羊毫也已经秃了。抽屉里还有一只烟斗，我拿出烟斗，吹了吹，又闻了闻。在烟斗的边上，放着几张信纸，信纸上的字迹已经消失，纸张也已经朽化，手一碰，就碎了。靠里头一些，我又发现一个方形的塑料眼镜盒。里面没有眼镜，是一个大头针和一小包黑乎乎的土。我把眼镜盒拿起来，举到眼前，希望得到某种启示。没有暗藏的机关，什么也没有。

我潦草地把绒布重新捆起来，打开另一只抽屉，出人意料，这只抽屉里居然有手表，表针不动，还有两节二号旧电池，一只发黑的密码锁和一只诺基亚手机的充电线。我想起来了，这一定是我爸给太爷买的。抽屉最里面的旧报纸里，裹着几张照片，其中一张像是我爸年轻时照的，背景很模糊，穿着件深蓝色的工作服；还有一张，我看到了他自己，睡眼蒙眬的样子，我被抱在我爸怀里，两个人都神情严肃地看着镜头，甚至都有点愁眉苦脸。我从来没有看过自己的这张照片。如此看来，这张照片在江心洲至少待了十多年了，时光隐隐展现，我仔细端详着刚刚长牙的自己和我爸，那时候，我爸还非常年轻，头发浓密，目光明亮——虽然眉头紧锁，脸部的线条仍然是愉快的，一副自以为是的样子，现在这些东西竟然完全没有了。我正想拉开第三个抽屉的时候，又好像听到了一声呼唤：

心肝！

我一扭头，一瞬间瞧见太爷眼里有一道光闪了一下。我吓了一跳，赶紧把东西放回去，溜出了房间。

第四章　寻觅

梅子杰

我姓梅。

为什么姓梅?

这得问我老妈。

我闯荡江心洲的经过是突然开始的:在一个没有声响的秋天的下午,准确地说,是九月初七。我记得很清楚是因为我那天过七岁生日。我老妈给我煮了一只草鸡蛋,剥好壳,递给我。我捧在手心里舍不得吃。

吃掉,她说,我有话对你说。

穷人家的孩子早当家。我老妈找来一件宽大的夹克衫让我穿上,她假装看不到又长又宽的袖管挡住了我的手指,她也假装没瞧见夹克衫的拉链是坏的,她说衣服敞着好,看起来成熟一些。她还假装我不晓得这件衣裳是怎么来的。怎么来的?我家没有男人,不是偷的,就是救济来的。容不得我多想,她推了我一把,我就下了凤凰镇外围堤坝。堤坝下面就是夹江,夹江外头是江心洲,夹江内围是一片杂乱的草地和发臭的池塘,池塘里堆满了各种垃圾。要想到凤凰镇上,两条路,一条是沿着堤坝走,无论是向东,还是向西,最终都能走到凤凰镇中心,这条带着弧度的路太长太无趣，还有一条沿着池塘的小路，不怕闻到臭味，也不怕鞋脏的话，这条路十分钟就能直接插到镇中心。

整条堤坝只有我和我妈。这条坝名义上是凤凰镇的，可是离江心洲近，离镇中心更远，而且从来不住人，只是用来挡住夹江的水罢了。换句话说，江心洲人拿我们当凤凰镇人，凤凰镇上的人总说我们是镇外头的人。事实上我没有户口。我是一个黑户。

上那条渡船。这条船不大，但你不要害怕，摆渡的阿三撑竿技术好得很，不要说大白天，就是天黑透了，就算他在八级浪尖上，只要给他一支桨，他也能把船摇回江心洲。我老妈的话一贯可信，这次也不例外。走向通往江心洲的渡船，一群大人说说笑笑，已经坐在船舱里，撑竿的阿三正在起锚。我三步并作两步，故作镇定，不紧不慢地走到近前，然后憋一口气，像大人一样一跃而起，再稳稳地落到渡船的踏板上，虽说是第一次，可我做起来也算有模有样。我老妈说了，最要紧的是不看摆渡人的脸，他倒不会问你要钱，这么小，就算是生面孔，就怕嫌你小，不让你上船。我这个动作果然把摆渡的阿三震住了，他瞧我眼生，正待呵斥我下船，又见我动作熟稔，心里又拿不准了。就那么一愣神的工夫，船已经离岸。

在坝上的时候还好，到了江心的时候，才感觉那天风特别大，而且一阵比一阵猛，阿三的头发被吹得乱糟糟的，外套也被掀得啪啪响，我心怦怦跳，一开始怕大人，现在是怕这大风。

很快我看到对岸隔着沙滩的一大片芦柴荡。你先不要管芦苇荡，你穿过去，跟着大人，上到一条堤坝。这条堤坝叫后坝，你不要打弯，直接下堤坝，穿过一片棉花地，走到前坝上。上前坝，往右拐，拐个小弯就能望到右手边一幢红砖外墙的很气派的两层楼。对，不要管它，继续往前走，走过十几户之后，会瞧见另一幢红砖外墙的两层楼。记住了，到了这里步子稍许慢一些，在这个二层红砖小楼旁边，还有一间矮房子，青砖，门前肯定没有晾晒衣服，没有晒棉花，没有晒花生，因为他们家既没有女人，没有干活的人，更没有跟你一样大的小孩；门前也不会有鸡屎鸭屎，肯定有一条老狗。你不要怕它，它都老得跑不动了；他们家的窗户玻璃已经碎了，碎掉玻璃的那一块是报纸糊住的；还有他家的大门，有一边的门板已经朽了，是用树棍钉起来的。对，就是这家人，这家就是我们家的仇人，你是我的儿子，我辛辛苦苦养大你做什么来的，不错，是报仇雪恨来的。你呢，瞧到老狗边上坐着一个七老八十的老头，你不用担心会认错，江心洲总共也没几个老头，像他这么老的也就他一个，你不要慌，你就算一砖把他拍死，你也不用坐牢。你才几岁呀你，到了坐牢年纪你妈肯让你去吗啊？

他打过你？我临走时斗胆问了我老妈一个问题。

我老妈吞了一口口水，只告诉我了一句话我就冲出去了。她说：

你报不上户口就是他家害的。

要不是因为户口，我更愿意到别处玩呢。可是没有户口，就等于少半条命哪，我老妈说。

不错，我怀里是揣着一把刀子。可是你知道，我的刀子不够锋利，我最多可以用它来刮刮芦柴，做根芦笛。我天生好嗓音，就算一片树叶在我嘴里，我也能叫它吹出调调。我还能学各种动物叫，猫、狗、麻雀、鸽子。我学什么动物叫取决于我跟我哥们儿事先的约定，在芦滩相见，我的呼唤声是老鼠吱吱；如果我们要去大地方，我学鸽子叫；要是准备干点大事，实不相瞒，是狗叫，提醒大伙别忘记带刀。好了，这是后话。

可是我老妈既然发话了，我得听她的不是吗？天大地大，老娘最大；仇敌不除，没有出路。

我们生来就应该报仇雪恨，可恨我没有一身好武功。

不要怕他打你，他要把你打个怎么样，他就得赔偿你。

这是我头一回听到"赔偿"这个词，我还不懂它的意思。

就是管吃管喝管上学。

还有这种怪事？这一点是新的考验，我老妈的意思是不是如果我真的让她死掉，我就只能任凭仇敌处置了。我老妈说到这里的时候，嘴角微微上扬，露出一丝狡黠的笑。

我不由自主地从腰上拔出那把刀，拿在右手上，我又瞧见路边那两层楼房的屋角边有一坨狗屎。我伸出左手捡只硬纸板兜住，然后不声不响地走到矮房子跟前。我老妈简直神机妙算，那个老头和那条老狗都坐在门口打瞌睡。我蹑手蹑脚走到老头跟前，对准他那张老脸，"啪"的一声箭一样掼过去。就这么干脆！然后，你们能想象的，我掉头就跑。撒开腿的时候我听到那个老头嘴里发出一声闷响，然后我听到老狗一阵呜咽。果真没什么好担心的，可我还是张着嘴巴发力奔跑到渡口，天大地大风大，一切都东摇西晃。阿三的船还停在那里。我腾空而起，飞也似的一屁股坐进船舱。有什么关系呢，既然我这么矮小，一坐进船舱，头顶毛都不露出来一根，追我的人休想看到我。实在不行的话，他只要靠近渡船，或是让阿三捉住我，我早就想好了，我会跳进江里。这江也不过几指宽，难不倒我。

那老头没有追来。我老妈早就说过了，他跑不动。世上最可信的是老妈。首战告捷！我听到自己的心怦怦乱跳，我吞口口水，想叫心脏慢一点，省得让阿三听到笑话我。阿三盯着我的脸瞧，桨拿在手上动也不动。开船。我朝他喊了一声。阿三张着嘴就像没听懂我的话。开船！我又吼了一声。这回，他被震住了，手上的桨划了一个弧线，探进了水底。船动起来了，危险过去了。船靠近凤凰镇的岸边时，我才发现自己刚才掼过去的是狗屎，不是刀。不怪我。我真想掼飞镖的，只怪当时太紧张。我直起身子，回头瞟了一眼，沙滩上还是没有追兵。

贴了一脸的狗屎？我老妈沉吟片刻，她说，这最多是调皮捣蛋，还不算报仇雪恨。

不错，我的力气还小，勇气也还不够，刀子拿在左手，贴出去的是右手上的狗屎。

我再去的时候，摆渡的阿三，跟我套起了近乎。他说，你小子姓张吧？

鬼才姓张。我对张这个字的极度反感来自于我老妈对这个字的极度反感，我们街上有一个小孩，本来我俩玩得挺好的，可是有一回我老妈问他姓什么，他居然姓张。你姓张？我老妈说，你滚。

所以我不姓张，阿三又接着问：

你晓得你爸是谁吧？

我靠。我根本就没有爸爸。我老妈告诉我，我爸被雷劈死的。我老妈说，我还在她肚子里的时候，我爸就被劈死了，所以，你是遗腹子。关于雷劈死人的说法时有发生，发生在我爸身上也就不稀奇。稀奇的是，我没有外公没有外婆没有舅舅没有姨，没有爸爸没有爷爷没有奶奶没有堂兄妹，总而言之，我们没有任何亲戚，但是我们有一个仇家。我老妈说，所以，你的任务是报仇雪恨。

好吧，我再强调一遍，我姓梅，我叫梅子杰。我跟我老妈住在凤凰镇和江心洲交界的坝边上。那里只有我一户人家，我从小习惯独自行动。自从我满了七岁，我正式被派遣到江心洲找仇家雪耻。

要是阿三对你问三问四，你尽可以不搭理他。我老妈说，这个人脑子有问题，而且是个光棍。以船当床、以天当被，一人吃饱、全家不饿。

阿三说，你爷爷不在家，你爸爸不在家，中秋节不回来，国庆节也不回来，你太爷一个人日夜孤单，你是来陪他的吧？

切，我不屑于回答他的话。我到江心洲可是为了报仇雪恨，哪里看什么太爷，阿三果然脑子不好，我就更不拿他当回事了，只有五岁以下的小屁孩才会在他的呵斥声中瑟瑟发抖，不敢攀爬船沿。

下一回我有备而来，口袋里准备了一只死麻雀。你以为我会掷到那个老家伙的脸上吗，你这么想就错了。这一回我稳当多了，那条狗和那个老头还坐在我上回瞧见他们的板凳上打瞌睡。那条狗挤在他椅子边上，蜷缩成一团，门槛是水泥的。有一处，可能是狗刨的，露出底下的泥巴地，我轻轻地轻轻地绕过他身边，然后从开着的门进去，我老妈说过，进去往左看，是老头的睡房，睡房的门也是开的，我轻轻地轻轻地跨进睡房的门槛，果然有一张床，床上摊着一床黑不溜秋的被子，我掏出死麻雀，轻轻地轻轻地塞进被子底下。就这么果断！

我经过厨房从后门出来时，想在厨房看看能摸到点什么吃的填饱肚子。东找西找，只有半碗米。那算个什么厨房？一只缸、一只桶、一只瓢、一只碗，水泥砌的锅台像个古董，灶下只有几根木棍，冷冷清清。老鼠都要被气死。

再下一回，我老妈说，你可别这么孩子气了。她说，你可以来点更厉害的，比如你把老鼠药倒进他水缸里。

我的确这么干过。腊月初五我又去了一趟，路面上结着冰。江面像一张纸，树杈直直的，像一把把剑往天上戳。那么冷的天，却又大旱，夹江的水居然头一回干了。江底的泥沙结结实实的，阿三和他的船都不见了。我回来的时候，魂不守舍，想象一个老头和一条狗七窍流血，皮肤发青，口吐白沫，我差点不能吃饭。我老妈说，我要是让他就这么死了，他的儿子，他的孙子，全部都会松一口气，他们会感谢我帮他们甩掉这个包袱，所以，我不会让他死的，我只是想让他生不如死。也就是说，我老妈让我投进他水缸的并非老鼠药。这么推理事情就容易些了，我老妈递给我一只棍子的时候我也就明白，她并不是想叫我一棍子敲死他，她只是想看到他头上流出那么些血来，不多不少，刚好够吓到他尿裤子。

我也这么干了，那条老狗那天可是被惊动了，它龇牙咧嘴朝我冲来，可是它没有咬我，它的老牙都快咬住我裤腿的时候停住了。一条狗要是见到生人不咬，那只能说明，它自己太尿，要么就是生人太厉害。它一个劲地哀求。哀求有什么用，老子不吃这一套。我已经像风一样一口气跑到了渡口。春水一上来，阿三和他的船变魔术一样回来了，渡船像箭一样驶离江心洲。报仇雪恨使我勇气倍增，迅速长大成人。只有一次我被他逮到过，那一次明显他就是在等我。我先进了他的厨房，因为口渴，我正把嘴对着水龙头接了几口水，不错，他家里居然装了自来水，待我抹干脸上的水珠时，一只鸡爪子一样的手捏住了我的手腕。我挣扎的时候，老头儿死死地盯住我的眼睛，片刻之后，他突然嘴巴一撇，哇哇哭将起来，边哭边叫：

哇依啥儿，哇依啥儿，哇依啥儿！

我听得云里雾里，都忘记要跑了，我猜出来他好像在问我：

为啥子呦，为啥子呦，为啥子呦！

过了几天我琢磨出他应该是在骂我呢：

挨千刀的，挨千刀的，挨千刀的！

好不容易掰开那鸡爪子，我悻悻地掉头回家。

真正被他吓倒的那一次是此后不久。那天，他看见我在他的屋檐下。在昏黄幽黑、散发着老人味的房屋前，他站住不动。然后，我看到他的身子微微侧了下，就像是防备我手起刀落的一个姿势。不错，我是要袭击他，他还不算糊涂。有趣的是他不吭声。我想完了，如果我这么退回去，我妈肯定会失落，可是如果我硬是往前顶，我感觉不是他的对手，瘦死的骆驼比马大，这话我懂。我们僵持着，对峙着。我在寻求时机，上前干掉他或者平安脱险。

他说话了，声音嘶嘶的，像是刚刚翻过了座山头，他说，哇依啥儿？

听起来像是在问，你是哪家的娃？

靠，他居然没认出我是杀手。真是走运。可能是因为天气，也可能因为刚刚刮过一阵风，我感觉到我的勇气和进攻的欲望都他妈一转眼不见了，身上还他妈的特别没力气。事实上我都开始发抖了。我感觉自己都有点失控了，我想赶紧地，从这毛骨悚然的地方逃出去，可是你懂的，我更害怕这样空着手回去。我想动动腿的时候，腿脚居然麻了。我靠，你大爷的，我简直要哭出来了。可是这老头儿又说话了。他说，

哇依啥儿，哇依啥儿。

挨什么千刀呀，就你这老掉牙的？这回我看清楚这老头了。他个子很高，却很瘦，手跟鸡爪子似的，眼泡肿着，眼袋也很重，脸色蜡黄没有血色，就像很多天没睡，又像一直在哭。他身上的衣裳又旧又脏，眼皮耷拉着，却还一直盯着我。他一点点从我的头发丝一直往我的额头，往我的眼皮，往我的鼻尖，往我的脖子，然后一直往下看。他看的样子就好像那是他的程序，那是他分内的事。就像你到政府去申请低保的时候，站在柜台前，基本上不能动，人家指着这个说，按个手印，人家指着另外一个空白的地方说，填上你的名字，人家叫你坐直了，说，头放正。基本上有点像这个架势，但又不完全是。他死死地盯着，没有一点生气的意思，没有一点审问的意思，可是我被唬住了。我不给自己找借口，我的确有一点点愧。我怕他扑下来，压都压得死我。僵持中，我闻到了一种陌生的、怪异的味道，说真的，那从天而降的味道，像远方的

味道，像河沟里的味道，像夜里的味道，像要把我撕开一个口子的味道，那味道就像是迷魂药一样使我忘记了自己是谁，在哪里，来做什么的。好半天，一阵大风刮来，我清醒过来。

我的腿又能动了，脑子清醒过来了，感觉能力和勇气又生出来了。

我说：

给老子钱！

说完我自己都大吃一惊。

他一开始没听懂，明白过来后，嘴里哦哦地应着，掀开外头的开襟大褂，说实话，他身上这衣裳黑乎乎、麻刺刺的，又大又宽，就像电视里古时候人穿的衣裳，凭这一点我也瞧不起他。

他的手从胸口进去，在裤腰里头摸索了半天，掏出一卷票子，数也不数，就直接递出来了。我又瞧见了那只手。那是什么手哇，除了皮就是骨，从这样的手上接钱，要硬起心肠，我一晃脑袋，把同情心甩到脑后去了。眼睛呢，瞧着别处，从他手心里把钱一抽，立刻转身准备开溜。

可是他还有些废话。

这回我听懂了：

我的心肝，我的心肝，我的心肝！

叫人难堪得要命。

他说，你穿多些，不要把腿露在外头。靠，什么话？老子跑得浑身是汗，哪里还冷？裤腿是我自己卷起来的，裤子是赶集时买的剩余货，太长了有没有？老子不卷起来踩得走不了路有没有？

我懒得睬他，可是他还在那里喋喋不休：

多喝娃哈哈、多吃肉，长高点、长壮点。

我实在厌烦。他的腔调不是阿三的腔调，不是江心洲的我熟悉的其他人的腔调，他的声音又长又细，说出什么来都像在哭，像在乞讨、像在哀求。我捏着钱故作镇静地向前走，很快，我就跑了起来。一跑起来才算真正清醒过来，我说，靠，老子是来报仇的，怎么成打劫了？

这回我没听到他哭。

我在心里说：不管怎么样，有仇就是有仇，打劫也是复仇的一种。

话虽如此，那天过江我比任何时候都害怕。一离开江心洲，跑过阴暗幽深的林子，到了江边，天地开始空旷。我莫名地开始烦躁，想象一粒子弹"砰"地飞进我的胸口，我像一根烂木头哗啦一样倒地，然后我的身体因为疼痛而失去知觉，我的眼睛，就像所有电影里的临终之人一样缓缓闭上，最终我坠入深渊。

我迎风飞奔，阿三以为我怕黑天，事实上我是想把那颗跟我在屁股后头的子弹甩掉。

然而这一切好像都太迟了。我双脚僵硬地走在凤凰镇的水泥路上，脚下的路软绵绵的，我的心也软绵绵的，每踩一脚都感觉要跌倒。我的手心里的钱都捏出水来了，我得做点什么吧，我想。街的铺子大多都关门了，只有一家游戏厅和一间台球室还开着。还有一间适合我进去的杂货店里有灯光。我在杂货店里挑了一把塑料手枪，我装上大粒圆子弹，朝着远方瞄准，射击。直到二百粒子弹全部打光，我感觉一身轻松，我把枪和其余的一百多块钱全部装在塑料袋里，埋在离我家不远的沙丘上。我拍拍手，心里明白不能把刚刚发生的一切告诉我妈。

你若是粘上了某个人，关于他的一切，就算你压根不想了解，你也会一清二楚。就这么回事。

那老头儿，运气背得很。我头回见到他的时候他这么老，现在还这么老。我一回也没闻到他厨房里飘出丁点儿香味。他不喝酒，也不抽烟，他的话不太有人懂，他也就没什么朋友。有人说他很穷。我在心里窃笑，我到手都不止一千两千了。可见旁人总自以为清楚明白，简直是自以为是。说到他儿子，人人都说他是个人物。关于那个人物，从来没有人一句话能说得清。听说他还有孙子，我也没见到过。实不相瞒，我不愿意跟他家的其他人正面打交道，我要是逢年过节趁江心洲人多的时候来，我才是天下第一蠢人。人来我走，人走我来。情况就是这样。

这一切我统统没有告诉过我老妈。我只告诉她，我怎么怎么干的：我砸开他的脑浆，鲜血淌了一地，我捣碎他的膝盖骨，老头儿已经瘫痪了。我添油加醋、大肆渲染，我料定我老妈不会去核实真伪。她要是有工夫核实真伪，她就有工夫亲自动手。她以为她不许我讲假话，我就真的不会说。讲假话这个东西像是天生的。讲得好总比做得好容易许多。

我每回从江心洲凯旋，总是发现我老妈已烧了一大碗好菜。有时是肉圆，有时是鱼头，靠，有回居然是炸鸭腿，总之，我描述得越详实，得到的犒赏越丰厚！有一回，我想吃电视上天天播的肯德基，这东西要到县城才有卖，镇上不下十个人吃过了，电视上还天天放，满电视屏就一只大汉堡，我感觉我一顿干掉十个都没问题。至少也应该尝尝到底是什么屌味道吧？我就去了一趟江心洲，回来的时候告诉我妈，我砸开他的脑壳，血淌出来，亮汪汪的，我妈一声惊呼：

亮汪汪，一大摊？

那是。我之所以对此有把握，得益于我曾经在凤凰镇的堤坝上看到一个人宰了一条狗，挂在树上在剥皮。新鲜温热的血顺着狗尾巴往下滴。剥狗皮的人接了个电话，那些血就一直滴，很快就一摊，傍晚的太阳光一照，亮汪汪的。

人血应该差不多。

我老妈表示不相信，我就加了一句：

真的，是实话。

我没吃到肯德基，这东西县城才有。但是她说了：

要是我死了，送到火葬场的时候路费不要钱，肯定是镇政府出，你也跟着去。离火葬场不到五里路，就是城中心，你攒点儿钱，到时就能大吃一顿，肯定没人管你。

算了，算了。我说。

她还不肯歇嘴，她说，要是镇政府也不管，你就找那老老头要。

凭什么？

不凭什么，就凭你长得这么神气。

我老妈的话把我吓得不轻，好像我在江心洲干的那些事我老妈都亲眼看见了。她好像既看见了那老老头给的一大笔钱，也好像看到了那老老头追着喊我"心肝"似的，我感觉这一切都在她的计划里。

时至今日，我必须如实相告，那就是关于"实话"这个东西。说实话，当我觉得自己在说实话的时候，我说的未必是全部的实话，但我说的也未必不是全部的实话。就像我形容给我妈的实话，我的业绩，我的英勇。我描绘的时候，我能看到自己如英雄一样打砸抢，痛快得浑身颤抖。我有一次向我妈妈形容我用绳子把老家伙双手捆起来的时候，我居然真的在自己的描述中学会了捆绑这个技术活。真的，不骗你，没人教过我，我无师自通，会二十种结绳法。这就是心想事成。

有一年快过年了，我老妈突然心血来潮，要求我即刻动身，如果他的儿子或者孙子回来了，你可以一刀捅死俩。

没事，捅死了没事，捅不死更没事。

瞧她这副有把握的样子，我真后悔吹牛皮吹破天哪。她可是把我太当回事了，真以为我是哪吒、红孩儿或孙悟空啊。以为自己养了个英雄儿子，我老妈越来越精神，对生活的热情越来越高，对我的训练也越来越有难度。我得承认，自从开始报仇雪恨，我的胆子越来越大，力气越来越大，对老妈的孝心也有增无减，我从未违抗过我老妈。她一开口，我就动身。早春的夜晚寒意料峭，站在岸边，江风一吹，我打了个冷战，夜色茫茫，水面一片漆黑，可是阿三瞧见了站在岸边的我，船划了过来。踏上渡船的时候，我真的希望阿三像喝斥其他小孩一样呵斥我一声，这么晚了不要出来乱跑。他没有。他也没有跟我搭讪，没有纠缠关于我父亲是谁的话题。他就那么好奇地看着我，看着我一跃而上，站上船头，不声不响地瞧着远方。他没有片刻迟疑，为我一个人调转船头，他划动双桨，桨声带动水花，发动哗哗的响声，一切那么安宁，我揣了把刀。

我没有使上那把刀，我整个晚上所做的事，就是捡起一粒粒拇指大的土块，捏捏它的硬度，向着漆黑的夜空下的那扇窗户发起一轮又一轮攻击。

平心而论，我的功夫还不怎么样，一个晚上，击中玻璃的次数非常有限，大多数时候，石块砸在墙上，会弹回来，如果砸中玻璃，声音则清脆得多，然而，灯没有亮，狗也没有叫。仿佛我不是在向敌人攻击，仿佛我迎战的只是坟墓。几分钟之后，我感到了恐惧，这时，门嘎吱一声，开了条缝，我正待拔腿跑，老头儿在里头喊：

我的心肝，正月初二你爸才到家，你过来给他瞧瞧，他不信我。

带上手电筒，上船的时候不要踩空。

一只圆乎乎发出昏暗光束的电筒滚到我脚下。我一脚上去，将这束光亮踢进了草丛。

不过，有一天，我对这样的斗争有了那么一点点厌倦之心，我从来没有遭遇到片刻的抵抗。你知道，这对一个斗士来说是遗憾的，所以，有一天，我当着打瞌睡的老头的面，用棍子敲碎了他的三只碗，老头儿醒了后，我没有像往常一样撒腿就跑，相反，我坐到了老头儿坐着的板凳的另一头。我如此松弛，就是想给他一点儿揪住我的信心。老头儿睁开灰蒙蒙的眼睛，使劲眨了眨眼皮，我看到他的眼里有小火苗一闪，但并没有像我期待的那样扑过来揪住我，他伸出了鸡爪子一样的手——他想搂住我！

他的嘴里又发出了沉重的、沉重的喘息声，然后，他咧开没有牙的嘴，他哭了。

他说：

我的心肝，你跟你爸小时候一模一样啊！

他还是口齿不清，可我居然能听懂了。

听到这样没头没脸的话，那股怪异的味道飘来了。擦，我赶紧起身逃窜，在我的屁股后头，他那凄切的，就像死了儿子一样的哭声一路跟随着我：

你爸在外头也不容易，你不要怪他！

没有什么比对手跟你称祖道宗更无趣的事情了。我垂头丧气回家的时候，我老妈大致了解到了我独孤求败的经过，我当然省略了关于那股味道和老头儿的呼喊。我心里明白这些告诉我老妈，没什么好果子吃。我老妈说，你带把铲子，铲掉他半个脑袋。

我承认自己有点儿阳奉阴违，我倒是带了铲子，我只不过在他屋前房后铲死了几棵跟我差不多高的树。那一回，我铲树的时候仍然惊动了老头儿，可是他下不来，从坝上到坡下，这可不是老头儿能完成的行军。尤其是下过雨，泥巴地上湿滑滑的。江心洲都没几个人了。留在家里的全是老的老小的小，所以，我警惕性并不那么高，我知道他瞧见我了，可是我懒得再跑，慢吞吞地刮腿上的泥，搓手上的泥，然后回走。那个老头，老得牙都没有，毫无还手之力的老头，只好拿声音跟在我后头追赶：

我的心肝，让我再瞧一瞧！

多么扫兴！我加快了步子，可那个老头叫唤个不停。

我哪里肯买他的账，气急败坏地抬腿走人，还有什么比你想干掉的人对着你喊心肝肉更滑稽的事？

有阵子没去后，我听人说这老头现在蛮有钱，说他孙子在外发了财。我心想搞点钱花花吧，那就？他居然能闻出我来，就算我轻手轻脚，有时憋住不出气，他也能分辨出是我来了。吊诡的是，他居然猜出我的来意。

这个老头子，比我想象的狡猾得多。据我的朋友们讲，一般的老头老太把钱藏在棉絮、枕芯和胶鞋里，也有人藏在贴身口袋里，更聪明的藏在床板下面，让钱贴着自己的背。这些方法说是保险，其实搞不好老命不保。这老头居然把钱装在一只塑料袋里挂在房梁上的一根木榫上。房梁上黑漆漆的，而且他都快八十了，他怎么爬上去的呢，连个梯子都没有？我纳闷地瞅着他，他瞧出我的疑问，居然咧开嘴口齿不清地说：

竹竿挑上去的。

对呀，哪路贼也不会带根竹竿上门来偷吧。再说了，你要是小偷，你就算抬头看到了一只破烂烂的塑料袋挂在那里，你乐意多打量一眼？

他当我的面从床底下摸出几根短竹竿，当我的面把它们接起来，又当着我的面把那只黑塌塌的塑料袋挑下来。塑料袋里还有一个小塑料盒子，打开盒子一瞧，里面还有百元大票子。

真是滑稽。他家里七零八落的，没一样东西放对地方。江边风本来就大，到处都灰塌塌的，手随便一抹，就能抹出真相：就算有几样值钱的电器，他还是个没人照顾的老头，他的慷慨是毫无根由的，简直是可笑的。

他递给我的时候咧嘴笑了笑，我光知道自从见着我之后，他就一直哇哇瞎哭，这是他唯一一次笑。说是笑，其实只是做出了笑的样子，哭久的人笑起来有点假，不过我清楚他是诚心的，他如果不肯给，又何必费劲接那些竹竿呢。我在他给竹竿打结打不好的时候才发现，他不仅说话说不好、耳朵听不清，其实连眼睛也大半瞎了。我突然想，他是不是想找个人给他撑撑腰，兴许还有人比我欺负得更狠？说不定真有人捅过他，或者搞到他家破人亡过？他那样子，就好像坐在房间里迷了路，又像一个坐在悬崖边的人，分分钟要掉下去的样子。

一时之间我又动了恻隐之心，我拿起钱甩开步子就走。他还在后头叫我过两天再来，"过两天就有钱寄来"。靠，这像什么话？这种狗血的事哪一本书里都没有写过，所以不好参照。

我本能地回了一下头。这一回头吓得我不轻。他坐在那里咧开没牙的嘴还望着我笑呢，却没有声音。我百思不得其解地走向归途。栽种在大坝沿边的树木参差不齐，歪歪扭扭地向前延伸，树干发黑，树叶也发黑，还有黑乎乎的大坝黑乎乎的房子和黑乎乎的江面上一阵黑乎乎的风，真让人心头打结。我边走边生起自己的气，跟仇家如此默契实在乱套。说是满怀仇恨，得手却又快快不乐，不知如何是好。话说回来，我走了这许多地方，发现不光是我，所有人都不懂，不会听，他们光是看表面，以为瞧见什么就是什么。那天晚上我还梦见他了，他瘦骨嶙峋，跟饿了十来天似的，他伸出两只胳膊，好像要抱我。末了，他说你妈真不容易，我们欠她的一定要补偿。这么一句好话说得我站不住，一股巨大的暖流涌进我胸口，妈的，这感觉真不是一般的怪，让人烦躁、反胃，这之前我还感到心里凉拔拔的。

再后来，有回我又去的时候，他给了我一个陀螺。带花纹的漂亮的木头陀螺，我敢说他做这个东西肯定花了不少工夫，就那双昏花的眼睛、那双鸡爪子一样的手。他拿出来的时候像递给我什么宝物似的，我接过来的时候感觉到木头给他磨得滑溜溜的，可这东西根本没人玩。我想要的东西他根本没见过。

那之后我又跑过去一回，我记得是夹江无水的冬天，天已经黑了，我悄悄摸到那老头儿的窗下，屋里黑漆漆的，没有点灯。我在等待什么，我找不到答案，我很想踢开那扇门，我最终忍住了，是因为夜太寂静了，任何声音都会成倍放大，包括我心里的满腔怒火。冬天的月亮清冷，照出我孤单的影子，我矮小的身影，在地上游走，像一块没有嚼劲的口香糖。我在江心洲的堤坝上来回踱步。那时的江心洲已经人烟稀少了，不到九点，可扇扇大门紧闭，我能听到从耳边擦过的风声，我茫然无绪地踢了几脚之后，悻悻地往回走。寒冷、孤单和黑暗一路跟着我，一幢房子，又一幢房子，全部都笼罩在黑暗中，我盼望有一场冰雹，一场大火，或者是遇到一只怪兽，这样的话，我就会逃跑，或者吼叫，我最想要的是拉开架势，和什么东西大干一场。但是最令人茫然的是，在整块的漆黑背后，我不知道到底有些什么东西，这些东西从哪里来，到哪里去。

我在这里干什么？我也无法回答这个问题。但是这个问题从那时起就顽固地留在我的脑子里，我听到自己的喘息声，像狗一样的喘息声。

没过多久，就是那场百年不遇的大洪水，那场把半个省都淹掉的大水，差点把我也干掉了。先是下了十几天的暴雨，天和地都糊到一起去了。长江一天比一天粗，一天比一天壮，凤凰镇四周的田全被它吞进去了。本来这事跟我没半毛钱关系，可是江心洲差点决堤那晚我没怎么睡着，下半夜三点的时候，我听到远处有人在喊决堤了，我从床上一骨碌爬起来就往江边跑。我老妈也惊醒了，她瞧我往江边去，竟然一声也没吭。阿三跟他的船都不在。靠，不在！我一头扎进去，游了两米晓得坏事了。这水的劲道比平常大一百倍，后背有大力在撞我，胳膊有大力在扯我，想把我瓜分似的，平时我们相处得挺好，这时候却不认人了，我只好转身往岸边刨。就那么两三米，我愣是把力气耗光了。内行人都晓得堤坝是硬的，急水发上来，堤坝就特别滑，手扒不住，脚钩不住，站在江边走，一滑下去就上不来。话虽如此，我又试了一回。这回我回家找了只木盆，我腰上系了绳子、手上拽只木盆，还绑了一只游泳圈才过了江。游泳圈是在江边顺手捡的，关键时候掉链子，刚吹起来就开始跑气，喝脏水可把我喝得饱饱的。有一会儿工夫我力气没了，小心地趴在盆上，仿佛进到一个浩瀚的空间，上不着天，下不着地，我能感觉我失去了依靠。天地一片黑暗，根本没有一只灯亮着，好在老天开眼，水流有一会儿放缓了一点，凭着一点儿人声我才摸准方向游到对岸。我像个落汤狗一样爬起来赶紧往老头家跑。水差不多跟坝平齐了，坝两边的灌木也都不冒头了。树呢，都屄不拉叽地缩在水里，江心洲的电线杆早就倒了，有两根横在路上，拽着它才能爬过去。许多胆小的早他妈跑光了，光剩几个管事的瞎撞，嘴里也都喊防不住了防不住了。他们见到我，一个劲地冲我叫，让我这个小孩子赶紧到大队部集合，所有人都在大队部，马上有防汛办的船来接。我他妈才不管他们喊什么，我笃定那老头还在那破房子里没人管。我就借着那忽闪忽不闪的光摸到老头家。那雨真是大，哗哗把什么都挡住了，真他妈差点把我搞瞎掉了。门推开之后我还以为自己掉进了水里，屋里面的水反而比坝上还深，我摸到漂起来的板凳，拿着它探路，找到老头的床。靠，到处都是湿的。我拽到老头就往背上一撂，管他吃得消吃不消，我一手托住他屁股，一手摸只扁担。靠，扁担是他递给我的，我拿着扁担走一步探一步，泥巴路又滑，老子中间摔倒了四五回，硬是找到了大队部。大队部是平顶房，房顶上早就黑漆漆一片，鬼哭狼嚎了，老子不管三七二十一，背着老头也爬上屋顶，把老头往上头一扔，我听到老头哎呀一声，晓得他还活着。

　　我往回走的时候天已经亮了，天亮了我才晓得自己白忙活一场：来了一船武警战士在江心洲堵漏子。小划子把我送过江，我坐在小划子上不停地哆嗦。武警战士一个劲地安慰我不要怕。怕什么怕，那是冻的好不好？当天我才晓得江心洲保住了，沙家渡全部淹没了。雨停了我跟许多人到沙家渡去看热闹。大坝上站满了人，没人相信一个村子——整整一个村子，完全不见了影子，连一片瓦也没有，江里漂着的都是死鱼死猪死鸡和死树，没有活人。要是早晓得我就去沙家渡了，凭我昨晚的勇气，说不定真能救出几个人来。后头有大半年镇上人都在议论。有的说整个沙家渡没留一个活口，也有人说一个也没死。沙家渡到底死了多少人我到现在也没搞清楚。换在今天，你一上网，马上见分晓。那会儿可是八年前。

我后来想到自己有那么大的勇气就觉得特别惊奇，因为此后很长时间我再也不敢朝江边多望一眼。夹江少说有一里宽，天又那么黑，我居然没有游偏，就像天上有一轮月亮照着似的，力气用完的时候也没感到害怕，还感觉很自由。有会儿我没力气，感觉自己不断往下坠，就那样我心里也还挺踏实的，觉得自己像个大人物。实不相瞒，第二天早上我干掉两大碗稀饭、两个咸鸭蛋和一根油条，油条是我老妈一大早就买好的，这会儿又冷又硬，我喝着稀饭，嚼着油条坐在门口看大船来来回回救灾。阳光真他妈漂亮，透过摇曳的树梢，闪闪发亮，点缀着咆哮过的浑浊的江面。有那么一会儿工夫，我发现家里的房子很矮小，准备去上班的老妈也矮了一大截似的。不错，救一个人，哪怕没人把我当什么英雄，甚至还算帮倒忙，却让我心里拔高了一大截。

从头一回找他报仇，到现在，我算是跟他足足打了十五年交道。这十五年他真没什么变化。他的房子变化也不大，无非是添了添瓦，刷了刷石灰，前两年电器下乡的时候，他的墙边也假模假样地挂了只空调，不是他儿子就是他孙子帮他装的。他儿子过得不怎么样，他孙子好像混得人五人六。可我就没见空调转过，不管是下雪的大冷天还是热死人的夏天。江心洲的电压根本就带不动一只两千瓦的空调，全他妈显摆。我还听人说他孙子要把他接走。这老头拽住床板又哭又闹，呜啊呜啊，说又说不清。他孙子帮他找了个护工。有次我心血来潮，真想把这空调搬回家。说实话，我没这么干是因为我老妈肯定也舍不得用电，肯定还会不停地盘问，你从哪里搞来的？你又去做了什么祸害别人的事，你不能去偷鸡摸狗，你要报仇，你还要做一个对社会有用的人。靠，又要报仇又要做一个有用的人，这等于叫我在水中游还得在天上飞，这行得通吗？不胜其烦，不胜其烦。我又不能告诉她，这老头儿家里都装空调了。我拿不准我老妈听得听不得他过好日子。我妈就是这么一个人，旁人不清楚，不晓得她到底要什么，我也不清楚，但我晓得什么该讲，什么不该讲。

张子豪

突然一阵急风，吹得地上的尘灰直打转，坝下的芦柴荡发出一阵长长的嘶鸣，明明上午时光，却像黄昏来临。我感觉我妈特想和我说话。我挺不习惯的，要想避免跟我妈讲话，就得假装忙得很。我手机里有许多学习软件，我妈来的时候我就背单词，她一走开我就上网找信息。没有头绪，我还得从照片上找疑点。第一幅照片上，趴在地上的这个人，衣裳虽然破旧，却没有丝毫搏斗过的凌乱和破碎。第二张照片上，甚至可以看到裸露的左胳膊。我开始慢慢放大图片，胳膊上没有伤痕，有四个手指暴露在外，他的手干燥、粗糙，那是一双干惯了体力活的手。这么年轻的身体配上这样的粗糙和历经沧桑的手似乎很不协调。在他的手腕处，有一个小小的文身。我再度把照片放大后仔细辨认，原来是一只鹰，一个翅膀展开正在发力的鹰。这只鹰和这样粗糙的手臂也很不协调。照片上角那只破碎的花盆边上，是一个绿色的垃圾桶，这崭新的翠绿的垃圾桶配在这血迹斑斑的现场，更不协调。在照片的左侧边缘，是几双残缺的围观者的脚。有一只大脚上拖着十字拖鞋，还有一双是发亮的皮鞋，在这双发亮的皮鞋后跟旁，是一只红色的鞋尖，这群茫然的围观者松散地围在这个生死不知的人边上，也显得很不协调。相比起杂乱无章的围观人群、破碎的花盆和太阳花，倒是这个趴卧的背影，看上去沉默、温顺。要是地上有一张凉席，要没有头部那一摊血迹，你会以为这是个疲劳过度正在午休的小民工。

他到底是谁，是谁把他撂倒的，他到底有没有抢银行？如果抢了，为什么没有任何新闻，现场也没有任何警察？如果没有抢，他怎么会睡在自动柜员机边上？最重要的是，他叫什么名字，他是活着还是死去了？

一番搜索，我找到了无县殡仪馆的网站。网站上只有服务项目、收费基准、联系方法和交通路线，唯独没有这两天火葬的人数、名单和照片。我情不自禁地拨打了网页的服务电话。电话简直以迅雷不及掩耳之势接通了。我一下子措手不及，愣了半天，好不容易问出一句，这几天业务怎么样？对方狐疑地问我是谁，我支支吾吾地，意识到这样下去，什么消息也探听不到，对方随时会挂掉电话。我调整了一下，开始放低声音，说，没事谁往这里打电话啊，我太爷爷快不中了，我们想为他办个体面的葬礼，不知道你们有什么样的服务。

什么样的服务都有，关键是看家属的承受能力。我听出了对方浓重的方言的时候，对方也听出了这是个正在变声的孩子，电话那头的口气不无讥诮和不耐烦。

我想知道这几天有没有一个二十多岁的人被送来。

此话一经问出口，我听上去已经像一个心虚的惹下大祸的坏小子。

这个三分钟前还是规规矩矩听自己家族故事的乖儿乖孙，这一通电话，连自己都开始不习惯自己的声音，果然对方恶声恶气地说：

这是隐私，我们不便透露。

我挂掉电话，微妙的挫折感袭击了我。我四处茫然瞧了瞧。然后低下头，装着什么事也没有似的继续翻手机。

梅子杰

就凭这一点，我就发现这小子还算能沉得住气，还愿意动脑子。不像我，心里有多少想法，脸上就写了多少想法，心里有什么念头，眉毛、嘴巴就会泄露我。

说实话，在县城我第一眼瞧见他就喜欢上了这个兄弟。他身材匀称、皮肤白皙，戴着副跟他的脸型非常匹配的近视眼镜。站在江心洲的堤坝上，如同花生地里长出的一株兰花。他对人说话前会先点点头，饭菜不合他的胃口，他也会把碗里的吃完，吃过饭会把自己的碗送进厨房。很有修养。

跟我小学作业本上一个个"×"相反，他的身上和鞋子上打着一个个"√"。我能猜出来这家伙成绩也就一般般。根据我对学校的经验，班上的前几名，那都得鼻梁上早早戴上玻璃瓶底。念书念得太好的人，他们的背多少有点驼，或者性格多少有点古怪，不是太内向就是认死理，这些我兄弟身上全没有。我兄弟细长个子，瞧着还结实，一看就是体育不错，或者是篮球，或者是足球，舒展的运动模塑出的这体型。他戴着副近视眼镜，使他增加了些书卷气，他在江心洲的堤坝上走来走去。门前一棵柳树，我经过的时候三番五次跳出来揪到头顶上的垂柳，可是我兄弟经过的时候头还要侧一侧，省得枝条刮到他的肩膀。总之一句话，他高我一个头。

几分钟之后，他已经从恶作剧的心情中走了出来，神态自若地回房，像是为了尽快转移注意力，他走到我太爷爷的房间，坐到床前的椅子上。对着我太爷轻声说起话来。

张子豪

我爸把我爷爷夸得跟佐罗似的，我要不是亲眼见过他在我家客厅的样子，我要是不亲眼见到他猫在我楼下屋角的样子，我可就真相信我爸的话了。我爸现在说话越来越夸大其辞了，可我记得很清楚。那时我们一家三口还住在开坪，我爷爷第一次到我家，我妈不在家。他的头发硬得像牙签，一根根立在头上，胡子也是，不刮干净，就要来抱我。我被吓住了，一顿猛哭，眼泪和鼻涕糊了他一脸，他把我举高一些，举高一些我也没停下来，他眨巴眨巴眼睛，嘴里还呵呵地笑，像个傻瓜。

我记得他放下我，然后像一座小山头一样堆在我家沙发上，说了些什么我完全听不懂。但我记得，他一走，我爸妈就会翻脸、打仗，我妈会不停数落（她还觉得她话不多，其实她话最多了），砸盘子，撂狠话，家里像一盆浑水，好几天才能恢复原状。

我对他的印象深起来是因为水。那是第二回了，要是我没记错的话，他先是坐在沙发上，桌子上有一杯水，他端起来一口喝干，倒水的人还没转身，他已经端起来喝干了。我记得有回他来的时候我刚从幼儿园回来，我主动叫嚷着抢过茶杯给他去饮水机里接水。饮水机放在餐桌边上，他坐在客厅的沙发上。我接好一杯，端到他跟前，他喝掉了，我又倒了一杯递过来，他接着喝掉了。他给人的感觉就是身体内有一个空水壶，要灌下一大锅水才能满。我来来回回跑得都记不清多少趟了，仿佛这就是个不能停止的接龙游戏。游戏总有终止的时候，因为我不只厌倦，简直有点害怕了。这是我对他最初的惊恐，他的肚子能装得下整个地球。我颓然地放弃倒水这活儿，坐到另一只沙发上直瞅他。

他的手上一只黑色人造革包，黑得都发亮，包里掏出来一摞黄黄旧旧的纸，他拿出来翻一张就沾一口唾沫，他什么都没说，我爸就会抢过来：我自己看。

他并不看，只是瞟一眼，瞟到第二眼的时候就往茶几上一扔。他说，大，这个生意没什么赚头。

他说，有。

我爸说，大！

他说，就这一回。

我爸又说，大！

我爸的声音里透露出来的妥协被那老头抓住了。他的话多起来了，他说：

只要这回能赚到五千，我就回江心洲。

那年我正在上幼儿园，这数字吓了我一跳。我爸比我镇定，他说，上次你说挣三千你就回江心洲。

我回了呀！

可你又出来了。

现在什么东西不贵，种地又种不到几个钱。

总够吃吧，总不至于血本无归吧。

怎么没有血本无归，去年，我种的三亩棉花不是被虫啃光了吗？

你在外面东跑西跑，有虫都不及时打药水，不啃光才怪。

我爷爷的口气软下来了，都旧年的事了。

他就那么坐着，他那个架势一望就是不达目的就不走的架势。

我爸使劲儿地望着墙上的挂钟。他好像在跟时间赛跑，谁都看得出他是希望这老头儿在我妈回来之前从沙发上站起来走人。可是情况是，我爷爷就那么陷在沙发里，没有一点想走的意思。

他到底走了——从我爸手里接过钱之后。

那个做白日梦的老头。我妈提到他的时候咬牙切齿的。她怒气冲冲地向我爸面授机宜。她说，他下趟来你把我们的难处告诉他。

他会还的。我爸说，这个时候，那个白天对着那老头儿摆出挺威严挺神气挺不好说话样子的男人不见了。他垂着头，就跟我打碎了碗一样，手脚并在一起，等待我妈的训导结束。

我妈说她有两个儿子，我爸是她大儿子，我是老二。

梅子杰

我兄弟提到的那只黑色人造革包我比我兄弟见到的还早。那时候我念小学。放了学没什么事，就在江边看一帮几个跑船的在玩"跑得快"。说起来我的童年还是比较自由。作为凤凰镇和江心洲交界处的居民，最大的好处就是凤凰镇的人不拿你当镇上人，干什么也没人管，更没人对我老三老四；最大的坏处也是他们不拿我们当镇上人，到我跟前甚至还有一些优越感。可是我一坐上阿三的渡船就明白，阿三其实也没拿我当自己人。凤凰镇人的那些缺点江心洲都有，半斤八两，连在我跟前的优越感都像一个模子刻出来的差不多。

基于以上种种，或其他狗屁不通的因素，所以我交了些道上的朋友。我们都算是多少见过世面的，加上又有报仇的重任在肩，我行踪不受约束，我有时在河坝边倾斜的柳树上训练我的平衡能力，或者到沟里钓黄鳝，在各处的水都变得污浊不堪之后，这些事情已经没有人干了。别人不干的事好像我都有兴趣，反正我跟其他人不一样。

那天我就坐在江边看一帮跑船的打牌。一抬眼瞅见一个五大三粗的人穿件旧不拉叽的藏青色西装站在渡口等阿三的船。那料子又不怎么样，这种料子发光发亮又不容易破，他们一回回穿，屁股后头磨得发光发亮，这些人就挂着亮锃锃的屁股来来回回。这个老头呢，膀大腰粗，像个杀猪的，上身穿件西服，可是下身呢，穿条磨得发黑的牛仔裤。那是我头一回远远地瞧见他，我心里一咯噔。真是怪事，从来没有人说过，可是你只要长着眼睛，望着一些东西，树啊、庄稼啊、水啊、渡船啊，你望着望着，一些门道就望出来了。就譬如这个人举着个人造革包站在渡口，我愣了一小会儿，感觉怪怪的。

我咽了一口唾沫，对谁也没说。很简单，我的年纪和勇气还不够。要是我回家告诉我妈，我猜出那个害我报不上户口的仇人的儿子回来了，我妈肯定说，那杀呀，干掉他呀，一刀干掉俩才解恨。你说万一我妈真的开口了，你说我不是自找麻烦吗，我干得过他吗，我身板还没他一半粗。

顺便说一句，不管谁穿西装都比他好看，可是谁也没有他穿得这么久，现在早就不流行了，可是他还是喜欢穿着来来回回，硬是把西装穿成了他的特色，穿得跟他本人浑然一体。他不仅穿西装，他还喜欢拎黑色公文包。他上了船之后，阿三划桨幅度有点大，桨叶溅起水花落在船沿上，他一见，把那只包举高一点，表示这包沾不得水。里面有合同，他补充说。阿三撇下嘴说，合同上都是字，你认得几个？他歪过脸来瞧着阿三，有点不相信自己的耳朵，可末了他把头转过去。他既不习惯阿三说出实情，也不习惯阿三的态度，可是他没发作。他不是有教养，也不是反应慢，实在是这年头越来越不作兴动辄动手了。大多数人都往斯文、礼貌里变，面子上摸不到深浅才是成功人士，依我看，他是真的很老了。他的力气像丝一样被抽走了，就算我晓得这家伙曾经不可一世，人人惧怕过，可如今待到我认识他的时候，实不相瞒，我早就觉得他有点名过其实。

自从他头一回举着公文包上的渡口，从此之后他每回上渡船时都是举着公文包的。

张子豪

那个好做白日梦的老头又来了。来的时候带了一只母鸡。一个一百七八十斤的矮老头，膀大腰粗，走起路来，不看左右，不回头，一副大男人的样子，像一辆巨型卡车，轰隆隆往前开，又沉又重，还不减速，就是这个感觉。

可他的手上拎了只鸡。

那鸡可不老实，兴许知道自己要赴死，成了人类无情、残暴的屠杀对象，一进门，它扭动着脑袋"咯咯咯"抗议着，好像它可以用这声音来改变自己的命运似的。等到我爷爷把它放到我家的厨房兼餐厅的时候，它挣脱了捆绑的绳子，朝阳台撞去，可惜，阳台是封闭的，它撞在玻璃门上，拉下灰不拉叽的鸡屎，我爸说，你又没养鸡你带什么鸡？

带给我孙子吃，我孙子要营养。

我爷爷，他完全不是我爸嘴里的大力士、英雄和走过江湖的保镖，他像从工地上来的，皮肤黑得发亮，头发一撮撮地贴在头上，这是个爱淌汗的人，他坐在那里，汗如雨下。

除了他的生意，他从来不说多余的话。不管我爸争辩、奉劝、警告、发怒，他总之就保持着他那特有的神色，他几乎是不好用任何词来形容的神气，你要说他凶恶，这肯定不是事实，你要说他可怜，他一张口的腔调就像一个当家做主的人。

我爸问他：

亏了？

亏了。老头儿补充说，饿了三顿他都不掉一滴泪。

你饿了我爷爷三顿？我爸站起来眼睛瞪圆了直往他跟前歪。

还不是想叫他哭一哭！再说，他三顿没吃我也是三顿滴米未进。

然后他俩就开始纠缠我太爷哭没哭以及哭到底管不管用的问题。

我爷爷说：

管用。

管用你亏了三千多？

他不是没哭嘛！

没哭你告诉我他哭了。

我也是听隔壁人家说的。

你判断不出真假？

我判断得出。

那他到底哭了没哭？

没哭。

邻居都能骗到你了，外人就更能骗到你了。

我爷爷就停住了。他那副倒霉样子真是叫人瞧了不欢喜。那天没人为他倒水。他就自己垂头丧气坐在沙发上。可是他不走。

梅子杰

听我兄弟说这老头，真特他妈逗。江心洲人打死也想不到这家伙就这么个骗法。他迷上做买卖比我找他家老头麻烦更早一些。我还没生出来，江心洲十户有六七户有人做买卖。人人见面打招呼的时候，姓后头都会加两个字——"老板"。"陈老板回来啦？"背后就不一样了，"陈贩子回来了。"可是张广深的外号从来没有变过，他们一直喊他"张大力"，就算他松松垮垮、软不拉叽，没力气没钱没脾气，可是他的外号一直没改动过。

江心洲的人做买卖，是成群结队下江西贩木材。不知道出于什么心理，张大力跟旁人走岔了，人家去江西，他去江苏；人家贩木头，他贩黄豆；人家贩化肥，他贩芦柴。

就像是老天跟他躲猫猫似的。他贩什么什么就不好卖。他贩芦柴那年，凤凰镇的造纸厂突然就倒了，他的芦柴一堆堆堆在造纸厂的厂房外头，说是货搬来了，合同还没签，芦柴放着放着慢慢粉化了。

他贩黄豆倒算是贩对了。有年黄豆歉收，到处缺黄豆，可是嗅到商机的不止他一个，等到人家赚到腰包鼓起来之后，他才开始囤货。他的价格没有优势，黄豆荒过了之后，他的货还剩几十麻袋没有销出去。新黄豆上市前，他把剩下的货对折赊给凤凰镇桂花豆腐店。那年所有的豆腐乳和豆腐脑里都有"张大力"的气味，那时我还没有生出来，我是听来的。

他赚不到钱实在讲不通，一开始我当是他不识字，账算不过来。他不懂什么叫成本，也不懂得什么叫损耗。有回他在船上算账的时候阿三听到的，他八分钱进的山芋，九分钱卖掉的，他说自己赚了一分钱。连阿三都懂里头有运输成本和损耗，他这样赚不到什么钱。他张着嘴巴一口咬定自己赚了一分的利。

利呢？

人家这么一问，他就支支吾吾不吭声了，后来我算是想清楚了，人可是长着眼睛的，周边这些熟悉的贩子谁不晓得一到阴天他的脑子就不做主，这些心眼多的人专门喜欢阴天找他做生意。

有五六年的工夫，"张大力"贩木头、砖头、大理石、水泥、猪仔、棉纱和玉米等。他贩过一切能买和卖的东西。对贩卖的热情使他风光过一些时候。种棉花的盼望他来高价收棉花，渔民希望他铺开到县城的渔业通道，镇上的杂货店老板也跟他保持着联系，摆明跟他搭上关系，说不定他到哪能顺手批发一些货物走掉。话说回来，要是有人恭维你几句你就当自己是个人物，这就大错特错了。就拿摆渡阿三来说吧，整个江心洲好几十年都从阿三的船上进进出出。没有阿三，谁都出不了那个岛。凡是要过江的人，人人有事在身，个个心急火燎。要是阿三生病发热，或者情绪不高，不肯开工，人家就拿假话把他往死里哄。哎呦，阿三是我们的大恩人，阿三是江心洲的大功臣。有回阿三膀子肿了，不能动，他用下巴支着桨划船。可是现在呢，阿三是死是活根本没人知道。

张广深对自己最大的误解是以为自己还是当年那个使人胆寒和敬畏的大力士。然而他屁颠颠地忙乎了这些年，既没有像别人一样造个三层楼房，也没有给自己再娶个老婆。他不想当孬人又有什么用呢，瞎子都能看出他的买卖一塌糊涂，他的三寸早就给那些人捏住了，可是往往你以为这回他彻底一蹶不振了，他又变魔术一样搞到了些本钱。知情人透露说，他亏掉一回就去找他儿子一回。据说他儿子在外地开了厂子，发了大财，一回回资助他老子渡过难关，所以张广深从来不赚钱，还能不歇手。像一个孤胆英雄似的，二十多年了，张广深凭着他屡贩屡亏、狼狈不堪而又屹立不倒的形象牢牢地站稳脚跟。谁都乐意看到比自己更孬的人，江心洲的人其实混得不好的大有人在，可是只要有张广深垫底，谁到了过年回来腰杆都能挺直。

我兄弟提到的那回，我也听说了。那些日子，张广深先整天对着他家那老头儿，看他哭不哭，好像那老头儿这几年都挺爱哭的，而且还神奇。那老头儿哭了，他这个做儿子的手头上这笔买卖就有赚头；不哭，他这笔买卖就要砸了。有一天，听说他兴冲冲地找儿子要本钱去了，因为那回老头哭得真是凶，他哭的时候连阿三都听到了，听说那老头扶着个板凳还要往渡口跑。真有此等怪事，自打我认识他，就觉得他走路超过五步就要停住歇一歇。去渡口，能啊他？我真想去瞧瞧热闹。问题是我那阵子跟同学打架，人家十五，我十三，没打过，胳膊打折了，在家里睡了几天，错过了一场好戏，要不然我也去瞧瞧他哭个什么劲。等我胳膊好了，又能攻能守的时候我就上了阿三的船，过了江，蹓到他门口，准备瞧上一瞧。那年天气挺怪的，好几个月不下雨，一直不下雨。江心洲十户走掉了八户，剩下的都是些胆小加体弱加年长的人在家。天气焦枯焦枯的，江水每天缩下去一截，树叶一天比一天黄一成，连天都远了许多，庄稼叶子也比往年小许多，枯黄的藤蔓被风吹得蔫不拉叽的。成群的苍蝇围在一摊狗屎边上，有人走来，就嗡的一声四处飞开。瞧着这些我突然又不想去了，过了江，远远地瞧见他家屋顶了，我又掉头回来了。

说到底，我怕那老头儿不顾旁人，跟在我后头"心肝""心肝"地叫唤，我烦。回来的时候我在街心里晃荡，遇到几个老朋友。我们靠在一家台球室门口闲聊。这家伙从我边上经过。这回离得太近了，我没理由看不清他。我的第一感觉是这个家伙不像江心洲人。江心洲五十以上的男人是不穿牛仔裤的，可是这个老头呢，还是穿着那条松松垮垮的牛仔裤，脏得就跟十年没有洗过似的。他走过之后，我一个哥们压低喉咙说了一句：靠，这个老头真屌！他说出了我的心声。

倒不是光冲着那条牛仔裤，还有那双球鞋，千疮百孔、肮脏不堪。他的脸色也颇为奇怪，就像七八天没有睡觉一样，这还不算，他的眼睛看什么东西都那么不落到实处，他的目光在台球室、店铺和水泥路面上方飘过。这么说吧，这就是个没混得好的模样，但是，他的落魄潦倒里却似乎还有另外一些东西。这个毛里毛糙的人，全身上下都肮里肮脏的，但衣裳里的那个架子却又支棱着，就像许多电影里的某个人物，老远看着良家妇女被欺负，一言不发，然后突然上来，身手不凡，打得敌人落花流水的那种天外高人，打完毫发无损，拍拍屁股就走，也不跟人客气，更不说些冠冕堂皇的大话。总而言之，不像个好人，也不像个坏人。

"不要惹老子"。他身上就写着这么几个字。站在街心一支烟轮换着抽的家伙们没有人敢取笑他。我们就这么眼睁睁地看着他过了江，摇晃着上了坡，然后照直不打弯地下了坡，不见了。

我心里当时不是个滋味，我使劲把递到我手里的烟往肺里吸，连着吸了好几口。

那时我对一切都满不在乎。胆量这个东西是日积月累的，我后来经常逃学，整日在凤凰镇附近各个新街上游荡。那几年，除了我们凤凰镇，每个镇都在造新街、造商品房，建设最快最好的是姚下镇，刘家桥。我逢集必赶，逢热闹必看，打架也经常搭手，积累些人生经验和阅历。姚下镇上的台球室是我常去的，再跑远一点，是刘家桥废弃的轮船码头。凡是在道上混的人自然会遇着一群在道上混的人。我们有五六个兄弟，几乎全比我大。我们聊的话题有很多，谁都有听来的故事。打个比方，我没有爸爸，也算童年悲惨，但我有一哥们，一个人有三个爸爸，都姓胡，是亲兄弟。没人晓得到底谁是他老子。因为他长得和其中任何一个都差不多。有人建议他有钱就去做个DNA，他说他没兴趣。我们当面取笑他的时候，他不在乎地耸耸肩，表示有此等传奇身世不是他的错。他的三个爸轮流或是抽签决定今晚谁跟家里唯一的女人睡，不过，也有不和平的时候。有一回，他几个爸干架，骚乱中其中一个爸把气撒到他头上，抡起他甩出两米多远，那时他才五六岁。可能因这个缘故，后来他念书不怎么好。我们常常情不自禁地聚集在一起，到处溜达，轮流抽一支烟，共同喝一瓶啤酒。你还别说，你要是从小被当成特别的人，然后遇到特别的人就会成为你的朋友。朋友说穿了就是命运。就是那回，他经过我身边的时候，虽然我没发表看法，不过心里承认那老头身上的确有种让人胆寒的东西。

张子豪

后来我才想起来一个奇怪的问题，为什么他每趟来，我家永远是我跟我爸在家而我妈不在。

后来有一回我放学回家，我坐在我妈的自行车后头的时候瞅见他躲在屋角，我妈的电动车一来，他就赶紧把头往下一缩，他可能没有料到站在电动力踏板上的我刚刚视线够到他。不过我当时也没有留意，以为自己眼花，一直到第二天，等到家里只有我爸和我的时候，他"咚咚"敲开我家的门，我才确定他昨晚就开始蹲点守候。

我妈是个聪明人，每回她一进门就能嗅出他的味道。她教导我爸说，你去跟他说，我们日子过得挺紧的，到现在房子都没有一间。

我爸说，他晓得我们有房。

都怪你，你能不能跟他讲点儿真话，这房子是贷款买的，到如今我们才还了厨房和卫生间的钱你不记得了？

讲了也没用，他哪里懂金融。

这不是金融，这是常识，我妈说这话的时候披头散发，嘴角沾满唾沫，两眼圆瞪，火气简直要从头皮往上冲，看得出她每回一开始都想好好说话，最后总是没做到。

她实在太聪明了，我怀疑她的身上有福尔摩斯的血统。我爷爷走的时候，要是倒了水，我爸会特意把茶杯洗洗干净，放在茶盘里。我妈回来一瞧，说，这茶杯怎么这么干净？

就这么一小点就露了馅。带了鸡的那回更糟，我爸把鸡送到菜场宰杀了切成块端回来，可是我妈发现家里多了一只鸡蛋。她说这只鸡蛋是正宗的草鸡蛋，菜市场根本没有这种鸡卖。她说，你爸这只鸡一定好几千吧？我妈说，我要气死了，气死了。她说我爷爷和我爸爸合伙把她气病了、气疯了、气老了。我妈把皱纹、白发、肥胖和失眠症全归结到男人的名下。我经常睡一觉醒来我妈还在数落，家里除了她的声音就是那只挂在墙上的钟的嘀嗒声。

还有一回，我爷爷来了。我爸改变了策略，我爷爷还没有落座，更没有喝茶，他就把一沓钱递给我爷爷。然后，我爸淡定地牵着我送我爷爷下楼。他告诉我爷爷附近哪里有小旅馆。他详细地指路给他。前后不到一刻钟我爷爷就走了，这回我想我妈怎么也不会跟他吵了吧。我们散步回家，一进门，我妈张口就问：

你大又来要钱了？

简直神了，我爸瞧瞧我，有点想抵赖。我妈很干脆地说，你没做亏心事哪里有心思带孩子下楼去玩？

我妈最大的法宝就是那句话：

我要到江心洲找子豪太爷爷评个理。

搞得我爷爷好像不是我太爷爷的亲儿子似的。可是这句话往往是有效的，我爸一听我妈说要去江心洲，他就会满面通红。他脸一红，就像是一种认罪，认罪是我妈要的效果。认罪就等于承认我妈所讲的一切都是有道理的。我爸败局已定。

后来，遇到另外一些事，我妈就会习惯性地朝我爸喊：

我到江心洲找子豪太爷爷评评理。

她叫了这么多年，一回也没真来过江心洲。我爸和我爷爷的关系格外让人奇怪。你要说我爸不待见我爷爷吧，他哪趟突然就那么来了，明知他来要钱的，哪怕他晓得我妈一回家，等待他的是暴风骤雨，可是他从来没有把惹祸的爷爷拒之门外。我们在开坪那地方的时候我爸不当家，家里的大小事都是我妈说了算，我爸就是甩手掌柜。按理说，他不可能有钱，可是我爷爷每趟来，都没有空手离开过。而且，最关键的是，我爷爷一进门，一坐定，一端起茶杯，我爸立刻就翻了身——他不像平时的那个样子，平时我妈总说他像儿子，可是我爷爷一来，我爸就变得很成熟、严肃，像个长辈，他戳穿我爷爷的每一句话，每一个借口，每一个谎言。

我爷爷说，家里搁锄了，来瞧瞧子豪。

家里的地你什么时候种过？

上一趟还好。他的意思是没亏钱。

我爸就直接揭他短了，没亏你穿成这样？

我爸还问他：

你下雨天不要拿主意。

那天没下雨。

到后来，我都摸清他们之间的套路了。

梅子杰

我第三回碰到他，他在早市上卖竹凳子。我们整个县都没有毛竹。竹凳子肯定从江西贩来的。你能想象吗？竹凳子。十五块一张。

他两挑椅子差不多有四十多张，就那样横七竖八地码在那里。我听到有妇女在跟他说话。

你竹凳子硬实不？

硬实。

太硬硌屁股吧？

不会硌。

软的？

嗯。

不扎实？

扎实。

扎实还不硌？

随便你。

那天天不好，风又大，许多摊子都收了，留下的都是垃圾，卖肉的摊子下是一汪血水，卖水果的地上就是香蕉皮，你踩一脚，我踩一脚，苍蝇还嗡嗡嗡，我见他脸色黑一阵红一阵，两只手过一会儿往自己头上捶一下。

人家一听随便你，翻翻白眼就走了，这年头卖东西哪能不哄着点人呢，哪有不开笑嘴不讲好话不让人试坐的。他也不挽留，就那样直挺挺地站着，过一会儿还捶一下自己的头。

等到人都走光了，他瞅了瞅四周，抬起头朝天上骂了句：

日你妈！

还日你妈呢他！我他妈差点笑崩掉有没有，老子才念小学也晓得，就这种业务水平，你赚到钱除非太阳从西边出来。我心里蛮快活的，首先，我还是有点害怕的，我频繁去报仇，也怕他家还有强人，这下我心里有数了，难怪老头那么尿。老子英雄儿好汉，老子尿人儿操蛋。这样的鸟人我用得着怕你？！

明知他可能在家，有回我还是一冲动，再一次往江心洲去。那时候，阿三已经不敢小瞧我了。我一上船，就算他正在拉稀，也得把船给我摇过来，他至今没有从我手上收到过一分钱。我倒不是不肯。有回，我心血来潮，往他手上递了十块钱，他不接，他说，我怎么能接你的呢？

我他妈一听就火了，你怎么就不能接老子的钱？我的模样有点儿唬人。谁说阿三是个憨子，我看他一点儿都不憨，他赶紧补了一句：

我跟你家大人是多年的交情。

擦，虽是胡说八道，原来也并不是瞧不起我。后来我递给他一根烟，他立刻伸手接了，他是怕我抽他。

我那天过江的时候，他瞧我的眼神就有点不对劲。但是他什么也没说，他没多嘴。

我老远地就瞧见那条牛仔裤挂在晾衣绳上晃，我瞧着简直气不打一处来。这个屌人果然在呢，难怪我今天那么气不顺。

在江心洲我怕过谁，我于是大摇大摆地走到那个屋前，门口老头儿坐的板凳还在，可是老头儿不在外头。我刚刚坐下，这个家伙就从屋里出来，他瞟了我一眼，一句话都没说。我咧了咧嘴，算是打招呼，毕竟我是坐在他家的板凳上，可是他竟然没有回一句话，一支烟也没递。这么不懂规矩的样子，我真是有点火大。

我真不想叫人小瞧我。毕竟那时我在江湖上已经有了一点的影响力。直白说吧，我已经从一个业余打劫犯变成一个专业盗劫犯。

我在江心洲的打劫如此业余，却屡屡得胜，从来没有空手而归。导致我从十岁开始就以为打劫就是这么简单、这么顺畅。所以我准备靠打劫为生。我和几个朋友在一起认真地讨论过，要不是有个哥们太屄，一直在乱喊乱叫，我十四岁那年就有望干一票真的。说到底，我们的心不齐，每一个人的处境和想法都不太一样，意见也不统一，所以我们只是偶尔在附近的村子里闯闯空门。闯空门一点风险都没有，那些锁啊什么的形同虚设，难不倒我们，说实话，捞出来的也都是不值钱的旧电视、煤气罐和一些废铜烂铁，卖不到几个钱，等后来这帮家伙一个挨一个去了城里，我们这个团体也就自动散了。

也就是说我被说成"银行抢劫犯"之前，早十年就明白自己是个盗劫犯，所以，我血淋淋地躺在地上，所有人围着我说我是个"抢劫的"，我一句也不会为自己争辩。这是后话。从江心洲劫到的钱有多有少，无论多少，我都不敢拿回家。我把钱藏在任何大人都没有兴趣下力寻找的地方，比如我家西墙的第五排的一块砖下，那块砖明显松动，可又有谁拿开它，看过我的宝藏。

有一阵子我觉得钱够多了，就去买了把猎枪。我在田野伏击野兔。那把猎枪实在不行，准头太差，一天难得射到一只野兔，狐狸和麻雀更是鲜有收获。不过，狩猎能训练我的耐心和想象力，我趴在野地里，经常期待一头野猪跌倒在我面前。这会儿我突然怒火中烧，要是这把枪在我手上，我肯定拿起来就瞄准，一枪把张广深脑浆干出来。

这么说吧，我以为他跟他老子一样重视我，不要说毕恭毕敬，好歹也要客客气气，事实上是我高估自己了，他根本没多瞧我一眼，准确地说，他没看见我，他闷着头从我身边过去，拿了水桶到江边挑水。当我是透明人啊?！

我气到不行，直接就进了屋。老老头从床上把头抬起来，他一瞧见我，两眼放光。我一看到那张讨好的脸，没好气地抬腿走人。

不过就算他递给我一根烟，留我吃晚饭，或者跟那个老老头一样对我客客气气，我想我也高兴不到哪里去。

张子豪

我再长大一点我就明白一件事，我爷爷避开我妈的视线其实是一件特别困难的事。除了我妈管钱之外，她在家的日子要多过我爸。大多数时候，是她在家里照顾我、收拾屋子、做饭、看电视。她仅有的那些不在家的日子，我爷爷就能见缝插针地站在我家门口，敲开我家的房门，进得门来。他坐下来。他端起一杯水，喝光，再端起一杯，喝干，一直等到没人帮他倒或者饮水机干了为止。他喊我：亲孙子。但他不再上来碰我，他后来一次也没有抱过我，他甚至也不朝我笑，等着他要的钱到手，然后走掉。

我妈不是好惹的。有几回，我爸在家，她声称出去逛街，可是一转眼她又回到家里，她的眼珠子像机关枪一样在客厅里扫来扫去，当然，她一无所获。有一次，她两度半路杀回家，很遗憾，她照常扑了个空，可是，当她第三次出门后不久，我家的门铃轰隆隆响了起来……

梅子杰

靠，他屁成这样了，回来还挺显摆。有回过年，阿三告诉我，张广深给了他一张五十的大票子，让他买件皮实褂子挡风。江边风大，五十块钱是能买到仿皮大褂，可是穿几天，袖口领口和对襟就会破得光秃秃的，露出塑料里子。穿仿皮大褂真丢人。可是你想一想，这个要给别人买仿皮大褂的人，自己坐在儿子家的沙发上死乞白赖地要钱，怪。

后来我也听说他儿子是个怕老婆的软蛋，家里的财政大权全在老婆手上。江心洲人一点儿也不保守，他们并不瞧不起怕老婆的人。他儿子无论怎么做，在江心洲的名声都还没坏，这完全得益于他这个与众不同、神出鬼没、完全不按规矩的大，所以他儿子难得回来大家都能理解，再有钱的老板也架不住这样的大三天两头揩油。

人是长着眼睛的，你贩来的东西是要现钱的，结果不是卖掉是烂掉的，人家也瞧不见么。就说那大白菜吧。他不晓得从哪里得到一个知识，说冬天吃大白菜炖粉条特别好，他说有的地方天天吃百吃不厌。他运了一大卡车的大白菜。他的货物码在凤凰镇西门一间租来的仓库里，仓库门板上写着"五分一斤"。一个冬天，他就坐在仓库门口，举着把秤等人来买。是有人来买，问题是，买的人是一棵两棵买。每个人来买的时候都把外边不新鲜的一层剥皮。天要下雨了买的人更多，因为晓得能赖他的秤。他那回来了个"将计就计"，你们不是喜欢下雨天来买我东西吗，他就在一个硬纸牌上写着：

天晴要出门！

他一卡车从头年冬月卖到来年二月，没卖掉的大白菜堆在仓库里捂得烂臭，仓库四周苍蝇密密麻麻。后来凤凰镇上有半条街的人半年不肯吃一顿大白菜。

那以后他好像醒悟了。他好像发现了一些什么。比如，他发现自己下雨天做买卖容易亏，他就下雨天不露面，还学会了逆向思维。比如，有一年猪肉大涨，从七八块一下涨到十四五块，所有人都说养猪能发财，哎呦呦，大家都在谈这个事，要是依着他往年，他肯定也要插一脚，有人打过电话给他，叫他集资一起去贩猪仔。结果，张广深非常深沉地拒绝了他：

我原来是想着肉价一时半会跌不下来。

那不正好？你参一股？

事情往往跟我想的相反，这一回说不定肉价不到三个月肯定要跌回去。

那你觉得做什么会亏钱呢？

包七里桥的鱼塘肯定要亏，那里在建一个大养猪场，猪粪把水都污染了，鱼苗养不活。

那你去包鱼塘，反着干？

他倒也没真反着干，可是那一整年，几乎全中国养猪的都发了财。

就他什么也没做成，听人家讲他的确想承包那个一定会亏钱的鱼塘，事情如果正相反，他可是十拿九稳能捞一笔，可惜他去的时候，鱼塘不在了，被填平卖给开发公司盖房子去了。

那一年，他光是甩着手瞪着眼睛看着人家养猪卖猪，等着人家亏本跟他抱怨，一直也没等到这个机会，谁都看出他在跟他自己斗，谁都拿这个事当笑话讲，一直讲到今年，今年猪肉还是这个价。

他这种反着来的作风把他自己也搞糊涂了也说不定。

他混得人不像人，鬼不像鬼，可从来嘴上不喊穷，他遮盖得严严实实的。一切穷酸是自己泄露出来的，一切窘迫也是自己泄露出来的。这一切泄露出来之后，他就什么也没有了。他在江心洲没有朋友，他甚至都不回家，那些大白菜烂成那样他也没有拎点儿回去孝敬一下那个老老头儿。

难怪那阵子那老老头儿给我的就只有钢镚儿。我都不好意思接了，可是他硬是往我的手心里塞，要是你出了门，空着手回去总觉得不是个事儿吧，所以我就接了。

张子豪

前头我们住在开坪县怀德桥边的巷子里头，后来，我们搬到了文化广场边上的四季新寓。可是，刚搬过去不到一个月，我爷爷又敲开我家的门，我爸吃惊的样子不像是假的，他也不知道老头怎么就找来了。

我都想不通了，我爸为什么不干脆把他推出去，推不动的话就拿把刀举着吓唬他呀，我不明白我爸凭什么那么怕他。你说怕他吧，他对他说话又横眉竖目的；你说不怕他吧，每回还不是乖乖地从钱包里掏钱。有一回，把整个皮夹子都给他了。我想这下他不会再来了吧，可是不，到了一定的时候，他又会从天而降。

这个老头，看来他一日不死，一日就铁了心要把我们家剐穷，剐穷不算，他还想把我们家拆散。我要不到江心洲找子豪太爷评理，我就跟你姓。我妈发狠的时候，满脸怒气，双眼圆睁，声音还大，一惊一乍的。我妈还收拾收拾了包，做出了要走的样子，那回真把我吓坏了，所以我小时候最怕什么，最怕就是他来，只要见到他的身影，我的心里就咯噔一下。

我爷爷既没把我们家刮穷，也没有把我们家拆散，我妈也没到江心洲评理。突然有一天，我想起来，我爷爷好久没有来了，不止是我，我爸我妈都开始犯嘀咕。我爸一开始抱着很庆幸的心态在想这个事，我们家开始安静下来，可是安静不到两个月，我爸开始不安起来。有几回，他把头从阳台上往外探，我妈不在家的时候，他一听到门口有动静就赶紧去开门，如果说我爸对我爷爷不来要钱感到的仅仅是不适应和隐隐的担忧的话，我妈对我爷爷不来要钱简直就坐立不安了。在我爷爷不再露面之后，我妈妈加紧了对我爸的审查：

你偷偷寄钱回家了？

没有。他又不在家。

你寄你子豪太爷爷了吧？

也好长时间没寄了。

我爷爷不来，看得出最受打击的还是我妈，她没有理由再吵架了，也没有理由做暗探了。有一回，她拎起自己的包，她说我出去一趟，她是对着墙壁说的，没有人回答她，她接着说，我出去一趟，这回是对着阳台说的。然后，她走到门口，对着楼道大声地说：

我出去一趟。

然而，我爷爷还是没有再来过。

梅子杰

其实那老头儿的腿断了。他在江心洲足足躺了四个多月。等到他挂着拐杖能走的时候，欠他货款的家伙早就不知去向了。实不相瞒，那时我手头也有点儿紧，就去了一趟江心洲。天还没黑，站在江心洲的前坝上，望见江面上有丝丝缕缕的雾气，有点冷。我远远地望着那个老头儿的家，就在昏黄的暮色中，我望见张广深。他的眼神比上回灰暗多了，里面还燃烧着渴望和贪婪，可是已经没有力道了。他腿上的石膏已经拆了，只穿了条内裤，身上的肉松塌塌的。他望着江水，好像江里要出来个什么东西，是他不能错过的。江面上空荡荡连个屁也没有，这年头江里的行船越来越少了，这江像是被人遗忘了，就跟这断腿的老头一样。我那会儿就想，他的腿一定不是从什么地方摔下来跌断的。我笃定是被谁打断的。我越过他的肩膀想找一找那个老老头，可是他光着的身子体积实在太大，他身后的房子矮塌塌的，瞧着实在丧气。一时间，鸡皮疙瘩爬满我胳膊。他对着江面发了会儿呆，然后蹒跚地一拐一拐进屋。他笨拙的样子印在我脑子里，好一阵子都久久不去。这就是传说中的"张大力"如今的老相。

　　光阴像一把大剪子已经把江心洲剪成一个秃子了。我七岁那年头一回到江心洲的时候，那个村子还算结实。草垛是结实的，那时不烧煤气灶；庄稼是结实的，那时没有拖拉机，一寸寸土都是锄头在翻；房屋也是结实的，一到有个什么砖瓦碎了，有人补有人修；那时衣裳是结实的，你走几户就能见到女人们围坐在一起织毛衣、纳鞋底。可是现在，这些东西一样也没有了，地里还有庄稼。可是麦秆棉叶都不像是土里长出来的，而且没有味道，飘得也那么漫不经心、无精打采。房屋在那里，大门紧锁，无人居住。鸡呢，没有几只，鸭呢，没有几只，牛呢，没有几头，猪呢，没有几头。总之，那会跑的东西简直没有了，晾衣绳上没有衣裳，它就蔫头蔫脑，一截截自暴自弃地断了。

　　我要说除了人，这世上的一切都是有年纪的，都会老，我指的是水，是土，是绳子，是天上的云，你肯定觉得我装有文化。可是我一天天来，一天天瞧着江心洲像根空心菜，它就那么无声地沉默得像个老光棍一样，又老又闷，我心里就觉得失望，也就一天天对江心洲兴致索然。

　　我至今记得跌断腿的张广深带给我的困惑。我真真切切地意识到这家伙跟我的关系，跟那老老头儿跟我的关系一样密切，不，甚至更紧密。那天从江心洲往回走的时候，感觉到一种无名的伤感和茫然。大热天，往年的这个季节，夹江的水位已经很好了，夏天是阿三最忙最拽的时候，可是这一年，夹江里居然没有一滴水，夹江里的水居然干了。我踩着干裂的沙土回到了镇上，天气那么热，我竟然打摆子一样冻得全身颤抖，牙齿格格作响，好半天才停止。那晚天比过去的任何时候都要黑，回到凤凰镇，瞧见江坝上唯一的那盏昏黄的七瓦的灯泡照着的光，我妈在家等我吃晚饭。我站在江心洲和凤凰镇的渡口，左右望望，头一回感觉到一种深切的孤独。好像就是从那时开始，我感到江心洲没滋没味透了。

我又回了一下头，这一回，我的心情跟第一次到江心洲寻仇时的样子已经截然不同。

张子豪

我妈的预言准了一半，就是我爷爷不再来要钱的时候，我们家买了房，买了一辆车，我妈还花了三万块钱把我送到开坪二小。开坪二小是我们开坪最难进的学校。但是我爸和我妈也没有少吵。我爸一跟我妈吵，张口闭口就是说她剥夺了他的故乡。可是，我妈走掉好几年了，我们父子俩好几年都是在饭店里过的年，又没人管他了，可他都没有带我来过一趟江心洲。换句话说，我们家后来发生的那些事：我爸跑到上海，我妈却死活不肯去上海，几乎可以说他俩已经各奔东西，其实并不与我爷爷相干，到后来他俩一句话也不说其实也跟我爷爷扯不上边。

梅子杰

最后一回听到他的消息是从阿三那里。他能走的时候，买了一张车票到了县城，可是那次断的不是腿，好像把他做生意的热情摔断了，就在那次，他走进一家新建的化工厂。作为一个六十多岁的老头，他居然成功拥有了一个崭新的工种和岗位：锅炉工。

作为一个不识字的老头，他根本没有锅炉证。他究竟是怎么样说服老板成了一名货真价实的锅炉工，而且这一干就是四年，这实在是个谜。

他这个人从头到尾都是个谜。

从那以后，再未听到有人提起张广深。一则是夹江干了，阿三不见了，不过，有时我觉得是阿三先不见了，夹江的水才干的；再则，江心洲没什么人了；三呢，张广深自从成了一个默默的锅炉工，再也没有新的故事，他没有再用整麻袋的黄豆干扰凤凰镇的豆腐店，也没再有成堆的大白菜腐烂。他像落山的太阳，沉没下去，再也没有重新升起过。他像一滴沙子掉进了一堆沙子。他以为别人不知道他在干锅炉工，他每趟回来看那老老头，还是搞得很庄重的样子，只不过没人愿意戳穿他。

去年腊月二十八我还见到他一回。他跟许多在外打工做买卖的人一样，到镇上来打些年货。那天，张广深打的年货堆在街边上，听说他去卫生院拔牙去了，一条狗不停地围着他的年货袋子转，卖肉的老陈就不停地帮他呵斥那条狗。

广深的年货，他对狗说，你也想唁？

他不说大力。他说广深。

等到张广深拔掉牙齿捂着半个脸过来，卖肉的老陈就说：广深，你回来啦，刚才有条狗一直在转。

多谢多谢，今天生意还好吧？

寒暄、问候，赔着笑脸，后来又问天气，问完天气问人家的儿女。几个，在哪里做事，每月工资多少，都是家常话，说的愉快，听的轻松。那些常人的东西，张广深也有了。他身上某种令人恐惧的、以及令人厌弃的东西，一块儿不见了。

张子豪

太爷，我明白了，县城里那个抢银行的，不对，是倒在银行门口的那个人，他趴着的背影跟我爷爷很像，难怪看着这么面熟呢。

梅子杰

回到江心洲的第四十八个钟头，我兄弟打开我父亲的微博。微博最火的时候，他们相互关注过，不久我兄弟发现父亲可以看到他和同学之间的互动，他能随时知道他的行踪，知道他是哪位明星的脑残粉。我父亲无意嘲讽过他，我兄弟一听，不高兴地拉黑了他。现在，他轻而易举地找到我父亲的微博，虽然久不更新，但他的粉丝和关注对象还在。我兄弟通过查到我父亲的关注对象，找到了他此刻正在看望的这个同学。不到半个钟头，我兄弟了解到这人的部分情况：原名陈远星，网名"远在天边"，四十二岁，对北京很熟，应该生活过很长一段时间，近几年主要活动范围在无县。喜欢晒各种不同的大楼，去迪拜旅行过，关于迪拜建筑的照片就有一百多张，不仅迪拜，许多其他的高楼他也喜欢拍照往网上晒。他的图片集里，也有许多栋在建的大厦。据此我兄弟判断他是个工程承包商或者工程师，图中还晒出他儿子的照片，背景是威廉斯大厦，位于美国得克萨斯州的。

我兄弟耐心地一一点开"远在天边"的关注对象。从他一百二十多个关注对象中，我兄弟甄选出十七个账号，这些账号的活动场所、评论和转发方面有共同之处，因此他断定这十七人可能都生活在无县。

随后，我兄弟发布了一条微博，微博的标题是：

他是谁，他是死是活？配上三天前的现场照片。他艾特了这十七人，请求提供线索。

发送成功之后，我兄弟意识到自己的动机：他渴望听到他的消息，想看到他的脸，更探听到他的名字，他最想知道的是，他是否还活着。

在我兄弟回到江心洲的第四十九个小时，他艾特的十七人中，居然真有一人回复了他，那人简短地告诉他：

我邻居当时在那条街上，看到县人民医院的救护车把他拖走了。

我兄弟"耶"的一声从床上弹起来，一抬头，他的母亲探头进来。

我忙着呢，妈，我忙着呢。他的手臂微微颤抖，这种喜悦来得莫名其妙，却又是期待已久，来不及掩饰。

妈想跟你说说话。

你爷爷哪去了？

不知道，他没说。

看到他母亲没有走的意思，而他还有更大的事情要解决，这孩子有点急了，你去找太爷评评理呗。

你太爷都人事不知了。做妈妈的并没有幽默感，她没有笑，我兄弟却被他自己的话雷到了，呵呵乐了起来。他心情不坏。

看到儿子脸上那神秘的笑意，以及对她心不在焉的敷衍，她退出了儿子的房间，堂屋昏暗，她走到屋外，屋外风声呼呼，雷声隆隆，连日来聚集起来的乌云正在接近屋檐。

她又走回儿子的房间，嘴唇动了动，可是没有声音。好在护工到了。她来帮太爷擦洗身子，天不好，她总会提前关好窗户。她交代初次见面的女主人，天黑再给太爷的房间里点蚊香，点早了不到天亮就烧完了，现在的东西质量都不好。女主人的目光沿着窗台走了一遍，窗台上的灰够厚的，还有一些鸟屎布在玻璃上，护工的工作胜任不胜任，一目了然。女主人的眼睛把护工唬住了，她拿起一瓶洗涤剂，开始干活。她反复搓洗抹布，清理锅台，擦拭碗橱顶上的灰尘，用力很猛。就好像她昨天，她前天，她大前天就这么干的。

女主人再次走到儿子的房间门口，停下来，几秒钟之后又走开；她走到我父亲睡的房间，拿出几件衣裳，拿到门口的走廊下，就着黄昏的光线清洗好晾在走廊的挂钩上。护工清洗过灶台，又去摘了一篮青菜，准备做晚饭，我兄弟的妈迎上去，打着手势交流了几句，护工听懂了，其余的事她不用操心了，她解下围裙，高兴地出了门。

太爷房间的灯亮着。那真是白纸一样的一张脸。那么老，那么枯，他的眼皮都不会抬了，可是眉心锁住，就像肠子打了结。人说老年人一半是死于衰老，另一半是死于恐惧，要是这个老头脸上那么伤心，就像还在操着什么心。你能操什么心呢？你能管住江心洲不撂荒吗？你能管住江水不干吗？你能管住你孙子不离婚吗？你能管住你重孙子不跑那么远吗？

我兄弟的妈坐到靠近床边的椅子上——这好像是一种习惯，无论谁，只要进来，都会不由自主地先落座。现在，轮到她了。她坐下来，身子凑近他，疲倦的眼里闪烁着忧愁——

孟梅

我们家的事哪是要钱这么简单呀，凤凰男凤凰女又不是我跟文亮的问题。

对不起，爷爷，原谅我不孝，这么多年没有来看你，我知道您现在动不了吃不动听不见了，可是我知道就算你看不见听不清闻不到嗅不到我也晓得你心里透亮。

前天文亮打电话问说您走了，我来不来呀？我能不来吗？我是孙媳妇呀我。

我最想您活着，清清楚楚地活着。要是您走了，好几桩事我就真一辈子也想不通了。

第一桩就是那个传言到底是真是假？要是真的，第二桩，我还是想知道您的老家到底在哪里？这两桩事埋在我心里快十年了。再不讲，我怕我快给憋死了呀。自从头一回来江心洲，我一看到您就明白，您这个人，虽然在这穷乡僻壤里，穿得寒酸，眼不好，牙也不好，腿脚也不灵，可我没听到您讲一句没分寸不着调的话。

我跟您孙子，不能说一天也没有幸福过，可是这幸福好像是假的，越来越假，又好像从来都不是真的。我不怪他。因为这不全是他的错。我比他大，我跟他认识的时候他才二十岁。我头一回遇到他，在浙江温峤岭县时代皮革厂的食堂门口。一个高个子男孩子在问人借饭票。我当时听到那人很纳闷地说，操，我们又不熟，很干脆地拒绝了他。我侧过头看了他一眼。这人之前我没见过，肯定不是我们车间的。他高高瘦瘦，脸色很苍白，一眼就看出是营养不良。不过说实话当时我也挺穷的，出来一年才攒了两千块钱。这钱是用来做嫁妆的，我当时跟一个当兵的在通信，他也是四川人。凭直觉，我相信他退伍之后会来找我。要是他跟照片上长得一样，说话算数的话，我可能会跟他结婚，不过我们没有见过面，我心里没数。

我一看到文亮的眼睛心里就一动，他面色蜡黄，可是眼睛里有光。当时我爸妈写信告诫我要防范坏人，不要跟陌生人说话。我看他不到二十岁的样子，就没多想。一个不到二十岁的男孩子身上连一两饭票也没有，刚好吃饭时间，谁这个时候不饿着呢。我走过去，我递给他一张三两饭票和五毛钱的菜票。这是我每天中午的量，他当时没有接，他的手伸出来，却又停在了他自己的胸前，就是那个动作，我一下子对他有了好感。换了皮厚的人饿成那样，哪里会不好意思。可是他很矜持，脸一下子通红，我只好硬塞到他手上，一塞完就跑出食堂。拐过弯才发现自己手上还拿着空盘子呢，我没好意思往回去，怕再碰到他，我怕他难为情。我回宿舍吃了几块饼干就去了车间。

第二天中午在老地方我又看到他。他的眼珠子转来转去，我们鞋厂几百人，所有人几乎全部都穿一样的工作服，要是我不朝他眼皮底下走，他怎么找到我呢，何况他肯定不记得我长什么样了。

我走到跟他差不多两米的时候他认出我了，他眼睛里的光又一闪，说真的，那真是一股巨大的暖流，那之前我的心还是紧绷绷的，这道光穿过了我心脏，停在我身体里。他没有还我饭票，他不是来还我饭票的，他塞给我一个纸条，然后跑掉了。

那是一首诗：

> 姐姐，我今夜只有戈壁
> 草原尽头我两手空空
> 悲痛时握不住一颗泪滴
> 姐姐，今夜我在德令哈
> 这是雨水中一座荒凉的城
>
> 除了那些路过的和居住的
> 德令哈……今夜
> 这是唯一的，最后的，抒情
> 这是唯一的，最后的，草原
>
> 我把石头还给石头
> 让胜利的胜利
> 今夜青稞只属于他自己

一切都在生长

今夜我只有美丽的戈壁空空
姐姐，今夜我不关心人类，我只想你

他不像在给一张纸，像是在给一块金子，他的脸色仿佛在说，瞧，姐姐，我把最值钱的给你了。我当时就是这么理解的。我面红耳赤，心怦怦乱跳，我不懂诗，也没念过什么书，可是谁能拒绝诗呢？

等我冷静下来才去仔细看他的字。那字写得不怎么好，工整是工整，可是太孩子气，而且那诗是写在工单上的。谁知道呢，兴许正因为那字又工整，又是写在工单上的。要是换到现在我就不相信它了，他不是写给我的，他是写给那张饭票的。但是当时，我感动得要命。

那后来有一个月时间他的饭票都是我给他的。他从来不开口要，对，从来不开口。即使他什么都没有，他也不开口。他只是不停地说别的话。他遇到什么就把什么赠送给我。厂里隔壁有一个店，里面卖漂亮的床单，每次商店打烊前我都会跑过去看一看。等我有钱了，把这个店里所有的布料都买回来，让你每天换一种花色。只有他敢这样想，他还敢说，这算什么呀，我祖上盖的可是真正的绫罗绸缎，窗帘都是天鹅绒的。他说得那么确凿，我也只能信以为真。最强悍的一次，他说要送一个厂子给我管理，他说女人比男人细心，我太祖奶奶家里就开过酱油铺子，我爷爷说进货啊，账本啊，家里的长工都是我奶奶管理的，女人也可以做大事。他说。

回忆过去，畅想未来，这就是我们谈话的内容。认识没多久，他就把他家的情况一一交代。他的家乡，他的爷爷，谈得最多的是他还没见过的祖居。他说他老家是浙江一个大户，家里至少有过一百多亩田地和三十多间房屋和十几头牛，可是不凑巧，到他爷爷那一代，因为打仗等各种原因，被迫逃离家乡，流落到安徽一个偏僻的地方，忍辱负重把他抚养成人，现在他作为家里的唯一的继承人被派出来寻找老乡和他的亲人。

原来你是地主的后代呀，我们村有一个地主的亲戚在国外，每年寄美金和衣服来。

这句话给了他很大的鼓舞，他说，可能，他的祖上可能就是地主。

他的裤子很招眼，土黄色，很宽松，前几年街上每个人都这么穿，可现在几乎没人这么穿了。过了时的衣裳穿在身上就像一个招牌，把一个人里里外外全广告出去了，何况裤脚都破了，可他脸上挂着那么坦然的笑，他的笑容丝绸一样滑过一切所到之处，楼房啊、汽车啊。你能感觉到他对这一切都挺着迷。他的眼睛那么贪婪，却又那么明亮。按理说，贪婪就急躁，许多人都会急躁，要是晓得抓不住就会狗急跳墙。可他不急。

他爷爷对他说：龙生龙，凤生凤，老鼠的儿子才打洞。他不贪小便宜，许多人坐公交汽车的时候站在两截车厢中间，然后打个时间差躲开查票的，他不干，他宁可走路。又走不断腿。他说。

他是卖了心爱的自行车才有了出门寻祖的路费。一般人四五天怎么着都能到的路，他走了半个月。千辛万苦找到温峤岭县，到了县里又找村。没找到颖上村，好不容易找到一个叫砚上的村子，他在这个村子里没有找到您给他讲的任何一样东西。砚上村几乎就是个皮革加工厂，到处堆满了塑料和模具，没有良田、没有溪水，没有七七四十九间的大院子，甚至没有一户姓张。这个村子人人姓古。那阵子他怎么熬过身无分文的窘境，遭了多少罪他也没说过，他光是说有一阵子他差点崩溃了。他先是怀疑自己搞错了县的名字，后来怀疑自己搞错了省的名字。话说到这儿我提醒他爷爷是不是骗他了。我爷爷也骗过我，说我是在猪圈里捡来的。他断然地否定了我，跟我急了，说这怎么可能，我爷爷是个从来不骗人的好人。

老人家，世上最好骗的就是自己的后代。反正我现在觉得你骗了他，我希望你能告诉我，你是真的忘记了，还是有意骗他的，你知道骗他的后果吗？

当时我们所有外地的同事，都会把这里当成天堂。天堂是什么样子？天堂就是又宽又直的马路，马路两边栽着一排排香樟树和茶树，干净的公共厕所，有空调的商场，商场里什么好东西都有，贵是贵，可是真好。衣裳不在沟里洗，是在洗衣机里洗；做饭不用柴草。我过年告诉我妈，她听不懂。管道煤气啊！最关键的是只要你有双手，就会有工作给你。招聘的人看着很有架子，问几个问题，不管你怎么回答，最后都有地方要你。有的厂包吃包住，一天最多干十个钟头的活，几乎每天都能吃到肉，不到半年，我们身上都会蜕掉一层老皮。

可是他不踏实，心思不在当一个好工人，也不在攒钱上。

钱又不是最重要的，不要以为我稀罕，我们祖上多的是。

他的目标是找到祖宗。

要是夜黑风高，我是会小心的，可是太阳那么大，人又那么温和，既望不到凶神，也望不到恶煞，人就容易大意。我没提防这个比我小三岁的男人对我有什么影响，大不了贴他几张饭票，又能怎么样呢？

有几回我看到他睁着眼睛在车间外的平台上一躺就是几个小时，眼珠子一动不动，眼睛里显露出一种心不在焉的茫然神情。他越是这样魂不守舍，我越是对他放心不下。他像一个被父母抛弃的孤儿——谁不是孤儿呢，我们厂里几百人都是外地来的，人人饥寒交迫，个个想脱胎换骨。可文亮跟他们不同，他就像一个在和整个社会对着干的人，表面上他跟别人没什么两样，他随大流、忍耐，做起事来闷头闷脑，一句话，厂里需要什么人，他就是什么样人。但是，时间一久，我就发现他跟别人完全不一样的东西。他心里有一种上瘾的东西、一根看不见的柱子，正是这一点让他眼睛里有光，让他跟别人一下就区别开，也让他显得硌，他肯定也发现了这一点，但是他不肯纠正，就好像用他的表情在说：任何时候、任何地方，我都是我，不会成为任何别的人。我对他越来越心疼，有时候，我也想纠正他，既然他给我照顾他的时间，也给了我纠正他的权利，可是，时间一久，我就明白，比起那些宁愿像狗一样到处流浪也不回家的人，一个心心念念寻祖溯源的人，其实是更可靠的人。

我后来也急了，我说你找不到名堂，回家去问清楚再说出来嘛。

不，他说，我回去也是这个结果，我爷爷现在记得的不比以前更多，只会比以前更少。

他拿出您的信，有好几封，他把信上的其他内容遮住，光给我瞧那一行字：

浙江温峤岭县颖上村

我那时完全没想到您在信里还给他说了什么秘密，我以为他就是在跟我强调这个地名才把其他的字捂起来了，现在我想明白了，可当时我想不明白。

你跟他说你找不到这个村了吗？

说了，我叫他好好想一想，他回信来还是写的这个地址，再说我从小听到大了，这个地址刻在我心里了。

你问他附近有什么标记了没有？

他说不记得了，几十年了。

你有没有跟他说，这个县根本没有颖上村。

说了，他说他想不起来第二个地址了。

换了是我，就一定会回去再问清楚，找到蛛丝马迹，可他就是没回去，一直在温峤岭县里兜圈子。每到一处，他就买张当地地图。地图上有这两个字的他都跑一趟。他甚至赖在一家养猪厂门口徘徊了好几天，因为这个小厂的墙上贴着"发家致富、迎头赶上"几个字，其他几个字都花了，就"迎"和"上"还在，他左右三番去找老板打听这个地方原来是干什么的，把人家都弄得不耐烦了。

他实在无计可施，口袋和肚子都空了，才到皮鞋厂找工作的。也不知道他认识我之前是怎么混过来的，反正我认识他的时候他都穷到骨头里去了，居然也没有饿死。

本来以为发了工资他会好好饱吃一顿，可他一从会计室出来就失踪了，他回来的时候又身无分文地站在我跟前，我不得不责备他几句。他对我说：

姐姐，我去枧上跑了一趟。

可枧上就是一个地名啊，没头没脑的，能找到什么名堂。

他那么想要寻祖认宗，又完全没有头绪。我们厂里，人来人往，状况很复杂，你到了这种厂子你就明白什么叫"物以类聚、人以群分"，工人都是从穷乡僻壤来的，这些人可以说对城市一窍不通，不仅是对城市，对什么都可以说一窍不通。大多数人想老老实实本本分分地挣钱娶老婆过日子，也有些人整天异想天开，恨不得一夜成大老板。文亮在这些人里，显得格外孤单。有时我跟他身后往食堂去，大家都三三两两，成群结队，打打闹闹，说说笑笑，可是他就像被遗弃在汪洋大海里的一只小船。说真的，你要是经历了你就明白，有些人活着其实有时就是为了中午食堂那一顿有点儿油水的饭。

世道变得真快，到处有人升官发财。一夜之间也有人打架打断手脚丢掉小命的。你要是请个几天假再回来，流水线上就有好几张面孔不认识。总的来说，这地方谁跟谁都没有关系，谁对谁都不重要，谁都是多余的。上一秒钟你还是骨干，下一秒钟就被别人替代了。谁都只能顾自己，谁也不能不只顾自己。他在那厂里干了两年多，挣的每一分钱都不是用在我身上，就像是鬼附身似的，一拿到钱就到四周去找老家，说白了就是把钱往水里扔。我这头那么同情他，为他着急、为他担忧，他自己呢，没把魂揣在身上，整天做白日梦，每一天都像要出发的样子。他肚子饿不饿，饿到什么程度，要不是我心知肚明，光想从他脸上你什么也瞧不出来。我们偶尔也从厂子里出来逛逛，可是就算逛逛，他也一分钱没为我花过。我知道他不是小气，是没钱，他所有的钱都用来搭车了。温峤岭越来越大了，突然有一天变成温峤岭市了。变成市的那天他突然来了精神，他说，他明白了，他要找的那个村肯定也改名字了，所以他才找不到。

他又振奋起来。回回都这样，每回他出去找的时候很有信心、很有力气的样子，回来的时候人变得灰塌塌。养了一阵子（当然是养了一阵子，在厂里，我可没让他饿着），他的样子就又变回来一些，可他跟其他人终究越来越不一样，换句话说，他总觉得自己跟别人不一样。比如作为一个外地人，应该自卑，毕竟我们和本地人同工不同酬，可是文亮呢，穷成那样还一天到晚笑眯眯的，搞得好像挺有优越感似的，许多人都以为自己看漏掉了什么，那些跟我们差不多处境的，也看不惯他，你哪里比我们强了，你自信个什么鬼呢。我琢磨就是他那种有盼头的样子，到头来却屁也没有，让许多人不理解他。不管处境怎么尴尬，一有空，他还是往外跑。其他人离开工厂，要么跳槽，要么偷鸡摸狗，他跑纯粹是为了寻找祖宗，寻找他从来没有经历过却从来没有怀疑过的辉煌和光荣。我好几回都以为他不回来了，可他还是回来了，衣裳更破，脸色更白。我担心他饿死了，他还是挺过来了。

要不是你，我就不回来了。这句话最让人恼火，你还不得不领这个情，不能无动于衷。我遇到什么塞给他什么，冬天的围巾、袜子、雨伞、枕巾，就连喝水的塑料杯子都是我买给他的。不错，都是我塞给他，指望他亲口跟你讨要什么，那比登天还难，人都是这么奇怪，他越不开口，我越想给他。只要他喊我一声姐姐，我就恨不得把所有的东西都给他。他每回从外头回来，我就觉得他离我又远了一些，他的身上总有什么地方跟去的时候不太一样，我又说不上来，我只是更加牢牢地看住他，看住跟昨天一样的地方，以免眼睛一眨就发现自己面对着一个完全陌生的人。

有一回，我们到文化宫去玩，那时候温峤岭的电影院不放电影，我们只有在工人文化宫那一小片开放的地方转来转去。那天可能市政府要开什么会，文化宫广场上摆满了一排排盆栽的鲜花，我们站在花跟前指指点点，一个保安远远地嚷嚷着让我们离花远一点，我们没有反应过来，那个保安就骂骂咧咧地过来了。换了别人，就会装着没听见，赶紧溜之大吉。文亮一开始没听懂，听懂之后，他的脸突然红了。他好像不适应听到这些粗话和驱赶的动作似的。我拉他的手，他甩开了我，他迎上前去，直直地朝着人家：你不能骂人，你要道歉。

那可是二十年前，你叫穿着制服、腰上还别着棍子的文化宫的保安道歉，当年做保安的都是本地人，哪像现在。这要求就像在讲梦话，保安的态度更粗鲁，好像这要求把他们惹得更生气了，开始用温峤岭方言不停地骂骂咧咧。幸亏他当时听得不太懂，否则，他会拼命的——人家要操他祖宗，他没听懂，他也不是打架的人。可是走开，不符合他的性格，他站在那里，面红耳赤，跟人争辩，想要讲理，他的嘴唇直哆嗦：你在说什么，你用普通话说。

他的模样终于惹得人发笑。那真是难堪得要命，要不是那个保安觉得威风够了，被另一个同事劝走了，他还会不停地追问：

你在说什么。你用普通话再说一遍。

他不断地重复这几个字，终于打动了围观的人。他的无助把人打动了，他那么高，却那么弱，几乎一点霸气和痞气都没有。那些看热闹的人很快散开了。

他走开的时候看都不看我，就好像我不是那个一直在拦着他的人，不是在拖他走，不是在护着他的人。

谁都能看出来他什么都没有，只有他自己看不出来。他说起祖宗，就忘记了自己是这个厂里、乃至这个城里最穷的人，他瞧不清这些，就跟一般人瞧不见自己的后脑勺一样。一谈到祖宗他显得那么自信，就像能够占有一切似的。他不算是一个爱吹牛的人，凭良心说，在其他地方他也不算爱撒谎，爱保证不能算爱撒谎。他可从来没说他口袋里已经有了万儿八千的，天地良心，他没拿这个吹嘘过，可是他对寻访祖宗这么热衷真不能不令人纳闷，他填个什么表格的时候，总把自己的原籍填成本地，他一口外地口音，拿的是外地身份证，却斗胆把自己填成本地人，可是本地人的工资要比我们高许多。说真的，没人信他，也没人笑他，只觉得怪怪的。他那么爱自欺欺人，对，就是自欺欺人，我也在自欺欺人，要不然怎么就会被他的样子迷住了呢，这是我后来琢磨出来的。他身上有股奇怪的味道。他所有开心的事情里都有他的老家，对老家的回忆，他回忆起过去那些辉煌，就会两眼放光。有天我问他，如果你真的找到老家会怎么样？他却一下子答不上来。过了半天他说，一定会好的，什么都会有了。

我说就算你祖上的老房子真有七七四十九间，这大几十年过去了，它们还在吗？

他承认说不一定。

你本家兄弟，就是你爷爷的那些堂兄弟的后代，跟你一辈的还会认你吗？

他承认说不一定。

我说，就算你找到地方可能什么都没有。

没关系，他说，我找到地方就行。

听他的意思，就好像那个地方是世外桃源，千年不变，他只要找对地方，往那里一站，一切疑问烟消云散，一切问题迎刃而解，一切贫穷结束，一切幸福来临。那简直就是天堂。真的，他那样地乐观自信，虽然我觉得是荒唐了一些，可他又不害人，就由着他了。

一段时间没有进展之后，他就会焦灼，又急躁又不安，火烧火燎的。他也怕自己成为可笑的人，所以又竭力掩饰，掩饰得很笨拙，一眼就能被看穿。

每每这个时候我就有点儿后悔，怪自己就不该蹚这个浑水。

还有一个地方他也不断提起，就是他长大的地方。他说他在桃花岛长大，那地方非常美，就像在云上，那不是人间。等我真的来了这儿的时候，那是冬天，没有桃花可以理解，可那不是云上，那是连自来水和茅房都没有的江心小岛。说这些也来不及了，那时子豪都三岁了不是。

这都算不了什么。我们后来也离开了厂，因为一场大火。也不知道什么原因，总之我们那个厂在一个冬天的夜晚遭遇到一场莫名其妙的火灾。厂房和仓库都化为灰烬。燃烧的有毒气体散发出呛人的浓烟，许多里外都能闻到塑料的恶臭。当时，我们的宿舍靠着围墙角落，所以我们有时间卷好东西逃出来。

我头一回瞧见他失态就是那天晚上。我们全都逃出来了，裹着被子站在街对面，看消防员灭火。与其说是消防员灭的，还不如说是它自己烧到天亮一切烧光然后自己熄灭的。谢天谢地，没有死人。许多人挤在一起看热闹，火花噼里啪啦，烧焦的房子一块块倒塌，老板被人抱住，然后晕过去了。周围的人在说话，用他们各自的方言，安徽话、湖南话、四川话、河南话等等。意思都是那么些意思，可是听起来各不相同，就像牛啊羊啊猪啊马啊孔雀啊这些禽兽在一起用着各自的语言一样，说真的，我听着挺厌烦。这些声音里没有他。他什么也不说，瞪着个眼睛到处乱走，鼻子里哼哧哼哧，可是什么也不说。我们损失不大呀，无非一个月工钱没了，无非是有些东西没有抢出来。他本来就没有什么，一个十来平方米的屋里摆了八张床，你说有没有地方下脚？每个人只有一个巴掌大的柜子，能有什么值钱的东西？火越来越大，他越发惊惶不安、口干舌燥，嘴里发出牛一样呜呜的声音。我吃了一惊，揪住他，他握着我的手臂在发抖，牙齿发出"咔嚓咔嚓"的撞击声，好像他正在被焚烧。我一再告诉他没事，没我们什么事。一晚上，我们缩在街角，他不停地往我身上挤。我能听到他胸腔里发出呜呜的声音。你怎么能拒绝呢，要是一个比你小三岁的人躺在你怀里，你能把他推开吗？他就那么蜷缩在我怀里，一句话都不会说，只是一个劲地发抖。

天亮的时候一切都沉寂下来了，四周全是灰烬和恶臭，方圆十里人都跑得没有影了，可是他站在烧成灰烬和瓦砾的厂门前，久久不肯离开。仅仅一个晚上，他就变了模样。我几乎不敢相信自己的眼睛。他不再是那个二十岁的男人，他简直就是个小孩子。一个身体发育太快脑袋还没有发育的小孩子。天哪，我怎么那么倒霉，一场跟我们没关系的大火差点把他给击溃了，老板都挺过来了，他却在我怀里发起高烧。他不停地说要回家。我也怕呀，真的带他去汽车站。他站都站不稳，滚烫的身体在发抖。我感觉到他的悲伤，又悲伤又古怪。我问他家的住址，也许语气里带有一点疑惑，他却话也说不出，好像骤然变成了哑巴，过了老半天才喃喃地说：

我没脸回去了，我没脸回去了。

我能理解，我也怕回老家。我老家也是山高路陡，山多地少，我穷怕了。

再后来，他不停地喊：我对不起你，我对不起你。

如果一个人发着高烧，又不停地说着对不起，你怎么会舍得丢下他。可是后来结合他的更过分的表现都没有说过对不起，我才明白那胡话不一定是跟我说的。

我知道这样说挺傻的，但他不是一个大人，就像一个七八岁的孩子，他迷失在火光里，迷失在一个没有床、没有饭盆、没有工作的地方。被烧掉的地方变得陌生了，陌生的地方给人的感觉就是不安全、不确定，所以我不会丢下他。这可能也是他抱住我不放的原因吧。

到末了，我们也只能选择搭乘最早的早班车。到广东开坪去。那里有我一个老乡，她们厂子在招人。我们是熟练工，到了就能上班拿工资。我能有什么选择呢，我可没有冒险的心思，就连多看一眼路边的风景都觉得有愧。真的，好像我们生来就应该待在车间里，不然就得待在棉花地里，除此之外，一概不妥。

我俩真正好起来就在那时。我们挤在全是人的大巴上，我们去得太晚，只能坐在过道的一只小板凳上，我坐在他腿上。他对我说，我要报答你，让你成为这世上最幸福的女人。在那种时候，那种地方，他还发着烧，眼睛还闭着，还那样急不可待地表白。他是这么说的，我一看到他的眼睛就明白他亏欠我。我很难过，我不应该把饭票给他，这样认识一个人，你就不清楚他到底是真心想跟你在一起还是因为怕欠着你。我有时想提醒他，老家能给你什么？只有我，在你最倒霉最穷最饿的时候跟你在一起，守着你，发高烧的时候搂着你。

不过说实话我当时也有心理准备，一个成天要找老家的人，一个成天想着那些没影儿的事的人，怎么有心思爱别人呢，可是你怎么跟一个心里整天想着老家而不是另一个女人的男人计较呢，何况他比你小。你没有一个竞争对手，除了他那个连影子都看不见的张氏大家族。他拿这个影子当靠山，说到底也不算什么大错。我的意思是除了他眼下的生活，他对不存在的东西都很轻信。要说缺点，这是他最大的缺点。

中间他有没有回江心洲我也不全知道，按理说，他出来多年，不回去说不过去，我也没挡过他回江心洲。但他自己不愿意回家，说没混出名堂没脸回。

我们在开坪忙乎了几年，其实没攒下什么钱。可是一晃我二十六了，我妈催得很急，我们就结了婚。婚礼办得特别简单，就是他跟我父母兄弟吃了一顿饭，什么都没买。金戒指买了一个，为了省钱，买的很便宜的，估计是假的。他说以后条件好了再补办，这种鬼话也只有年轻的时候愿意信，什么事情错过了就永远错过了。他家一个亲戚都没来。一直到子豪两岁多，他大才开始上门，之前都没见过面。

子豪一岁半他才带我回过江心洲一趟。说实在话，我从认识他的那天就想见到您。我来江心洲可不是探亲的，是来拜神的。我不光是来拜神的，我是来找您评理的，我没见过您，但我知道您在文亮心里的地位。我当时就想找您好好说一说文亮那些事。可是一见面，我觉得您特别怪，您那时口齿就不怎么清楚了，破衣烂衫的，根本就不像文亮嘴上说的那个有智慧有见识有胆识有学问的大户人家出身。而且，你对我也不怎么热情，我知道您说话不清楚，我指的是态度，文亮一进门，您就拉他到一边，嘀嘀咕咕地说话，就像没看到我一样。我是有点失望，我刚跟文亮抱怨了一句，结果他火气比我还大：

我叫你不要来的，我怎么讲我爷爷都不懂你是他孙媳妇。明天就走，明天就走。

搞得好像这是我娘家似的。

所以我也就没有计较。过了一两天，趁着大家心情都不错，我记得我就站在门前这条大坝上问的，我说您的老家到底在哪里呀？

　　那时候您耳聋得没现在这么厉害，讲话也还利索，可是你硬是听不见我问的这句话。我问了好几遍之后突然就觉得自己挺扫兴的，怀疑自己真的是事儿妈，赶紧闭了嘴。这事也就不了了之。

　　可是文亮他不让人省心哪，那几年手头也还没有什么钱，有了子豪之后，上班挣的钱根本不够花，我想买房子，我想稳定下来，可他还时不时回温峤岭找一趟祖宗，你跟他说不通。他有时像外星人。我后来把全部积蓄在平府巷里租了门面，批发鞋子。那里的鞋样式好看，成本低，不过，我们刚刚创业，赚的钱也勉强够吃饱肚子，要付房租，要给子豪吃啊喝啊什么的，手头也很紧。那回到江心洲还有一个事，就是补办结婚证，帮子豪上户口，本来说要待一个星期，结果第四天我就带着子豪提前走了。你肯定清楚是什么事。对，是个传闻。说他在镇上有个大老婆，大老婆还帮他生了个儿子。当时我就蒙了。我是在渡船上听到这个消息的，我去买菜，您老人家还记得吧，这个家没有女人，我也想当个孝顺贤淑的儿媳妇、孙媳妇，我头一趟来洗啊涮啊，真想跟你们过个好年。那年过年实在太冷了。我裹得严严实实的，可是还是手脚直哆嗦。我在渡船上听到他们说张文亮回来了，张文亮的大老婆（不是指我）要去江心洲闹事了，要把儿子送来了。我当时直打哆嗦，说我受到伤害不如说我感到纳闷，他二十岁的时候我就跟他在一起，他二十三岁的时候，我们结婚，他二十六岁，我生了子豪，这些年我们一直在一起，中间他只回来过一趟，也才待了三四天，他怎么可能在江心洲跟别的女人生了儿子？

　　到了晚上，您又把文亮喊到房里，这回我听清楚您的话了。什么"你儿子""没钱""要管"。等文亮出来，我就问他，你爷爷跟你说了什么，他说他一句没听懂。我说我都听懂了。他说你在江心洲还有个儿子，要管，不管要坏事的。文亮就把眼睛瞪得老大，嘴巴张着，摆出了一副简直听不懂人话的茫然，最后断定我遇到水鬼了。他说在江心洲，水鬼很常见。他们只要不高兴，就到岸上来捉弄人，让人幻见幻听幻闻，还会直接把人从岸边和船上拖下去，有时给你送回一具尸首，有时就什么也不还上来。

我当然不肯信。他说，你不了解我爷爷，我爷爷老了，他会把他想的当成真的，会把别人的摁在自己头上，会把过去的当成今天的，他活到八十了只有这么一个缺点。要不然，我也不会找不到祖宗了。你说是不是？

我当然没那么容易信，他又说，他如果做了对不起我的事，撒了谎，他会掉进水里淹死，在高速公路上被车撞死，他会在三十岁之前得一场暴病。我当然也不信。我后来掌握了他一个特性，就是他在说真话的时候眼睛会放光。这一回，他的眼睛里没放光，这种毒誓跟放屁也没什么区别，但是，他发了另外一个毒誓，是跪在地上发的。他说，如果我有一句不实，我就会变成孤魂野鬼，永世找不到祖宗。你说我还能不信吗？啊？

他能够七年不回江心洲看望他爷爷和他大，却时时刻刻找祖宗，可见祖宗在他心中的地位，他拿这个发誓，叫人怎么还敢往下深究？

直到我第二趟来江心洲，才知道听信誓言的女人多么愚蠢。誓言是绝对不会应验的。我再一次听人议论，而且，那个儿子，我跟他也算是擦肩而过。我在凤凰镇上买菜，你晓得没有女人的家就是脏，我但凡来了得洗洗涮涮、采购采购。在一个巴掌大的杂货铺子里，我正在挑油啊盐啊什么的，有人在说，刚才来的是张文亮的儿子，他手上拿着一把钱，肯定又是他太爷给的。我听出来了，您老人家其实早就知道他有个儿子并且还接济他，您都不能动了，拿什么接济他？您儿子又那么倒霉，一辈子就没见到超过一万元。说到接济，还不是文亮在接济吗？这回我没有闹也没有哭，平平静静、老老实实待了几天。我老早还想找您评理来着，文亮有说不通的时候，我就指望您评评理，说句公道话，可其实我心里是不指望了。这江心洲，我是不打算再来了，这儿就是一个专门出产说屁话、吹牛皮和做荒唐事的人的地方。

我不在这个事情上钻牛角尖，还有一个原因就是，当时他找祖宗的心一直没死。比起他的过去，反而这桩事更压人。另外还有一桩事让人发愁，就是他跟子豪不亲。子豪生下来那天是半夜，我身子很虚，在产房里观察了很久，孩子先抱出来，结果，护士把孩子递给他的时候他不肯接。人家以为他重男轻女，就说跟他说，是男孩，是男孩。他还是不接，往后躲，还是我妈接过来的。一直到子豪上小学，他们都不怎么亲，打是没有打过，碰都没有碰过，但也不像别人对孩子那么上心。

有一回我责备了他几句，不是什么过分的话，那时候我妈已经过来帮我带小孩子了。我说你听到孩子哭你不能还在玩你的电脑对不对？太阳好的时候你也带他出去晒晒太阳，人家爸爸抱着孩子亲个不够，拍许多照片，你也应该这样对儿子。我的要求没错吧。他也做，我们开坪有个中心公园。我们也带着子豪去。他俩走在前头，我走在后头，怎么看都觉得他们像两个偶然走到一起的陌生人，说穿了，他人在这里，心不在。手是牵在孩子手上，心没带在身上。

那以后铺子生意基本都是我在打理。家里的钱放在我手上，当然他要花就随便花。他不是大手大脚的人，实事求是地说，他没有什么恶习。我们有过三四年舒坦的日子。我苦口婆心地说，现在的社会机会多的是，只要肯用心思。他不太顶嘴，最多垂着头，偶尔抬眼瞅瞅我，让你以为他多多少少听进去了些。大多数时候他沉默寡言，躺在床上发呆，儿子怎么哭他都听不见，这个时候往往你提醒他说，儿子哭了，他一下子像从梦里惊醒，我趁机又跟他谈。我说孩子是最重要的，是一点不能大意的。说起来他比我更深刻。他说，当然，我会给儿子一切最好的，别人有的，我也会给他。我挣的钱会全部花在儿子身上，让他成人成才。他说话的时候眼睛就跟说他一定能找到祖宗时一样闪闪发亮，我捕捉到了这一点，有一种在温峤岭时一样的狠劲，我信了。

说真的，要是他的心没跑偏，我们早就发财了，我们认识的许多人都发财了，那几年钱真好赚，我们一天到晚都喜欢喊钱不好赚，等到钱真不好赚的时候，你才回过头来想那些好日子。

紧接着他又干了一桩荒唐事，把儿子带着一起出门找祖宗。

那时我们有一辆三万多的面包车，用来送送货什么的。表面上不管我干什么，他都支持，但他的心思跟我不在一起，发财对他没有吸引力。他不喝酒，不抽烟，也不出门旅游。说到底，他早就谋划好这一天，带着我们的儿子去找他的祖宗。他自己搭进去不算，还想把儿子也搭进去。想都别想，没门。他知道我就是这个态度。他带着子豪从广州开车到浙江。他带走了一张两万块的存折。不出所料，花了个净光，而且一无所获。我说你有这两万，都可以换一辆好车了。要说矛盾这就是我们仅有的矛盾。他比以前聪明了，他到县文化馆查资料，他甚至做准备去报纸上刊登广告。说真的我又急又气。他去的时候穿着崭新的西装，为了见客户给他买的，他去温峤岭的时候穿走了它，回来的时候，那西装脏得跟工作服差不多，都变形了。那种神色、那种模样，看了叫人又生气又心酸。我把子豪上上下下摸了个够，看这孩子有没有被摔被饿，他只顾埋着头坐在那里，没有一句安慰的话，就像一棵树苗，你以为它好像要长成大树的样子，可是它突然就蔫了、枯萎了，那还不止是枯萎，他人是坐在那里，但是好像身体里在打架，忽忽地，不安分，说不上来。他的眼睛显得心不在焉，好像是魂魄不在身上了，丢在回来的路上了。我讲他几句，或者哭几声（做老婆的都会这么做），他就会过来蹭一下我的脸，他晓得只要他过来蹭一下、讨个饶，我就原谅他了。

现在想一想，他可是捏准了我，知道那副样子能蒙混过关。

后来又有一回，他去福建出差。签合同、收货款，他本来预计要三天，但他是五天之后才回来的。中间我不停地打电话、发短信，生怕资金有什么闪失。他回来的时候可以说是意气风发、精神抖擞，当时他已经不太跟我提他祖宗的事儿了，但这次他没忍住。他告诉我他错了。

对，我说，好好过日子，把时间用来经营比找祖宗强多了。

不是，我爷爷记错了。我老家是福建的。我爷爷说话的口音跟一位二渡关来的客户一模一样。

原来错在这里，我一直以为我爷爷绝对不会记错，我原来一直以为别的地方错了。

那么，你爷爷为何要告诉你老家是浙江温峤岭呢？

他记错了。

他怎么可能记错呢？他记错什么也不能记错他自己长大的地方对不对？害你白找这么多年。

说这个有用吗？他说。

我心里能不怪您吗？可惜那时您说的话文亮都听不懂了。可我还是不明白，一个人怎么能把老家记错，这不是祸害自己的子孙吗？怀着这样大的疑团，我才第三次来了江心洲。那回您身体不错，还能在大坝上来回走几步活动活动。我记得就在这间房里，一开始我问您冷不冷呀，缺不缺被子呀，想吃什么呀，您都一一点头，好像听懂了。我一冲动，就脱口问您是打哪儿来江心洲的呀，这下好了，您又一副听不懂的样子了。我那时就明白，不是您听不见，也不是说不出，是您不想说。因为那本来就是假的，那是不存在的地方，那是您想象出来的地方。换句话说，所有的过去任由您说，您想怎么说就怎么说，谁也没有机会戳穿您的谎言，因为您说的时候他还不会判断。他会判断的时候，大树已经砍成木头，木头当成柴烧，煮熟了一锅粥，粥已经喝下肚子了，什么也没有。他背在肩膀上的东西又大又沉，可是里面什么也没有。我认为您左右了一切，您自己的一切，还有我的一切。日子过成这样，我能不对您一肚子牢骚吗？

我当时还想找机会问，可是文亮就打死不肯带我来，来了也不让我跟您单独相处，他见不得我往您这张床边坐一坐，就怕我问长问短，不像现在，我一来他就不见了，他知道您什么也不会说了，就算说什么我也不会在乎了。

那趟回开坪之后，我发觉一件事，就是文亮不太笑了。他当初吸引我的我还清楚地记得，那么穷，脸上挂着那么明媚的笑，就好像他睡一觉醒来就会拥有全世界最好的东西，那种笃定的样子，自信满满的样子，再穷也不吭声，冷啊热啊生病啊都不叫，太能忍了。可是现在呢，风风雨雨过来了，他却好像不会笑了，只是用那种不走心的笑脸瞧着一切，孩子啊，账单啊，客户啊。在这里生活并不那么复杂，只要你肯踏踏实实地干。我们应该有同一个目标，可现在只有我一个人这么想。他呢，处于一种不踏实的状态，白天还好，晚上他会梦游，睡到一半他就起来，往外走。头一回这么干的时候子豪才一岁多一点儿，我就撂下孩子去追他，听说不能跟梦游的人说话，我就愣是跟了他五里多路，到末了我心里放不下家里的孩子，就牵着他回家了。

后来他这毛病连着犯。有回我跟他走到汽车站，他坐在汽车站门口的台阶上，望着天。天上也没什么呀，月亮都不怎么清楚了。你想想，三步一个皮革厂，五步一个染坊，到处盖厂房，空气都臭，月亮没了也不奇怪。坐了一会儿，他又向郊区走去；向前后左右看看，走出一里多路，他停在一条河边的栏杆旁。栏杆是铁的，锈迹斑斑的，使劲摇一摇，哐当哐当响。他一动不动，扶着那生了锈的栏杆，大口地呼气，像缺氧，好半天才消停。后来他频繁地夜游，他走的路越来越危险。不只是大地方，小城市也越变越快，到处是工地，铁架子上闪亮的巨大霓虹灯广告牌，什么都能拿出来卖，用了一辈子的旧茶几能卖高价格，十几岁的黄毛丫头也在那里卖。他这样上街我能放心吗。有回他走到一个没有人行道的高架桥上，我走上前，大胆跟他说话了，我说你去哪里？

我回家。

江心洲？

他没吱声。

我当时突然就明白了一桩事：这个人靠不住，真的靠不住。他心里没有现在，只有过去，也可以说只有将来——找到老家的将来。你想一想，这个城市我一共就两个亲人，一个还在上幼儿园，一个在夜里游荡。我问过医生，一脚踏进水里，或是从楼上跳下去，或者迎着一辆打瞌睡的车撞过去，都是有可能的。晚上光线又不好，谁能瞧得那么仔细，要是撞上了，还以为自己撞上了条狗，刹车都不会踩。

我花了许多时间跟他沟通。我对他说，你过去、现在和将来都没有仰仗祖宗带给你的什么好处，相反，继续下去你要送命的。我不是危言耸听，我听到一个故事，说一个男人有天住旅馆，拿出钱包去付钱，不小心把钱包掉到地上，钱包里的百元大钞撒了一地，结果另一个住店的就留意到了，那人记住这个有钱人的房间号，到了晚上，找个女人去敲门。敲开门把人给砸死了。砸死后找到那人的包。钱是有的，全是假钱。后来这案子破了。可是人都已经死了。

我的话一点效果没有。

真让人难受，我有时觉得自己跟着他蔫了，分崩离析，觉得生活一点儿意思也没有，你忙活了半天，真心诚意地待一个人，他的心根本就不在你这里。那时我就觉得太累了。太他妈的累了。一下子养了两个儿子，这一个比我高整整一个头。

那一阵子我心里无名火不停地往外冒，满肚子委屈，后来我学聪明了，盘了个小厂，这边赚多少那边就投多少到厂子里去。固定资产他搬不走，我把我小弟弟喊来管厂子。我不害怕他哪一天把车、儿子和钱都拐走，我是怕他梦游的时候把这些带走，那就不是带到老家，是带到地狱。

他看穿了我。那阵子我们关系挺僵，他也不信任我，后来他失踪了一回，既没有带钱，也没有带儿子，摆明了跟我怄气。他回来的时候就变了一个人，想必比上回更失望。上回失望好歹车上还有个才会讲话的儿子撑着他，还有辆面包车证明他有财产，多少能给他些心理安慰。这回回来后他变了一个腔调。他不停地讽刺我，讽刺我的黑色丝袜，讽刺我的染黄的头发，讽刺我烤的面包，嘲笑我眼睛小，嘲笑我吃饭的时候咂吧嘴，就好像他真的是大户人家的落难公子，跟我不是一个等级似的。后来他就嘲笑一切了。报纸上当官的上上下下，戴着黄金项链的胖子，生意伙伴之间假惺惺的恭维，不错，都是假的，奉承啊，热情啊，假话啊，算计啊，他不能理解，一天到晚发牢骚。南方本来就热，他再这个样子，我们的生活一天到晚像在火炉里一样。我周围的人，明眼人，望到他就觉得吧，有东西在他身体里，他过过的日子比没有过过的长许多。

不过，凭良心说，他跟过去一样善良，一样天真，他不赌不嫖，至少没有被我或者公安或者其他什么人逮到过，那可是一个人人都嫖的地方啊，他没有。

他还有一个爱好，就是学方言。在温峤岭的时候，他就已经开始学说当地话，那时学得不好，因为厂子里多数人都是外地的。

后来，到开坪之后，他不学开坪话，可是纳闷的是，他人在开坪，却学会了福建话、河南话、山东话。有一天，他大过来借钱，他一直跟他大讲温峤岭话，我听儿子说的，他爷爷从安徽来，讲一口江西话，他也从安徽来，讲一口温峤岭话。他俩你说你的，他说他的，一句都没对上。从那以后，他大差不多两个月就来一趟。说是借，没有一回还过。一开始我是睁着眼闭着眼的，皇上还有几门穷亲戚呢，可是他身上跟他儿子有一样的毛病，就是揣着糊涂装明白。我这趟能赚三千，我这趟能赚五千，我挪用几天就还。一回两回，三回五回，谁也吃不消。他倒也不好吃懒做，可你一个力大无穷的男人，你连三毛九加五毛四都算不过来，就凭这一条我也明白你赚不到钱，这就跟秃子头上的虱子一样明摆着。可他儿子就是看不到这一点，一犯再犯，我向来是不跟他吵的，你想一想，他在外头有个比子豪还大的儿子这种事我都没拿他怎么着，你说他大来拿几个钱我能怎么着。我也就是学其他的妇女那一套，吵啊骂啊，摔碗啊，砸盆啊，说实话，有时吵到一半我就吵不下去了，那不是我的作风，吵不下去也要坚持，有时候只有泼妇那一套才有点效果。

那日子过得真是让人厌倦，我当时没这么感觉，可现在想起来才突然明白过来，我当时其实挺厌倦的，他身上就是有一种特别颓废的东西，一种不跟你同心协力的感觉，不光是跟我，他跟他大，他们父子亲情冷漠，没有话讲。您是他们唯一的话题，不过也仅限于您哪条腿不中了，哪只手不灵活了，哪天哭了。

如果拿他的标准来衡量，我不是贤淑的妻子。我们一起从皮鞋厂做起，我是冲帮工，他是仓库搬运工。我们学做鞋，学做人，你要告别过去，我也一样，你一天不干活没有饭吃，我也一样，一场大火，烧掉你的饭碗也烧掉了我的。从温峤岭到开坪，一直同呼吸、共命运，一开始连吃顿肉都是奢侈的，后来能够自己买房，你本来光秃秃的，后来你不断地增加，有家有口，有房有车，这可以证明没有祖宗也行，甚至能证明没有祖宗更好。

祖宗就是一块乌云，是一个把日子都遮得昏昏暗暗的乌云。我总是不停地反复地对他说，他要不改，会被耗光，寻不见的祖宗就像看不见的牢笼，把他困在里头。我警告他注意眼前的事，不要想那些根本不存在的东西（不错，听到的都会反驳我，说祖宗不是不存在的，也不是"东西"），我没有冒犯的意思，他懂我的意思。我应该扮演恶人，我装得很专制，劝告他，没效果就刺激一下，有效果就趁胜追击，把他往正道上引。

他听着，然后一如既往，最末了，摆出东耳边进西耳边出的样子。

那一年那场大地震，他一下捐了十万。说到地震，捐钱的应该是我，我是四川妹子呀，我家一个亲戚离汶川只有一百多公里路呢，可是他看到地图上有个木上村，他就一下子捐了十万。十万当时他是怎么从我这里搞去的我也不想说了，都是一家人，厂子也都是一家的，可是十万捐出去简直就是断了自己的活路。没有周转资金，像我们这种银行根本不给贷款的小厂，根本维持不下去，我也不想说我是怎么度过这次难关的。我肯定要跟他谈，肯定要追问，肯定要怄气，这个是必须的，我记得我心平气和地问过他，为什么要给这个村捐这么多钱，他说，万一他爷爷也记错了他们村的名字呢？万一就是木上村呢？

他那不存在的祖宗一直左右着他，他看着我的眼睛是那样空洞，他对待其他事也强不到哪儿去，就是一个男人身上应该有的热情劲啊，拼劲儿，他都没有，这真让我厌倦。归根到底，他需要的跟我需要的不一样，既然我明白了这一点，我就不能不防着点儿。不错，我取消了他的签字权。也就是说，他到会计那里领不到款，货款也不再让他去收。他成了甩手掌柜。

他在地震中表现出来的慷慨，让他风光了一阵子，报纸还专门采访他的义举，甚至把他的故事登出来了，感动了一些人。接着不知道从哪里莫名其妙地冒出许多骗子，知道他有这个需求，不断地发来邮件向他提供线索，都是有偿的。我一看，不行了，果断在外边租了房子，让子豪和我妈搬出去了，对，我就是这个意思，如果你一天不停止找祖宗，你就甭想天天见到儿子，你这么不成熟，反正对儿子不会有好的影响。我记得中间他还是不管不顾地去了趟江西。他爷爷生活了二十年的地方，他倒是轻而易举地找到了，可他找到的地方就剩下个地名，没有房子、没有土地，人倒是还有些在那里，却没人记得一个叫张长工的三十年前住在这里的外乡人，连一个记得您的活人都没找到。

想必他死心不是跟我的威胁有关，是跟这个打击有关。回来后，他向我做了口头保证，不找了，不可能找得到了，他说。怪了，他这么一发狠，机会就来了，不久，他认识了一个叫单雷的山东人。这个山东人鼓动文亮跟他合伙做医疗器材。单雷唯一的优势是他前老板给的那些客户信息，他想挖墙脚发财，这事换了我是不干的，这不合规矩。他俩跑到上海注册了一个公司。文亮还留在开坪管业务，单雷去上海管公司，这事我没管，我想做生意亏也好、赚也好，总比被人骗掉好。

那期间他还是背着我请了私家侦探。这个私家侦探在河南沈岳县找到一个颖上村，不幸得很，这个村是个癌症村，不仅穷，而且每家每户都有癌症病人，甚至有的家庭全家都患了癌症，已经绝户。私家侦探发回来的照片上那地方衰败得不像样子，拍了一条河沟，河沟里的水黄得跟橙汁一样，私家侦探问他要不要去看一下，他直接挂掉了人家的电话。

那会儿瞧他，真不像个人，你相信吗？三十五六岁的人，毛糙糙的头发，恍惚惚的眼神，哪里像个真人，就是像卖衣服的店门口站的那种塑料人，上面套着一件衣裳。后来我就没有脾气了。你不会生一块焐不热的塑料人的气。那阵子我就拼命消费，买衣服、买名包、美容，穿着粉红色衣服，加上我原来皮肤就白，人家都说我越来越年轻。

有回我在一个美甲店做指甲。帮我做指甲的年轻姑娘是我同乡，我听出来但没有吱声。中间我接了一个电话。谈一个新款，诸如比例、高度和对比度什么的。因为在外头，讲完就挂了，也没有寒暄。

那姑娘很好奇，就问我，你是哪里人呀？

我明白她听我说话，如同天书。我于是逗她说，台湾的。

啊，她瞪大眼睛，然后说，可你跟林志玲口音不一样。

这样啊。我于是很欢乐地开始用所谓台湾腔跟她说：是这样子的啦，我在台湾的时候是这样子讲话的啦，可是到了大陆，这样子讲话人家要误会的啦，我不要人家误会的啦，我不要人家觉得我不是好女生啦。我的爸比和妈咪都不希望我不是好女生啦。

然后我跟她讲琼瑶和她老公的故事，全是报纸上的，我假装我知道得比她多。

她两眼开始放光，不停地打听台湾各种事，无外乎都是明星那些事儿了，完全可以应付。我明白她也像我一样，从乡下来，肯定没有读过什么书，许多方面都不知道，人生的痛苦经历得也有限，可能才交了一个男朋友，甚至可能还没有。然后我忧伤地说，我都想家啦哪，我好想好想家了啦。

她停了一会儿然后对我说，台湾是祖国的一部分。

不是这样子啦。我们老师不是酱紫教的哪。

她茫然地看着我，手上的活明显慢了下来。

气氛不太对啊，我于是假装被乡愁笼罩不再说话了啦。我只好一个劲地说：我真的好想好想我的爸比和妈咪啊！

后来我问她工作苦不苦，她就不肯说实话了。一开始她还跟我抱怨坐得腰酸背痛，像坐牢似的。可现在她什么也不肯跟我说了，她只是说，想要过好日子，就得老老实实工作。这话显得很生分，前头我们白聊了。

那次指甲做得并不怎么好，钱也没有少收，到末了，我们都开始沉默起来。我离开的时候已经非常失落了。过了几天，我又经过她的店，赶紧加快步子，生怕再遇到她。好在，没多久那地方就拆迁了。她不知道去了哪里，是不是还在做美甲。

就是那一回，我假装乡愁的时候突然就真的感到了一种莫名的忧愁。我突然想到小时候的房子，小时候的同伴的脸，我爷爷和奶奶在世的时候，糍粑是最好吃的东西，我们盼望中秋节和元宵节，但是也只有丰收的时候才能吃糍粑吃到饱，我其实不应该想老家，因为我弟弟和我爸妈都来开坪了。但是我假装想家的时候，后来却真的很想家，想的又不是具体的什么地方、什么人。我的心里有一块地方突然生痛生痛的。就那么一小会儿，我往家走的时候，突然理解了文亮，我感觉到他是那样的无依无靠，我真想为他哭一场。我很想对他说，我懂你了，我以后不挡着你了，你想找就找吧，你想捐就捐吧，只要你不那么难受。

可是说来也怪，我心里的疙瘩没了，他反而开始把心思放到生意上来了。

他先是下了个决心，跟单雷散伙了。说穿了他不是人家对手，单雷怎么对他的前老板，也能怎么对他。跟单雷在一块干，他一直处在下风，好多事情做不了主，心里憋屈得很。我原以为跟单雷散伙，他的心思会放在家里，可是他要去上海。这期间发生了一件事，就是我儿子学校一个同学跳楼了。我儿子的学校在开坪算是最好的了，当初花了五万块择校费才进去的，没想到这里也有黑社会。有个小混混逮到好欺负的就收保护费。有个孩子家里穷，交不出保护费就天天被打被骂，有一天他被逼急了就从楼上跳下来死掉了。

这事原来我们都以为是新闻里播播的，现在却发生在我们眼皮底下，把我俩都吓坏了。死掉的孩子一直没讨到说法，据说那个小混混的老子是有来头的，跺一脚开坪要响三响的人。他就赶紧要帮儿子转学。可是转到哪里去呢，他说，这已经是开坪排名第一的学校了。

这个坏事后来就变成了好事。他说，他也要去上海，他要到上海去接业务。钱是好东西，有了钱我们才有挑选的权利，儿子才会有全新的环境。我不能让我儿子在这小地方丢掉性命，我不想我儿子输在起跑线上。二十一世纪什么最值得投资？教育。他说，给儿孙再多的钱不如给他最好的教育。好的教育不在开坪，好的教育在上海和北京这样的大城市。我以前浪费了太多的时间，我不能再错了。

他但凡说话的时候眼睛里有光，我就知道他说的是真是假。这个检测方法屡试不爽。这一回，他的眼睛里有光。我信他了。

我真是百感交集。这么简单的道理我都讲了多少回了。他是真的到了三十多才懂，他那么一本正经地告诉我的时候，我就相信他真是一秒钟前才懂的。

实打实地说，我们厂能撑到今天，他还是起了作用的。厂子在我这个女人手上的时候，靠着不懒不贪，本本分分做人，这些年下来，也只能算勉强维持。我心里清楚，要想把生意做大，到头来还得靠男人。我想这下好了，我们厂可以做大一些了。结果他不肯，要到上海去做医疗器械。总之，跟单雷散伙后，他无心留在开坪，一门心思想到上海搞个办事处，把生意往大城市做。比起十年前，他做事方法说话样子都一副开坪人的模样了，想到大城市发展也是开坪人的习惯。你但凡在一个地方待了十年以上，那个地方的好好坏坏，就都有了你的份了。现在，他又要走，我能说什么呢？

就从那会儿起，他对挣钱这事来了劲。一个人做什么来劲做什么不来劲，老婆肯定是知道的，哪怕我们离得有一千里远。而且他是对的。从那之后，我就发现他没有什么决定是不对的。比如他说开坪的这些鞋厂全部要倒闭。四五年前，如果我听了当然觉得不可思议，怎么可能，我们开坪的皮革全国有名，每天那么多的货车开进来又开出去。可是今年开坪的厂倒了百分之九十，这是铁一样的事实。我的厂虽然硬撑住没倒，是因为交给我弟弟了，我弟弟又想了许多办法。有一句说一句，在我手上，也是一个倒字。

从那之后，我就完全管不着他了。

在上海做生意跟开坪不一样。开坪我们就是私对私。你为你争取，我为我争取。他到上海走的路子跟我不一样。他跟大公司合作，又把大公司的产品销到大医院去。跟大公司谈小业务是见不到大老板的，他就从业务员开始接触，往往一个大单下来，要经过七八层关卡，每个层次的人的性格啊、兴趣啊、爱好啊什么的都不一样，这个交道很难打。有一回签合同的时候我在场。我跟在他身后，他打电话找一个男的，后来我知道是叶主任，主管单位采购。本来说好的当天签合同。我们早早地到他公司门口，等到上班时间给他打电话，可是他却在去机场的路上。我们就打了辆出租车往机场赶。我也不知道他是怎么知道人家要去什么地方，我只顾跟着他跑。那个主任快走到安检口时被文亮找到了。飞机还有二十分钟就要飞了。我是觉着这笔生意怎么都黄了，可是文亮把合同放到人家的行李箱上，并且翻到最后一页，然后把要签字的地方用手指摁住。那人很吃惊。他说他没有笔。我有。文亮说，他从口袋里摸出一支笔，咬掉笔套，笔尖等在他们之间的空当里。

有几秒钟的工夫冷场了。你怎么知道我在浦东机场，找到这儿不容易吧？那人说。

容易。文亮说。

那人伸出手来，表示告别。他的身子已经转向检票口方向了。

真见鬼，再等下去他就要安检了，换了谁什么也做不了。我想到我是从广东开坪坐飞机过来，就遇到这么个人，心里很沮丧。

你跟我做生意，不会吃亏的。文亮朝着那人咧开嘴。这种话适合讲的时候很多，我们在开坪经常挂在嘴上，但的确不适合这个场合说。他把脸凑到人家跟前，他比人家高，高出半个头，要是想显得平等，还得躬着身子，他躬着身子挨着人家。简直挨得太近了，真的，好像要跟人家拥抱道别似的，鬼知道他在对方耳朵边上说了什么，那声音小得一下子就见不得人了。我睁大眼睛只瞧到他满脸的笑，这样的笑最近几年我几乎一次也没有瞧到过。

他没握人家递过来的手，反而递过去一支笔，没等人家反应，他把合同递到人家眼皮底下，另一只手搂着人家的腰，他说话的声音是那样的欢快，散发着"自己人"一样的亲热劲。看上去，他们彼此已经了解对方，要不是我了解，我差点就这么认为了。他的这股子难以置信的亲热劲果然传染给了人，或者他说的什么话把人家打动了，那人的面部表情居然柔和下来，有一秒钟居然变得不知所措，很快放松了戒备，顺从地低头盯着手上的笔，笔尖晃了一下，文亮把签字的地方凑上去。他签了。

之后，那人挥挥手告别，手里还拿着那支没有帽的签字笔。那个人从视线消失，文亮转过身来，他的目光在寻找我，就像一个孩子在寻找家长。他的目光与我相遇的时候，他笑了。短促、干涩的笑，好像对他赢了感到很抱歉似的，好像在说，对不起哦，我是对的。

我能说什么呢？我都蒙了。我想起他第一次真正打动我的，他把诗递到我手上来的时候，打动我的也就是这样天真的神情。对，天真。他是一个天真的人，但是他把天真带到了上海，带到了机场，带到了生意上。另外，我被他身上那不可捉摸的力量给惊到了，我没有想到一个整天魂不守舍地要找祖宗的人，有一天也会这样精明能干。他站在这富丽堂皇的机场大厅，威风凛凛地向我走过来，完全看不出江心洲人的痕迹。

我问他，你施了什么魔法，人家被你牵着鼻子走。

他还是那句话，跟我做生意他不会吃亏，末了补了一句：他们最会算账了。这让我很不踏实，我们在开坪做生意也好，在温峤岭看我们老板做生意也好，一天到晚强调产品质量，我们也有公关，也搞营销，也打广告，可是说到底，最在意的还是质量，质量不好乱吹会心虚。文亮做生意，根本不谈产品，就谈谁有实权、谁说了算、谁会从中作梗。他们把生意变成了战场，天天研究敌人，天天要分胜负。

　　有好大一阵子他不提祖宗的事，跟自己较起劲来。他要过"自己的生活"，他是这么说的。那阵子我竭力想靠近他，装着对他的改变、他的新发展、他的圈子、他的想法表示欣赏、赞同。我们一年见个四五回，不见面的时候就通电话。那时没有微信什么的，不能视频，但是通电话的感觉真的非常好。他买了套西装，五千多块。没有关系，谈生意的时候穿得体面成功率就高。我就这样安慰他，我还给他买了块名表，两万多，他很快就买了辆别克。这都没什么，为了生意，为了乐趣。他恢复到了刚认识那会儿的样子。他开始给我承诺，他想过体面的生活。他说再干三四年就能在上海买房，到时候把子豪送到贵族学校上学（我们开坪好几个朋友的孩子都在上海念贵族学校），他现在最在意的就是"体面"。"体面"这个词那阵子频频出现在他的嘴里、身边那些有钱的朋友嘴里。电视上也到处说，房子越来越多，越来越豪华，真的，大家心里都痒痒的，恨不得一下子就像真正的体面人一样生活。真正的体面人谁也没见过。想象呗，电影、电视里那些人的吃穿住行，模仿就是咯。他要去外国旅游，他说了拉斯维加斯、迪拜还有普吉岛，他说那么远就是想跟过去撇得干净点儿。我懂他的意思。

　　那半年我们关系真是很好，他传递过来的都是好消息。医疗器械业务开展得很好，大城市机会也很多。开坪厂里的业务我也差不多交给我弟弟，想着文亮开始走上正道，我也想学学人家过过家庭主妇的生活。本来那段时间他差点儿说动我了。他说把厂子过给你弟弟吧，把儿子接到上海来上学。上海教育先进，儿子将来能上好的大学，会成为一个有出息的人。这个想法不错，我举双手赞同。后来我带儿子去看他。那回我在上海待了差不多一个月。他把儿子送到一家很好的寄宿初中上学。这一点我本来是反对的，我想自己照顾他，既然我在上海也没有工作。可是他说寄宿学校是国际学校，学校教育孩子比家长更有经验。他把我说动心了。我们在卢湾区租了套两室一厅。这幢楼有三十八层，我们租住的是三层。白天他去上班，我就在家帮他洗涮、做饭。我在上海一个月，不夸张地说，他总共回家吃了一顿半晚饭。

半顿晚饭是这样的，那天是周五，他把儿子从寄宿学校接回来。看到他们都在，我心情好起来，做了儿子爱吃的辣子鸡，也做了他爱吃的排骨炒年糕。他吃了一半，起身接了一个电话，边接边站起来到卧室换衣服。就在这时，楼下响起巨大的噪音，像是有人在挖水泥路，又像有人在拆房子。我没有胃口了，把他和我都吃了一半的碗收拾起来。上海的辣椒味道很冲，油烟机质量不好，这会儿我更觉得刺鼻、辣眼，又不敢开窗，我大声地喊，吵死了吵死了。

儿子吃惊地抬起眼睛，茫然地看着我，他被吓到了。

文亮已经把衣服穿好，正在穿鞋，手机又响了。他没听到我喊叫，头也不回地出去了。我走到窗口，朝楼下看。我看到的他像一只蚂蚁一样站在巷子边等出租车。肯定又要喝酒，不然不会不开车。巷子对面是一个饭店。饭店门口挂着些小彩旗，好像是开张的时候挂上去的，风吹雨淋，从下面看，脏得要命，可是还在那里摆来摆去，真烦人。彩旗下面就是工人干活的地方，明显要开夜工。至少一千瓦的探照灯都亮起来，把街道照得惨白惨白的。

机器开始钻地，那声音能把人的耳膜震破，能把玻璃窗震破。好像整个上海都在嗡嗡作响，好像不把半边天震掉下来不罢休的样子。真让人烦躁，让人要崩溃。

站在窗口往外看，这是个没有天也没有地的城市。不管往哪个方向，都是楼都是楼，太阳太稀有了，上午十点到十二点，然后就不见了，这里缺光线，中午十二点应该有光线，植物很稀少，拿个望远镜才能望到一点，白天是灰的，晚上也是灰的。张张面孔都是生的。这一切都让我觉得不真实，文亮也变得越来越不真实。我非常非常想家，又想哭。不是想在开坪的家，是小时候的家。晚上我睡不着觉。过去那些年就像电影一样一幕幕在脑子里重放，真累啊。想起自己在鞋厂打工的时候，一天十几个钟头；想到文亮一直不听劝，自己说了那么多的话；想到从温峤岭到开坪的时候，我们俩身上总共才三千块钱；想到他把我几年积攒下来的钱统统拿出去捐了，我的心就抽疼。以往事情一桩一桩来，我也没觉得怎么样。来一桩挡一桩呗。现在歇下来了，一个晚上这些事都好像重来一遍，我就受不了，心里特别堵。

　　这么堵，我手上却没有活，窗帘脏得要命，又不是我自己的，懒得拆下来洗，客厅的地板上有很大的裂缝，也跟我不相干，外墙上的小广告，净是些清洗油烟机、疏通管道什么的，看着就难受，一难受就浑身没劲。可是文亮每晚回来倒头就睡，而且他刚刚到新地方，刚刚走上正道，我不能干扰他。我想着人要知足，不能得陇望蜀，所以就憋在心里。没多久，我整个晚上都不能睡，白天身上一点力气没有，做什么都提不起劲。

　　而且吧，我越想越觉得自己错了。我记得我怪他不应该捐钱的时候，他看我的眼神。现在这眼神回到我脑子里，那样无辜，那样可怜。现在他的眼神完全变了，且不说皱纹长多了，其实也比以前更成熟自信。以前的眼神飘着的，东飘西飘，不然就定定的，可是到了晚上我还是想起他以往的眼神，我觉得那里面有许多委屈，眼珠子都在疼。你能信吗，我不喜欢过去的他，可是依旧不能忘记他那天真的眼神，以及他心里那块神圣的谁也不能取代的祖宗的区域。

过去给什么他穿什么，现在天天穿西装，有四五套一模一样的西装，都送出去干洗，捆在身上就像绑着个铠甲似的。每天晚上他都要出去吃饭。我说你不能选择性地参加吗？他说，不能啊，每个饭局都重要，机会说来就来，有时明明看上去一点没关系，聊到最后，他的大舅子小姨子或是三姐夫都是我们的业务单位。

　　他还口口声声说他现在自由了，轻装上阵，每时每刻他一直在想着怎么把业务搞上去。有一回，我故意买了一瓶红酒，他回来时给他倒了一杯，我心想你在外头喝了，回来再喝，不酒后吐真言才怪呢。可是他张口闭口就是业务、投资、机遇、人脉，你要说他不老实，都说不出口，我有时看他那样的虚幻，不是虚伪，是虚幻，他不真实，他个头挺高，模样也挺俊，像电影里的人，又像纸扎的人，就是不像一个丈夫。他生来不适合做丈夫。我最后只能这么想。他还是找祖宗的时候像个人，现在他不像个人，他像个战士，身上穿着铠甲，身后背着堡垒。

　　有天我大扫除，在床底下发现了一个袋子。袋子里装着一把斧子、一包饼干、一沓纸和一支笔，纸上写着十几串数字，有两个数字我看懂了，是我们结婚的日子，是子豪出生的日子，其余的我都没看懂。

　　这个事我没敢问，也不想深究。深究对谁有好处呢？

　　我有天轻描淡写地问他了。我问他，这些日子为什么要写在纸上呢？

　　我怕记不住了，我爷爷就记不住过去的事、老家，也不会说话了，他想讲什么都讲不出。

　　你可以记在电脑里。

　　电脑靠不住。

　　我问他什么靠得住，他说，什么都靠不住。

　　那床底下放把斧头算怎么回事呢？

　　防身用的。

手电筒呢？

要是半夜突然停电什么的。

水呢。

快过期了我就换。

我的老天，我一下子就透不过气来，怎么说呢，你把我两只眼球子抠掉，我也不能假装看不到他活得多么累。

这也没什么奇怪的，前天我看新闻，一个七岁的小孩到西藏出家去了，还有一个七十岁的老太太嫁给了一个二十八岁的小伙子，还有一个亿万富翁，天天晚上睡在公园里，说怕天塌下来压死他。

这个世道想不透的事太多了。可是真到自己头上，还是不能接受。

这个可怜的人。他是最典型的人生旅客，是旅行的囚徒，他表面上是自由的，他却动都不动。他将去的地方是未知的，正如他来的地方。这个世界当中的不毛之地的最不毛之处，才有他的真理和他的故乡。

我真想对他说，我理解你了，我理解你为什么那么想找到你的祖宗，我老家都没人在那里了，可是我心里还有一个地方是留给那儿的。而且年纪越大，我越想那儿。我有一种冲动，现在就走，马上回成都去看一看。

临走之前我在心里跟他争执了一番。我说，你一个礼拜才回来吃一顿晚饭，其余都是晚上十一点回来的，早上天一亮你就出门了，我在这里和在开坪有什么区别？

我也帮他做了回答。他会说，做生意就要这样，钱不会无缘无故地飞到你口袋里来。我说我不要你挣那么多钱，一家人在一起开开心心就好。他说，是谁一直要挣钱要发展来的，这不是你要的吗，你不是说要发展要趁年轻时多挣点钱吗？

我想家了。

你还想家，你不是说想家没有意义吗？

我一想到他拿这些话反驳我，我就没脾气。

我心里有一种恐慌感。一想到我们也会像其他夫妻一样吵啊闹啊甚至打啊闹离婚啊，我心里就七上八下的，这似乎很荒谬，在心里吵架能把心脏吵得"怦怦"直响。

我有时看他几秒就觉得他越来越陌生，陌生到我不敢说出白天想的那些话。我赶紧甩甩头，眨几下眼，然后才能找到过去他的模样。

这种鸿沟连十一岁的儿子都能看出来，我知道说不通了。就跟以前说不通一样。第二天我就问儿子，愿意跟我回开坪吗？回原来的学校吗？

原来的学校肯定回不去了。我帮他转学的时候因为一笔学费应不应该退跟学校闹僵了。怕儿子不高兴，我说我会把你送到开坪三中去，三中也是好学校。我担心文亮跟儿子不亲，我怕儿子受委屈，只有一个孩子嘛，从小挺娇惯的。

没想到过了好长时间，儿子说妈妈我才交了两个朋友，我又要到一个人也不认识的地方去吗？

我把儿子留下了。不是我狠心，是我感觉到儿子不想走，另外我明白要是把子豪往回带，文亮可能在上海就待不下去了，可是回开坪他会变成什么样呢？把我难住了。我那时候心里很乱，我心里糊涂得很，我感觉自己哪里出了问题。我又回到鞋厂，生意越来越不好做，我也索性不管了。没有丈夫和孩子，一切都糟糕透顶，有时候突然就喘不上来气，我越来越烦，烦到今天这样真不是我心愿。我几乎不出门，越来越多愁善感，越来越不能容忍身边到处在造房子，晚上睡得越来越少，只有过年回老家的时候才睡得好一些，后来我不对劲的时候就回去。家里没什么亲戚，我爸妈把地皮卖给我堂叔了，我回去的时候就住在他家，一趟两趟没问题，时间一久，他们就犯嘀咕，旁敲侧击地问，是不是文亮有外遇了，是不是生意上惹了麻烦，是不是来躲债的。老家这地方，能出去不能回来，回来就是没好事，回来他们反而瞧不起你。可是时间久了不回去我又睡不好。有回我在开坪开车的时候差点撞到人，要是撞到就不是受伤的问题，可能要出人命。我爸妈都说一个女人不应该不待在老公孩子身边，我儿子也不停地催我去上海。我要是对他说，儿子，我不想去，我怕那个地方，他一定不懂，他太小，跟他讲那些没用。他已经说了，别人的妈妈不会把孩子一个人丢在外地不管，你再不来，爸爸没人管。

我要么去上海，要么就离婚，这么耗着谁也不放过我。我妈一见我就哭，怕我离了婚没人要，动不动就以泪洗面。我越来越理解文亮。我回想起刚认识他时的样子，觉得自己错看了他，他其实是一个很伤心的人，我却把他看成一个很乐观的人，他是一个连自己都找不到的人，我却还不停地要他像个男人一样承担起来。他带给我的回忆都是破败的、伤心的，现在，他走了，他把伤心留下来了。想得越多，事情就越不对劲，日子是我自己过的，每一天我做了什么，处理了什么事，想了些什么都是我自己的，可是，我一个人坐在这里想的时候，感觉完全变了。就像一件衣裳，洗了一遍之后，颜色掉了，不仅颜色掉了，连款式都变了，我甚至变成了他，感觉到他每一天都那么伤心，不只是伤心，简直是恐惧，好像祖宗是一把宝剑，没这个宝剑随时就有人要捅他似的。他不肯在家里待，不是说房子里不安全，而是不出门挣钱他觉得不安全，他不在家吃饭也不是我烧的饭不好吃，是如果能在饭桌上挣钱，他就不放过有饭局的机会。说到底，他不是为我为孩子在打拼，也不是为过好日子打拼，他就是不踏实。他就是一直没长大的孩子。我以为他变了，其实他并没有变，他做的每一件事，以前是找祖宗，想找到根基和依靠，现在是拼命挣钱，其实都是因为心里不踏实，就跟我现在一样，就算一根针掉到地上，我都会吓一跳。

我心如刀绞。以前没有理解过他，我也不理解自己，说穿了我把他盯得挺死，我催他去跑业务，我每句话都是有意味的，我喜欢跟人家比，我说某某发财了，某某又发财了。我说某某买了别墅，某某的老婆有好几克拉的钻戒，我当时说这话不是为我自己，我是巴望着他能负起责任来。他是一个男人，一个上有老下有小的男人。现在我不想那样一刻不停地管他了，我心里明白，一个人就算娶了老婆他还得是他自己，他还应该有自己的爱好和想法，真的，女人当然也一样，可这些年我们绑在一起，根本没考虑不能这么绑着，不能这么死守强求，我在心里经常跟他道歉，我觉得比起他对我的过错，我对他的伤害和管束更错。可是有个什么事通个电话，我还是一句都不想多说，一句也不想多听，他也没有任何想跟我谈的意思，而且，我有意做出来不在乎的样子，因为他已经伤不到我了。

我儿子不停地发他爸爸的照片，各种照片，有时他们在吃饭，有时他们出去兜风，有时他们去健身，文亮穿得越来越考究，看上去很精神。儿子不是在炫耀，他在召唤我，我懂。他还暗示我他爸爸有小三。他说这话的时候是嘟嘟囔囔地说出来的，好像是不小心说的，而且还给他自己留了余地，说什么"好像""听说"。他才十三岁，就开始玩心眼了，他这是激将法，他问我什么时候回上海，他一问我就明白他在那里还不坏。

我接儿子电话的时候，窗外又是打雷又是下雨。我在床上坐了很久，我们两个都没挂电话，就像面对面站着不说话一样。我想到在上海要是真有人对文亮好，那就太好了。我真是这么想的，我不觉得他是我丈夫，我觉得他就是一个孤儿，一个伤透了心的孤儿。可是我待在开坪，却觉得离他比在上海时还近，还亲。但是没人懂。儿子在那边踢倒了一张椅子，我听得出那个声音，有天晚上，我也不小心踢翻过，对上海的记忆就是那些声音。那些声音让我难受，一挂电话我就想跟他们俩说对不起。真心的。

第五章

逃离

梅子杰

雨落下来之前，先刮大风。

傍晚五点左右，先是地上一层灰尘，坝下的杂草开始轻摆，树梢很快发出"哗啦哗啦"的长鸣，风起的时候，天和水就连到一处了，好像是联合对抗，又像在相互利用，隐蔽自己。

一阵神秘的声响，在屋顶。没引来任何人的注意。屋里的人昏睡的在昏睡，倾诉的在倾诉。我兄弟站在屋后的台阶上，压低声音打电话。

他已经跟县人民医院联系上了。他把电话打过去，跟打到殡仪馆时已经不一样。他老练多了，在对方问出找哪位的时候，他的台词已经准备好了：要看望一个朋友，他一米七的样子，穿着牛仔裤，头部受伤，在你们医院。

他们是总台，不清楚，让他打另一个电话。他打了，对方是门诊室，三天前的事情不清楚。电话被转到另一个地方，他又问同样的问题。这一回，他添了些油醋。他说，他有一个非常好的朋友，他是在复兴街受了伤。我的兄弟含糊其辞，对方有点不耐烦，不是不信任，是不在乎，没有听的热情。

帮我查一下吧,他的父母都远在国外,国内只有我一个朋友。

我兄弟被他自己的话吓了一跳,但是这话起了作用。你等着。

电话搁在一边,大约五分钟之久,久到他以为人家早就忘记这么回事了。他焦灼地转动脖子,有怒火从这个孩子的胸口往上升,他很不开心,他像背负着重任。这是他到江心洲的第三天。他什么都不适应。饭菜不好吃,没有冲水马桶,要到屋后的茅厕,虽然旁边放着一只桶,用完就可以冲,可是味道太难闻。他从小到大就没闻过这些,他也不习惯蹲坑,擦屁股的手纸太硬——他们走得太急,三天里头我爷爷已经跑三趟镇上了,买回来的日用品都不是他要的,水果也是,都太难吃,没有他最爱吃的樱桃、西瓜明显是注过水的,苹果又硬又酸。乡下都这样,我爷爷解释说。可是他不适应,讲完这话,他看到我爷爷一口痰吐在大门边上,他转过脸,尽量朝清爽的地方看,可那口痰到脑子里去了,怎么也擦不掉。

一阵心虚,他把手机从耳边拿到眼前,手指快要落下。他退缩了。他要挂掉电话。

终于有一个人拿起了电话,他的身体重新站直,心里一阵软弱,感觉一下子原谅了这一切。可是电话里的口气更不耐烦、更疲倦,上来就是一句:你要找的人叫什么?

他不知道,他不能说自己不知道,他说,他叫张子豪,对,就叫张子豪,这不是重点,他三天前在复兴巷受的伤。他的情况怎么样,他家人特别着急。

复兴巷头部受伤的那个人不叫张子豪,叫张家强,头顶部外伤,血暂时止住了,脑部外伤与脑裂伤合并存在,目前血压升高、脉缓慢,提示有脑水肿和颅内血肿等所引起的颅内压升高,已经进行脱水疗法和颅内压监护,但是怀疑颅内血肿或有严重脑水肿颅压高,需要手术探查,要是脑挫裂伤伴脑水肿，一定要吸除液化坏死的脑组织，并行去骨瓣减压术，拖下去就难讲了，可是到现在没家属出面签字。医院找到当地派出所，可是派出所说他们乡根本没这个人，现在，没人签字，也没人缴住院费，没法做手术。

有危险吗？

难说，不好讲，随时可能引发并发症。做手术是必须的，迫在眉睫，如果你们还想找借口，不来签字的话，后果会很严重。

他怎么受伤的？

不清楚，硬物致伤。

不是警察打的？

什么警察？警察只来过一回，没人管。你们自己都不管，别指望其他人。

听上去没有抢劫犯，也没有死亡，这个结果出人意料。我兄弟，不，他被告知要赶紧来签字、缴费：

你们家属都不在乎他，我们医院就更无能为力，你说对吧？

眨眼之间，我兄弟，被定性为躲避医药费的家属。电话那端的口气缓和一些了，他把电话这端的沉默理解为觉醒，理解为良心发现：

我们医院做到这一步也不容易，抛开医药费不算，手术风险也很大，没有家属签字，我们是不敢动手术的。你转告你家大人，要快点来。

被戳穿了。我兄弟的面颊一阵通红。

我不是他的家人，我不是……

仓皇之中，他一把掐断手机。

张子豪

两个问题我始终没搞清楚。第一个问题是：我妈为什么把我送到上海来，然后自己跑回去了？

　　她哄我来的时候说，她做家庭主妇，照顾我爸跟我，我们一家团聚。等她从上海走的时候就随随便便问了我一句，儿子，你跟我回开坪吗？我一下子就蒙了。她的口气我听出来不太想带我回去，她就是想一个人回去。就算她想，我回去了又不能上原来的学校，还不知道要转到哪个二流的学校呢？开坪再好的学校也不能跟上海比。现在的学校每人一台电脑。每天中午两荤两素。硬件好也就罢了，教育质量简直就是天堂和地狱。打个比方吧，在开坪，你要是得罪了老师，他会一直给你小鞋穿，到你父母那里告状；你要是上课看看手机短信，他直接把你手机没收，要写一千五百字检讨才会还给你。而且，要是手机没密码，他还会随便看短信和通话记录。简直不能忍。到上海之后我才大开眼界，人家国际学校就是不一样，我们学校一个足球场就有三个开坪七中大，老师也比较文明，有什么事都比较客气地提醒，犯特别大的错误才会在全班公开批评，一般情况下都是私下沟通。老师根本不准随便体罚，体罚了可以到校长那里告状，不会有事。老师全是外聘来的，随时可以炒鱿鱼，不像开坪七中，打了学生，逼得学生跳楼的老师还在学校当老师。

　　上海什么都有。只有想不到，没有见不到。有一回我同学在长宁区延安西路的一家火锅店遇到过香港明星。还有一回，我和我爸遇到了一个电视真人秀：一个要饭的坐到我边上吃饭，饭店经理不停地骂他，赶他走，我瞧见我爸的手在桌边上发抖，抖得调羹都直哆嗦。我心想我爸要出手相助了，不巧，那天餐馆里有个外国人，他站起来阻止，并请那个乞丐坐到自己身边就餐，等我们吃完要走的时候，主持人和工作人员全部出来鼓掌。原来是在考验人性，这感觉真的超酷。

　　那天晚上，我妈突然问我回不回开坪。她第二天就走了，她说她先回老家一趟看一看，如果我愿意她来接我，如果我不愿意，说不定她还来上海。结果她再也没有来过上海。

我一直想回开坪找我妈，我妈不来，我也就不回上海了。我爸不答应。他说人要过体面的有尊严的生活，你现在上的是上海数一数二的好学校，名师荟萃。你会比你们开坪七中的所有同学都提高得快，要是你肯努力，你会考上上海最好的大学。不用顾虑钱，挣钱是我的事，学习是你的事。知识是好东西啊，儿子。他说这话的时候眼睛就死死地盯住我，盯得我心里发毛。

现在有几个人读书啊我心想。

我就是没有读书吃了许多苦头，才不希望你跟我一样。我心里的话他好像听到了。

我爸买书十分积极，只要网上啊报纸上或者专家说什么书好，他就会买，房子又不大，他还腾出一间摆了一面墙的书柜。我们语文老师经常给我们推荐阅读书目。随便我说什么书，他都会说，不用急，家里有，然后不慌不忙地从书架上找到那本书给我。像什么《老人与海》《包法利夫人》《战争与和平》《红楼梦》和《生死疲劳》。他从开坪来的时候光运书的费用就三千多块。读书，儿子，读书会让你气质非凡、与众不同。他说这话的时候做了一个表情，相当于说，你瞧，我读书多所以我是如此与众不同。问题是，我知道他不读书，书柜里的书许多塑料膜都没拆开，有些书一点翻过的痕迹都没有。

第二个问题是，我到底选择谁？

看样子他们会离，我天天晚上琢磨跟谁过。要是选了我妈，我爸一个人在上海怎么办？要是选了我爸，事情就比较简单，不用打包装箱，不用再回开坪七中什么的。大城市和小城市完全不一样。我在开坪，从来没有踢过足球，没有打过网球。开坪七中只有一个篮球场，根本不上体育课，简直弱爆了。可想到我妈一个人也心里不好受。我左右为难。

奇怪的是，我拿不定主意选谁的时候，老是幻想他们贿赂我，开出许多有诱惑力的条件来争取我。我想象他们的筹码会越开越高。如果我妈这会儿突然答应给我买LOL的装备，或者一双耐克的限量版，我可能勉强愿意回开坪；要是我在动身的前一刻，我爸说，儿子，我给买一只IPAD，再给你买一双AJ的最新款，你留下来跟我。我觉得恐怕又没有勇气回去了。到末了，我妈说，儿子，回开坪，我给你买辆车；我爸说，别回，儿子，留下来我直接打一千万现金到你名下。有时上课的时候我都在想着到底选择谁。我经常梦到两个人抢我、拽我，第二天一准胳膊疼。有时候就恰恰相反，两个人都溜了，两个人的电话都打不通，要不就是打通了谁也不说话，谁也不肯说，儿子，来我这边吧。这么想想还觉得挺刺激的。

有时候我端着一本书坐在那里发愣，我爸就过来了。他说你要好好读书，不要走神。我也不图你什么，只要你过得好，我就毫无怨言。这些话、这种腔调都很像我妈，现在我妈不在，我爸开始抄袭我妈。神了，有时他们说话的神态都一模一样，不愧是一家人。就连他眉头皱起来，眉心的纹路都一模一样，奇了怪了。他看上去挺忙，也能挣到钱，可是瞧不出他高兴还是不高兴。我找到机会就跟他谈我妈，他要么不接这个话题，要么装作没听懂。他看到我心情挺差，也会给我妈打个电话：你能过来吗？下个月？好的，没关系。不要紧。谢谢。不像打给老婆，倒像打给客户。

过了一段时间，他就不提我妈了，好像这个人不存在一样。他在开坪的时候不是这样。他哪天回家，都会问，你妈呢？这个事你妈知道吗？你妈怎么说，你问你妈？反正就是这样的，他不太管事，家里基本都听我妈的，反而我妈太严格了，打过我几回也是我妈，缴学费啊，开家长会啊什么的，都是我妈。关心我吃饭、成绩好不好的也是我妈，早上吃什么，中午吃什么，晚上几点睡。我妈爱操心，没完没了地操心，现在我妈不在，我爸就代替她了。指定我吃什么，指定我读什么书，指定我穿什么衣裳。我一发呆，他就开始说话，说的全是跟我妈一样的大道理，什么不吃苦中苦，不为人上人，什么一分耕耘一分收获。我心里想，一阵子就过去了。一阵子之后，他不仅没有过去，话还越来越多。他还变得爱打扮了，在开坪的时候，他真是给什么穿什么，家里全是我妈做主，什么衣服打折了我妈就买什么。现在呢，他身上一套衣服要好几千，还不止一套，就连一件T恤都要好几百。我妈在开坪有几年也变得爱打扮，这一点他还是在抄袭我妈。他也舍得给我买，他说，做人要讲究档次，如果你从来只关注衣服的价格，那么你永远穿不到好看的衣服。这不光是外表问题，我爸这样跟我解释，这是尊严的问题，你的衣着代表你的品位，你的品位又决定你能遇到哪些人，这些人又能决定你能否获得更多的机会。一个人不努力，他就会活得没有尊严。我跟我爸一起生活这几年，他都在灌输这么个意思。这么说吧，在开坪的时候，我爸像我哥，被我妈管着，到了上海，他像个打了鸡血的斗士，每天一大早穿上西装打着领带出门，老晚才回来。我每次回来，都觉得他好像又自信了一些，年轻了一些。我有点心慌。说白了吧，我好多同学的爸爸在外头都有状况。张浩跟他爸同用一个账号，他爸哪天晚上跟谁在哪里吃饭，发给谁的短信，他都一清二楚。他觉得他这个家保不住了。事情后来比他想的乐观，他妈妈捉奸是捉奸了，但处理得很好，他爸写了保证书，日子接着往下过。

我爸不一样呀，他没人管，天天独来独往。一个礼拜我只能见到他一两天。一个学期结束，我就跟我爸说，我不想住校了。我爸说我供得起，我说反正就是不想，他也拿我没办法。那年暑假我们在上海生活了一个星期，家里脏得就跟猪窝似的，他每回要我搞卫生的时候，我就在做作业，我也不玩手机，我在读书，他不是喜欢我读书吗？我就成天在读书。这是我战斗的方式，我跟着电脑学外语，房间里全是听不懂的声音，他一进来，我就跟着读，津津有味地读，读饿了我就使劲嚷嚷，好像挺不懂事的样子。有阵子我特别火大，不管他说什么我都会不耐烦，他说要出去吃，我就不乐意动，他要是自己做，我就嫌做得太难吃。他做过几顿，其余的时候就叫外卖。外卖稍微有点儿咸了淡了我就发脾气，跟他说地沟油瘦肉精什么的，他就带我到楼下饭店吃。我的心思没告诉任何人，我没告诉任何人，那时候我几乎忘记他是我的爸爸，他是我开动脑筋要好好对付的对手，是我瞄准的目标，是障碍，是大麻烦。

我看到他花钱也挺大方的，真的是在上海挣着钱了的气势。我高兴不起来，我直截了当地说，我想妈来做饭给我吃。我想吃我妈做的菜。你得想办法把我妈请来。

他总算带我回了一趟开坪。我妈的厂现在我舅舅在管，皮鞋生意也不怎么好。我以为我爸至少跟我妈谈一谈，做做她的工作，然后我们一起来上海。可是，他们甚至都没见面，这样说有点夸张，我们回家的时候，我妈朝我们笑了笑，去厨房烧水。我妈胖了，显得老了，我爸瘦了，精神了，整天穿西装，都穿成习惯了，夏天也穿着，可是我妈不怎么精神。

我就冷眼观察他们俩，我要是看到我妈的脸，准能看到我爸的脖颈子和背影，要不就是我妈忙着收拾房子，好像房子的每一个角落里都有臭虫、死老鼠、蟑螂。三个人的家里反而更冷清。吃饭的时候，就只听到勺子筷子碰撞的声音。没几天我爸把我丢下自己先走了，我妈也不怎么跟我讲话，她还是在那里洗啊擦啊，要么就是抱歉地朝我笑，笑得我火大。我都开始恼了，我说我不走了，就在开坪念书。她说你还是跟你爸，你爸一个人在上海挺孤单的。我看出我妈是真心不想留我。她说，儿子，我每天夜里都做噩梦。她说她梦见新闻里说，世界要变黑了，没有太阳没有星星也没有月亮了，她说她没有准备蜡烛、水和方便面，许多人家准备了这几年的食品，就她没有准备，她觉得自己特别不称职。幸好这只是一场梦。

你先回去上学，上学是最重要的事，不要耽搁了。她说，我休息过来就去。

她又说起了一个梦。她现在动不动就提到她做的梦。好像梦里发生的比现实更重要。她说前几天梦到一个小孩子被一辆大货车撞死了。她说关键撞死孩子的地方是市中心，市中心不准大货车进来，小孩子好好地被奶奶牵着手走在人行道上，突然从一个地方窜出来一辆大货车，直接把她辗成肉饼，然后开走了，牌照也看不清，小孩子的妈妈受不了刺激就跳楼了。我妈说，要是我，也受不了这么大的刺激。她的样子瞧上去好伤心，她的眼睛一点儿光都没有，就像几天没夜都没睡一样。她说所以你还是跟你爸爸回上海。这个梦跟我在哪里一点也不相干。我一直在考虑他们离婚我究竟应该跟谁比较好一些，结果这次回来我心凉透了。我想如果他们真的离婚，可能谁也不会要我。我开始想上海。上海金碧辉煌，一片明亮，想要什么有什么，每天眼睛里有装不满的新鲜和奇迹；开坪呢，太嘈杂了，你好好在楼上睡觉，楼下的人就在那里大呼小叫，他们说话就跟吵架似的，老头老太根本不管你乐意不乐意，上来就想摸你的头，什么越长越好看了，什么长得像他爸，都是废话，在上海可没人这么干。真可笑。实不相瞒，我心里觉得我是开坪人，我在开坪长大的，也有许多小伙伴，可是我却时时拿它跟上海比，我在上海才待了一年多一点，我有时候就觉得自己是个上海人了，在开坪我不太愿意说开坪话，可是在上海，我也不会说上海话。我觉得上海话好听，可不好意思学；开坪话不好听，可要是有人嘲笑开坪什么的我也很不高兴。开坪一年四季都蛮热的，我以前觉得挺好，可到了上海我也不觉得零下三四度有什么大不了。这些信息让我有点错乱，就像我舍不得我妈又想快点走掉一样，这些都挺矛盾的，真是不祥的信号。我妈帮我买了机票，送我到检票口，看着我上飞机。我有同学父母闹离婚为抢孩子打得头破血流，我家里风平浪静，就连"离婚"这两个字从头到尾都没在这个房子里出现过，我只是在心里没完没了地想，有回我做梦，梦见他们其实早就离了，那个梦吓得我不轻。

我爸现在挣钱挺多，我要是考得好，他也会买阿迪什么的奖励我，考得不好，他也鼓励我，诸如考好了给你买什么什么，其实说真的，小东西我不缺，什么APPLE4、5、6、7啊，什么平板电脑，什么电子阅读器，凡是我同学有的，我愿意要的，我爸都给我买。限量版的AJ也能买个一两双。可是我不明白我妈为什么不肯来上海，她等于把我和我爸丢在上海就跑了，这不像她的风格。每回通电话，她都保证说，过几天就来，这保证一直重复，我都初中毕业了，我妈一回都没有来过上海。

事情有点不妙。前年暑假，我没报上夏令营，一个月都得待在家里。我想去看看我妈。我都半年没见着她了，结果我打电话给我妈，她不接电话，我打给我舅舅，舅舅说我妈回成都了。真是怪事。我想去成都找我妈。可是舅舅说，你妈这几天就会回开坪，等我决定去开坪的时候，他又说，你妈还没回来。总之，我哪儿也没去成，我爸又得上班，于是吃饭成了大问题。我爸经过几天的走访考察，相中了一个饭店，让我每顿饭到点就去饭店炒一到两个菜，到时他去结账。我爸从来不限制我吃多少，能吃多少吃多少。他说让我吃到想吃的东西，他辛苦工作才算值。

我爸找到这个饭店也很偶然，这个店门面太小，本来不在我爸的选择范围，有一天我爸经过那里，看到那上面写着"江上人家"土菜馆。

我爸就进去了，炒了几个菜，说好吃死了，然后就自作主张让我在那里包伙。

一开始我还准点下楼去那个饭店。老板娘心肠好，见我一个人吃得闷闷不乐，她猜我没有妈。后来她不让我点菜了。她自己做主，每天给我配点不同的。老板娘是安徽来的，一口安徽话，把吃饭叫成"切饭"。有时我起床晚了，她就自己送到楼上来。那个月我一共吃过三十多种菜。半个月不重样。咸肉炒蒜薹、臭桂鱼、葫芦鸭子、符离集烧鸡、朱洪武豆腐、五花肉烧山笋、清炒丝瓜、茶叶熏鸡、韭菜炒河虾、黑木耳炒鸡毛菜，有时她还带点心来，像什么夹心虾糕啊、烧卖啊，真心不难吃。有时吃的肉我猜不出来，她说，不告诉你，告诉你你就不吃了。她收费不贵，吃得又好，吃得好，就容易长个子。我长高就是那阵子。

有回我熬夜了睡到中午都没起来。老板娘直接就端着盘子上来了。那天我爸在家。他们坐在沙发上聊，聊什么我不知道。反正我又睡着了。我醒来的时候老板娘端来的菜已经不见了。不一会儿，她又敲门，又送来几盘炒菜。我爸请她坐下来一起吃。她爽快地答应，好像就在等着这句话。他们一直在聊。聊的东西我之前闻所未闻。尤其是聊到过去他们吃的东西。老板娘小时候最喜欢吃的是油炸山芋丸子。一年吃一次，就是过年。我爸说，这个我没吃过。她又说起她小时候吃的另一样东西，就是炒米糖，她说现在还爱吃，不过，做得少了，因为爱吃的人不多了。有些人家稍富一些，就在炒米糖里放芝麻和花生，更好吃。我爸说他也没吃过。老板娘就大惊小怪地笑他说：怎么可能，要穷成什么样才能吃不到这些东西。她还承诺：过几天做给你尝。

只要能吃到这些东西，我就包你的饭店火。我爸一反平常那深沉的样子，眼睛里闪闪发亮，他给人家多少钱我不知道，他没当我面给。

一开学我有点忙，等过了几个星期回来一看，傻眼了。老板娘的饭店装修了，店铺上有五个大字"童年的味道"。店里的塑料板凳全部不见了，摆着实木的四方桌子。她推荐的菜我一样也不爱吃。你说炒茼蒿我还能夹两筷子，可是什么山芋丸子，又糙又淡，还有什么炒螺蛳，我也懒得拿根牙签在那里又是挑又是吸，肉汤泡锅巴里的猪油味让我想吐。老板娘说，你尝尝，都是你爸的创意。你爸可爱吃了。我爸吃猪肉锅巴的样子看着确实挺享受的，他让我觉得这世界有许多我不能理解的东西。我觉得这么个东西把我和我爸隔开了。

可我爸喜欢。他赞不绝口，还带过他的客户来吃。吃了一回那些人再不肯来。他这才承认是他自己的问题，那些东西的确不怎么好吃，要改良。

改良失败后又重新装修，这回门面装修得很大气，地面铺上了大理石，原来就是发黑的行道石。我觉得那可不光是我爸的创意了，肯定也是我爸掏的钱。这念头是我突然生出来的，我记起我爸那天晚上坐在餐桌上听人家讲怎么做炒米糖那痴呆呆的样子，就料定他肯为她花钱。本来一个家常饭馆，方便快捷，给单身男女提供简单又营养的饭菜，现在变成了时髦的地方，碗筷都很上档次，就连餐巾纸有的都是厚实的环保纸，有跟大饭店一拼的架势，当然还重新雇了个厨师。我一筷子下去就觉得不对了。虽然为了讨好我，老板娘叫厨师做"朱洪武豆腐"给我吃。表面上瞧着好像比她自己做得更好看，那有什么用。外行人分辨不出，可我不外行，后来我不肯再吃。除了厨师，她还雇了两个帮手，这样加上她，店里有五个人了。

从那之后，她还给我做过东坡肉、西湖醋鱼、叫花童鸡、番茄虾仁锅巴、干炸响铃、生爆鳝片、蜜汁大方、芙蓉肉、干菜焖肉，可是我越吃越反胃。我爸完全不顾我的感受，他还得意地对我说，儿子，怎么样？有个御用厨师感觉爽吧，这没什么稀罕的，我们家早几十年前就有过厨子。我爸明显胖了，脸肉团团、红润润的，我看了心里很郁闷，但是说不出口。

我能说，这简直就不大好吗？我不是瞧不起老板娘，老板娘胆子没这么大，她看上去不像那么能折腾的人，当初菜做得还算好，现在她身价提高了，不做事，人长得又胖，整天在吧台盯着外头看。菜品又做了改动，菜单比以前厚了一倍。

我每个周末回家，家里干干净净的，不脏不乱，凭这摆得方方正正的靠垫和一粒米都没有的厨房，我就明白有大问题。

有那么一阵子，听说生意不错，上海人多嘴杂，不缺好奇心重的人，怀乡思旧的人，哪儿门槛高想往哪儿去的人，可是没多久，房东吵着要加租，再加上不远处又开了新的渔港，这里的生意一下子就没了。

可是现在更惦念祖宗的是我妈。她不说我过几天就来了，她说，哎呀，儿子，清明我得回老家去祭祖，这是大事。

上海也流行清明祭祖了，可是我妈以前根本想不起来这些，现在轮到我爸想不起来这事了。

清明过了我再打电话给我妈，我妈又说，哎呀，我来不了了，你外婆生病了。

生了什么病啊，我外婆前天还打电话给我呢。

哦，急性阑尾性，可严重了，对不起呀儿子。

装得还挺像。以前我妈特别反感人家撒谎。许多人都说她这人不玩花样，现在呢，她随便说出来一句都是假的。

过了几天就变成我外公不舒服了。这回还好，只是发烧，烧得很高，要开车送他上医院。

还有一回她说我表弟找不着了。我去！他才在网上跟我聊天来着，但我不戳穿她。我不想听她一个劲地说对不起。可我没搞懂这是干吗。

八成是跟我爸过不下去了吧，可是过不下去了，你往上海寄什么开坪乌龙茶呀。开坪乌龙茶叶多有名啊，我们开坪有的原始老茶树都有一千岁了，国家罕见，一般人喝不起这个乌龙茶，最便宜也要四五千块一斤。我妈偏偏就舍得寄我爸，她自己到茶庄看着人家采，货真价实。她说。

　　我有一种被算计的感觉。我觉得来上海，刚开始那些开心的日子都像是诱饵，要的就是把我搞到今天这样的处境里。

　　有天我从学校回家。老板娘坐在我家沙发上，披头散发，面色发青，衣衫也不整。看上去好像刚从鬼门关回来。茶杯碎在茶几边上，一只椅子掀翻了。我爸一副故作镇定的样子。我进了自己的房间，把耳朵贴在门上，纯粹就是想学电影里的样子。一会儿他们又低声争吵。老板娘说，你就是一时兴起，拿点小钱出来玩玩，你拿我们穷人不当人。我听了很吃惊。我妈一直说我们还是穷人。我们是最穷的穷人，因为我爸是凤凰男，没有一点背景。老板娘说我爸坑她。坑死她了，把她一辈子都坑了。她指的可能是前阵子她老公离开上海的事，她还提到我，她说你儿子跟你一样都不知感恩，做什么给他吃都像是应该的。你们姓张的都一样，根本不为别人考虑。说完就使劲地哭。哭得人心里挺烦的。她可能是对的，也可能是错的，我搞不清所以更烦。有一回，我看电视，是一个真人秀节目。一个专家在指责一个男人，说他没有爱的能力。那男的看上去很无辜，你不管说什么他都点头，你说什么他承认什么，可是旁边那女的还是一直在发抖，不像是装出来的。老板娘数落我爸的时候，我就想到那个一声不哼光点头、点完头还是一声不哼的男人。我戴上耳机听音乐。等我听完《你鼓舞了我》时，我爸在敲我的房门。我伸出头来看，老板娘已经走了。我爸还是一副故作镇定的样子，他举起右手挠了一下头，还咧开嘴笑着问我：

　　儿子，我们今天到一家新开的会所去吃，怎么样？

同意，没问题。我说。我想他肯定要跟我说些什么。吃饭的时候他说，这个小区他住够了，我们换个地方怎么样！他不是说说。不到七天，他就搬了家。搬家公司晚上来的，非常专业，没搞出任何动静。我们搬到浦东。他的手机号也换了。搬家之后，他告诉我说等过年的时候全家一起去江心洲看我太爷。我感到一阵轻松，蛮高兴。他是没提我妈，可我听懂了。我妈不战而胜，这叫鹬蚌相争，渔翁得利。我妈看上去在寄乌龙茶。她不仅是寄茶，还在寄她的态度吧。那些茶叶我爸一回也没喝过。实不相瞒，不知去向。房东来要加租，他以为他在帮他自己争取利益，他其实是来帮我妈的；上海人不来"童年的味道"，他们以为他们瞧不上"童年的味道"，他们是在帮我，我躲过一劫。

我有一回经过这个巷子，瞧见两个饭店都不在了，一家改成"中国移动营业厅"，另一家在装修，还看不出要卖什么。

一年之后我就习惯了，决定不再催促我妈过来，也不再过问我爸的事。可是等我平静地接受事实之后，才发现我爸怎么看怎么不对劲了。不像刚来上海时候那样意气风发，还是很讲究，说话也是大道理一套一套，可是他怪得很，每天洗澡太勤。有一天，我数了数，他一共洗了六次澡，早上我还没醒，听到他在放水，到了上午十点的时候他又洗了一次澡才出门，那天晚上他回来比较早，一进门就先洗澡换上了睡衣，可是到了八点钟的时候他又在洗澡，这根本不是最后一次，九点、十点、十二点他又各洗了一次。

我简直惊呆了。我想我爸是掉沟里还是怎么着，那天是不是遇到什么晦气了，可是从那天之后我就习惯去数一下他洗澡的次数，只要我在家，他肯定是每天不少于三到四次，洗的时候还蛮长的，不是那种冲冲就好的，每次至少十五分钟。每回他洗完澡，平常竖起来的头发贴在头上，乍一看，根本不像我爸，等他吹完头发的时候我才重新认出他。

还有一个问题，我爸越来越瘦，来上海差不多一年左右，他先是胖了不少，然后就开始瘦，到第二年的时候瘦了十斤，今年据我目测，又瘦了十斤以上。我就搞不懂了，他天天在外吃饭，用他的话说，做生意要应酬。他每天那么忙碌，那么充实，日子过得绚丽多彩、不同凡响，干吗一个劲地掉肉。对了，他还买了块劳力士，一开始说是送人的，结果倒戴在自己手腕上，我一想到那要十多万，我对他真的有点崇拜。他刚来的时候我妈还担心说，上海物价那么高，可不是一般人能承受的。现在多少人都在花钱减肥，有钱人都肥得流油，可是我爸那么瘦，越来越瘦，像是得了厌食症。

　　这么注重吃的人越来越瘦当然引起了我的警惕。有天下午，我放学回来见到他坐在沙发上闷闷不乐，我问他怎么了，他说，今天晚上有两个饭局，他不知道去哪个好。

　　太简单了，我说，哪个重要去哪个。

　　两个一样重要，都是外地来的客户。

　　那就去离家近的地方。

　　两个离家都不近。

　　那就去最好吃的那家。

　　两家都是沪上大名鼎鼎的高档会所。

　　先去这家，然后再去另一家？

　　时间上不允许，他摇摇头，现在堵车太厉害了。

　　那就跟谁的感情好就去哪家呗。

　　感情都差不多，做生意嘛，我爸眉头锁得更紧了，他说，但是，本来挺好的，就怕今晚到这个场不到那个场，现在网络这么发达，几分钟就会知道。

　　本来是商机，被他这一说，倒成了危机。

眼看时间一分一秒地过，迫不得已，他叹了一口气，拿出一枚硬币，说，正面去浦东，背面去浦西。硬币抛下来是背面，总算帮他下了决心，他匆匆起身穿衣服下楼，往浦西的饭店赶。他走路的时候肩膀有点歪，头一直低着，步子迈得很快，却又不太开心的样子，让人觉得他心里在惦记着另一个地方。

这样的事情后来又发生好几次，我说你天天在外吃好吃的，我也要去见识一下，吃点好的。

应酬呢，儿子，要是朋友聚会肯定带你去。

你有朋友吗？

我不是有意的，我把他问住了。他看上去挺难堪。

像是验证他有朋友这个事实，也有可能是怕我多心。不久，他就把我带出去和几个朋友吃了一顿饭。你要是去过那家饭店，你就晓得我爸以前搞的那个小饭店多么上不了台面。饭店装修的是英伦风格，带有一种自然、优雅、含蓄、高贵的味道，体现的是绅士风度与贵族气息。砖砌墙、木质的屋顶板、圆顶角楼、多重人字形坡屋顶、凸肚窗、有角塔。饭店有进深较大的入口和宽广的门廊。包厢宽大，靠椅舒服，简约但不劣质，墙上挂着一幅很大的油画，地上铺的是羊绒地毯，服务员用中英文双语介绍菜品。我心里想，老板娘的饭店不倒闭才怪，有钱我也要在这里吃。我爸把我安排在一个很漂亮的姐姐旁边。他自己挨着一个胖子坐。他们席间一直在谈房价上涨、股市黑幕、明星丑闻。其中有一个人好像干的就是狗仔队，他张口就会说，大千世界，无奇不有。他说的都挺让人倒胃口的，不过烤乳羊肥美，炸薯条是为我点的，番茄酱特别地道。所有人都一边叽叽喳喳一边嘎吱嘎吱，没完没了地嘎吱嘎吱、叽叽喳喳，听他们讲话，我想到两个问题。第一个问题：我这么爱吃，将来肯定是个大胖子，就算不会吃成胖子，吃着吃着没准也会跟他们中的任何一个人一样，讲一样的话、做一样的事、在一样的地方。桌上有九个人，我挨着盯，谁说话我就盯着谁。他们都夸我是乖小孩，听大人讲话一点也没有不耐烦。切，我瞧着这些人，心里琢磨会变成谁呢，让我挑的话，变成谁好呢，我挨个地打量。越打量越觉得他们坐在这里真的不怎么搭，一直打量到我爸，我觉得像谁都特别不舒服。

快结束的时候有一个人说，这家挺不错的，下次还来。那胖子说，是挺好的，装修得挺好，听说老板是日本人，这是日式风格。

实不相瞒，我知道我爸请这顿饭是为了他自己的面子。他想让我觉得他是有朋友的，我吃完嘴一抹还是认为他没朋友。桌上没一个人讲真话，他们倒也没说假话，但是都在讲笑话。他们穿得都挺体面，可是连服务员都不如。服务员还会用英文报菜名呢。可这些人乱糟糟的，没一个人听得懂，筷子叉子乱来。我一想到我将来跟这帮人来往我就受不了。他们还约了，下回请客也把儿子带来，我擦。我将来要跟他们的儿子一起我就特别堵。我说特别堵，我爸说，下回别吃那么多，想吃，以后多带你出来。

第二个问题，我爸为什么不吃？

他一直在找话说，一直在忙着招呼大家吃，一直在问，怎么样，菜还行吗？然后端着茶杯，时不时无力地喝一口茶。一顿晚饭，他估计也只吃了半小碗羹和半片生菜。

吃饱喝足的其他人，开始聊天，每个人都开始讲故事。有一个人说的很有意思。他说他有一个朋友，有一回带着全家出门旅游，一下飞机，物业打电话告诉他，他家里进了贼，因为他是当官的，物业非常重视，还报了警。他赶紧回来，警察问他丢了什么，他死活不说，还请警察吃饭，让警察不要再查了。可是警察里也有不听话的，偷偷地查，真把贼给逮到了。一审不得了，他丢的可不是一点半点，是价值上百万的古董字画金条，还有一把刻着那个人名字的手枪。到这时事情也没败露，那个当官的搞定了警察的头子，把那个贼放掉了。你不放，要走程序怕刻了名字的手枪和这些钱的来路讲不清。这事当时也算摁住了，可是那个贼相当聪明也相当笨，他琢磨这家人钱多还来路不正，他又去了一趟，这回他也算得手了，可是原房东已经火速把房子卖掉了。买房的是个拧不清的二奶，家里有贼，只是丢了几条假烟和一块假玉，她报案时说能值一套房子，她自己也以为那玉是真的，一个劲地逼着警察破案，还威胁说不破案就曝光。警察一查，又查到是这个人干的，这回没包得住，贼逮住了，前头那事也捅出来了。现在贼和当官的在一个牢房里。

人家在讲故事的时候，我就不停地瞄我爸，他脸部的侧影照在不锈钢的调羹上，又瘦又长，严重变形，让人害怕。我假装没有看他，其实一直紧紧地盯着他。我希望他怎么着也吃几口，他没有。他像个空心人似的。肚子里空的，只有一点儿水。

要是你想通过请一桌人来吃饭证明你有朋友，你又为什么一口不吃，这算不算自虐？一顿饭吃下来，我就知道这算得上犯二。要是请人吃饭，而且还是花大价钱，我绝不可能在桌上连人家比你大还是小都不知道。我可不干这傻事。

出来的时候已经很晚了。我们从黄浦江边步行回家。江边还有许多人，各处都影影绰绰地站着人。多数时候是两个一起，也有单独的人，傻傻地望着江面。江面上一些庞大的船只开过去，都是白天见不到的大家伙，船舱里装着谁也猜不透的货物。煤、钢铁、木头，或是垃圾。这些船行得特别慢，每往前一点都那么吃力，每鸣响一次都像在哭。

我后来又跟他出去吃了一顿。那天晚上六点我打电话给他，问他在哪里，什么时候回家。其实电话一接通我就明白他肯定在饭店。吃吃喝喝就是我的主要工作，这话是他亲口说的。

当然是在吃饭，他说。

我说我也想来。我很想知道我爸天天到底和哪些人在一起，今天又吃了什么。纯粹就是好奇，我现在对他越来越好奇。他犹豫了一下，我感觉到他不想让我去，可还是把地址发给我了，我叫了辆出租直接到他饭店楼下。

饭店很漂亮。包厢很好找。快到包厢时，我一高兴，一个大迈步，从包厢门上的玻璃一探头，然后赶紧退了一步，心脏突突猛跳——真后悔加快速度瞧这一眼。我瞧见我爸站在一个人的背后，腰弯得很深，他在给人家点烟。我头一个感觉是不可能，一定发生了什么事。我爸在开坪看店的时候，有顾客来买鞋，他眼皮都不抬，专心看他的报纸或者书什么的，要是有人还价，他就指指收银台上的四个字给人家瞧。有人大声地念了出来：拒——绝——还——价。然后就走掉。这事我自己亲眼看到过，也听我妈说过。这个连从椅子上站起来、多说一句话都嫌麻烦的人，怎么可能把腰弯成这样？

等了一会儿，我又把头探到玻璃门上，我爸弯着腰给另一个人点烟。我把头撤回来，这次差不多整整三分钟，我想这回他应该点完了吧，可是等我小心地朝屋里张望的时候，我爸仍然弯着腰站在人家背后。包厢里只有四个人，门口一张椅子是空的。都是男的，都在抽烟——除了我爸，他弯着腰侧着耳在听一个人跟他讲话。还有一个穿藏青色制服的女服务员，她跟我爸一样站着，她收拾盘子，倒酒，她不管点烟。烟是自己可以点的。打火机和香烟往转盘上一放，然后想抽烟的自己拿一根点上，很费事吗？我很庆幸他一直没发现我。我爸偶尔也会说说他的生意。我记得他说他的生意都是在酒桌上谈下来的。有回他还说过他有一笔生意是在厕所谈成的。说到成功率，还是喝酒的时候。喝酒增加感情，喝酒好谈事情。可是喝酒就应该坐下来，你敬敬我，我敬敬你，喝酒就是说说笑笑，吃吃喝喝，就像上回一样，吃得嘎吱嘎吱也能谈成事。

我饿坏了，靠在墙上都没力气站直了。服务员进进出出都用奇怪的眼神瞧我，我只好拿出手机假装在打电话，其实我就是想等到我爸坐着的时候、吃着的时候进去。我又等了一会儿才走，但我没有走远。饭店门口就是停车场。我靠在他车边等着。我想等他一起回家。这会儿我反而不饿了，低着头专心玩游戏。大约十点钟的时候，我瞧见他们出来。他一会儿弯一下腰，帮这个开车门，帮那个开车门。那几个人都有司机，或是代驾什么的，反正喝得挺多。我爸跑来跑去，从左边车门跑到右边车门，他个子高，又穿着西装，跑起来还急，根本就不像以往的他。难怪后来见到他好几次，都觉得他的背越来越驼，我还以为他颈椎有问题。

等他过来找他自己车的时候，我突然想哭。被他发现之前，我迅速躲开了。我走掉了。他到家的时候我还没有到家。他一个电话都没打给我。我到家的时候，他躺在沙发上，脸色红红的，他喊我：儿子，过来坐坐。就跟他以往每回喝完酒回家，也会拍拍沙发，喊我过去坐坐。我以前每回见他晚上回来往沙发上一躺，都以为他吃了一肚子好吃的，撑得走不动了，看来大错特错。要是他问我为什么说好了又没去吃饭，我就会告诉他，我手机丢在学校，我回去找手机，耽搁了。可是他没有问。他在沙发上睡着了。

我打电话给我妈。谢天谢地，这回接了。我妈经常不接电话，有时是没带手机，有时是没电了，有时刚好在忙着。我那天在想，要是再不接，我就恐吓她，说你儿子被绑架了。这是她告诉我的，她说，她听了一个故事。有一个男人，他其实是个穷光蛋，贷款买了一套房子，贷款买了一辆车，全身上下都穿着在深圳买的假名牌，大家都以为他很有钱。有一天他儿子被小区的保安绑走了，跟他要一百万，他连一万都拿不出，只好报警，警察搞的动静太大，被媒体知道了，媒体就报道了，那个绑票的就把他儿子撕票了，好几天后才找到小孩尸体，可凶手到今天也没有抓到。

儿子，我妈妈说，如果有一天你出状况了，就是明知自己被绑但又不能直接说，你一定要想办法打个电话给我，如果有情况，你就喊我爸爸。我就会明白了。

所以那天晚上，她一接通电话我就喊"爸"，喊过我才想起，既然她这么快接了电话我就不应该再考验她喊她"爸"，可是她早就忘记自己跟我的暗号了。她说，我是你妈，儿子。好像纠正我她挺开心的。她的确挺开心的，她说接到我的电话才开心。

可是你为什么不打给我呢？

我怕你在学习。

我不用一天到晚学习。

我怕你在睡觉。

我不用一天到晚睡觉。

哎呀，她想起来了，你刚才叫我"爸"了，什么情况？

真的，我特迷茫。我感觉自己人在这里，心却不知道在哪里。要是我爸一直这样，我这样下去有什么意思呢，可要是回开坪，看到我妈那样，我心里也堵。我心里越来越不踏实，常常像丢了魂一样。

我觉得只有依赖自己了。可能是我多心，那回之后，我就老觉得我爸的腰又弯了一些，人又矮了一截。我对他说，爸，你一米几呀？我一米七八呀。我也一米七八，可是我怎么瞧着你矮许多啊，你站直试试。他做了一个站直的动作，肚子挺出来，可是他没有站直。我说再站直一点。他又把肚子挺了一下。更难看了，还不如刚才那样自然一些。我建议他补钙。他说他感觉挺好，什么都不缺。关键我儿子晓得心疼父母了。他说，他很骄傲有我这样的儿子，不愧对祖宗，他到上海来，吃点苦都值得了，他做什么都值得了。

我趁着他高兴，就问他做生意最难的是什么。

他说是信任。他说如果你懂得怎么样让别人信任你，你就能得到你要的合同。

我问他怎么样才能让人信任。

他说：等。

我一开始没明白他的意思，有个周五，下午没课，他来学校接我，说要带我去看电影。中间接到一个电话，他带我掉头，说有点事要处理。我到一个别墅去。我去的时候以为他去见朋友。但是开门的是一个老头。他冲着老头喊了声：爸。

老头乐呵呵地说，来啦。然后朝屋里喊道：他妈，你寄儿子来啦！

那个老头裤子都没提上去，嘴巴还是歪的，看到我爸来了，笑得牙龈都露出来。老太太鼻子里插个氧气管，双手扶着一把拐杖椅，颤悠悠从一个门里出来。合着他们跟我爸很熟了，可我此刻才知道我爸还有寄爹寄娘。我也跟着叫寄爷爷寄奶奶，要多别扭有多别扭。寄奶奶对我爸挺了解，连她都知道我爸出生就没有妈。她亲生儿子一年才来一两趟，家里请了专业护理人员在服侍，孙子也不来。可我爸，一个月都来两趟了。

我爸陪了他们一个下午，帮他们倒水、削芒果，一边削皮一边介绍这芒果是台湾最好的地方产的，最后还和他们在院子里拍了照片。他说下次来，把照片洗出带来。因为老人眼睛不好，手机里看不清，又摸不到。他体贴又周到，害得人家不停地责备自己的亲儿子。我听着听着就明白了，他儿子是一个医院的院长，难怪那么忙。我爸从头到尾都没提他亲儿子，是他们自己说的，"额讲拨吾你子听，文亮老好啦。"

"到辟搭来兜一兜，感觉勿要忒好噢！"

前头他们一直说上海腔的普通话，可是他们没料到我爸接过来这么一句地道的上海话，这两位老人开心死了。

他比我早来几天呀，他还会说上海话。我之前听说他会说浙江话，因为他在浙江待过一阵子，他还会说山东话、福建话，我也没怎么崇拜他，可是等到了上海，我才知道上海话不是一般的难说，人家说我这个年纪学语言才快，没想到他更快。我简直惊呆了，他寄娘惊呆了：哪能侬现在上海言话刚了噶好？激动欢喜，恨不得不让我爸出门了都。

我觉得那家医院的业务我爸肯定能拿下。

后来，我发现他还有一个"寄娘"，在静安区，就一个人住，我爸也是一月去好几回。我突然明白了，他说的等其实不是坐等。而是边做边等。我现在回想起来，在老爸的脸上没看到任何不自然，他也没觉得不妥，若是觉得不妥，他还会带我去吗？

我以为出了门我爸会露出原形，可是出门的时候我爸嘴里还嘀咕说：儿子，你注意到没有，他们门口一块石板太滑了，要是不换一换，天一下雨走在上面肯定要滑倒。实不相瞒，我都顾不上回他的话，我爸那个样子，一点都看不出他在演戏。好像他就是天生的，天生是人家的儿子，人家的孙子。天生就是别人，天生就不是他自己。

我说爸，你真的很乐意听他们说话吗？我的意思再明白不过了，你是冲着他儿子去的吧。可是我爸说，当然，我是真的拿他们当我的父母亲对待的。儿子，我爸严肃地说，如果你是假的，人会看出来，如果想得到人的信任，就不能假装。

我一想到我爸的"寄爹""寄娘"老成那个样子，他们自己肯定都不喜欢自己，怎么我爸会真的觉得"老好额"。我们往车上去的时候，我还想揭穿他，我说爸，我就没瞧出来你是真的喜欢他们。

刚好，那路边有一棵树，我爸下巴一抬说，你瞧见它在长吗？

瞧不见。我老老实实地说。

瞧不见它也在长。你拍张照，明年再拍一张，然后比一比。他撂下这句话，就坐进车里，戴上墨镜。那天根本没出太阳。他发动汽车，把胳膊搭在车窗上等着我。他的嘴角往上翘，微微地翘，有点得意，又有点不想让我发现的样子。真的，那一瞬间他的样子看上去真酷。他又瘦，四十岁男人那么瘦是不容易的，虽然背有点驼。真的，我一下子有点惶惑，我觉得我爸比我以为的更了不起、更深刻，也更伟大。我不由自主地坐进了车里。一路上我没怎么说话。望着他的背，我又清醒了一点，一定是有什么缘故，一个人不可能无缘无故弯成那样给人家点烟，一个人不会成天请客吃饭可自己什么都不吃，一个人不可能无缘无故认几个老头老太做"寄爹""寄娘"。我听说一个美国人在中国收养了二十个智障；还有个拉三轮车的一生收养了七十个孤儿，不仅养活了，还把好几个送到大学去了。我的意思是说，要是我爸有一天捐钱给哪个孤儿院，我一点儿不奇怪，相反，我妈以前防得挺紧，就怕他这样干。我觉得一个人好好的为什么要把腰弯成那样，这里面一定有我不懂的东西。我想不明白，也问不出口，就不停地打听他业务上的事。

我说爸，生意要做大，最重要的一点是什么？

人品好，不能说假话。

我想说我怎么觉得连这话都不像真的，可是我吞回去了。

我说爸，你对我有什么要求没？我是想让他提要求，然后我也可以提提要求，如果他要求我考进全班前二十，我就可以要求他回家把我妈接来。

可是他说，我呀，我要求你做一个体面和有人尊重的人，其余的都不重要。

我总不能说，我做一个体面和被人尊重的人你能给我什么奖励吗？这样讨价还价真是怪荒诞和不实际的。

　　体面和尊重。你有钱了才能得到尊重，当然，你自己要尊重没钱人。

　　这就是爸说的。他一点儿都不脸红。在开坪的时候，他非常内向、害羞，不怎么说话，还喜欢脸红，那时可能我还小，从没有听他说什么体面和尊重，到了上海我再也没见过他脸红，他的脸色发黄、发暗，像营养不良，又有点儿像在某个地下室被关了七天七夜的那种样子。他却跟我说体面和尊重。

　　除了这两样，还有什么最重要？

　　他想了一下说：体面和尊重。

　　我有点失望。我以为他会说是我。就算不是儿子，也不会是什么尊重，搞得这么正式，严肃过头。

　　这不对劲，我心里想，可是哪里不对劲我也说不上来。

　　有回我们俩在沙发上看电视，新闻里一个很有名的笑星一反往日对记者的态度，对着领导人一个劲地点头哈腰，我一看，鄙视地撇了一下嘴，我爸看到了，他说，这有什么稀奇，大丈夫能屈能伸。

　　那也不要像狗一样。

　　狗能有直升飞机？

　　我爸最大的爱好是买东西。我爸喜欢现代化的东西：咖啡壶、烤面包机、跑步机、手表、无绳除螨吸尘器……我爸还有一个爱好，就是印名片。他的名片各式各样，很多。以前在开坪的时候，他也印名片。他在自己的名片上印的头衔是康德皮革厂的"经理"，经理两个字放在名字后面，小小的，凑近了才看得清；跟人家合伙的时候他名片上的头衔是"驻上海办事处主管"；再后来，他就是华东地区"大区经理"，他同时是"童年的味道"创始人。"童年的味道"早没影了，可是一盒名片他都没舍得扔。现在，他的名片上印着中英双语——"上海弘祖有限公司总经理"。过去的名片纸质很薄，现在越来越考究，还有一张名片是金色的，非常挺括，乍一看就像一张银行VIP卡。他有一张名片是我最喜欢的，这张名片整个是透明的，名片的中间部位有一条隐隐的淡蓝色的长江。就像一阵大风吹过，江面波涛翻滚，在这波涛之上，是他名字的全拼，只有在名片和目光平视的角度，电话号码才会清晰地显现出来，真的很酷炫。他给了我一张。最早的名片都是黑白单色的，到后来颜色越来越多，有一阵子他非常喜欢热烈的颜色，火红的和金黄色居多。最近他拿回来的一张名片，一看就非常有档次，也是黑白两色，却搭配镶嵌得非常立体，有层次，傻瓜都能看出这是出自有名的设计师之手，二维码印在另一面。这张名片完胜前面任何一张。

我头一回见到有人这样喜欢花血本印名片，可能就跟喜欢名牌一样吧。我试着去理解他，但不能说全部。不能理解的时候就会问。比如他越来越瘦这个问题，我就不停地追究。最后到了每天都会问的地步。

我爸还有一个大缺点，简直不能忍的大缺点，就是他爱买吃的。我们家就两个人。可他买米都是大袋大袋地买，然后时间长了吃不完又只好倒掉，这个习惯也是在上海才养成的。除了米，他还买手电筒、压缩饼干、整箱的矿泉水，药箱里的药简直无奇不有，针筒、针管样样齐全，我们明明没有得高血压，可他居然有降压药，前几天家里又收到一个五人帐篷，我问他我们是不是要出去露营。他说在中国露营不安全。那么问题来了，你买帐篷做什么？

所以说，我并不了解我爸，越来越不了解，就跟不了解我太爷和我爷爷一样。

有一回，我在电话里跟他说话的时候，他突然说：

你越来越像你太爷了。

我说我像他哪点，我几乎都不认识他好不好。

跟他讲话的腔调很像，这么小就会唠叨了。

简直了，我干脆把话挑明了，我说你越来越瘦，我们小区的门缝都能塞进去了，到上海三年你肯定掉了三十斤肉，你不正常。

我被自己的话提醒了。前天我还看到一个新闻，一个吸毒女到商店里偷苹果手机，都没有开锁，直接把手从门缝里伸进去就偷出来了，可想而知她瘦到什么程度。我越想越害怕，我爸不会是也吸毒了吧？一股恐惧从脚后跟直往头上冲。

爸，你的生意还好吗？

生意挺不错，放心，好好念你的书。

爸，你的身体还好吗？

还好，他说，就是有点爱做噩梦。

什么样的噩梦？

他顿了一下才告诉我，梦里老有人追杀，跑得喘不过来气，怎么跑都跑不掉。

难怪你瘦得这么不正常。

是不太正常，他说，儿子，你以后要坚强勇敢一点，不要为一点小事就哭哭啼啼，生活比我们想象的要严峻。

关键的问题是，我从来没有哭哭啼啼，就算他们闹成这样，我也没有。这话大有深意。我的预感应验了：我想他肯定想死了。正好那天股市大跌，我看到新闻里说有一个炒股高手跳楼了，我突然明白了点什么，一下子好像从自己的身体里跳了出来，看到一个在操场上给家长打电话的孩子，突然之间，他从一个阔少爷（在我们学校，我无论如何也不能算阔少爷，可是一般人都不这么看，所有人都认为能进我们这个学校的不是官二代就是富二代）变成一个孤儿，被母亲丢弃，现在，父亲负债累累，不想活了。一阵恐惧瞬间笼罩全身，我的整个头、脸、胳膊、腿，反正平时随便都有感觉的部位突然失去了感觉。我一下子就哭了出来，我一个劲地叫着：爸，爸，爸。

就好像他已经浑身是血，躺倒在地。

我这边没停，他在那头也喊了起来，怎么了，儿子，怎么了？发生什么事了？

你发生什么事了？

你发生什么事了？

原来是虚惊一场。我爸说，他想通了，他决心已下，他叫我不要参加中考，他要把我送到一个语言学校，集中精力学英语，他要送我出国念书。

原来如此。

我还以为你要死了。我抽泣着说。

不会，儿子，我想来想去，觉得这会是一个正确的选择，就像当初我明白到上海来也是正确的一样。

他电话里的声音充满力量，充满激情，就好像刚刚吃了一大碗肉。我问他今天吃了没。

他说，是的，刚刚才吃的，你怎么知道的？

我说，只有吃了饭的人才会这样说话。我当然扯了谎，因为他不吃饭，我都担心死了，所以，他的计划，我根本没有思考和说"不"的时机。现在，我当然还是不要说的好。

事情就是这样，他突然想通了，事实上，他吃得仍然不多，仍然很瘦，至少我看到他当着我的面吃过一大碗面条。一想到你将来能有个好的发展，他说，我就觉得活着有意义了。

那要好多钱呢。我嘀咕了一声。

不要担心，儿子，你老爸搞得定，他就是这么说的，咬着面条，吃得很香。

好像他解开了什么结，从决定让我出国到现在，才三个月，他已经长回来十斤肉，现在瞧着也不十分瘦了，洗澡也不像以前那么勤了，照这个速度，他很快就会变成一个胖子也说不定。所以我根本不会说"不"，他说出国我就出国，根本没想过说"不"。

实不相瞒，这会儿我怪不舒服的，要是我出国了他就能长胖了，一个人能为你长胖，是不是就意味着他瘦成那麻秆也是我的错呢？

这是不解之谜。

我爸跟我妈，一年最多见一面，他们话都不讲，可是对待我的态度惊人一致。我拿到签证后打电话给我妈，我妈在电话里"呀"了一声说，跟我想到一块去了。我们开坪的许多有钱人都把孩子送到国外去了。搞得就像是她和我爸商量的结果。所以，一直到今天，我都没有考虑过以下这两个问题：

我为什么要去国外？

我会喜欢那里吗？

不管了。

梅子杰

我十四岁的兄弟，三个小时之前还在跟他亲妈怄气。她来的时候神情不怎么好：头发凌乱、目光疲倦，两手空空，甚至还带着一种神经质般的警惕，看上去很不得体。他并不知道她这一路上受了多少罪，并不知道她怀着多么大的体恤和内疚，甚至怀着宿命般的恐惧。他不知道。

一阵大风，江浪翻卷，浪花泛黄，撞拍到岸边，没完没了，像是对江岸怀着无尽的怒气，不拍到最后一刻，决不罢休。

现在，我兄弟把自己置入到一个难题之中。他没打这个电话之前，那个血泊中的人，无论如何也仅仅是个在血泊中的人，现在，性质变了。是个查不到真实身份的人，是个没有家属认领的人，可能现在整个医院都这么断定：家属打电话来打探消息，可就是不来缴医药费。这个人的家属很狡猾，随他去吧，反正我们尽到我们的义务了，我们做了我们该做的。

因为自己的介入，那个人的身份变了：这是个被家属遗弃的人，这是个赖账的人，这是个需要赶紧行动的人，这是个随时可能会死的人。

现在他有三个选择。

假装自己完全与此事无关——事实上他与此事的确无关，他可以立刻删除手机里的那两张照片，他可以删除打过的所有电话，也可以删除那两条微博，那么，他就彻底与此事无关了。

他也可以继续打那个电话，可以解释前因后果，澄清自己和那人毫无关系，我可以发誓，我没有撒谎，我不认识这个人。可是这样做能达到什么结果又说明什么问题呢？

他还有一个选择，就是再发一个帖子，把这个人的现状发出来。这个想法很快被否定了，他知道，就算他再发一百条微博，配上一百张鲜血淋漓的照片，也可能不会引起什么重要人物的兴趣。就算能够，也不知要经历多少天的辗转，说不定有媒体感兴趣，可是真有那么一天的时候，就怕那人早死了。

幻想中的挫伤再一次击中他。

远处，夜提前降落。暗夜先罩在隐约的对岸的江坝上，眼睁睁地向着江面蔓延，向着芦柴荡，向着坝下的杂草，向着苍白的打碎碗花，向着水泥砌的台阶，向着他的脚趾和膝盖……

片刻之间，他的眉头因恼怒而紧皱，更多的是焦虑。他左右看看，也不清楚应该发泄到谁的身上。黄昏里的狗，孤独地伏在他脚边，如此温顺，没有给他任何发作的机会。

他想象自己一番乔装，穿着笔挺的西装，一副深沉的嗓音，戴一副酷炫的墨镜，大步流星走进医院，哪位是主治医生？像电影里的男主角，被当成有钱人，没人敢小看。那时候，他大可大笔一挥，在任何一张纸上签上大名。只要有钱，还可以雇一个跟他的体貌特征一样的人去签字。

张子豪

一切问题都是钱的问题。所以，当务之急是有一笔钱。如果一笔钱摆在那里，那么签字是不是可以商量？如果那个人的口袋里正好有够手术的钱，虽然找不到人给他签字，说不定医院也会给他动手术。

我妈在厨房做晚饭，我听到瓷勺和瓷勺碰撞的声音，不管她瞧上去多么不情愿和他们父子生活在一起，可真的在一起，她一直在尽着自己的义务，洗洗涮涮，扫扫抹抹。

喂，老妈，给我万把块，我马上要过生日了。装不像，这不是我的腔调，我还没这么干过。

虽说微博人气日渐凋零，可是我关注的七十多人中每分钟仍然有五十多条更新的消息。有一个最火的帖子被转了好几十次：有个初中生，花了一个下午在学校宿舍楼下摆出九千九百九十朵鲜花组成的"心"字，向一个女生求爱。且不说暑假少有捧场的，他都没搞清楚女主角那晚也不在现场。真是醉了。只有求爱者孤零零地蹲在鲜艳的玫瑰旁边，所有跟帖的人一致被他蠢哭了，建议他赶紧找辆三轮车把花送去夜市以每支一毛的价格处理。把人家蠢哭也能翻转，所以他成了红人了。

有个女生秀出自己生日时收到的礼物，最贵重的礼物是一辆跑车，却不是来自于相恋的男朋友，所以"失落大于惊喜"。她说。

有个同学说自己的妈妈拿走自己一万块压岁钱。网上已经有未成年人打赢了家长抢儿女压岁钱的案例，所以他表示也想到法院告自己的亲妈，请求网友支招。就这个帖子发出来不到半小时，有四十几人留言支持。

还有一个同学被父母打着"穷游和探险"的名义带到大西北。他拍出自己的床，称之为"猪舍"，表示要出走，一个女同学正在劝他再忍耐一两天。

回到自己的处境，我感受到深重的沮丧：我没有那么多钱，也没有进城的车，甚至不敢走出江心洲，更没有在这种地方走路的经验和习惯。我喃喃自语，越来越无助，被这不相干的难题困住，我对自己的处境不知所措。

我好像已经完全不是自己了。

手机的电池已耗尽，我打开门，走到堂屋，在熟睡的爷爷旁找到一个拖线板，蹲在旁边边充电边打字。

我用小号发出了一条微博：

一个年轻的生命，意外受伤，因为找不到家人签字，医院不能手术，眼看生命垂危，现在无人过问，因为没人签字就要等死的悲剧已经在全国各地不停地上演，今天，难道在无县也要上演一次吗？

离限定的一百四十字还有多余，我把无县医院的地址和电话都发上去了，看到粉丝上万的大V就艾特一下。我艾特了"无县公安在线""无县人民医院""无县殡仪馆"，艾特了各种红十字会、各级卫生局和慈善机构，我还附上当时拍到的两张现场照片以及在无县人民医院首页上下载的照片。为了增加效果，我又在网上找了一张看不清面目的血肉模糊的车祸现场发上去。

我把这段文字同时发到微博和微信朋友圈，标题是：少了家人签字，就得等死吗？

梅子杰

天墨黑的时候不要出门，我老妈三番五次这样劝我，天墨黑的时候出门没好事。早上我从网吧回来的时候，她对我说，儿子，你都十六了，男儿当自强，你应该去找一个工作了，你吃过饭穿件外套，到镇东的路边去拦一辆车，车子开到无县，你再打个摩的到开发区，那里招保安、招机修工、招快递员，儿子，你要把这个家顶起来。

到了晚上，她又会说，儿子，你都十七了，男儿当自强，你明天早上早点起来，我带你去找我老板，帮你进我们饭店厨房做个切菜工，等你熟悉了，你再到餐厅去当服务员，干好了你能当上领班，当领班就有西装穿，再打个领带。你长得这么帅，不愁没女孩子喜欢你。

对了，现在凤凰镇和姚下镇这一带能让她挑的工作，也只剩下打扫厨房、打扫街道、打扫仓库这三件事。她选了自己擅长的行当——洗碗。我老妈现在打工的酒店叫"百里鲜"，开在凤凰镇和姚下镇之间的荒滩上，是方圆数十里最大的饭店。"百里鲜"专门卖江里快绝种的刀鱼、江豚，它也卖鲍鱼和鱼翅，来吃饭的是一般人难得见到的有钱人和当官的，所以我妈算是见过世面。她打扫厨房、洗菜、搬东西，不过，谁也保不准她哪一天就会辞职不干，她什么工作都干不长，问题就在这里。

到了第二天早上，我老妈又会跟我说，儿子，你都十八了，男儿当自强，最好现在就收拾行李，到街上跟人学学做生意吧，你学成一门手艺，到新街上租个门面，说不定也能发财。

反正你不能像我一样，我老妈说，你要做一个有用的人。

她说话的时候总是看着我，即使到了上班的时间，或者雨点即将打湿晾在屋外的衣裳。她就是这样，一开口就停不下来，因为不准时上班被炒掉过好几回。她一旦开口跟我说话，就会那样一眨不眨地盯着我。她的眼神既清楚又浑浊，她身上时不时有一种崭新的我没有见过的东西。有时早上一个样，晚上会是另一个样。

只要你有出息，我什么都不计较了。她说这话的时候像是跟什么人做交易，好像她一让步，买卖就能谈成。直接点说吧，似乎她跟谁签了协定，她活得如此糟糕就是为了换我一世风光无限。

我做不到的事你都要做到，她最后说。

我知道她指的是什么。她怕我不相信自己能做好她希望我做的事。她担心。为了怕我顶嘴，她先把门堵住：

我做不好的事我儿子偏偏能做好。

前年她得了甲状腺减退症，天天吃药，不知道是因为吃药还是这个病本身的问题，她的行动越来越迟缓。她工作的地方离家不算近，骑自行车也要个把钟头。后来她搞了一辆旧电瓶车，省了许多力气。我九岁那年去她打工的饭店找过她几回。有次她把我藏在杂物间的一个储藏室里，说等会儿帮她带点东西回去。结果她的经理坐在储藏室门口，就他们厨房老是丢东西这事，没轻没重地训斥了她们半个多钟头。储藏室里湿乎乎、霉哄哄，地上也潮乎乎的，我差点没被闷死。走的时候我妈往我怀里揣了一包两斤多的肉，都是一小块一小块的，用塑料袋扎在我肚子上，可她慌里慌张的，又没搞平整。我来的时候是个瘦小孩子，出门的时候圆乎乎的，所有人都盯着我肚子看，所有人都知道我肚子上绑了东西。经过镇子的时候，我习惯性地在理发店的玻璃前照了照。玻璃质量不行，裂开了，我也被照得四分五裂的。我被自己的样子吓了一跳，这不就是小偷的样子吗？惊恐的眼睛、乱糟糟的头发，汗珠往下掉，背还勾着，一副偷了东西的模样。这个样子我牢牢记住了，以至于后来我工作的时候，第一眼就能识别谁偷了东西谁没有偷，一逮一个准，这是后话。基于她手脚不怎么清爽，找工作不容易，任何一份工作都有比她更适合的人跟她抢。你说要是不了解这些事也就算了，了解这些情况我也就坐不住了。我意识到深陷江心洲不能自拔，将来会跟我妈没什么两样，想着跟她一样日复一日地惦记着江心洲和自杀，我就觉得喘不过气来。我很爱我老妈，但也不想成为她一样的人。她的人生实在糟透了，跟我自己对未来的想象完全不在一个档次。

越长大我心里越清楚，我老妈不是为后代，也不是为将来活着，从她开始不断地讲那个故事起，她就被那个故事绑架了。她被锁在那个故事里，对外头的世界一无所知，我当然不觉得外头的世界一定会好一些，没准好更多吧。反正怎么着也不能像我妈一样坚贞不渝地、殚精竭虑地、不动脑筋地陷在这个坑里一动不动。关键她一直以为自己好了。我有回反驳她说，好了你还动不动寻死？

儿子，她认真地说，我一回也没想过死啊，儿子，你不能冤枉我。

好吧，就算回回都是不小心，你老惦记着去江心洲报仇总是真的吧？

哎呀哎呀，儿子，江心洲我一个熟人都没有，报什么仇啊？我老妈满脸的惊诧，就跟她头一回听说这个事一样。有时候我都糊涂了，到江心洲报仇是我自己的主意？

你都已经想不通了，她还在那边里追问，儿子，你到江心洲报仇了？报什么仇啊？要死了，你有没有打人、拿过人家东西、往人家床上放死老鼠，你没干吧？儿子，做人要安分守己……

她一脸认真的样子，盯得我心里乱。掏心掏肺地说，有那么一会儿我真信她了，怀疑所谓报仇不过是我自己到处惹是生非、寻衅滋事的借口。

这个时候我最好是溜得快一些，省得她又来讲一番大道理。

还有一个很好笑的事，就是现在，家里搞了一台电视机，我妈经常坐在电视机前，为电视机里的人一再地掉眼泪。我看到她为别人掉眼泪的时候，才明白我们自己的不幸更叫人伤心。

不过，说到我现在这些能力，无一不是我去江心洲报仇雪恨那时候培养出来的。就说吹嘘吧，葛优不是说了嘛，21世纪最重要的是人才。什么人才？其实他没说清楚，不是飞檐走壁的江洋大盗，而是要懂得自我吹捧、自我推销的包装大师。

比方说，我念小学五年级，老师叫我写作文《我的爸爸》。我靠，有爸爸写爸爸，没有爸爸写什么爸爸？你们以为我肯定不会写，那你就错了。我写了三百七十六个字，比老师要求的多了二十六个字。我写我爸爸又高又帅，平常在大城市工作，只有逢年过节才回来。他一回来，会甩过来一沓钱，让我想买什么买什么。写到这里还差三十多个字，我只好继续往下写，说我用老爸的钱买了一只诺基亚手机。我见过诺基亚手机，又把这种喜欢之情表达了一下。一万个没料到，老师在课堂上念我的作文，说我写得真实感人。顿时羡慕嫉妒恨的目光从四面八方齐刷刷向我射来，当晚我就被一帮高年级的家伙堵在凤凰镇搜身。所以说，吹牛是有严重后果的，不过，我固然被打劫了，但是我并没有诺基亚手机，所以没有丝毫损失，相反，我却从中感受到一种吹嘘的魔力，它可以瞬间让我从无到有、从弱到强，那些对我刮目相看的人，其实屁也没看到，一篇作文就把他们震住了。好吧，关于21世纪的人才是善于推销自己，我小学五年级就懂了这个道理。

懂得这个道理，也可以说我的人生从此改变。我很快交到了一些朋友。虽然看起来我还有点孩子气，但这不是问题，你只需要解释：我十三岁那年得了一场怪病，从此就没长高。这样一开头，他们至少认为我超过十三岁。不过，这些牛要避开凤凰镇再吹，凤凰镇屁大地方，吹大容易把它吹破。你一旦敢吹牛，剩下的事就没什么不敢的了。比如喝酒，比如抽烟。我抽过最好的烟是"硬中华"和"紫南京"。抽到好烟的时候点点头，喝到好酒的时候皱皱眉，话要少说。虽然我也搞过几本《一百天成就梦想》《成功五大法则》这样的书来指点自己，但是关键时候不想掉链子的话，还是要沉默是金。

不过，一回到家我就意识到，光会摆酷对我们的生活于事无补。

瞧瞧我们的家，只有两间房，严格地说，其实是一间房，屋里光线很暗，虽然无遮无挡，说到底窗户太小，屋檐太矮。外头流行什么，我家里肯定没有什么。没有衣柜、没有冰箱、没有洗衣机、没有空调，也没有汽车，好吧，其实别的也没有，简直一无所有，这就是后来我什么朋友也不往家带的原因。人嘛，都有点儿虚荣心，我心里想着做些改变，要说我每年也上屋顶修修补补，可真搞到一笔重新翻修的钱不是容易事。找工作成了我这些年的最大愿望。不过跟我妈一样，适合我干的工作也适合任何人，虽说我也阅历丰富。

严格说来，我的头一份工作是十五岁那年找到的。闯荡江心洲多年帮我累积了一些财富，我指的是名气和胆量。像我这样的人，多少是有点朋友的。那天晚上吃过晚饭，王奎和陈鹏到我门口来喊我。我一出门，他们就递给我一根烟，不错，我对抽烟不是很上瘾，可是要是有人把你当大人一样递过来一根，你最好接过来就点上，推三推四的只会让你更丢人。那天晚上形势有点紧张，我们不像往年一样到造船厂那边闲逛。一辆卡车来接我们，说到一个新鲜地方去欣赏欣赏月色，到了一个桥下，早就有许多人等在那里。有个很有派头的家伙背着手慢吞吞地踱步，手里拿着一只手机，不时地瞧一瞧，像是在等什么指令。天要黑的时候，我们的人已经有三十几个了，大多数都是头一回见，这些人说话时把声音压得低低的，脸上的神色也不对头，严肃到爆。天黑透的时候，我心里有数了，肯定要干大事。果然，有人喊一声：快。于是我们全部跑起来，跑过一个沙滩，翻过一个大坝，撞进了芦柴荡的深处，再过去是一个开阔的荒地。那里黑压压的全是人，分不清敌友，横竖上去一阵乱撞就是了。我不算机敏，在看到人群四处跑的时候，我跑向来的地方，一根芦柴把我绊倒了。我很快搞清楚自己需要跑得更快，不能回头，我脑子里全是速度和障碍物，我可不会蠢到爬到某条沟里，后面撞上来的人踩都会踩断你的脊梁骨。我很走运，得益于江心洲老头儿的教诲，有一回我去江心洲的时候，脸上挂了彩，他什么话没说，单单告诉我一句话：

打不过要跑，照直跑。

这他妈真是远见，至少对那晚上来说是。王奎的膀子吊了三个多月，陈鹏的眼睛差点瞎了，还好没人说我孬种。我是在电视上看到的对这件事的报道。电视上说，电缆厂的老板花五万块雇了一帮打手报复他的竞争对手。打手？！靠，天地良心，老子才拿到三十块晚餐费。

由于我神秘，说起话来又狠又短，所以我在十六岁就交到了一位真正的大人物做朋友。真不是我吹，这个人在全县都鼎鼎大名、享有盛誉，为了避嫌，我不提他的名字，他在家里经常搞聚会。啤酒一箱箱堆在墙角，来了就是客，自己动手，想喝就自己用牙咬开一瓶。能够到他家里的没有小瘪三。不是我吹，他的朋友都是电缆厂的老板、房地产开发商，甚至还有警察，就是闯了红灯被曝光了找他他能把这些记录都销掉的人，有权。

我头一回见到他的时候，他就考过我几个问题。他说做朋友最大的品质是什么？

我怎么会不知道呢，我告诉他说，对朋友要像狗一样忠诚，要敢拼，遇到困难要敢上，遇到问题要解决，不要逃避。言而总之，要舍身赴义。靠，这些话印在许多书上，记住有什么难的？碰到幸运女神可没这么容易，这些话跟我一起的那家伙也说出来了，结结巴巴，一看就是背书，背书不是错，可你也要连贯、要抑扬顿挫才让人信啊。我赢了。

我瞧见他家书房的墙上挂着一幅画，那上面有山脉、森林、小动物、瀑布、悬崖，还有一个白胖女人光着屁股站在那里。我心里想，不怎么漂亮，白得太刺眼了。

怎么样？我那位有身份的朋友问我。

虚假，我皱了一会儿眉头说，这画有一种虚假的味道。

那位大哥瞧了我一眼，旁边听到的人紧张死了，谁都知道这可是他花了好几万从大城市买回来的，可我心里有数，我并不是在说这幅画是假的，我是说画里面的东西放在一起太虚假。你能想象一个那么胖的女人吭哧吭哧爬到这么个悬崖上边，就为了脱光摆个POSE给人画，你觉得这么干她心里好受么，你知道她咧开嘴笑的时候嫌不嫌冷？所以我说"虚假"是不会错的。而且就算说错了也无关紧要。想让自己的位置更牢固，就要发出自己的声音。

在另外一幅画跟前，我停了下来。这是一幅风景画，云啊山啊水啊树啊草啊天鹅啊。英国？德国？新西兰？意大利？我的祖国？我就不相信头一回瞧到的人能说得出所以然。就算你是外国人，就算这东西是你家门口拍的，不对，是照着你家门口画的，在没人讲解的情况下你能讲出所以然？凡事要学才知道。我上不起学也不能全怪我吧，上不起学又不懂装懂才怪我，所以我老老实实地盯着那幅画瞧。我知道他们在等我发表高见。我说话了。这回，我说得比较详细，我说，这张照片（不错，这个我说错了，口误，这是油画），看了以后我感觉忧伤，同时又温馨、深刻，它就像是我的故乡。关键是我又加了一句最有分量的话：我们每个人心里的故乡。

我正要离开的时候，老大端过来一杯酒，不是两块钱一瓶的啤酒，是白酒，靠。我冲他咧嘴笑了一下，一饮而尽。

直白点说吧，这些大胆的、看上去有点不着调、不符合规矩的声音使我在他们中间找到了位置，闯了什么祸也能马上搞到藏身之处。哪怕那个地方是铁皮加几块破砖，关键不在地方好坏，有人提供给你的跟你自己随便往哪里一钻的区别在于：一个证明你有靠山，另一个证明你屁也没有。

一天夜里，我再次被请到他的房子里。就我，没别人，没有那些有名和有身份的人，更没有酒。等到他走近我身边时，我看到他脸上敷着冰，一只眼青紫，只见眼皮不见眼珠子。我看见隔壁房间里有人影，听到有人走动，还听到有人小声地啜泣，可能一般人瞧瞧就害怕了，觉得这家伙有麻烦了，可我觉得我的机会到了。我一直不就是缺少机会吗？我只问了谁，怎么干他？就两句话，反复问了几遍。他给了我照片，也给了我地址。我反复认照片上的那张脸：四十岁左右，方脸、大鼻子，脸颊上有颗醒目的痣。长得这么醒目，找死。我想。

我在那个小区蹲守了好几天。时不时看见有人在窗户边走动，有时是个上年纪的妇女，有时是一个系领带的男子，有时是个七八岁的男孩子。一天夜里，我在小区对面的大排档看到了照片上的那个人。大排档没什么生意。他一个人坐在一个靠背椅子上吃一碗炒面。我仿佛看到我自己，大步走到他背后，从手里拔出那把刀，直接往他腰上一捅。走人。

就那么巧，好像晚饭的时候吃了什么不干净的东西，一种陌生的病菌开始在我肚子里横冲直撞，我想拉。真他妈泄气，真他妈泄气。我需要一次胜利巩固自己的地位，为前途开路，这可是决定命运的时刻啊，可是我闹肚子了不骗你，我总不能捅人家一拳自己屁滚尿流吧。我四周观察，没有公共厕所。可是我又急得不行，这是典型的关键时候掉链子。那一分钟我真恨不得自己从来没有生出来过，或者一道闪电把我劈

掉算了。我能说，大城市跟小城市的区别在哪里吗？厕所！大城市你好
歹走几分钟就能找到一个免费的厕所在马路边，可是小城市（这里算郊
区），你要是急了就只能非常不文明地解决。这肯定会使我脸面扫地，
传出去我肯定要成为人家的笑柄：一个黑社会在打人的时候自己也拉了
一裤子。你想想，这种新闻登在报纸上，就算是我把人撂倒了，我自己
还不是也会受到奇耻大辱？这么一想，我不仅想拉，还想吐了。

上不上下不下的时候，那人干掉一碗面，从口袋里掏出钱，数了数
放到桌上。我走到他跟前，不是拔出刀，而是在他对面的椅子上坐了下
来。我说我知道你家住哪里。他看看我，全身都戒备起来了，简直惊慌
失措，可是问话的声音还很强硬：你是谁？他的声音比我想象的要大一
些。我的心脏猛地往上一冲，本能地笑了一笑，告诉他我跟他一样，是
揍人不费事的人。我自己都听出这话明里是表明自己，暗地里其实是讨
好他。我有意把一只手不露出来，可我心里有数，这会儿他戒备得很，
想揍他一拳头已经不容易了。我说：你别搞错了，我不想干掉你。我掏
出他的相片，在他跟前晃了晃。他懂了。我说，五千块，少一分不行。

他笑了。那种笑真让人慌张。他掏出皮夹子，把里面的大票子都
拽出来，数也不数，递给我。不多，估计也就一千多，我看了他一眼，
这一眼我就感觉自己要输了。我料到再纠缠对我更不利，我耸了一下肩
膀，做了一个大度的表情。但我心里很担心，怕他突然伸手把桌上的钱
夺回去，那就太让人难堪了。想到这里我感觉自己全身都麻木了。

但是他快步跑掉了。

我把桌上的钱理理整齐揣进口袋，假装那个大排档老板根本没听见
我们的对话，假装桌上的钱是我自己拿出来数一数的。我抬起头问靠在
马路栅栏上的老板：

我朋友刚才炒面付钱没？

没。他说，五块。

靠，这个时候还敢问我要钱，看来这个炒面的也是见过世面的人。

我摸出十块钱扔到桌上，朝着相反的方向走。

我后来再也没有去过我那位体面的朋友的家。怎么说呢，我没有话说，让我那么做的原因不是因为我是孬种，那只是一种习惯。这种话一般人都不会信。我索性不说。

我这个人有一个优点。就是我不管做什么，会一门心思沉进去，比如那以后我就天天到网吧上网，不要多少钱，开网吧的老板是我朋友，偶尔象征性地收几块钱。遇到寻衅滋事的，我也没理由不站出来吼几嗓子。我在网吧从不打游戏，不是我不想，我是要掌握一些知识。我在网上看体育新闻、历史新闻、军事新闻。我知道美国国土面积、加拿大国土面积；我知道第一次世界大战、第二次世界大战；我也懂点艺术，简单点说吧，如果有一幅画上是一个积雪的陡坡，有匹昂首挺立的白马，马上有个披红色斗篷的男人，在他身后是阴沉的天空、奇险的地势，你要是问我，我会毫不犹豫地告诉你，马上那个男人叫拿破仑。我还知道，真实的情况是拿破仑骑了头驴，画家把驴改成了马。

我对知识还是很重视的。有天我在网上看到一个帖子，有网友问，从二楼和从二十楼跳下来有什么区别，有个叫"我姓雷名锋"的网友很认真地做了解答。大概的意思是二楼跳下来最多腿断，不是最佳方法，最好是找到二十楼跳。跳之前一定要看清有没有晒衣杆，如果有，被挂住了也死不了。他的建议是服用安眠药，不过需要多花点时间，因为安眠药医生开起来很谨慎，应该多跑几家医院，如此往返，两天工夫就能筹集到致死量，但是吃安眠药自杀也是有讲究的，他说得很细，大约是纠正吃安眠药自杀会睡着这个谬误，他说内脏正在遭受毒害，一点点衰败，人是不可能睡着的。他分析了割腕自杀失败的原因，所谓利器轻轻划破血管，留下一抹灿烂的红，然后静静地等待死亡的降临，这种电视剧情节是严重误导，事实根本没那么凄美浪漫。他说人的血管分为动脉和静脉，而任何一个正常人的血液中都存在一种叫做血小板的细胞，它的作用就是在你流血时将血液凝固起来。假设，割破的是静脉，血液的确是会缓缓流出，轻轻流淌，问题是，在它还没有血流成河之前就已经凝固了。这也就是为什么很多人会在割脉以后又加一个跳楼或者上吊的环节，因为单单割破静脉根本死不了。而如果割破的是动脉，那麻烦了，你会发现情况根本不像电视里拍的那样，血会瞬间喷出来，喷得一头一脸，墙上地上床上沙发上。人体内一共就只有两升血，少于一升人就会休克。照这种喷泉般的速度，可谓血肉模糊，就跟一大桶颜料从架子上泼到身上一样，你还来不及犯困、休克，就已经见上帝了。

他的帖子许多人点赞，那些想得到最佳赴死方案的人夸他热情细致周到。他受到鼓舞，又主动开出了八大速死攻略，其中包括：带刀抢银行让警察送上西天、跳长江大桥、触电、上吊、绝食、烧炭和卧轨等，他还提供了他认为正确的操作步骤。没想到想死的人还真多，这家伙火速蹿红，现在他在新浪微博和微信公众号上成了"无痛死法专家"，粉丝好几十万。

我相信这个吹牛皮的家伙都没有真正操练过，只会纸上谈兵。而且这些知识对我来说小菜一碟。打个比方，安眠药自杀并不是他理解的那样，首先你得保证空腹状态，在服药前一个小时可以少量吃点东西，但关键的是，服药后喝一点酒，这样可以使大脑的中枢神经迟钝一点，等痛苦来的时候，你就感觉不到。另外，晕车药、阿司匹林、止咳糖浆也可以让人死得很痛快。还有，杀虫剂、香烟也可以致命，至于正确方法，我认为没必要说。现在这年头真是变态，什么人都能当偶像，骗子、神经病、丑八怪和无恶不作的人。我自己好像没有什么特别的地方，暂时没有红起来的可能性，虽然一般人听说在网上学习都觉得不可信，可我的知识确实大部分都是从网上得来的。

有天晚上，我从网吧出来往家走。天空忽然乌云密布，无论月亮、星星，还是黯淡的夜光，瞬间全部消失，那一刻，我真想返身回走，去研究一下星相。许多人见面就谈星座，我相信这背后也有更需要下功夫的地方，才能使我们在谈到星座时有更高明的见解，引人注目。我读书不怎么挑。旧报纸旧杂志，理发店里的服饰大全、报刊亭玻璃上贴的美女肚脐上的字、走路的时候人家塞到我手上的纸……反正有什么读什么，我还读过《怎样变魔术》，魔术要道具，这个只能读，不太能操作，扑克牌都要特制的。姚下镇开了个网吧之后，读书更容易了。书里有飞檐走壁、大内高手、吸血鬼；屌丝原来是富家公子，路见不平、恶搞奸商；书里有玫瑰的香气、樱桃的滋味；三句话认一个兄弟、一滴血能找到亲爹妈；许多地方都有大海，广袤无边、自由奔驰；雪里有飞狐，一把蒲公英可以成就一段爱情；冬天有红酒、夏天很凉爽；最刺激的是探险和洞穴，不小心闯进去，里面住着个千年的神仙，教人练出盖世神功，可以意念杀人；日不食，夜不寝，不打工，不摆摊，不求人，不拜佛，照常纵横四海，所到之处，掌声雷动……网吧后来越来越严，老板也不管我跟打游戏的一不一样，我在埋头苦学没有？他一个劲地劝我回。我最烦这个时候从网吧出来，往家里去。一路上听到黄鼠狼在叫，踩在一个软乎乎滑溜溜的东西上，低头去瞧，要么是西瓜皮，要么是烂狗屎。养狗的越来越多，你只要打它门前经过，离着它的小窝八丈多远，它就一阵乱吠，在它眼里，人人都是贼，就它一个不睡是忠诚。

要是再晚一点，回到凤凰镇，早市开始摆摊了。屠夫的刀霍霍，牛肉越来越值钱。老早被绑起来的鸡这会儿开始喂食，咯咯咯，一两玉米吃到鸡肚子里就不是一两玉米，是五十克鸡肉。卖鱼的一来，噪音就大了，氧气管子插在玻璃缸里，想叫鱼多活小半天。

许多东西都是假的，假的苏打饼干、假的"可口可乐"、假的麻油、假的"五粮液"，全部摆在马路两侧，和真的混在一起卖。沿着堤坝走，能瞧到干枯的江滩上杂草丛生，野生的红辣椒烂在地上，水面上漂着成千上万的各种颜色的垃圾袋，有时候能见到死猪，听说从黄浦江漂来的，到这里已经没个猪样了。一回到家，我老妈就开始叹气，她年纪越来越大，力气越来越小，可是叹气声永远不停，唉呦，唉呦。旁的就不说，想必不是因为我吵了她，是她梦里的哪只麻雀吵到了她。

家还是那个家。太阳是慢性子，雨是急性子，房子漏雨，霉味太大，想到厨房里摸摸有没有什么吃的，厨房门关紧了，又怕老鼠又怕野猫，好不容易搞开，吃吧，东西不是凉了就是糊了，不吃吧，我老妈就晓得我天亮才回，何况饿肚子什么都吞得进，吞进去才晓得她一定把糖当成盐放了，还不能跟她讲，糖比盐贵，她要懊恼一个多钟头。

刚刚倒到枕头上，她就醒了。她在隔壁对着我讲话，完全不晓得我是才上床，她说，儿子，睡懒觉没出息，早点起来，我听说开发区又招工了。听她的态度要是不急，我就再赖会儿，要是她的声音毛刺刺的，我就晓得她梦到坏人了。好。马上。我对她说。

离我们镇最近的马坝建了个开发区，开发区里有许多电缆厂。有一阵子，周边地区家家门口都有一辆摩托车，为的就是能够一天骑三十里路去电缆厂打工。有厂子就得有保安哪，保安要求长得横，像个混混，事实证明那儿许多保安都是小偷出身。干保安不要手巧，要能耗，二十四小时巡逻着，防止家贼从厂里往外带电缆线、五金配件、铜丝和钻头，防止外贼从围墙上往里翻。一开始没有监控，装了监控的地方又不清楚，就算拍到了又查不到。基于越长越壮实，我也去应聘做了保安。因为没有户口，我撒谎说丢了身份证，正在补办。后来人催得急，我就拿朋友的身份证用了一下，我朋友叫张成锐，所以我在那个厂一直叫张成锐。等到我卷铺盖回家的时候，人家喊我梅子杰我还反应不过来，可是没有人喊我张成锐，搞得我老觉得自己丢掉了什么。这是后话。当时我一米六五的身高，十九岁的年纪（身份证上的年纪），从某些方面来看，条件不算好，不怎么成熟。不错，我个头不高，年纪不大，可是我力气大，而且跟其他保安不一样的是我有思想。有思想又愿意干保安的人就是我。

刚开始我对这个行业非常有兴趣，经常思考，想研究一些新的安保方法和手段。别人是白天上班晚上回家，我没有摩托车，只能二十四小时住在厂里。这对我更好，上夜班不仅自由，从某种意义上，晚上是思考人生、命运和意义的理想时刻。

不上班的时候，我和同事就在厂附近瞎转悠。有天转到一个卖化肥农药的小店里，老板热情地请我们每人喝了一杯茶，他说这茶叫"六安瓜片"，是他的朋友送的，他自己都舍不得喝。喝完茶还递给我们每人一根香烟，根本不像别人一样问你的年纪。他不停地夸我们，说能看出来我们是讲义气的人，一定是那种能担当有胆有谋的小伙子。他的话把我们几个讲得热血沸腾，我们就问他有没有什么需要我们做的事。他想一想说，其实没有，不过呢，看到你们这么义气可靠，心里反而不平静了，因为这世上，或者说这条路上，不是所有人都像你们这几个这么光明磊落。反正意思就是，见到光明磊落的人反而心里不安起来，这种鬼话你要是我当时的处境你也会信，毕竟我们这些人真缺人家这样夸。

然后他请我们担当重任。什么重任呢，他女儿在姚下镇高中上学，每天晚上要到他的店里来。最近电视和报纸上都报道女大学生失踪事件。他说他女儿每天都很害怕，他也放心不下，怕引起那酒后开车的使坏，怕流氓、强盗，甚至鬼怪，他说毕竟像我们这样好的小伙子也是运气好才能碰到。

我们的任务就是下班后从我们厂到姚下镇高中这段路上巡逻，目的是让他女儿平安到家。我们马上想到一句俗语叫"英雄救美"。我们爽快地应答下来，简直可以说是摩拳擦掌。当晚我就见到了骑自行车回来的女孩。那女孩上高一了才一米五左右的个头，目测至少有一百四十斤，马上就有人反悔不干，拍着胸脯说这条路肯定安全。卖化肥的老板拽住我们不让走，让那女孩一口一个哥哥地叫。我脸皮薄，答应下来，跟人借了一辆自行车，每天下班就骑到她学校附近，等到她放学，再护送她到他爸爸的店里。说是护送，其实就是瞧见她远远来了，向她眨几下眼，等她从我身边骑过去，我跟在后面。她快我就快，她慢我就慢。有回她爆胎，我就扛着她的车走回去，她骑我的车。我护送了大半年，一直到她辍学到一个饭店打工为止，应该说是出色完成了任务。那个化肥店老板后来又请我喝过一回茶，递给我过一根烟。这都不是最主要的，最主要的是他说他没看错人，说我能干大事，说我的确是好人。我厂里的同事可不这么说，他们认为我想打人家主意。我护送她的时候可没打过她的主意。她放弃高考，开始在饭店当服务员，我一个朋友怂恿我追她。我说你自己怎么不追。其实我心里有数，他们都没看上她。我想没准长得不太好看的姑娘懂得体恤穷光蛋，不会嫌弃我老妈。有一回，我就鬼使神差地去她们饭店等她，试着把意思说了。结果她一口回绝，她比当年泼辣多了，也瘦多了，看上去好看了许多，但也自信过头。她说，切，我爸当初就是怕你们这群小混混打我主意，在路上使坏害我，才想到让你们来保护我。果然我爸没看错。

我被这话惊呆了，怒气冲冲地往回走，怒气冲冲却又浑身无力，我就坐在河边深深地思考了很久，我给这招总结了一下，应该叫"请贼防贼"。

我本来以为自己不怎么样，她说我还行；现在我认为自己还行，她又告诉我真相。我的名字也还不错：张成锐。身份证上的张成锐是马下坡人。马下坡是我们这边最富的一个镇，比凤凰镇强了七八倍。我本以为给人家留下了良好的印象，再加上我到厂里来从来还没惹过什么事，可还是被人家一眼看出我骨子里是什么东西，第二眼就知道我们在琢磨什么了。没准人家早就知道我的来历，觉得我是强盗、流氓加变态呢。说实话我不恨她。不过听了之后还是像挨了一闷棍，感觉自己像条狗一样。

　　这件事之后，每当夜幕降临、万籁俱静的时候，我内心就感到无比孤独。这女孩的样子我都不太记得了，记住也没觉得有什么意思。我甚至跟她讲话没超过十句，就贸然去求爱，真荒唐。这只表明我需要爱，而不是需要她。

　　那阵子我真不在状态，遇到刮风下雨、乌云滚滚的天气心情就特别糟，听到伤感的歌曲也情绪低落，觉得窒息，除了上班其他事根本提不起兴致，坐在哪里就能瘫成一摊烂泥。我一贯反对装腔作势、哼哼唧唧、感情脆弱、徒有其表、矫揉造作、表面文章、忸怩作态；但是，那会儿我就是自己最不喜欢的那种人。那些特点我全有。靠，像个老鼠一样。这么说吧，白天呢我萎靡不振，到了晚上吧，横竖坐不住，浑身不自在，就像身上藏着匹野马，腾腾腾站不住躺不住。寂寞和穷的保安不止我一个，所有的保安工资都不高。要想挣高工资，就只能去大城市。不去大城市的人各有理由，有的不识字，有的太年轻，有的放不下亲人（譬如我），有的简直就是胆小（胆小的人才当保安）。无聊的时候我们就找个地方喝啤酒、谈女人，还睡不着的话就去偷——当然不是偷自己厂的东西，是偷对方厂的东西。这主意我记不清是谁想出来的，一开始不是为钱，虽然大家都缺钱。是为了刺激，看谁的警惕性更高，不管谁的警惕性高，到末了，还是能得手。不管什么好东西，但凡是晚上拿出来的贬值就很厉害，只够买酒喝。我们一般抓阄决定到哪个区去搞。决定好了就告诉这个区的同行，时间一到他们就得老老实实待在宿舍打牌。有一回长丰厂走运，我们一帮人说说笑笑去车间里找能卖现钱的，有人把机器打开了，搞得动静太大，把警察都招来了，他们的保安还在宿舍里掼蛋。保安的名声越来越不好，有时是真的，有时是假的。结果就是做保安的最不信任保安，老板不信任保安，工人不信任保安，警察更不信。不过话说回来，警察也不可信，一年发生了六十起失窃案，他们一起也没破获。

一开始晚上搞到的大多买酒喝掉了，什么产业都有做大的时候，什么事也都有个领头人（反正不是我），后来嘛，老板们也不是傻瓜，有一年突然开除了二十三个，没一个是冤枉的，包括我。

回家的时候我只好说厂子倒闭了。每天都有人发财，当然也就会有人破产，这不难接受。回家以后我才开始后怕，如果老板们都相信正义，都较真的话，我们是有可能坐牢的，有时候偷辆几十块钱的二手自行车都能坐三年，这事经常听说。要是我真被关进去，我老妈会像个孩子一样用床罩蒙起来藏到角落里吗？会发抖吗？会求饶吗？会哭吗？会自杀吗？不过话说回来，真有正义的话，老板们发财比现在难得多。

回来也好，我老妈那阵子头疼病重了，我带她去县里看一位会脑部针灸的医师，听说对治疗中枢神经紊乱的神经病很好。

一出县城，有个新建的大厂房上挂着"新世界贸易有限公司"的牌子。你是本地人就会心里有数，这个公司最值钱的还是这方圆几千亩的地。过去这里就是个村子，有些聪明人使着花招让他们拿着拆迁款搬走了，如今这里身价百倍，沿着公路是密集的房屋和各种商店，排列在主大街两侧。到了晚上，这里就是一片整洁的灯火通明的小城市，我们只需要瞧一眼就明白：专门有人从越建越高的大楼和老弱病残已经歪歪倒倒地搬到别处的没用的人那里，弄到了太多的财富和好处。

可是这跟我们没半毛钱关系。

效果不错，针一拔，我老妈喜气洋洋的，往回走的时候就开始憧憬未来，能感觉出热血在她胸中和脉搏里跳动。问题是有点晚了，我总是没耐心陪她走到家门口，就会窜到网吧里。

我打定主意在我家周边找事做。我有个哥们跑到八卦洲去承包了二百亩地种植草莓，不到一年就跟个土豪似的买了辆汽车。凤凰镇这条街窄得很，他开得进来，开不出去，把路堵死了把脸憋得跟猪肝似的，还是一个邻居帮他开到公路上，丢人死了。不过，像这样丢人的事统统让我来呀，我不怕丢人。这家伙还告诉我江心洲的地也在往外承包。说是承包，几乎就不要钱，白给你种。我倒是有些兴致，种些桃树、种些橘子树或者也种些草莓，这地方我熟啊，哪块地好哪块地孬，唬不了我。可是一打听，坝内的地还是要付租金的，坝外的地免费种，但只能种杨树，杨树成长要八年，他们帮我算了一笔账，我至少要有五万块启动资金，才能承包个百把亩地，还要添置一些拖拉机、收割机、锄草机什么的，要不然就找小工，现在小工按天数，七算八算，我的头就大了。

不过我还算人脉广，有个熟人听说我想搞农业就告诉我，距离我们这儿二十公里的地方有块地。我去看了看。地方不错，大概有三十来亩，一眼望过去，地里长满了杂草，没有人种，这块地边上有个水塘，可以灌溉，还有片树林，听说里面有兔子什么的，看着挺好，村子里没什么人。村长年纪很大了，但是很好说话，几乎没花什么钱，他说村里人人都等着拆迁、被政府征用，靠公路近一点的地方要不被人圈起来准备盖楼，要不已经盖了楼，有时候好运要多等几年。翻土的时候发现撂荒的庄稼地里全是石块和垃圾，内行人一瞧就不会再往里投钱投人力了。等到我在地里撒了麦子，长出来的杂草比麦子多，附近的地也差不多，不管种什么下去长出来就跟老头子的胡子似的，稀稀拉拉的。我差不多把手上的钱全买了化肥，用处不大，原先我坐车到县里去的时候，瞧见路边有熟透了的芝麻、黄豆和棉花没人收。我心想，靠，拿只塑料袋到地里捡一捡卖掉就是钱。等到我自己也搞了半年我心里就有数了。收到手的麦子还不够雇一台收割机的钱，有这工夫不如到城里去打工来得快。瞧我那傻劲，二十年没种过庄稼的还想着在地里发一笔财，太搞笑了。我坚持了半年就没再往里面砸钱。我承包的那地方现在要是回去还是会经过那儿，只要瞧上一眼心里就不是滋味。

后来有半年我的运气都不怎么样。我老老实实帮人押了几回大货车，估计都是化学品、重金属甚至危险品，常常层层包装的货卸掉之后，车厢里还会留下刺鼻的味道，有时不小心接触到一点粉末，皮肤上就会有灼伤的痕迹。我知道这个活儿不适合一般人干，可是老板跟我聊了聊之后，说我这个人特别聪明，一教就会，一点就通，因为关于那些危险品的货物性质、危害特征，遇到问题通常怎么处理，我都头头是道。老板说你不需要培训，搞张证书就可以了。老板还问我学什么专业出身的，我差点没听明白他的意思，至少我看上去像个读过书的人。他拍胸脯说，花几千块钱的人也未必比我一个下午知道得多。我假装自己正是他的最佳人选。但是你没身份证，可能年龄没到，所以一个月给你一千五。一千五已经很不错了。我能讨老板喜欢的另外一个原因，是我长得有点像坏人，能震住坏人。这是他亲口说的。

不过话说回来，现在最不好认的就是坏人。打个比方吧，我听说有个男的，在外面发了大财，回来的时候，给村上的老年人每个人发一千元红包，还把从镇上到他们村的路修好了，算好人吧！可是我又听说，他跟他的秘书好上了，带人家去新西兰旅行。过了几个月，他又喜欢上另一个女的，就把这秘书给开除了。人家把这事放到网上，他发了个短信问人家，你闹够了吧？要多少，人家说一百万。好，他说，先给三十万，其余一个月付清。然后他报警了，说那秘书敲诈，判了十几年，这人坏不？坏死了，我想那女的杀他的心都有。关键这人现在可红了，天天上电视，我瞧他长得挺有风度的，见人就微笑，一副特别和气的面相，所以说，他是坏人还是好人我也糊涂了。

不过这活儿也不容易，路上的状况很多，我就遇到过劫匪，拿着刀子抢货。这种事一般发生在前不着村后不着店的地方，这些人抢完就跑，根本来不及报警。根据经验，堵车的时候更容易遭抢，持刀抢货物的、拿管子抽油箱油的。在路上有时也会遇到违规执法的警察和路政，他们动不动就罚款。我就遇到过，本来规定罚两百元的违章，最后罚了两千元，还不给开发票。这活儿本来我可以干得长久一些，我不怕苦不怕累，而且老板还特信任我，可惜他上头关系不硬，公司稀里糊涂垮了。话说回来，我也干不长，有回有个家伙抢货的时候，我明显看出他的腿肚子在哆嗦。他哆嗦是我撂倒他的机会。我只要扑过去，就像我跟老板承诺的那样，来个锁喉！我心里说：这人八成是穷疯了。这么一想，机会就错过了，等我想着不应该对人太好，应该厉害一些的时候，人已经跑了。总的说来，厉害的做法与我的性格冲突。我崇拜那些意志坚定、长相冷冰冰的人，能震慑人，而不是像我现在这样，想得太多，行动力不够……

我最后一份工作还算挺卖力，我在我们镇上唯一一个桑拿中心干老行当。说来不爽，昨天还是一块庄稼地，过了几天造了一幢三层的房子，招聘人手了。我本来对厨房有兴趣，也愿意从小工做起，最好能学个手艺，招聘的人自作主张把我安排到安保部，好像我只能干这种晃来荡去的工作。老板说，这工作要临危不惧，要眼疾手快。有一回，一个小偷半夜摸进去想偷东西，把酒店里的人吓得半死，他剪断了电线，我打着手电筒楼上楼下不停地吆喝、给服务员打气。还有一回，一个客人喝多了，嫌小姐服务不到位，这纠纷不归我管，再说这酒店才开二十一天，还没网络。除此之外，都是些不出成果的琐碎小事。总的来说，我的人生比较灰暗，我一边干活一边不爽，我开始时不爽这活儿，后来不爽老板不提拔我。摸着良心说，我不爽都在心里，又没告诉他我想走，比我来得迟的人都升职成晚班经理了，我还是小保安。

我算是听到了风声，他们对我挺防备的，说我老妈什么什么的。

我老妈又不替我干活，可是他们要找我麻烦的时候，就把我老妈拿出来。我爸呢，我连面都没见过，他们针对我的时候也要把他挂在嘴上，你到死都摆脱不了你的父母，所以我觉得命运有一半不是自己能说了算的，那些说自己命运都在自己手上的，全是扯淡。

去年，我老妈受到些刺激，她说某某、某某和某某某都发财了，她还没有。听到的发财的故事太多了，都离她那么远，只有儿子离她近一些。她说儿子，你也要争口气啊。

情况就是这样，要是我留下来，我就不能像别人那样让我老妈过得体面一点，机会无多，知根知底；我要是走了，她就有可能会跟网上的人一样，死在某个静悄悄的早上或者傍晚，这是多么荒谬的两难境地啊。

我想着永远不可能做一起体面的行当，吃不起牛排——牛肉炖土豆和牛肉炒青椒绝对吃过，这跟那种五分熟的牛排，到底有什么本质上的区别，我想不明白。还有就是永远不可能开着敞篷车带着个姑娘在公路上窜，像电影里那些人一样迎风尖叫。

有钱人我不能说太了解，也不能说完全不了解，我们县里前几年出过一个特别有钱的人，亿万富翁之类的。我们县里有一个百货公司就是他开的。你想呀，我要是他儿子，缺什么就到百货公司里拿什么，真是神仙日子。有一天，我在电视上看到他得了一个奖，就是什么"县十佳杰出企业家"称号。他捧着奖杯接受记者采访。不知道记者问了他什么，他眉头皱着，嘴巴绷得紧紧的，他说，他每天光工人工资就要发出去好几万，所以每天醒来第一件事就是想着怎么挣钱，感到压力很大。他的脸色蜡黄蜡黄的，眼袋也很重，明显是没睡好，忧心忡忡的样子，说一句话叹一口气。我心想，孙子你就装吧，不就是怕捐款吗，现在流行出什么事都捐款，可能找他捐款的人太多了，而且现在有钱人不捐款是要被问候祖宗和儿孙的。说到捐款，我听说我原来那个厂里的老板连亲爹都不养活，可是居然到省里得了个"慈善家"的头衔挂在墙上。

没过多久，听说他行贿，被抓起来了，再后来，听说他到北京上访被遣送回来了。靠，比电影还电影！

朋友们走得差不多了。我最好的兄弟王鹏刚刚订了婚，已经和他的大舅子、小舅子到上海开面馆去了；王奎，在北京送快递，很忙，嗓子哑了，接到电话会不耐烦；陈宇，去蓝翔学做高档沙发；赵多余，在南京跟他姐夫维修煤气管道；陆小鱼在苏州开黑车；程青在北京798搞艺术，他是我的小学同学中文身最多的一个。王德洲在监狱里，这个家伙胆大心细，他比我们几个都大。有一回，他爸肝癌复发住院了，没几天工夫把家里几十年的积蓄花得干干净净，后来实在搞不到钱了，医院让他们第二天无论如何得出院。不出院也没意思，反正也停药了。晚上他一个人蹲在医院门口发愣，越想越难过，就伤心地号啕大哭，等他哭完了，一抬头，地上有六十多块钱，他一看，明白怎么回事儿了，人也精神了，他揣起这些钱，挪了个地方把头蒙起来又哭了一场，又哭了几十块钱。这些钱不够救他爸的命。他爸从医院回来后还等了好久才死的。可是这个事对他的影响挺大，他后来又在大街上哭了一阵子，面前摆个纸牌，把他爸无钱医治随时会死的事情写在牌子上。写得很感人，因为那都是真的。只不过时间上有些不对，有些人虽然善良，可是疑心病重，就过来盘问他，他都能说得滴水不漏。不过眼泪有哭干的一天，后来他就买滴眼液，这个事他后来也干厌了，就把头剃了穿上僧袍云游四方，他到处化缘，逢人就讲自己多么辛苦，自己的大师傅如何孤苦无依出了家，如今又病重在庙里无钱医治，最让他得意的一回是他竟然把一个五台山的真和尚给骗了，那个酸爽，他说。这个他也没干多久，什么行当赚钱，什么行当拥挤，向来如此。到末了，这行当只能骗到一些脑子不好使的，话说脑子不好使的钱也不多，越来越辛苦，后来他改行了。改行干得也不顺，不然也进不了监狱。他进监狱之前还说过，有一个生财之道可以考虑，是他朋友亲身试验的。那朋友叫张漠，他在贵州的时候住的居民楼倒了。那晚他刚好把手机放在房子里自己出去买烟，等他回来的时候傻眼了，房子成了一片废墟，他的好几百块都还在里头呢，他灵机一动，就走开了。后来根据手机信号探测，说他在里面，虽然没法找到尸体，毕竟是整栋楼塌下去，有的人虽然救出来了可血肉模糊了，救了几天就放弃了。他父母还拿到了十多万的赔偿。他心里那个乐啊，当然也有代价嘛，因为他朋友给他爸打电话，他爸一急，就心肌梗塞，不过还好，救过来了。他没敢告诉家里这是他的计划，怕家里人嘴巴松，过了半年多，他听说已经拿到十万多，十万要干三年哪，他很高兴，就给家里打了电话说了真相，可是听说钱都被他哥哥花掉了，他一分没捞到，白白销了户口，他又花了好几千才搞了一个户口。但这事是个生财之道，贵州是穷地方、赔偿少，要是在大城市，三十万、五十万也有可能，因为当官的怕家属闹，有理没理都会先赔了再说。这形势对他们很有利。不过，这事偶然性特别大，比如你是认准了一个危房租下来，有时可能真的在里面被埋掉，也有可能住一年还没塌，这成本就大了，所以说来说去，这个生财之道后来经过证实可操作性不大。

韩松在东莞，和他两个妹妹一起租房子住，干什么我不清楚。韩松比较爱说大话，竹筒到他嘴里能变成水桶；水桶在他嘴里能变成水缸；水缸里有条小鱼，到他那里就成了鲨鱼。他想邀请我去跟他一起干，我说我没有身份证，他说不要几千，那是行业内的定价，他能找到熟人，五百块能帮我搞一张，再加五百块还可以搞一张中专文凭，加到两千还能搞到一张驾驶证，三证齐全。

当时我没钱，我把照片给他了，可一直没给他钱。要不然现在在深圳戴着墨镜坐在公园的木椅上翘着二郎腿、搂着一个穿着格子裙的小姑娘照相的肯定是我。看到他发回来的照片我心里真不是一般的酸。那天晚上我做了个梦。我梦见我在一条陌生的路上遇着一张跟我长着很像的脸，我突然想到，他身上一定揣着一张身份证。身份证上的照片又没有身高，我一激动，想到我有了身份证，走起路来，肯定抬头挺胸，虎虎生风。我就能北上和南下，世界就会任我翱翔，我不假思索，拔出手枪，朝他开了一枪。子弹正中心脏，他慢慢倒地，嘴角流血。临死的时候他微微抬起脑袋，气息奄奄地问我，为什么？

我有点恼了，上前摸他的口袋。口袋里只有一只手机和大约几百块现金。居然没有身份证，我去。我没好气地冲他喊，为什么不呢？为什么不是你呢？

为什么偏偏是我？他还在喋喋不休，想讲道理。

这就是命运。我冷酷地看着他的脸，傲慢地说。

命运是什么呢？他还不肯死，这个样子像个愣头愣脑的中学生。

我这才看清楚，这人还是个小孩子，现在的小孩子长得高，生得大，其实都还不到拿身份证的年纪，我失望地面对了事实，看到自己白白地杀掉一个人，一下子感觉到身上背了千斤重的东西，都有点儿喘不过来气，一阵大风吹来，吹乱了我的头发，挡住了我的眼睛，等我再看的时候，这个人不见了。谢天谢地。谢天谢地。

要是这人真的死在我手上，整个世界就完蛋了。我想。

直到心乱如麻地醒来，才松了一口气。

没想到第二天我还是做了关于身份证的梦，这回是又碰到一个长得跟我像的人，我确定这家伙有身份证，刚要动手的时候就醒了。

我醒来的时候觉得很不痛快，心想难道只有杀人抢身份证这一条路可走？

我也做过美梦。有一天我梦见自己坐在一所金碧辉煌的房子里，桌子上摆了满桌子鸡鸭鱼肉。有那么片刻，我意识到自己在做梦。我清醒地意识到这种生活是有的，我知道一定有人在过着这样的生活：有父有母，有车有房，吃喝不愁。醒过来的一瞬间，我失望透顶。命中注定只能在梦里花团锦簇，现实里，我只能和这个喊醒我的怒气冲冲的妇女紧紧靠在一起。她掀开我的被子，推搡我。她的确越来越单薄，使老大的劲也敲不醒我。她催我出去找工作，根本不顾我像狗一样呜呜叫着呢。她编织了一个生活，把我往里面摁。

过了几天我比较理智了。我想着要不要学个汽车修理。我打听了一下，这附近都没有，最近得去县城，县城里也没什么好车，好车人家在4S店里修，县城里最多能学到修货车、面包车和公共汽车什么的。

最大的问题还是身份证。我老妈那几天不停地往外跑，说是在托人帮我搞。

有天我去看一个熟人，他告诉我，江心洲出了一件事。一个孤寡老人被狗吃了。事情是这样的，有个家伙在外头发了财，把家里的老房子拆了，造了一幢三层小别墅，可能别墅里藏着许多值钱的东西，家里养了两条大狼狗，拴在院子里。院子外面是铁门。狼狗很凶。每天龇牙咧嘴，狂吠不已，一般人不敢靠近，这家只有两个老人长年待在家里。有一天那个老头开了铁门出来，忘记锁门，结果，其中一条狼狗窜出来，把经过的一个老太太咬死了，吃掉了半个脸，一只耳朵，一只胳膊。老太太想必是跑错了方向，跑到了堤坝下边，所以当时没人知道，一直到她家人报了案，找来了的时候发现早死了。这家主人死活不肯承认自己的狗咬死老太太，还吃掉了她的手指。那老太太的儿子在外地打工，见过世面，跑回来大闹派出所，还把电视台搞来采访，终于警察带人来把狼狗杀了，一解剖，从它肚子里找到一只金环。这家人才心服口服，赔了十万块钱。这个老太太的儿子拿着白白得来的十万块钱立即也盖了一幢房子，因为还要出门打工，也不放心家里，也买了一条狼狗锁在院子里。那狼狗更凶，好在用铁链子拴在院子里的小房子里，不给它机会出来。我听到他们说的时候很羡慕那个打工的儿子，说这十万块钱够他忙活两三年的。现在，等于喜从天降。

一股厌烦情绪逐渐占据了我心头。我觉得我的心跟这里渐行渐远，究其原因，还是这个地方无法理解、没有温暖。要是以前，我想到我老妈，其余的都会忽略不计，糟糕的是，现在我老妈也打动不了我了。"离开这鬼地方"变得刻不容缓了，我甚至觉得消失对她对我都比较好。现在，什么都不能左右我了，我甚至巴不得来一场大洪水，把一切都给淹没。或者一场大火，把这地方烧个精光，把金山银山都烧光，只剩下动物和人，把富的烧穷，把聪明的烧笨，把八条腿的四条腿的和两条腿的全都烧成光屁股，从头开始，看谁比谁强。

我恍然看见熊熊火光滚滚而来，灼烧着我的脸庞，灼烧着我的胸膛，灼烧着我的小腿和我的手心，我感到全身热乎乎的，那既像是世上最坏的时刻，又像是最好的时刻，我感到火光之下，天崩地裂，电闪雷鸣，可我不感到惊恐，而是骨头酸酥，疲倦不堪。我想世界上有没有一个跟这里不一样的地方，那里笑语喧哗，人山人海，什么样身份的人都有，人人都健谈、有教养、愿意关心别人。不管你从哪里来的，只要肯花力气就一定有饭吃。姑娘也都很温柔、漂亮，每一人都有一双慧眼，知道什么样的男孩子是值得爱的，哪些话是真心的，她们既不以貌取人，也不要查看你的身份证。

那些天，我躺在床上，目光盯着白墙壁上某个不确定的斑点，不愿意挪动一下，外面的世界那么精彩，可是我连把脑袋往窗外探一下的兴致都没有，更别提到网吧打打游戏。偶尔，我会到大坝上站一小会儿，瞧瞧麻将室里的老头老太们打麻将，听他们讲各自的儿女的近况，有人得意，有人忧伤。总的来说，他们珍惜打麻将的时光，就这样，无所事事地过了一天又一天，好像做梦一样。

可是命运就是这么奇妙，好像上帝也看到我的绝境，那天中午，有人喊我去邮局拿快递。我拆开一看，是韩松把他承诺帮我搞的身份证寄给了我。这是我第一次见到有自己照片的身份证，照片上的张家强比我年轻，因为这照片是去年过年给韩松的。我长着一张黑乎乎的脸，为了照相，刻意理了发，穿了有领子的衬衫，明明是紧张，眼睛瞪着不敢眨，嘴巴抿得紧紧的，却显得我怒气冲冲。身份证上的地址是本县乌原乡嬴上村。切，本县我不要太熟，有没有这个屌地方我还不晓得？不过，既然我的身份证上是这么写的，我就应该牢牢记住这个地方。我还得记住我的名字，我叫张家强。现在，这张身份证可以帮我永远消失在这充满敌意、无法理解的土地上。韩松提醒我说，这个身份证有一半是真的，他没告诉过哪一半是真的，但他告诉我，我拿着它无论是买车票、办银行卡、甚至坐飞机都没有问题。

有了身份证，就跟一个穷光蛋变成了一个有钱人是一样的心情。天地之大，我随处都可以去了。时光跟昨天完全不一样，我深感到一种自由，可是，面对这种自由，我却有点不知所措，选择太多，就跟没有选择一样，也让人惶惶不安。我本可以当天就动身，可是我决定再这样拖延两天。

我出门的头天晚上最后去了一趟江心洲。我去的时候是夜里九点多了，我估摸着他也睡着了。

自从水干了之后，原则上我是每天可以去七八趟的，可谁愿意去找一个八九十将近一百岁，老得眼皮和嘴巴都张不开的老头多说话呢。老实说，我跑江心洲也就是一种习惯。我去去瞧上一眼，抽根烟也就会往回走。这老头运气其实还不坏，这附近许多村子的老头老太，都是病得快死了，才象征性地送到医院，一看癌症晚期，把肚子打开，没法手术了又原封不动地缝上。许多人，不要说活不到九十以上，就算活到六七十岁，他们也要自己种地，自己烧饭，实在烧不动了，他会自己喝瓶农药，或是系根绳子吊死。一般情况下，只有有钱人才尊老爱幼，穷光蛋尊敬老人只能嘴上尊敬，爱护也只有来世爱护。这老头反倒越过越好了。首先他的居住条件改善了不少。墙里墙外都刷了乳胶漆，老头睡的房里除了那只假模假样的空调，又多了一只黑色皮椅，八成也是他孙子从城里搬回来的。厨房里不仅有煤气灶，还有了电饭煲，可是老头还是习惯性地坐在板凳上。人穷惯了，给他好东西他也不会用，这大约是实话。江心洲许多人发了财都回来翻盖了楼房，据说他孙子也想翻盖，只等这老头死了就动工。这回跟上回，中间隔了三个多月，我记得上回我带给他一包茶叶和一顶帽子。说老实话，这两样东西都不是买的。我往那里一丢，本来就要走，结果老头儿一把拽住我，他说，我的心肝啊，你不能偷啊！

偷？就这么个破东西也值得？

我的心肝啊，你也不能抢啊！

抢？什么年代了，拿把刀拦在马路上，到处是摄像头，风险也太大了。

我的心肝啊，你不能骗啊!

骗? 我同样嗤之以鼻，这世上真有那么好骗的人吗? 我早就想通了，好骗的都是可怜人，骗可怜人良心有愧好不好?

我的心肝啊，不要做坏事。

我这才火了。靠，这年头，人人都抢、偷、骗，我不知道帮了他们多少忙，不过是接受了一盒茶叶，这算什么做坏事。现在人工多贵哪个不知道? 21世纪什么最贵? 人工嘛。我看了一夜的场子，早上起来，有点精神不振，喝点儿茶提提神，这叫白拿? 不错，帽子是我从人家头上揪下来的，按理说，四月天不应该那么冷，何况我也不怕冷，可是四月天却下了冰雹，我要顶帽子戴戴怎么啦，七八里路要走呢。

我认识他十几年，顺手给他两样东西。你瞧他那个熊样子，胆都吓破了似的，我只好掉头走人。他还在屁股后头叨叨叨，所以我才三个多月都不屑他。

你明白了吧，就算你恨一个人，就算你觉得谁欠了你，你一个时期可以这么想，可你不能天天这么想; 你不能拿一个人的某个时辰来换你一辈子; 你恨拍到你脑门的那块砖，但不能恨所有的砖; 你不能因为撞到了树上就恨整个森林; 你不能因为冷就恨风; 你也不能搞那么多的对头，到头来你必败无疑。

想着这一走三年五载说不清，所以我就溜达来了。怪了去了，我站在墙角离得还有五十米，那老头儿就在床上拍床板，我估计他喊了，我没听到。我推门进去，他已经从床上坐起来了。你都不能想象，这个人是怎么坐起来的，他就跟两根弯树杈似的，抖抖瑟瑟的，这一点，这二十年来都没有变。他抖动成那个样子，可是他看着我，眼睛里有光。

我突然觉得很有意思，一个人，哪怕他老到从里往外烂了，从头到脚没一块好肉，肝、肾、肺没一样好的，哪怕人人都会嫌弃他，他还是有值钱的东西，那就是他的感情，他还拿自己的感情当回事。

其实他也没说啥，无非老调重弹，什么出门在外不要惹是生非，不要打架偷抢。要是有旁人经过，一定觉得他只是在"啊噢啊噢"地哼哼，到这时我才突然明白一个事实，他这十几年说的话可能只有我一个人懂。

其实他的声音，严格来讲，根本就是蚊子在哼哼，想当初我一来江心洲，他每回都要大声地嚷嚷跟我讲话，现在我明白了，那时他就开始听不见了，到如今，他却反而不知道自己听不清，或者是没力气哼出声来了，他彻底老了。

过去，他这样喋喋不休的时候，我不胜其烦，这回，想到自己要走了，我的幽默感上来了，咧开嘴笑了。我打断他，说我准备出门大干一场，我说生而为人，要活得痛快一些，我说只有坑蒙拐骗的人才能发大财。我的本意——其实也没什么本意，只是发泄发泄，毕竟能听我说话的人几乎没有了。

我铁定他听不见，但他明白我要远行了。他在我"坑蒙拐骗"这几个字干脆利落地蹦出口的时候，居然哭了起来：儿呀，要好好活啊，要原谅你爸啊，吃得苦中苦，方为人上人。还说什么"危险关头""好死不如赖活""生逢乱世要委曲求全""早上看得到太阳，晚上见得到月亮就算有福"。要不是他这样失控，说不定我还没勇气出这个县呢，结果他这样一闹腾，我更加想滚得远一点。

所以说我觉得他真老得太狠了。这年头，像我这样五大三粗的人去要饭，肯定是要不到的，不管在哪里，就算在家门口也难了，更何况到没一个熟人的大城市。这年头的人，最擅长骗人，最喜欢被洗脑，也不在乎明着被抢，最不喜欢的就是讨饭的人。他们只会想，这么年纪轻轻的不做事，他们就不想，这么年纪轻轻的要不是把手伸出来而是直接扑上来会怎样？他们就欺负好说话的，那些拿着刀子一比划的，就能把他们吓得半死，逃到十八层楼上锁上十八道锁。

总而言之，就算我表现得像个坏蛋，可我不是真正的坏蛋。真正的坏蛋是挡在路上，不给钱不让车过、阻断交通，或者看到一个女人走在路上，顺手一拽，就拽来她的包，不管这看着像名牌的包是真是假，里头好歹有只手机，就把刀架在她脖子上，这样密码肯定能搞到。现在的人，很惜命；当然，现在的人都会为了钱不要命的。

我越来越觉得没劲。每回来都他妈的没劲。好歹他瞧出我不耐烦了，他转移话题，问我有没有女朋友，还说我应该先找到工作，再找个姑娘结婚，养不活自己的时候不要招惹人家，省得害人性命。靠，恋爱我都谈了十几场了，要一个不相干的老头来教？临了他提到了钱。因为他出不了门，都是他儿子孙子回来直接付钱给护工，他差不多也用不上钱了，我听懂了。这老头还为没钱给我不好意思呢。他脸不红，我脸腾地红了，他就像知道我明天动身没有路费似的。谁知道呢，可能我多心了。要不是护工来送饭，我可能会多坐一会儿，我觉得这是我最后一回跟他见面了。谁知道呢，他那么老，日子按秒过了。护工一见到我就唠唠叨叨，她说老头子最大的麻烦就是说也说不清、听也听不清、看也看不清，很难管，他儿子给的钱又少。

这年头，人都他妈的不是东西，瞧她说话的腔调，就跟他是她儿子似的。我不客气地打断她，跟她说，他的话我句句都听得清楚得很，你干过的事我也都听说了。她一听，那脸红得跟猪肝似的。不经诈，一看就做过亏心事。

我回去的时候在江边坐了很久，我想起我老妈，想起她寻死和发疯的那些夜晚。我甚至能看见我向卫生院跑的时候，风掀起我的衣襟，那些无声的哭泣跟着我一路滴滴答答。我想起了她的眼神，想起了她看人的样子，甚至想起了有个男人，给我们家修过屋顶。那时我还太小，也就是我老妈打发我去报仇雪恨的头一个月，我玩累了窜回家要吃的，他瞧见了我，好像他有思想准备，我老妈不仅脑子不好，还有个没户口的拖油瓶，他没把我带走，没允许我加入到他的儿子们中间。我想起王奎、王鹏、张成锐，一开始他们不带我偷，最后我加入他们行列，跟他们从老师的粉笔偷起。越会偷的人越不吭声，不张扬，问题是，就算你从来没被当场逮个现行，事情过后，你脸上每个毛孔都会泄漏你的秘密。何以如此，这他妈真是我没想通的问题。我还突然想起了已经长了小胡子的那个家伙——有一回我们去偷江心洲造船码头的钢筋，他逃跑时，跑得很快，喘气的声音像一只麻雀。后来，他一干坏事，他的喘气就变了，变得像一只麻雀，等你想让他表演一下的时候，他又做不到了。

在渐渐昏暗的光线里，一切都蒙上了神秘的色彩，干巴巴的河沟里散落着被丢弃的东西：塑料阀门、引擎、铁丝、船板，一切都这样衰败。我抬起头，望了望随风摇晃的树梢和雾蒙蒙的天，我感觉自己吸引不了这里的一切，这里的一切也吸引不了我。我在这里生活了二十二年，没有一样东西是我舍不得的，也没有什么东西体恤我。我想起了我老妈，想起了那个老毛头的儿子。大白天的，那里悄然无声，他一死，那里也差不多要成为空村了。我想到这个世上，有人还在为买一件新衣下老半天的决心，有人已经准备买私人飞机和游艇了。想起我自己，都不知道哪种活适合自己干，还能干得好，心里有说不出的空虚和茫然。一阵大风吹来，把我身边一棵树上的叶子吹得哗啦啦响，紧接着又掀起一阵灰尘，在这一瞬间，风好像个乱舞的狂魔，到处招摇，远处一张旧报纸被抛到空中，绕了一个圈，发出粗哑的呼呼声，又落到地上。一股突然迸发的怒火令我瑟瑟发抖。我真想捣碎些什么东西才过瘾。眼前的一切，江心洲的沙滩、凤凰镇的大坝、树梢和低沉的天空，在我的怒气中突然变得一片透明，又很快归于黯淡，失落和黑暗重新包围了我，像一块魔术师的红布揭开又盖上。

张子豪

我也搞不懂我是怎么了，我为什么一连几天盯着一个从来没有见过的人使劲地往下挖，把这个坑越挖越深。好像我只要在江心洲，我都做不了自己的主似的。这人到底跟我有什么关系？我为什么会做这些事情？我管不了自己不去想，它也不自行消失，也许没有答案，也许有。它就藏匿在某个树洞里、某个桥洞里、某个墙缝里，或者某条废弃的船的底部，我想答案跟船或者水有关。不过，要是再重来一回，我怕我真没有胆量再干一回了。

我爸妈终于坐下来谈了。

我爸妈终于坐下来谈了。他们在谈钱。我妈打听我到国外的费用，我爸说不用担心，他会搞定。他们严肃地说着，故意压低声音，怕被我听到。听到又怎么样呢，说来说去无非就是一个字，钱！

这么想着，我坐起来，找张纸，在上面粗粗地算了一笔账：

幼儿园三年，每年九个月，每个月一千五百元。我上的是一家私立幼儿园。一学期七千，这不包括课本费、兴趣班费、订奶费、班费等费用。

我学过武术，七岁。学费一千元一个月，一共学过半年。

我学过奥数，从小学三年级到五年级，得到过三次三等奖，后来听说得三等奖跟没得一样，我妈就放弃了。奥数费用是每次两小时，每小时五十元。

我学过小提琴，三年，考到过四级，到上海后没有再学。小提琴三千，每节课一百元，每周一次，考级的时候每天一次。

我从小学三年级开始学英语。上过新东方、英孚、朗阁等有名的培训班，最贵的一次学费是三万，外教一对一，效果挺好。

我学过吉他，一年，在上海的第一年，买了一把一千多的吉他，学了半年，可是后来学习太忙就没再学过。

我是学校的篮球队的中锋，每学期缴一千元，每周都有专业教练来教。

我有一笔保险基金，是我妈帮我买的，说我满十八岁之后每年可以拿到五千元，我妈是被保险公司骗了，人家当初说每年能拿到三万元。

开坪七中是开坪最好的初中，我妈告诉过我，花了差不多五万，三万是择校费，两万是买了购物卡给校长。

现在我上的这个学校每年学费五万，不包括书本费、午餐费和其他杂费。

我爸爸帮我办出国手续，已花费七万元，不包括去了之后的学费、生活费和住家的管理费。

我现在有二十三双鞋，只有三个牌子：阿迪达斯、乔丹和耐克。最便宜的一双也花了三百八。

我不想继续算了。

我感觉到自己一事无成，什么都不如别人，干什么事都依靠他们，将来他们不管我了，说不定我会饿死掉。

梅子杰

我设想过不少种走红的方式，包括成为"自杀指导大师"。基于我住在江边，夹江没干的话，经常发生儿童落水事件，我有可能因为营救起三名落水儿童而扬名全国。被有钱有眼光的人赏识，成为他的保镖，为他身挡数枪，挽救他的性命，得到大好前程，这也是一个途径。现在我是有身份证的人，我不怕出名，这才是重点，只要我不怕，我就会出名，我有这个自信。

可是一夜之间，我已经红了。搞笑的是，最先红的不是我的脸，是我的背以及我的手臂。我凭着一张趴在地上的背影红遍网络。网上有一千个人关心我的生死，一万个人看过我的背，我的手臂上的刺青、我球鞋上的泥巴，正在被人津津乐道。荒诞的是，他们既不知道我的名字，也没见过我的脸，没人知道我从哪里来，也不知道我到哪里去，他们提到我的时候是"垂死的人""复兴巷里的人""无名者""孤儿""可怜的人"，更多的人认为我是一个"骗子"，指出这条微博有诸项疑点，还有人更内行地指出这是属于摆拍的画面。我这个人以及受伤无人签字的事都是杜撰，其目的在骗捐款，我兄弟勤勤恳恳地在每一条微博下留言，发布人民医院的电话，为表清白，他表示"不需要捐款，只需要转发督促医生尽早动手术"。

这个男孩一夜未眠。一开始，他向每一个转发的人致谢，向每一个质疑的人解释：

我不是骗子。

骗子都认为自己不是骗子。

我亲眼目睹的。

谁亲眼目睹你亲眼目睹的？

照片为证。

照片最容易造假。

我不认识那个人，我只是偶然经过那里。

我们怎么知道你们认不认识，谁知道呢？

靠，我有一颗成为英雄的心，现在却成了小丑，躺在地上被任何人指点，谁都可以来审判我。

看着我兄弟，我想起了几年前读到的一首诗：

> 我要做远方的忠诚的儿子
>
> 和物质的短暂情人
>
> 和所有以梦为马的诗人一样
>
> 我不得不和烈士和小丑走在同一道路上

我的兄弟，还在辩解、不停地辩解，反复陈述当时的经过，事实在他的陈述中一点一点变形，直至面目全非，除了那两张照片，那天发生的事情已经没有任何痕迹了，可是他还揪住不放，他揪得越紧，离真相其实也越来越远了。

我跟我爸回老家经过现场，听到有人喊抢劫，我也挤进去看，只看到一大摊血……

事实是，他根本没挤，他初次来到这肮脏的小县城，他还不习惯挤，他只是凭着身高臂长的优势拍了两张照片。

非常奇妙地，他一次次陈述的时候，疑点却越来越多。

你为什么不及时发微博求助，而是等到三天之后呢？

我三天之后才知道他还活着。

不对呀，这么同情他，过了三天才去关心他是不是活着？

我当时要去参加我太爷爷的葬礼，没有心情管这事。

你家正好死了人，这么巧？

评论越来越可笑，用词也越来越刻薄，越来越滑向另外的轨道，是不是某个恶作剧，如果不是，为什么用小号？这是他的第一条微博，他的网上资料几乎全是空白，很有骗子的特征。他在网上找的那张血肉模糊的照片也被人查出来是某条新闻里的配图，这下好了，甚至有人威胁要人肉他。

有那么一会儿，我兄弟发现失控了。他陷入到巨大的恐慌之中，甚至差点忘记自己为什么发这个帖。

转机来自于一个大V的转发。这位有三百万粉丝的微博大V转发时动情地说，他去年听闻过这种事情，当时他也以为是骗术，后来发现是真相，希望这个悲剧不再重演。他请求大家热心相助，如果有无县的人，最好是去看看，因为当务之急是不要让生命延误于人为的麻木和可笑的制度。事情就莫名其妙地有了转机。偶像的力量顿时显现出来。有上千人转发，这其中就有了解甚至生活在无县附近的人。这世上永远不缺"想看看到底发生了什么事"的人，这些人比较年轻，比较冲动，他们发动汽车，来一场说走就走的旅程。他们三三两两来到医院，每个人都拍到了那个倒霉蛋的照片，他就孤零零地躺在走廊上，不省人事。有一个网友还拍错了，把一个当天出了车祸刚从手术室推出来裹头吊脚的人传上了网。网上反应不算大，可这些形迹可疑的身形留在了医院的监视器里，基于层出不穷的天灾人祸，尽忠职守的保安把这一状况汇报给了医院的领导，领导也很快搞清了这些人来暗访的原因，而此时，网上的转发量也在不断加大，领教过网络力量的领导果断下达了对该病人的治疗方案。

天亮的时候，无县人民医院的医生们精神抖擞地走向手术室，病人已经打好麻药等在那里。

靠，真他妈讽刺！我离开凤凰镇就是他妈的要逃开被人同情的命运，有自己的选择。我以为拿到身份证是逃过规则的第一步，没想到却是陷入规则的第一步。我从来都没能掌控自己，眼下更不行。黎明将至，那个男孩仍然不停地翻看手机，他的眼镜在手机屏幕的反光下发出莹莹光亮，照着他兴奋的脸庞，然而他从前不属于这里，以后也不。天应该快亮了，可是窗外黑沉沉的，好像正在酝酿风暴，或者更糟糕的事要发生。

可是，兄弟，这就是我为什么能够在层层人群中一眼认出你。在这糊涂地方，稀里糊涂地遇见，也是命运一种。我不妨告诉你那天的经过——

我动身的时候已经是中午。因为我老妈今天是下午班，十一点半才动身。她出门的时候，我探头瞧了她一眼，她骑在电动车上，大风吹起她额头的发丝，她伸手把头发捋到耳后，那是徒劳的，风太大了，从我的角度看过去，她的头发像一个被小孩子从树上拽下来又踩了几脚的鸟窝。我得替她说句公道话，她不清楚自己现在是个讨人嫌的人，她完全不在乎别人怎么看她，她始终没搞懂发生在她身上的一切，比我还糊涂，越来越糊涂。我吞了一口口水，把涌到喉咙口的酸不拉叽的东西咽下去。我搞到钱后的一件事，就是帮她买一顶帽子，我在心里说。

我开始收拾行李。我的东西真少。一张身份证，一只旧钱包，一张银行卡，卡里没钱，一只三星手机，用的年头有点久，信号和触屏都不好，一只打火机，三条短裤，一条牛仔长裤，两件比较新的T恤，一支牙刷，一块毛巾。我把这些东西放在双肩包里。以防万一，身份证我拿出来，有身份证的人就得这样拽。

往新桥上走的时候我认真地总结了一下对自己的评价。首先我认为自己是一个有见识的人，其次我认为自己是个有梦想的人，再次，我相信不管去哪里，都不会有比现在更糟糕的生活，坐着等死，我的年纪还不到。当然，以上三点我说了都不算，但这么一捋，似乎心里通畅了许多。我口袋里的钱应该够买一张到北京的车票，我到北京的第一件事就是打电话给老妈，我希望她能理解，有梦想的人应该到北京发展。先租一间地下室。北京我没去过，好像北漂都得住地下室。然后就马不停蹄地找工作，我能吃苦，只要是人能干的工作我绝不挑剔，要是运气好，有余钱，我会寄给老妈。我想象她也像别人家的老妈一样，手上拿着汇款单，到邮局排队领钱，脸上笑眯眯的。这可是她想了不少年的事。至于事业，吃饱饭之后再慢慢来。

我加快步子，上了堤坝，两分钟后拦了一辆过路巴士。这里我也得加一句，我小的时候就喜欢站在这条公路上看人上大汽车。那时候，谁要是穿件鸡心领的毛衫，外面穿着件西装，站在公路上，见到一辆车就招手，说明这个人有本事。现在呢，招手上小巴的都是像我这样的穷人，在镇上上学的中学生，到城里去进货的小超市老板，还有给孙子送鸡和鸡蛋的老太太。另外就是刚刚工作的推销员和调查员，戴着超厚的眼镜，被大公司派出来体验生活，却什么也不想，也不肯跟人多讲话，巴不得眼睛一眨自己就能变成老板那样有成就的人。这种巴士十块钱能把我送到县城新汽车站。

今天的车上除了司机就一对老头老太。我一上车那老太就死盯着我看，然后把一个小布包往怀里拢了拢。我一下子明白为什么这些人容易被发现，被偷，被抢，他们越警惕，越容易暴露。我不在乎地侧身靠在座椅上，转头看着坝下的十字街，眼看着凤凰镇越变越小，小到伸开一巴掌就能把它遮住。我还没来得及伸手，车子一拐弯带起的灰尘，瞬间把身后全部埋在里头，想着可能很久见不到这里，再脏再穷突然也有点舍不得了。车往前开，过了姚下镇，四周瞧着舒服些了。可能是心里急于摆脱这片让人不怎么开心的记忆，也可能是怕有变故，我嫌车子开得太慢，想到自己是一个有身份证的人，我忍着没有发火，把眼睛转向窗外。这时，坝下的一个树林里有个男人在走路，简直不能说是走，他大步流星，仿佛在躲开什么追兵。他的速度越来越快，坐在车里都能听到他吐出舌头在大口喘气。照这个样子跑，不到十分钟，心就会蹦出来，这我可有经验。可是那人丝毫没有停下来或放缓的意思，那样子真是令人觉得辛酸，我都不忍心继续看他了，好在汽车很快超越他。我很高兴这不愉快的场面消失了。

想起我老妈在家，准备等我进门给我一通牢骚，我在心里默默听了一遍。许多地方招保安、招机修工、招快递员，儿子，你要把这个家顶起来，让你老妈我也享享福。我又想起她的头发凌乱地在空中飞舞。

中巴穿过一个桥洞，车里车外顿时更黑暗，我想起昨晚喝水的杯子还放在床边的地上，鞋底下的球鞋里还有一双臭袜子没洗。司机打开收音机，是一个女生在声嘶力竭地卖不老药，一瓶能年轻十岁，十瓶能多活十年。靠，这种鬼话只能骗七个月以下和七十岁以上的人吧。不过，就算是假的，我要是有钱，也会让我老妈吃得够够的。有一阵工夫，司机一直换频道，可是每个电台都在卖东西，除了药就是真皮凉席、保险和按摩椅。这年头人人怕死，人人想要更舒服，人人在骗人，人人都在被骗。

路面发生了变化，混凝土路不见了，颠簸明显轻了，再往前是沥青路面，到县北就全是柏油马路，到处是大楼，路两边的树叶都被修得整整齐齐。到了主干道，还有许多新刷了漆的公共汽车，县城又不大，可能要开什么会了，要不就是要招商引资了。招商引资是个老词，可是每个词都有腿，腿有长有短，这个词才走到县城没多久，其他地方已经过时了。

就是这么眼花缭乱。我们镇上的人早上还在闻臭水沟，对着一堵墙撒尿，随便往地上吐痰，两个钟头后却能坐进星巴克，端着杯咖啡，安静地望着玻璃墙外的大街，搞得像个见过大世面的游客。

一个男人穿着黑白格子阔脚裤在走，要是我小时候，男人穿着格子裤子要把人笑死的。这会儿，巴士上都没人多瞅他一眼。两辆车在抢道。车头快要顶到一块了，谁也不肯往后退。切，总归要往后退，难道还要打一架？打架最他妈没意思。那根本就不是什么真正的战斗。真正的战斗是冲着真正的敌人，要吓倒吓倒我们的人，叫让我们生气的人生气，让捅破我们肚子的人流血，要把真正的坏蛋撂倒，把臭不可闻的东西干掉。

我一抬头瞧见了车站前头悬空的几个大字，我一低头就瞧见一个女孩匆匆往车站方向走，起先在我们前头，很快被我们超过去。十字路口是红灯，她又超过了巴士。

我发誓从来没有见过这么好看的女孩子，无论是在电视还是电影上。要说特别之处我也说不出，反正就是好看。这么漂亮的女孩子怎么可能在县城里呢？就跟树不可能长在水中央，船不可能在马路上行驶一样，我觉得这么漂亮的女孩子应该在更高的地方，高楼里，飞机里，云上，反正不应该走在我们这个巴掌大的县城的街上。

她孑然一身地往前走。她的长头发披在肩上，刚刚够到肩头，她走一步，头发晃一下，那真是丝光柔滑。我的眼睛不由自主地跟着她移动，经过天池路，穿过群艺巷，走到广场，沿着广场边的栅栏走。她穿着粉红色连衣裙，腰带系了一个蝴蝶结，她走路的时候头是微微低着的，我想自信的人不是抬头的人，到处望的人是心里没底的人。她个头不算高，小腿非常漂亮，她穿着平跟凉鞋，也是粉色的。她像要到哪里去，她脚抬起来放下去，我就明白她心里知道自己到哪里去。

她要拐弯的时候我有点急了，两步跨到车门口，拍了下车，司机回头瞧了我一眼，开门让我下了。我一下子败了兴。这个地方不能停车，他却让我下车。他怕我。我们家附近方圆百里的人都怕我。换个说法是怕我这样的人。就算洗了又洗，照了几回镜子，我还是一眼就被人瞧出是兜里最没钱的那种人。幸好县城里没人认得我。可是没人认得我，我就更是个屁。那一会儿我挺沮丧。我心里明白我不配跟在她身后，不配走上去搭讪，更不配知道她的名字，可是这些话劝不住自己的脚。

我远远地跟着她，也不靠近，只是根据她的步子调整我的速度。我全神贯注地凝视她的背影，我感觉到一种力联结着我和她。我确信她能看到我。我觉得非常刺激。这是我从来没有体味过的趣味。我得说，美把我照晕了。我身子发飘、摇摇晃晃。

穿过中心广场的时候，我有点分心，你懂得，有一个老人坐在街边爬着写字。我的意思是说，他的手不见了，他的腿也不见了，他还有嘴。他嘴里叼着粉笔在写字。我感到纳闷，嘴里怎么能叼住粉笔呢，粉笔可是会化的。我定睛看了一下，才发现粉笔头上套了个塑料套子。就这么一小会，我差点跟丢了她。

很奇怪，有个漂亮非凡叫人不敢喘气的女孩子在这里，周围的人还能那样淡定。她被个儿高的挡着了，很快又露出半个身体。我就这样一直跟着她。突然之间，她回了一下头。我一下子瞧见了她的脸，她的眼睛微微地眯着，想回头瞧瞧什么似的，不过两秒钟就又转身向前走。看见那么好看的人，你走路的时候会感到天气晴朗。所有的声音都特别悦耳：有个小孩子跟在妈妈后头问她要冰淇淋，大人假装没听懂；理发店里有传来悦耳的音乐，也没歌词，就光是"嘀嗒嘀嗒嘀嗒嘀嗒"，嘀过来嗒过去，真让人忘记许多不舒服，长出许多力气。

她正忽隐忽现地穿过广场。穿过广场就是老城区了。县里最新的新世纪大厦和县政府都在新城区。说到城里，其实指的就是新城区。老城区还不如凤凰镇整洁。我加快步子。还好，我看着她进了复兴巷。那儿人群稠密，她走不快。复兴巷这段还是新城区，穿过去就是绕城路，这个地方车多，路又不宽，你往里走几步，就能瞧到老城区。老城区还是脏乱差，衣裳乱晒，小广告乱贴，那些老房子都在盼着哪天走狗屎运，盼到拆迁队来，也能变成新城区。

　　随后到来的就是恐惧，妈的，我多少年都没有怕过什么东西，这会儿我都怕她再回头。她再回头我就完蛋了，我就原形毕露了。我这才想起来我他妈实在又丑恶又无耻，一无所有、一无是处，我简直没有任何力气了。真的，我东摇西晃的，脑子里风急雨快。激情澎湃，又似意兴阑珊，一片混沌。后来我冷静了一些，想了许多。我想到了我的前程，一阵悲伤袭上心头。

　　过了复兴巷到了兰桂坊的拐角，是一家银行的自动存取款室。自动存取款室这边是复兴巷，对面就是老区，老区的街道叫兰桂坊，我就突然觉得不对劲。不是房子新旧的问题。区别特别明显的地方是，复兴巷卖什么清清楚楚，铺子里白炽灯很亮堂，卖衣裳鞋子的都快摆在人行道上了，年纪大的人站在门口聊天，像样的饭店也有，从外头能看到里头，里头供着财神，员工没生意就坐在店里玩手机，都能看得清清楚楚。可是兰桂坊门前就没有什么人在走路、更没有年纪大的人聊天，许多房子旧得随时要倒似的，店门面却搞得很上档次，像"一枝独秀"美甲店，橱窗上挂着纱帘，什么也看不到。还有个店叫"加里福尼亚"，门前招贴画上是一洋妞，端着一杯红酒，招贴画后面灯光闪烁，我猜这是间酒吧，因为我瞧见这洋妞嘴唇红得发亮，一只手指放在唇上，让人担心她想咬掉自己的手指，旁边也没字，要么是化妆品店的口红广告。你想探头进去瞧瞧卖什么，可是店里暖暖的，想看清楚除非进去，可是连人家卖什么都不知道，你怎么好意思进去呢？

　　就那么一会儿工夫，我对这有些生疏的街道完全放松，我的裤子突然变小了许多，差点让我走不了路。

　　我心里有一种很重的担心，我担心从现在开始已经跟丢了她。这个担心跟昨天的担心完全两样，跟去年的担心也不是一码事。过去的任何担心都只是一会儿的担心，不过是一会儿的难题，不过是一个晚上的焦虑，可是现在这会儿，我怎么就觉得动一动就会犯下天大的错呢，我怎么觉得讲错一句就全盘皆输了呢？我明白了这就是我出门的目的，我决定离开家，离开我老妈，不管不顾，现在我找到了原因。任何决定都不是空穴来风，一个决定会生出另一个决定，直到你找到真正的决定。我真正的决定就是这儿了，我想。我的好运要来了，我感觉到身上又有力气了。

我瞧见她进了一个"休闲小屋"。小屋的门很窄，进去的时候她微微侧过身子，回头瞧了一眼。我只好停在ATM机边上。在等待的时间里，我头脑稍稍清醒了点儿，我想到自己（跟刚才不太一样的自己），不是心里满是舒服的自己，是更早时候的自己，是对自己强烈不满的自己，这么想的时候，时间拉长了，我开始萎靡不振、心神不宁。我想走近一点儿，瞧瞧她在里头做什么。我这么想的时候，其实我心里明白过来了，这些地方能做什么呢，我又不是没见过世面。

真他妈的让人扫兴啊。我感觉自己简直像个小丑一样。我现在要做的应该是赶紧往回走，走到汽车站，说不定能赶上两点半到合肥的班车，合肥晚上肯定有一班开往北京的火车。这样，我明天早上就能站到北京火车站的广场上。这是个让人伤心的世界，也是有速度的世界。

一个回收旧家电的三轮车呼呼地往复兴巷里来，他速度不算快却还是蹭到了我手臂，不算太疼，可是让人有点恼火。按照我的性格，我至少会瞪他一眼，问候一句他的娘，可是一念之间我怕她突然出来了听到。我感到害臊。

这害臊来了就不走了似的，我心底空落落的，感觉自己的皮囊之下就是一个可怜虫。我应该走了，继续留在这里会等到什么呢？

一阵疲惫排山倒海而来，有个声音在催我快快滚蛋，我这才想起来自己从昨晚到现在还没吃什么东西呢。我摸摸口袋，瞧瞧还有没有烟，这会儿我的注意力很难集中，我怕到时她出来的时候，自己会失去平衡。

一阵风掀起了地面的灰尘，我眯住了眼睛，几乎就在同时，突然我的头顶像挨了一闷棍似的，我一阵眩晕，站立不稳，一头栽到地上，我在倒地的一瞬间瞧见一只碎裂的花盆。靠，我梅子杰一世英雄，居然被楼上掉下来的一只花盆撂倒了。

我并不甘心就这样趴在地上，很快挣脱了身体，飘然而起，脱离了地面。我赶紧命令自己爬起来。再之后，我感觉到自己慢慢地飘浮起来，周围的人声、脚步声，突然远去又隐约可闻，周围的世界像是披上了一层纱布，感觉到自己完全置身事外，我丝毫不觉得恐惧。片刻之后有了一线光明，光线越来越亮，我的心情一下子放松起来。似乎又过了一会儿，我渐渐看清了这个世界。原来，它已经变得完全不一样。我这才发现我自己已经变成了羽毛一样飘荡在空中。一瞬间的惊慌，是的，有一瞬间，我感觉自己是被夹住了，但又仿佛更自由了。这是一个没有什么变化的世界，又是一个全然迥异的世界，但是并不感觉到疼痛和窒息。短暂的观望之后，我释然了。我明白自己可能正在死去，但是，判断出自己的处境，并没有带来特别的感受。较之于我往日不停地参与抢救我老妈的过程，此刻的空气显得特别平和宁静，再过了一会，心里的一切都消失了。怨恨、疑惑、担忧、迷茫、焦虑和恐惧，所有经过我脑子里的字眼都统统消失了，甚至时间和空间都消失了。没有什么重要的感觉，没有喜悦也没有悲伤，无忧无虑。就是想暖洋洋懒洋洋地任由自己飘浮。心有所思，身有所行。很快我渐渐向上，整个人都飞起来了。飞这个词不精准，更确切的是飘浮，腾云驾雾一般。在飞起来的一瞬间，我失去了空间感，感觉自己像风一样轻，但是，一阵风刮来，我摇摆得更厉害了，好不容易才集中注意力，准确地踏住了一根电线杆，电线杆很平稳，不像平常看到的那样弱不禁风。所有人都在我脚下，真是让人又惊又喜。我掐了掐自己的胳膊，不觉得疼。我瞥见各个路口的人都朝银行门口奔，是先奔跑起来的人想知道发生了什么，跟在他们后面奔跑的人压根不知道自己为什么要跑，他们甚至连有没有发生什么都没把握。这些不知就里的人稀里糊涂地把银行围住了，前面的不清楚状况，不愿意退后，后面的得不到消息，就加速往前拥，自动存取款机附近一会儿就水泄不通，少数人可以看到我，多数人都在看别人的后背。

就在这个乱糟糟的地方，我瞧见了我父亲和我兄弟。我父亲面无表情地坐在车里，我兄弟拉开车门，站到街心。我的视觉和听觉突然变得十分灵敏，我从没有像今天这样看得清楚，我看到我平常看不到的远处，也看到我平常看不到的细处。比如，我很快认出那是我的兄弟，尽管他乍一瞧就比我高出大半个头，我还是认出了他。没有人告诉过我，但我从他脸上那种江心洲老老头一样的线条上认出了他，我同时也认出了我的父亲。我父亲脸上有一种跟我相似的线条。这种线条我在我太爷和我爷爷脸上都看到过。这是藏不住的玩意儿。我脱离地面，所见到的第一样东西就是这种线条，先是在我兄弟身上，紧接着从父亲脸上。我接受了这个事实，就那么一眨眼的工夫。我不仅认出了他，我甚至看到了他的心里，我也看到了他来的方向和他心里的想法。

我兄弟站在人群的后面踮起脚尖，想一窥究竟，无果，他不好意思使劲挤，灵机一动，他拿起手机，举高手臂，把手机的摄像头对准人头最密集的地方。就那么一小会儿工夫，我喜欢上这个高个子小孩，他站在这个小县城的人当中，特别醒目、耀眼，他专注地听着那些七嘴八舌极不靠谱的猜测。有人说我是抢银行的，另有人说看到我跟另外一个人在打架，那人拍了我一砖，现在已经跑了。

有人断言我已经死了，听到的人立刻叹息说，真可惜，好像才三十多岁。

靠，我才二十二岁有没有？要说可惜，那是当然。

更过分的在后面：

对，那个拍他的人是来取钱的，正当防卫。

哦，抢走了多少钱？

三万多吧，要不然人家也不会下这么大的狠手。

靠，钱呢？

被另外的人抢走了。

真是荒唐。老子都被这七嘴八舌说晕了，他们还以为躺在地上的真是一个抢银行的。

看上去，我兄弟信了，他拍了两张照片之后，退出人群，走向慢慢向前推进的我父亲的汽车。

我恨不得上前告诉他实情。其实就是一只被刮下来的花盆，可是没有人管这只花盆。只有一个人提醒旁边人说花盆砸的，可是也没人抬头看看几楼阳台上是否少了一盆花。他们光是盯着我看，好像我的身上隐藏着七八十条线索。没人打110，也没人上前察看我的伤势，没人像电影里一样抬抬眼皮上前察看，好像人死了是最危险的。其实世上最没有威胁的就是死人，可是最让人恐惧的也是死人。这么说吧，有了白天，所以人就怕起黑夜；有了皮，人就怕里头的骨；有了谎话，人就怕真话；有了屠宰厂，人就以为猪天生就是长在案板上的。其实事情根本就没有变，还是白刀子进红刀子出。人要是怕的时候，反而话特别多，情绪特别好，他们聚在一起，睁大眼珠子，生怕错过什么。真是不胜烦人。就在这时，我瞧见了那个姑娘。那个像天仙一样的姑娘，她出现了，也在往人堆里挤，挤得一点不比别人慢，好像地上躺着的不是爱慕她的人。好吧，爱慕不是任何关系中的一种，爱慕什么也不是，就像父亲什么也不是一样。以我的脾气，真想下来解释一下，喊它两嗓子，等我真的做个向下的动作时，才发现，我根本左右不了我的脚，就连我想下去的动作，做得也不够地道，我怎么也落不到地上，落不到地上我就大声地叫喊：

喂，喂，喂，听我说。

虽然我就是此刻的焦点，可是我的声音无人理会，更没有人抬头朝上看一眼。

我父亲的车缓缓启动，他不停地摁着喇叭，逼着人群让开了一条道。这是一辆奥迪轿车。干过保安就会什么车都认识。奥迪车的优点是线条弧度非常优美，稳重大气。看着滚动的车轮，那种自在的感觉顿时消失，一阵强烈的孤立感涌现。

突然，一阵大风刮来，我轻而易举地被风带到他的车顶。通过全景车窗，我看到我父亲穿着一件淡蓝色的衬衫，头发很短，臂膀很瘦，头顶可以看到几根白发。今天没有太阳，可是他的眼睛时不时眯起来。落到汽车上与在大地行走完全不同，之前的疲倦感不见踪影，我紧紧贴在车上，但仍能听见风从耳旁呼呼而过。我很稀奇地发现有一根看不见的线牵扯着我和他。很快我明白，跟不跟着他们由不得我，是风。

拐弯的时候，车子稍稍有点失去平衡，而我仍安然无恙。这一刻，眼见到的，耳听到的，都像是别人的梦。

车子缓慢地出了城，我父亲在左顾右盼，像是迷了路。看来回家的路他们远不如我熟。好在，他七拐八弯，仍然找到了正确的这条道。我父亲的声音再一次响起，他的声音也像某场梦里的声音。他还在回忆亲戚，规划葬礼，在他身边，我兄弟的头部放松地靠在座位上，眼睛带着好奇注视着前方的什么地方。他长得很端正，肤色白，又很自然。

一段新修的柏油马路摆在面前，我父亲明显不适应这个新局面，所以再三轻踩刹车观望。跟着我呗，我在心里想，我熟悉着哪。我父亲跟我兄弟说，这个地方也是一月一大变，路越变越宽，到处也在盖高楼，简直就是小上海。

呼呼的风中，我清晰地感知到一种模糊的自我、悬挂在空中的自我、瞬间即逝的自我，为了转移注意力，我问了自己一个问题，他们都是高个头，你怎么这么矮？你但凡长得好一点，命运可能也会不一样，可是身高这个东西既是遗传问题，也是饮食问题，更是个社会学问题，一句话两句话讲不清。我要是也长这么高，坐在这样一辆黑色的奥迪轿车里，前面有一个把着方向盘的老爸，我肯定不会去做保安，肯定不会为三十块钱跟人打架，肯定不会整夜在网吧看场子，肯定会有女孩子喜欢我，我也就敢大胆地向喜欢的女孩子表白。说什么生而平等，有的人生下来就低人一等、没有前途，有什么办法呢，你能赖在你妈的肚子里不出来？我自打生出来，就像一片从树上掉下来的落叶，到后来能够左右它的只有大风了。

车子在凤凰镇中心邮局门口停下来的时候，我也想站起来，试了几次，才发现好像不会站立。我有点惊慌，我可不想让老妈看到我这副样子。我早上走的时候还人五人六的，到了晚上就在天上飘着，要是你以为飘在天上很爽那你就错了。我感觉不到自己的身体，甚至左右不了自己的方向。这么说吧，我甚至都不明白自己是怎么发现这两人一个是父亲一个是兄弟的，我甚至怀疑这脑子还是不是我的脑子。

悬在半空中瞧到的东西比在地面上多。凤凰镇的房顶脏得要命，阴沟里的污水老远就瞧得到。街心还是那么窄，松动的石板还在摇晃，东西还在原来的地方。人人显得渺小，看不出屋里发生的事，我想如果真有上帝，他未必看得到我平常瞧见的东西。这可能可以解释为什么许多人在那里祷告，只有少数人心愿能达到。

车子停好后，他们走向渡口，仍然借助风，我才勉强跟住。夹江里水已经干涸。我见到了我爷爷，他慌里慌张，好像也走了不少路，鞋带都松了。他像个孩子一样腼腆地看着我兄弟，要帮他拖行李箱，他们并排站着的时候，他明显矮一截，像个冒牌爷爷。晚饭的时候他放松多了。虽然天气并不太热，他却不停地撩自己的衣裳。他远不如前几年那么讲究。他讲究的时候浑身从上到下都又虚又假，不讲究反而像个实打实的老头。

他进进出出地忙活，急促地呼气吸气，吃饱饭他就开始发牢骚。这个牢骚长而又长，把他的软弱暴露无疑。他一生只发这一次牢骚，所以没有人躲开，包括我。到末了，我得出的结论是，五岁那年的事把他塞满了，所以他做不好买卖，做不好儿子，也做不好老子，更做不好爷爷，他稀里糊涂耗到今天，也算运气不坏。

等他的牢骚发光了，各自回房睡了，我还在门前的那棵树上挂着，我觉得应该下来，可是没法落脚，再说事实上我不觉得累。我所瞧见的这些，让我觉得自己是个陌生人，这地方我比他们都熟，可是没用，现在进不了门的是我。

我看到那个更老的老头——我太爷，还是老样子，他胳膊上的青筋凸出来，眼皮抽动着，可是睁不开，可他又像是永远不会死的样子，要死的人反而看不出对死的恐惧。他的儿孙围绕着他，可他那样孤单、离群索居，像在天上漫游，又像在沉思默想。

其他人都睡了之后，他倒精神了，朝我投来会心一笑，你爷爷再怎么老，还是我那个傻不拉叽的孬儿子。窗帘一直是拉着的，白天人家以为老年人怕黑，可是晚上呢，也是以为老年人怕黑。开窗，开窗。他不止一次地叫过，没人懂。

我从来没有听到他像今天这样清晰地回顾他的一生：惊恐，夜逃，乞怜，谎言，疾病，背负重担，翻山越岭，走进山洼，缺衣少穿，忍饥挨饿，顶风冒雨，跑到水边，跑啊，跑啊，满怀渴望地跑啊，穿越水塘，渡过溪流，跌倒了，爬起来，总是急急忙忙，无休无止，受伤了，流血了。别人想他哭的时候他脸上挂着泪，别人想他笑的时候，他还是脸上挂着泪，他只为他的儿孙哭。眼下他躺在路的尽头，看着儿孙满堂，等死。

我也从没有像今天这样耐心、认真地观察他。他表现出无限的安详和极端的忍耐，他躺在这里，什么都知道。他深思熟虑、未卜先知，一切都那么清楚明了：只要儿孙满堂，他在所不惜。

我兄弟已经在我爷爷的牢骚里睡了一觉，他迷迷瞪瞪地走进那个暂时属于他的房间。房间没有灯，借着隔壁的灯，他往床上摸。床头也有一只跟老老头房里一样的旧桌子。他拉了几下，抽屉没开，我靠。跟我的想法一样。有一回我也拉开了抽屉，除了一些不能用的东西之外，什么都没有。他又开始拉下面那个。还不是一样，除了几根生锈的铁钉，几粒大小和颜色都不一样的纽扣之外，也什么都没有。他走到窗前，向外张望，透过纱窗望着坝上，他可能从来没见过这么黑的夜。江心洲可以说是一个死村，除了这家人，最多还有三四个老的和三四个小的。这死一般的寂静里，只有风扑打浪花，远远传来，我兄弟睁大眼睛，可是也只能看到远处苍穹在江边上投下的黑影。江面上有一只探照灯，冲破漆黑的江面，照耀一小片漆黑，光束像一支被一伙子人轮流吸的香烟，一闪一闪。

我慢慢移到窗口，太爷转过头来，他对着窗外的我说了一句话：

你一个人出门我不放心。

靠，是你在作怪啊我想。可是我说不出来。

我父亲和兄弟一句也听不懂他的话。他动一下嘴皮子，我就能听出他在说什么，这真不是一般的功夫，不是我吹。

你要照应你兄弟，他还小。

靠，他哪用我照应，我看到他上上下下都是名牌，他过的那种日子，是我一直做梦都想要的好不好。

可是现在，我不嫉妒他。就算全世界都以为我会嫉妒他，但是事实上我并不羡慕，我站在眼下的位置一眼望到底，只觉得这一切都是又滑稽，又荒唐，又叫人生气，想一想又觉得没意思。

我甚至想到，过去我跟人讲话，喜欢带些脏字，表示自己并不怕他，甚至我还经常占些小便宜。只有到这个时候，我才相信自己是一直被欺负的那一个，是什么也没有得到过，什么都很难得到的那一个，是谁都可以同情，也是谁都可以厌恶的那一个，是因为偶然，也是因为必然落到这么个处境的那一个。这些事情我一下子忽然全懂了。

我见到我兄弟的妈妈，她两手空空，从老远的地方走来，脸色蜡黄蜡黄的。好像我太爷的死讯使她站立不稳，见到我兄弟，她没有上来抱一抱自己的儿子，她坐到我爷爷床边，开始说话，好像她跋山涉水，就是来说这一番话，好像除了幽灵和将死的人，没人要听她这一番话。打哈欠可以传染、伤心可以传染、思考可以传染、厌恶可以传染，就连怀旧也在彼此之间无声传染。

而我的兄弟，自来江心洲的那天，就在追逐那个使他心烦不已的真相。我在房子外面转了一圈又一圈，也可以说是大风把我吹了一圈又一圈。风停的时候，我摸摸自己的头，伤口那么深，但没有一点痛楚。我听着他们各自在那里喋喋不休，剩下的时间周围一片寂静。白天没有太阳照耀，晚上没有月亮照耀，空气里散发着青草、臭虫和江水腐烂的气息。我挂在树梢，一个一个故事听下来，我跟他们形影不离，又跟着到处游荡。这就是要命的生活啊！以前我太爷一直叫我不要怪我父亲的时候，我是不表态的。父亲不父亲，过去我没有什么概念，我不是先有后无的，我是从来都没有，有父亲到底是什么滋味，许多年我都无从体味、遥不可及，并没有一包香烟和一瓶啤酒更真切具体。现在我算是有了，但也还算没有，就算我跟他们跑了一趟，许多东西我还吃不准。

可是现在我瞧见他的样子，就算他穿着名牌T恤，戴着值钱的手表，可是他一副力不从心的样子，他拿钱出来不吃力，签字的时候也不吃力，可是我还是看出他吃力。究竟什么扛在他肩膀上，我一时也说不好。这是我第一次意识到这个男人多么可怜。

我最后一眼看到他，是他从县里喝酒回来。天完全黑了，疾风穿越漆黑的江面，冷清的堤岸、阒静的村庄以及黑乎乎的庄稼地，就像满腹怨气，把许多树杈撂倒在坝上，门廊上挂着的菜篮子也被掀翻。大雨铁定要来。我爷爷从外头一回来就拿着充电式手电筒和雨伞到渡口等他。

很快地，黑暗的阴影从四处涌来，慢慢聚拢到一起，很快就飘散到四处，摇晃一会，又笼罩过去，直到从上到下，从远到近，全部黑漆漆一片为止。

我兄弟还在专心地摆弄手机，他被那个事故困住了。只有我太爷挂牵着窗外的我。他不停地喊：

勾住，勾住，我的心肝。

我觉得要被大风刮跑的时候，那老老头——我太爷，从嗓子深处发出急切的指令：

勾住，勾住，不要放手。

他就那么气喘吁吁地喊着，我瞧着他喉咙里还剩一根丝拉着，这丝眼看就要断了，他还在不停地喊：

勾住，心肝，勾住。

就算有一会儿工夫，我觉得自己像个大势不妙的过街老鼠一样胆战心惊，但是听到这样的话还是觉得很振奋。

进门的时候，我父亲身上那件白色T恤已经皱巴了，眼睛里布满血丝，沙尘进了他的鼻腔，连连咳嗽。推开门进去的瞬间，我感觉到他顿了顿，仿佛看着贴在窗玻璃上的我。我回望他。没人说话，仿佛隔着一条大河。

从厨房里传来我兄弟妈的声音，她问他要不要吃点什么。我父亲说要。等她端着一碗面条出来，我父亲问她发生什么事情没有。她说，什么事都没有，好得很，很正常。他们就这样静静地坐了半天，然后说到我兄弟，说到出国的费用，说到他可能面临的问题，说到那孩子如何吃不得苦，什么也不懂，什么也不操心。这就是他们的看法。你听着都着急，还不能跟他们急。他说到下午看望过的同学，生意做得很大，他说将来有可能会合作。她说从没听他提起过。是的，他说，原来关系不怎么近。她提到新桥上的疯女人。他说他看见过。她转过头看着窗外。坝上太安静。她说，明天早上就回吧。

回。他说。

回哪里他们没说，可能心照不宣，可能谁也没个准。

我父亲走进我太爷的房间，随手关上了房门。她没有跟进去。她没这个想法。远处传来隐隐约约的鸡叫，那是护工养的鸡呢。她好像很平静，不急不忙地收拾碗筷，好像无忧无虑，高高兴兴地迎接江心洲的黎明。

我父亲又探头进来说，不早了。去睡吧。

大雨倾泻而下，屋外一片混沌，如同瀑布在倾倒。

我承认我曾经到处找他。在听说他并没有被雷劈死之后，我在田埂上找，在来来往往的船和车上找，后来在我太爷爷的额头和眼睛里找。好像没什么特别的感觉，没有惊奇也没有失望。

后来我的记忆开始模糊。我有时看到光在我的前方，有时又发觉自己站在云上；有时离他们很近，听到他们每一个人的叹息，有时又悬在邻居的空猪圈栅栏旁。白天和黑夜在我眼皮底下晃荡。有时我以为踩在地上，到头来却找不到实处。我本能地挣扎，终于醒来的时候，好半天也没搞清自己到底在哪里。

光线太强，我重新把眼闭上，浑身无力、口干舌燥。再睁开的时候，能听到窗外汽车喇叭发出的刺耳尖叫，医生的听诊器的末端碰触到他口袋里的手机屏幕，我看到天花板一只椭圆形的吸顶灯，隔壁有玻璃杯落地的声音，不能翻身的老年人在哼哼。就那么一瞬，我想起我是怎么样的一个人：穷困潦倒、无依无靠、满腔怨愤，在昏睡了三十六、四十八或者六十一个钟头之后，我从旋转的混沌世界落回到床上，这清晰的糟糕透顶的人间的感觉，如此实在地朝我的头顶压迫下来，我的头钻心地疼。人生最倒霉的时候可能就是现在吧，醒来的时候发现自己还是最倒霉的倒霉蛋；人生最走运的时刻，就是还有醒过来的时候。据我所知，有些更倒霉的人，睡在梦里被烧成灰。对于我而言，想起来的越多，失望就更多一些。此刻的这种失望跟我太爷当年的失望有得一拼，跟我爷爷当年挖坑时候的失望如同一辙，跟我父亲四处寻祖宗而不得的失望不相上下，在这节骨眼上，我却又想起一句诗来：

　　倦鸟总会归巢，
　　而我们却将一去不返。

你瞧瞧，比较操蛋吧。话说死神跑这么一趟，肯定不会空手回去，一定有人跟他作了交易，因为差不多跟医生和我打招呼的同时，我听到我太爷一声清晰的叹息：

我的心肝，你差点把我吓死了。

这苍老无力而又慈爱无比的声音，令我慢慢淡定下来，既然我赶上了"活着"这趟车，就会有更多的事情要考虑。我想到沙滩上开出的松软的芦柴花，镇上的苹果一箱箱摆在那里；我想到有天早上我经过的公园里的木头椅子摆在那里让人随便坐；我想到夏天的太阳照在头上，火辣辣的，到了冬天就特别怀念，这个世界再不像话，也总比莫名其妙地翘辫子好一些。

半个小时之后，一辆挂上海牌照的车刚刚驶过凤凰镇边那座摇摇欲坠的小桥，又急急忙忙地掉了头。

这回，等待他们的将是一场真正的葬礼。

后记
大风过后，草木有声

　　我应该为《大风》说点什么，或者为我十多年的小说创作说点什么，关于为何要写，为何这样写，应该怎样写。

　　小说的意图从来无法掩饰。小说包含了全部。小说是小说家的面孔，小说是小说家的腰杆，小说是小说家的臂膀。小说展示了小说家的终身形象。这话本身是错误的，在有些正义的形象背后包藏祸心，所以小说也是一种识别，小到眼前所见，到目不能及，到森森暗黑，但是，在小说开始之时，它是积极的，它是探索的，它是怀疑的，它也是正当防卫。《大风》中，我让主人公们自己出来说话，如此一来，我就能置身事外，观察他们的角度会发生变化，就能听出哪些是真话，哪些是假话，哪些是梦话。但时间一长，得赶紧进入，以免彼此生疏、失去默契，就算朝夕相处，有时也很难完全理解他们，我愿意信任他们，又不得不保持警惕，所以小说是矛盾的，或心口一致，或背道而驰，许多时候扭成一团，乱如麻。

　　小说产生什么样的后果也就毫不奇怪。它化身为盾牌，或利箭，可以是防空洞，也可以是探测器。为已发生的，正在剧变的，以及即将湮没的一切寻找一种痕迹，寻找它存在或消失的缘由，它包含着小说家的愿望和悔意。写作，尤其是向历史更深处回望的写作是与无时无刻不在发生的遗弃、隔绝与尘封做着对抗，与之搏斗，小说超过了小说家想展示的容量和潜力，小说像一根暗黑的丝线，连结着过去、现在和将来。

常有人误解写作最美妙的时刻是划上句号的时候，其实是开始，是思考的发端，是满怀憧憬。过程是痛苦的。大风过后，草木有声，这声音如此轻微，又如此振聋发聩。这声音提示灵魂的存在，通过这声音，你可以听出软弱之人的坚定，坚定之人的软弱；你可以听到卑微者的喘息，感受到他体内的饥饿、愤怒和茫然。这声音引导你在泥沼深处发现英雄，明知生活所有的困难，深陷坍塌，却仍然昂头举臂，生无可恋，依然图存。折磨人的是，索取真相的图谋总与结论大相径庭，至少在我，走向以为寻找真相的方向，却从没有到达要去的地方，也就是说，文字一经写出，就开始倾斜、摇晃，甚至脱离。人物更是，我像不能摆脱影子一样，不能摆脱我的主人公，他们日日夜夜跟随我，像我的亲人，我揣着他们存在或消失的缘由、希望和仅存的家当，更怀着他们的恐惧，到处躲藏。他们叫嚷的时候，我也面色绯红、火气冲天。有时，我把他们来的原意给忘了，由着他们自行穿梭，所以，我们之间常有对抗和抵挡，防不胜防，但是拉扯往返之中，小说呈现出作为人的精神的强烈信号，像舞蹈、音乐和绘画一样，是认知，是对身处之世的评判，是挖掘更深处的景象，至少给出另一个角度，所以结果肯定也是背叛——背叛被命名的一切，背叛过去的幼稚和他者的经验，甚至背叛一切确定和模糊着的东西。

小说结束的时候，也好不到哪里去，写作者彼时最为难看，是疲惫不堪、如释重负，如同肇事逃逸，更像个酒鬼。

于我而言，自始至终，创作的最大障碍是经验的缺乏、知识的缺乏以及勇气的缺乏。我个人的经历苍白无趣，所有带有危险性的事我都没有干过。比如，我无法体验少年想象白刀进红刀出的血腥兴奋，我不曾早恋、离家出走、抽烟喝酒，我少年时代唯一过火的行为是到镇上买了件西装和领带，我的第一张身份证上就是这张照片，二十多年前，那显得如此格格不入，我经过的地方邻人目光灼人，他们窃窃私语，佐以轻微的肢体语言在我的背部，我承受住了这些，虽然进门时我大汗淋漓。其余时候，似乎足够幸运，我避免了我主人公经受的一切。我避免了仓皇出逃，避免了替表演者做伪证，避免成为一个听得见的聋子，也避免了因幻想的富贵而得意，我避免了被抛弃，还避免了发现自己在这世上还有另一个骨肉，所有我构建的这些于我本人也是新鲜的、陌生的，我每一次与他们的交流都意味着一个新的疆域的开拓，我不确定那是正当的，或是荒唐。但是，在这些尝试之中，我保持住了某种强硬，以及审判的本能，我认为，如果小说里没有从他人视而不见的地方发掘生命的幽暗面，它是平庸的，如果小说不想寻觅那些隐遁的、陨落的、被扭曲的东西，文字是无力的。我尤其想捕捉那阵阵大风啊！平息之后，一定有许多被牺牲的、被误导的、被摧残的、被深埋的一切：外人和亲人，别处和此处，过去和未来。

我还想写那种虚无，那种我们安之若素的堕落，那种终日吞食也不能满足的饥饿，那种无论如何也驱赶不了的失意和怀疑。对生命的尊重和敬畏之举就是对生命重新思考和注释，以及对真相的打捞和挽留，更重要的是倾听心灵之声的诉说。每一个从小说里发出的声音都充满意味，这些声音显示着坚韧和热情，或者苦苦喘息。

由此，我的小说常被人认为压抑、阴郁、苦楚，可你要见到我，就会发现，我能够笑得很灿烂，我希望从作品中展示的，是我未曾经过的另外一端，它不是众所周知，也不是人人热衷，否则，它就没有意义。

现在，它还是没有意义。它漏洞百出，但所有小说都是我当时最佳状态的呈现，最大的可能，最尽力的表现，现在，它离我而去，或默默无闻，或偶有知音，都无妨。

大风之后，我看见浑浊的水边，系着一条破旧的小船，没有人影，但是，这条大风里的小船在我心里，我到哪里，它在哪里。

图书在版编目 (CIP) 数据

大风 / 李凤群著. — 北京：北京十月文艺出版社，
2016.7
ISBN 978-7-5302-1580-7

Ⅰ.①大… Ⅱ.①李… Ⅲ.①长篇小说—中国—当代
Ⅳ.①I247.5

中国版本图书馆 CIP 数据核字 (2016) 第 079032 号

大风
DAFENG
李凤群　著

出　　版	北京出版集团公司
	北京十月文艺出版社
地　　址	北京北三环中路 6 号
邮　　编	100120
网　　址	www.bph.com.cn
发　　行	新经典发行有限公司
	电话（010）68423599
经　　销	新华书店
印　　刷	三河市三佳印刷装订有限公司
版　　次	2016 年 7 月第 1 版
	2016 年 7 月第 1 次印刷
开　　本	890 毫米 × 1270 毫米 1/32
印　　张	13
字　　数	320 千字
书　　号	ISBN 978-7-5302-1580-7
定　　价	45.00 元

质量监督电话　010-58572393